S0-BBM-181

btb

Christoph Peters

Das Tuch aus Nacht

Roman

btb

Umschlagfoto:
Illustration aus »Topkapi Saray Museum«, erschienen bei
Topkapi Saray Museum Association, Tokyo/Dentsu Inc.,
Tokyo 1980. Detail aus dem Abschnitt »Textilien«. Das Photo,
Bild Nr. 87, zeigt ein Detail eines Kaftans des Sehzade Mehmed,
Sohn des Süleyman des Prächtigen, Palastwerkstätten, c. 1540;
35/1144.
Photo von Banri Namikawa, Kamakura, Japan
(Autorisierter Photograph für das Topkapi Saray Museum,
Ausführender Photograph für die UNESCO).

FSC
Mixed Sources
Product group from well-managed
forests and other controlled sources
Cert no. GFA-COC-1223
www.fsc.org
© 1996 Forest Stewardship Council

Verlagsgruppe Random House FSC-DEU-0100
Das FSC-zertifizierte Papier *Munken Print* für Taschenbücher aus
dem btb Verlag liefert Arctic Paper Munkedals AB, Schweden.

1. Auflage
Genehmigte Taschenbuchausgabe August 2005 bei btb,
einem Unternehmen der Verlagsgruppe Random House GmbH
Copyright © btb Verlag, München 2003
Umschlaggestaltung: Design Team München
Satz: Uhl + Massopust, Aalen
Druck und Einband: Clausen & Bosse, Leck
EM · Herstellung: Augustin Wiesbeck
Printed in Germany
ISBN 3 442 73343 X

www.btb-verlag.de

Du sollst dir kein Bild noch irgendein Gleichnis machen, weder von dem, was oben im Himmel, noch von dem, was unten auf Erden, noch von dem, was in den Wassern unter der Erde ist. Bete sie nicht an und diene ihnen nicht!

EXODUS 20, 4 f.

Die dem Bild erwiesene Verehrung geht auf das Urbild über.

BASILEIOS DER GROSSE

Die Wahrheit ist Bild, doch es gibt kein Bild von der Wahrheit.

MARIE-JOSÉ MONDSZAIN

Wir alle wissen, daß Kunst nicht die Wahrheit ist. Kunst ist eine Lüge, die uns die Wahrheit begreifen lehrt.

PABLO PICASSO

Kunst ist Kunst, und alles andere ist alles andere.

AD REINHARDT

Was ist Wahrheit?

PONTIUS PILATUS

1.

»TAKE CARE of you, baby.«

Ich frage mich, wie Albin auf diesen lächerlichen Satz gekommen ist. Er kann ihn fast nicht gehört haben. Höchstens bei sehr starkem und ablandigem Wind. Unter normalen Umständen liegt das *Otelo Sultan* viel zu weit vom *The Duke's Palace Hotel* entfernt. Von hier aus ist unmöglich zu verstehen, was dort gesprochen wird. Außerdem müßte es »Take care of yourself, baby« heißen.

Livia hat mir später erzählt, im Detail und unter vier Augen, doch von Wind sagte sie nichts, daß es ein kalter Morgen war, die Frühsonne leuchtend gelb über dunklen, tiefhängenden Wolkenbändern, eine unbestimmte Wetterlage, vielleicht würde der Tag freundlich werden, vielleicht zöge neuer Regen auf, wie gestern und vorgestern. Angenehmes Licht, gestreut, aber klar. Albin schwieg, obwohl sie sich nicht gestritten hatten. Er sah fahl aus, kaute lustlos an einem Sesamkringel und trank Unmengen Kaffee. Trotz allem ein schöner Mann, dachte Livia, schön wie Kreidefelsen. Sie war hungrig aufgewacht, hatte sich am Buffet Oliven, Schafskäse, Bratwurst und Schinkenei auf den Teller geladen, was Albin zum Frühstück anwiderte. Ausnahmsweise machte er keine Bemerkung. Sie kannten sich lange genug, um die Stille nicht peinlich zu finden, so daß es auch für Livia keinen Grund gab, sie zu durchbrechen. Trotzdem hatte eindeutig Albin das Schweigen angefangen. Sie wäre bereit gewesen, den Tag zu planen, über die rätselhafte Akne-Epidemie unter den Kellnern zu spekulieren, über Millers Geschäfte. Dann sagte er ohne erkennbaren Zusammenhang und mit halbvollem Mund: »Die Minarette stecken im Himmel wie Akupunkturnadeln. Um die Kräfte rechtzuleiten.«

Erwartete jedoch keine Antwort. Der Vergleich gefiel ihr, sie drehte sich um, denn das war seine Aussicht, die Stadt mit den zahllosen Moscheen, der gedeckte Basar, wohingegen sie über abschüssige Gassen aufs Meer sah und den Blick hatte schweifen lassen, gedankenverloren, schlafwarm. Plötzlich – vorher war ihr nichts aufgefallen, aber nach Albins Bemerkung schaute sie vielleicht schärfer hin –, plötzlich brannte am Horizont, der ihr seltsam links abgerutscht und viel näher als zuvor erschien, dieses Schiff. Es lag schon sehr schräg im Wasser und würde jeden Moment sinken. Der Rauch flatterte als dünne schwarze Fahne nach Südwesten. Sie erwartete eine lautlose Explosion, zumindest das Auflodern der Flammen. Daß Menschen in Gefahr oder überhaupt nur an Bord sein könnten, kam ihr nicht in den Sinn und auch nicht, Albin auf den Untergang hinzuweisen. Sie überlegte einen Moment, ihre Kamera aus dem Zimmer zu holen, nicht, weil sich die Bilder gut hätten verkaufen lassen, Unglück verkauft sich immer gut, sondern – und da stockte Livia, zuckte mit den Achseln, zündete sich eine Zigarette an –, sondern weil sie etwas befremdete, irgend etwas war falsch. Während sie es mir erzählte, wußte sie immer noch nicht, was genau die Verunsicherung ausgelöst hatte, jedenfalls blieb der Photoapparat im Zimmer. Und dann war es gar nicht der Horizont und auch kein Schiff, sondern lediglich eine endlos lange Hafenhalle, die immer wieder zwischen den Häuserblöcken auftauchte, mit einem rot-weiß gestreiften Kaminaufbau, aus dem gewöhnlicher Heizungsrauch stieg. An der Stelle lachte Livia, beziehungsweise hätte sie am liebsten gelacht, blieb aber im Ansatz stecken und schüttelte den Kopf, denn ihr Befremden hatte sich mit dem Umkippen des Bildes keineswegs aufgelöst, im Gegenteil: Eine Bodenlosigkeit war zurückgeblieben, wie wenn man auf einmal die Uhr nicht mehr lesen kann oder seinen Schlüssel in eine fremde Tür gesteckt hat.

Nachdem Albin seinen Sesamkringel zu drei Vierteln gegessen hatte, ging er auf die Dachterrasse, um den beiden Hausmöwen den Rest hinzuwerfen. Er wußte, daß sie sich darum streiten würden. Sobald der Brocken über die Fliesen kullerte, breiteten sie die Schwingen aus, hüpften umeinander, fauchten böse, und ihre dünnen Zungen zuckten wie Messer. Das konnte Livia vom Frühstückstisch aus noch gut beobachten. Dann verschwand Albin in Richtung der künstlichen Liegewiese, vermutlich weil er hoffte, in einem der gegenüberliegenden Fenster etwas zu entdecken, eine Frau beim Anziehen, einen Vater, der seine Tochter schlug. Livia sagt, daß sie bis dahin keine Veränderung an Albin bemerkt habe, auch das Schweigen sei nicht ungewöhnlich gewesen.

Ich bin für diesen Zeitraum auf ihre Einschätzung angewiesen, denn während das geschah, saßen wir im Intercity *Markgräfler Land* zwischen Mannheim und Frankfurt, neben mir Mona, die seit zehn Minuten mit gespitztem Bleistift auf den Stadtplan ihres nagelneuen Reiseführers starrte und die Straße, in der unser Hotel sein sollte, beim besten Willen nicht fand. Der Index gab für *The Duke's Palace Hotel* F5 an, aber die Tiyatro Caddesi, in der es dem Brief des Reisebüros zufolge lag, hatte keinen Namenszug.

Ramada, Baron, Prestige und *Sultan* sollten ebenfalls in F5 sein. Auf der Karte waren in dem entsprechenden Quadrat allerdings nur vier blaue H's eingetragen und zudem so unpräzise gesetzt, daß jeweils zwei oder drei Straßen als Standort in Frage kamen. Mit Hilfe einer Adressenliste hatte sie inzwischen *Ramada, Baron* und *Prestige* identifiziert, doch nach wie vor standen zwei Hotels zur Auswahl.

»Ich will jetzt endlich wissen, wo wir die nächsten zehn Tage verbringen«, sagte Mona.

»Vergiß es«, sagte ich, »Luftlinie macht das höchstens fünfzig Meter aus, darauf kommt es wirklich nicht an.«

»Ich will es aber trotzdem wissen.«

»Wenn wir erst unten sind…«

»Jetzt, Olaf, nicht später!«

Istanbul liegt auf einer Höhe mit Neapel. Trotzdem war es eisig, Kaltluft aus Sibirien, wo bereits der Winter einzog. Albin fröstelte, als er sich über die Balustrade lehnte und – das konnte Mona erst recht nicht wissen, die Karte bildete kein Oberflächenprofil ab – wegen der Hanglage zum *Otelo Sultan* hinaufschaute. Dort hatten Mister Miller und seine Freundin Ireen ebenfalls gerade ihr Frühstück eingenommen, allerdings nicht in dem dafür vorgesehenen Saal, sondern in ihrer Suite, mit Champagner zum Kaffee und die Schinkeneier statt aus einer beheizten Blechreine frisch in der Pfanne gebraten. Albin sah, wie Miller sich einen langen Zigarillo anzündete, der blaue Rauch schwebte feierlich über den Essensresten, und während Monas Bleistift das letzte H einkreiste, ohne zu wissen, daß es tatsächlich für das *Duke's Palace Hotel* stand, ging Livia dort aufs Zimmer, um zu duschen. Ireen lehnte sich zurück und schlug ihr Haar zu einem losen Knoten. Im Stockwerk darunter trat der faltige Rücken einer älteren Frau aus dem Dunkel, die umständlich ihren BH schloß. Albin verzog die Mundwinkel, ebenso aus Geringschätzung für das ältliche Fleisch wie über sein fades Interesse an fremden Leben, drittens, weil er Sodbrennen hatte. Die Möwen hockten auf dem Geländer und beäugten die Gäste im Innern. Mona hätte sie gerne gezeichnet, sie ließ sich eigens eine Sondererlaubnis von der Hoteldirektion geben, um länger bleiben zu können, aber gegen halb elf, wenn das Buffet abgeräumt wurde, sprangen sie von der Brüstung und glitten Richtung Hafen davon. Den Argwohn in ihren Blicken bekam sie ohnehin nicht in den Griff: Monas zeichnerische Fähigkeiten sind begrenzt, um so begehrter ist sie als Modell.

Auf der Terrasse sei es sehr still gewesen, sagte Albin später, weshalb er sich nach dem Frühstück immer für eine halbe Stunde dorthin zurückgezogen habe. Istanbul bestehe aus Krach, er jedenfalls habe sonst nirgends einen ruhigen Platz gefunden, der Krach sei das Bindemittel, das die Stadt zusammenhalte, ohne den flöge sie auseinander. Letzteres entsprang Albins Neigung zu dramatischen Formulierungen, was jedoch die Stille auf der Dachterrasse des *Duke's Palace Hotels* betrifft, hat er recht. Der alles beherrschende Lärm von Motoren, Hupen, Keilriemen, Bremsbelägen, das Geschrei der wütenden Fahrer, werbenden Händler, besorgten Mütter, ungezogenen Kinder bleibt auf halbem Weg zwischen den Fassaden stecken, hier oben ist nur ein fernes Rauschen vernehmbar, kaum lauter als das Meer, ab und zu das Heulen einer Schiffssirene.

Albin sagte, Millers Balkontür sei sperrangelweit geöffnet gewesen, er habe Ireen lachen gehört, sehr lang und melodisch, ein wenig aufgesetzt, daraufhin habe Miller sich zu ihr hinübergebeugt und etwas geflüstert, was für ihn unverständlich gewesen sei, aber Ireen habe plötzlich erschrocken gewirkt, und dann – egal, ob ich das nun glauben wolle oder nicht – habe Miller *Take care of you, baby* gesagt. Albin dachte noch, daß der Satz selbst für einen Amerikaner ziemlich abgeschmackt klinge, doch Sekundenbruchteile später sei ein knapper Ton über die Dächer gesaust, ein Ton, wie wenn Gummi reißt oder eine Weinflasche entkorkt wird, und Miller sei vornübergekippt, den Zigarillo zwischen den Lippen, ohne sich aufzubäumen, ohne schmerzverzerrtes Gesicht. Seine Stirn habe erst den Teller zerschlagen, dann die gläserne Tischplatte, Miller sei ja ein Riese gewesen, mindestens einsneunzig, ein Fleischberg, drei Zentner, pralle Tränensäcke, fettiges Haar, wie der alte Marlon Brando habe er ausgesehen.

2.

JETZT, IM DUNKELN, merkt man deutlich, daß die Motoren alt sind. Ich müßte brüllen, wenn ich mich jemandem verständlich machen wollte. Hin und wieder stottern sie kurz, drei, vier Schläge in einem anderen Takt, geringfügig leiser. Die Lautstärke ist aber zweitrangig. Ein Geräusch, das lange genug anhält und einem primitiven Rhythmus folgt, erzeugt Stille. Umgekehrt: Im schalldichten Raum kann man vom Rascheln des eigenen Hemds erschreckt werden, und der Schrecken läßt die Brust nur zögernd wieder los. Leichter Fahrtwind.

Die brennende Zigarette zwischen den Lippen, gäbe ich ein gutes Ziel ab.

Vereinzelt dringen Bruchstücke amerikanischer Schlager durch die Schwingtüren. In deren Scheiben sind sonderbare Ornamente geschliffen. Kordeln, Schrauben, Anker, exotische Blüten und Blattranken schlingen sich durch überliefertes Strahlengeflecht. Wenn dem Ganzen ein System zugrunde liegt, ist es nicht durchschaubar. Zu Hause nannten wir alle Passagierschiffe Dampfer. Weiter über die Reling gebeugt, würde ich das Gleichgewicht verlieren, bestünde zumindest die Gefahr. Bis zum Anlegen bliebe mein Verschwinden unbemerkt. Es sei denn, Livia fiele plötzlich ein, daß sie mir dringend etwas zu sagen hat. Damit rechne ich nicht.

Schwarz und dickflüssig ist der Bosporus inzwischen. Auf die Bewegung des Schiffs reagiert er zögernd. Vielleicht scheint es auch nur so, weil man die Wellen nicht gegen den Rumpf schlagen, weil man sie überhaupt nicht hört. Als glitten wir über einen Ölsee. Heute früh schimmerte das Wasser blau wie verkratzter Stahl, und in den Kratzern brach sich die Sonne. Letzte Wolken zogen Richtung Westen davon. Sie sahen nach Zierat aus, nicht nach Regen.

Kein Mond. Er geht erst gegen Mitternacht auf, wandert bis in den späten Morgen und fällt dann auseinander. Die Besatzung nicht mitgerechnet, befinden sich vielleicht dreißig Leute an Bord. Dafür schalten sie die Lampionketten gar nicht erst ein.

Wieder Schmerzen. Im Moment etwas stärker, nicht sehr. Es kann der Magen sein, Galle, Darm, Leber. Seit wir hier sind, haben sie zugenommen, aber die Angst ist weggegangen.

Die Spiegelungen der Uferlaternen werden in schmale gelbe Streifen geschnitten. Unter den vergilbten Photos, auf denen man früher sehen konnte, wie Schwimmwesten angezogen werden, schläft Professor Nager einen leichten Nachmittagsrausch aus. Er ist Mitte Vierzig und ein mäßig berühmter Bildhauer. Im Schein der Neonröhren wirkt sein Gesicht, als gehöre es einer ungeschminkten Leiche. Unverkennbar, daß der Tote stark getrunken hat. Stellenweise sprengt Rost die Farbe von den Planken. Die Holzbänke sind abgescheuert und mit vermischten Meldungen aus den letzten Jahrzehnten übersät. Türkisches mit Ausrufezeichen. Ein Phallus, aus dem es spritzt. »Fuck the U.S.«, »John was here, 3.7.71«. Herzchen sind selten. Miller hieß auch John, genaugenommen Jonathan, aber Ireen nannte ihn John. Ich weiß nicht, wann er zum ersten Mal in Istanbul gewesen ist, bezweifle aber, daß er seinen Namen in eine

14

Bank geritzt hätte. Ich denke eine Weile an diesen John, damit seine Gravur nicht umsonst war.

Sommer '71 hat Vater das reetgedeckte Ferienhaus bei Marienhafe gekauft, ich sammelte Krabben und Seesterne, die in den Plastikschüsseln binnen weniger Stunden krepierten. Xaver blieb sitzen, Mutter weinte oft, aber nicht deswegen. Claes versuchte sein Meerschweinchen Charlotte zu operieren.

Der Schmerz zieht sich hin, dumpf, ohne Höhepunkte, er gehört jemand anderem. Als hätte eine Schlupfwespe ihr Ei injiziert. Das kann vor Jahren gewesen sein. Die Larve fand reichlich Nahrung. Ein praller, Schleim absondernder Wurm arbeitete sich vorsichtig und mit instinktiver Kenntnis der menschlichen Anatomie um die lebenswichtigen Organe herum. Ich durfte nicht sterben, ehe die Verpuppung eingeleitet war. Jetzt, gegen Ende, häufen sich Anzeichen: Schweißausbrüche, rasender Puls. Die Straßenhunde wittern etwas und machen mit eingezogenem Schwanz einen weiten Bogen. Nachts flüchtet der Schlaf, ich liege auf dem Rücken, kann das Pochen des fremden Blutes deutlich vom eigenen Herzschlag unterscheiden. Die Klimaanlage surrt gleichförmig, kein kurzes Gurgeln oder Blubbern, nicht einmal das Flattern eines Taus im Luftschacht. Und neben mir Livia, deren Atem eine Spur zu hastig scheint.

Nager und ich sind die einzigen hier draußen. Seinen Mädchen war kalt, sie haben sich unter Deck zurückgezogen. Livia ebenfalls. Die Jungs folgten mit etwas Abstand. Einer nach dem anderen, damit es nicht aussah, als würden sie ihnen nachlaufen. Jan zuerst, er sitzt bei ihr, darauf würde ich wetten. Livia redet und knipst. Ich frage mich, was sie an ihm findet. Ich frage mich, was sie an mir gefunden hat. Wenig später Hagen und Scherf, angeblich um Bier zu holen. Das war vor einer halben Stunde, bis zur Theke *sind es keine zwanzig Meter. Fritz fror plötzlich auch. Niemand schläft gerne allein. Olaf Rademacher nuschelte: »...was zeichnen.« – Er ist der einzige, dem ich glaube, daß es kein Vorwand war. Seine Nasenflügel zuckten, als müsse er Witterung aufnehmen. Er hockt jetzt abseits und setzt Würfel auf Rechenpapier.*

Livia wollte nach Istanbul, obwohl oder weil sie von der Stadt tausend Klischees im Kopf hatte. Mittlerweile hat sie beschlossen, diese Kunststudenten zu photographieren, die genausowenig wissen, weshalb sie hier sind, wie wir. Ich kann mir nicht vorstellen, daß irgendein Magazin daran Interesse zeigt, aber das ist ihre Sache.

Am Ostufer, hinter den Sommerresidenzen der Kalifen, Wesire, Generäle, schießen sie Feuerwerkskörper hoch. Der Himmel gibt sich Mühe, festlich zu erscheinen. Als unsere Firma abbrannte, einschließlich aller Lastwagen, Bagger, Kräne, Raupen, 1978, war ich zwölf, vier Wochen später kam ein Telegramm aus Buenos Aires. Vater schrieb, wir bräuchten uns keine Gedanken zu machen, er habe für alles gesorgt, wolle jedoch nicht ins Detail gehen. Onkel Geralds Hühnerfarm erwirtschaftete schon damals trotz gelegentlicher Protestaktionen gute Gewinne, seine Überweisungen kamen pünktlich zum Ersten. Wenige Monate nach Vaters Verschwinden begann er mit dem Bau einer neuen Käfiganlage. Claes haßte Onkel Gerald. Es dauerte einige Zeit, bis ich mich zu Silvester wieder auf die Straße traute. – Vermutlich richtet irgend jemand, der Geld und Einfluß hat, seiner Tochter eine Hochzeit aus, von der die Gäste noch in zwanzig Jahren erzählen sollen. Eine brennende Halle voller Baufahrzeuge erzeugt ohrenbetäubenden Lärm, insbesondere, wenn die Treibstofftanks explodieren. Über dem Feuerwerk steht der Große Wagen, das einzige Sternbild, das ich sicher erkenne. Nager schnarcht mit den Mo-

16

toren um die Wette. Je betrunkener er ist, desto unverhohlener sind seine Angebote an Mona, obwohl er in Köln eine deutlich jüngere Frau hat und zwei kleine Mädchen, für die er überall Mitbringsel kauft. Seine Frau bezeichnet er als prima Kerl. Sie sehe nicht schlecht aus, eigentlich sogar gut. Er sagt, ab einem bestimmten Alter wolle sich jeder Mann in erster Linie fortpflanzen, dann sei das Ergebnis wichtiger als die Liebe, der Sex. Sie ist die Sekretärin des Galeristen gewesen, der ihn auf die Dokumenta gebracht hat, wenn auch unter ferner liefen. Jetzt kümmert sie sich ausschließlich um seinen Nachwuchs. Er nennt sie nie beim Namen. Allerdings heißt er selbst in Wirklichkeit auch nicht Nager, sondern Walter Schaub-Scheffelbock, wie Livia von Jan weiß, der bei der Einreise seinen Paß gesehen hat. Er könnte mein Freund sein.

Ich bin sicher, daß Livia mit Jan schläft. Sie soll machen, was sie will. Es interessiert mich nicht.

Von der Brust her dehnt sich ein Ziehen bis in die Arme aus. Raki zum Mittagessen, die Garnelen waren sehr frisch. Ich versuche mein Spiegelbild im schwarzen Wasser zu entdecken, in Streifen geschnitten wie die Uferlaternen.

Es wird aufhören. Bald. Es war vergeblich. Von Anfang an hat etwas nicht gestimmt. Es ist mir nicht gelungen, einen Zusammenhang herzustellen. Ich bin zwischen Menschen und Orten hindurchgerutscht, auf einer glatten, abschüssigen Fläche. Simulierte Handlungen, weil man irgend etwas tun muß, weil man nicht nichts tun kann, aufgrund der äußeren Erfordernisse. Daraus wird im Rückblick ein Leben.

Der Große Wagen ist leer, eine durchgerostete Schubkarre. Ich hätte gerne gelernt, mich anhand der Sterne zu orientieren, wie ein Karawanenführer, ein alter Kapitän. Dann hätte ich Vaters Grab in Bahia Blanca gesucht und *auf sein steinernes Ebenbild gespuckt. In unserer Familie gab es außer Claes jedoch keinen, der auch nur Vogelstimmen unterscheiden konnte, geschweige denn Sternbilder, und Claes hat es sich selbst beigebracht, mit Hilfe von Schallplatten. Ich hätte gerne erfahren, weshalb Jonathan Miller erschossen wurde. Ich habe ihn sterben sehen, das verbindet. Der Tod ist eine intime Angelegenheit, man sieht nicht vielen dabei zu. – Warum Messut Yeter so vehement bestreitet, daß Miller im Sultan gewohnt hat? Und wohin Ireen verschwunden ist? Wenn ich all das wüßte, würde sich nichts ändern. –*

Stück für Stück bin ich Teil des fremden Organismus geworden. Ich bilde nur noch eine dünne Hülle um ein Wesen, das vollständig aus mir besteht. Es hat meine komplexe Primatenstruktur in den schlichten Bau eines vorzeitlichen Insekts zurückverwandelt. Ich spüre seine Bewegungen, wie es versucht, den Kokon abzustreifen.

Die Zigaretten werden bis ans Ufer reichen. Notfalls leiht Olaf mir Tabak. Schwindel, als wäre ich angetrunken eine steile Treppe hinaufgestiegen. Das Feuerzeug zittert, weil ein schwer beladener Frachter nahe an uns vorbeifährt. Der Lichtpunkt unmittelbar vor mir. Blitzt auf, verlischt. Ein Schlag reißt meine Brust auseinander. Dann verbreitet sich Wärme. Lautlosigkeit. Der Rauch schmeckt nach Eisen. Warum fühle ich keinen Schmerz?

Feinstoffliches Kribbeln, flirrende Kapillaren. Die Gefäßwände ächzen wie bei einem ausrangierten Dampfer, den ein verrückter Heizer in den Rekord treiben will. Mit jedem Zug pulsiert es heftiger. In der Leiste, den Schläfen, am Hals. Zischend treibt der Dampf die Turbinen an. Aber das Schiff wird langsamer statt schneller. Als läge eine unsichtbare Hand auf dem Schaufelrad. Für eine Zeitlupenaufnahme, sagt Livia, belichtet die Kamera im Minimum fünf-

zig Bilder pro Sekunde. Doppelt so viele wie gewöhnlich. Vielleicht ermöglicht die plötzliche Überflutung des Hirns mit Adrenalin die Verarbeitung wesentlich größerer Informationsmengen, so daß alle Bewegung für einen Augenblick zum Stillstand kommt.

3.

IREEN SCHRIE nicht. Ihre Stimmbänder versagten den Dienst. Sie taumelte zur Tür, drehte den Schlüssel, öffnete, schob sich vorsichtig auf den Flur, sackte kurz ein in den Knien, riß sich zusammen, fing die Ohnmacht im letzten Moment auf wie eine kostbare Tasse, die ein unvorsichtiger Ellbogen aus dem Regal gestoßen hatte, und wirkte doch nicht erleichtert. Millers dickes, in englischem Landhausstil geschneidertes Jackett war so gefallen, daß Albin weder Wunde noch Blut sehen konnte. Der Stoff hatte den Splittern des Tisches standgehalten. Ireen suchte nach dem Aufzug, sie erinnerte sich nicht, in welcher Richtung der Aufzug war. Ihr Atem ging flach und sehr schnell. Sie drückte sich gegen die Wand, krallte ihre Nägel in den rauhen Putz, spürte keinen Schmerz, als sie brachen, rutschte zu Boden. Über ihr verfing sich ein Fächer Haare. Millers Oberkörper knirschte tiefer ins Glas. Sie zuckte vor dem fremdartigen Geräusch zurück. Im Zimmer hätte es still sein müssen. Der Tod hockte auf der Sessellehne und legte seinen Zeigefinger an die gespitzten Lippen. Sie rief jetzt doch, zumindest bewegte sich ihr Mund, daß jemand zu Hilfe käme, vielleicht lebte Miller und wäre zu retten. Aber die Leute aus den wenigen belegten Nebenzimmern saßen beim Frühstück oder waren bereits zu Besichtigungen, Geschäftsabschlüssen ausgeschwärmt, die Putzkolonne trödelte.

Albin sagte später, er habe einige Sekunden, Minuten, genau wisse er es nicht, wie ein Idiot dagestanden und abwechselnd den toten Miller und das Häuflein Ireen angestarrt. Der Flur sei hell erleuchtet gewesen, weshalb er sie sehr wohl habe sehen können, wenn auch nur als Schemen. Miller zwischen den Scherben habe ihn an Jacques Cousteaus *Calypso* im Packeis erinnert. Daß er einen Kater gehabt hat, gab Albin unumwunden zu, fand aber nicht, daß es etwas ändern würde, im Gegenteil: Wenn ich jemals am Morgen nach einer durchzechten Nacht ohne Schlaf ein Museum besucht hätte, wüßte ich, daß die Wahrnehmung dann eine Schärfe habe, mit der könne man Stein schneiden. Albin beschrieb sogar die Wolkenformationen überm *Sultan*, weiße, chaotisch anmutende Zirrostratus in großer Höhe, darunter dunkelgraue Kumuli, von deren Rändern der Wind Fetzen abriß und ins Blau verwirbelte. Albin zufolge wehte es in Böen sogar heftig.

Als Ireen entschied, den Aufzug links zu suchen, löste sich auch seine Lähmung, und er rannte hektisch hin und her, zehn Schritte vor, zehn zurück, drehte sich im Kreis – was tun? –, besann sich und suchte die umliegenden Dächer und Fenster nach dem Schützen ab, der vermutlich gerade sein Gewehr auseinanderschraubte, um es in einem unauffälligen Köfferchen zu verstauen, ehe er zügig, jedoch ohne Hast, über die nächste Feuerleiter verschwand. Wie in einem schlechten Film. Es wäre wichtig gewesen zu wissen, wo genau er angesessen hatte. Im Zweifel war dem einen oder anderen Hausbewohner etwas Ungewöhnliches aufgefallen, oder einer hatte sein Schlafzimmer zur Verfügung gestellt und es vorgezogen, sich nicht über den Batzen Geld zu wundern. Die Kriminalisten können mittels Schußkanaluntersuchungen, Computersimulationen einiges rekonstruieren. Albin entdeckte keinen Verdächtigen. Und kein Vorhang bewegte sich fahrig. Es hätte nahe gelegen, jemanden hinzuzuziehen, einen Kellner oder Gast mit stabilem Nervenkostüm, sei es nur, um sicherzugehen, daß er nicht phantasierte, und weil vier Augen mehr sahen als zwei. Statt dessen hat Albin anhaltend den Kopf geschüttelt und ist weggegangen, langsam, ohne sich umzudrehen. Vor der Tür hat er mit einem Ausfallschritt, für den es keinen Grund gab, die beiden Möwen aufgescheucht, vielleicht mit der Absicht, sie zu treffen, aus einem Reflex heraus, wie man eine Blechdose vom Bürgersteig tritt, da hockten sie längst auf der Regenrinne. Das Personal und die letzten Kaffeetrinker beachteten ihn nicht. Nachträglich hätte niemand beschwören mögen, daß er tatsächlich an genau diesem Montag quer durch den Speisesaal gegangen ist, schleppend, verstört, und niemandem ist aufgefallen, daß er nervös an seinem Ohrläppchen gerissen hat.

Er nahm den Aufzug hinunter in den dritten Stock, wo ihr Zimmer war, wo Livia unter der Dusche stand. Der Aufzug hielt zwischendurch nirgends. Die seifige Musik schien ihm bösartig. Livia genoß das warme Wasser und dachte an die Hände eines guten Friseurs, die ihre Kopfhaut massierten. Als Albin »Miller ist erschossen worden!« ins Bad rief, verstand sie ihn kaum, nachdem er es wiederholt hatte, dachte sie, es sei eine von seinen üblichen Possen.

»Im nachhinein«, sagt Livia, »war es wohl ein Fehler, ihm nicht zu glauben. – Du hast ihn doch erlebt, Olaf, in welchem Zustand er gewesen ist, hättest du ihm geglaubt?«

»Nein.«

»Aber Nager, der hat ihm geglaubt.«

»Trotzdem.«

Albin erfand Geschichten, um Verwirrung zu stiften, um

sein Gegenüber auf die Probe zu stellen, aus Verachtung oder Lust am Spiel. Sein Gesicht nahm dabei einen Ernst an, der Leute, die ihn nicht kannten, das Unwahrscheinlichste glauben machte: daß er wegen besonderer genetischer Voraussetzungen bei der Nasa angestellt sei und demnächst zehn Tage mit dem Spaceshuttle um die Erde fliege, daß sein Vater eine Goldmine im Amazonasgebiet betreibe, weshalb er selbst Arbeit nicht nötig habe. Dann brach er unvermittelt in Gelächter aus.

»Ein Schuß. Vor zwanzig Minuten, beim Frühstück.«

Sie fragte, ob er einen Arzt brauche, und er solle vielleicht, nur ein unverbindlicher Vorschlag, weniger trinken.

»Er hat noch *Take care of you, baby* gesagt.«

Daraufhin drehte sie die Dusche ab, obwohl das Shampoo nicht vollständig ausgewaschen war, griff nach dem Handtuch, schlug es sich um den Kopf, stand vor ihm wie eine griechische Schöne in Marmor, groß und anmutig, nicht zu schwer in den Hüften.

»Was hätte er sonst sagen sollen? Wahrscheinlich ist er der Pate der New Yorker *Cosa Nostra* und hat seine Freundin – wie heißt sie noch gleich?«

»Ireen.«

»…hat Ireen in alle Geheimnisse eingeweiht, weil er geahnt hat, was kommt.«

»Ich habe es gesehen.«

Livia ist inzwischen sicher, daß ein bittender, fast flehentlicher Unterton in seiner Stimme mitschwang, der sie im ersten Moment irritierte: So hatte Albin nie geklungen. Sie beschloß aber, sich verhört zu haben. Daß etwas nicht stimmte, hat sie vor allem daran bemerkt, daß sein abschätzender Blick ausblieb, mit dem er sonst prüfte, ob ihre Nacktheit ihm noch gefiel. Er schaute an ihr vorbei, spielte links mit dem Feuerzeug, mühte sich rechts, eine Zigarette unbeschadet aus der Packung zu ziehen, ohne die Packung aus der Jackentasche zu holen. Seine Augen folgten dem ablaufenden Schaum auf den Kacheln.

Albin schaute nicht einmal zu, wie sie sich abtrocknete. Sie hörte, daß er sich aufs Bett warf und den Fernseher einschaltete. Das tat er sonst höchstens, wenn er betrunken zurückkam oder beschlossen hatte, bis zur Besinnungslosigkeit zu trinken.

In der letzten Nacht, die wir zusammen an der Hotelbar totschlugen, sagte Albin, im Prinzip hasse er Fernsehen, aber das reibungslose Funktionieren eines technischen Geräts gebe ihm das Vertrauen in die eigene Handlungsfähigkeit zurück, genausogut könne er Auto fahren, doch dann rede Livia zwei Tage nicht mit ihm.

Eine üppige, grell geschminkte Frau schickte ihre endlosen Melodielinien imaginären Liebhabern hinterher, tanzte mit Schellen und Säbelgerassel. Werbung: Für Tee, mit einem kindischen Lied, Insektenvernichtung in billigem Zeichentrick, wobei die Kakerlaken einen sympathischen Eindruck machten, Gebäck zum Tee, Badezimmerkacheln, Scheuerpulver, Trallala.

Albin schaltete den Fernseher ab und öffnete das Fenster in der Hoffnung, Polizei- oder Ambulanzsirenen zu hören. Da war aber nichts als das gewohnte Hupen und Schreien. Er dachte, daß seine Aussage bedeutsam sein könnte, daß er sich in jedem Fall melden sollte, möglicherweise war er neben Ireen der einzige Zeuge. Außerdem gab es im *Sultan* eine Bar, die vierundzwanzig Stunden geöffnet hatte.

Livia vor dem Waschbecken cremte sich ein, entdeckte ihr Spiegelbild als Frage, antwortete nach kurzem Zögern, daß sie Möglichkeiten haben müßte. Fünf Jahre Albin lagen hinter ihr, die waren oft furchtbar gewesen, aber nicht nur.

24

Sie hätte ihn nie geheiratet. Sie hätte überhaupt niemanden geheiratet. Im Grunde konnte sie jederzeit gehen.

Kurz vor dem Frankfurter Hauptbahnhof brach Mona die Suche nach dem Hotel entnervt und ergebnislos ab, kaute zusehends wütender auf ihrem Bleistift, hätte ihn am liebsten jemandem in den Rücken gerammt, Corinna, Swantje, Scherf oder seinem schmierigen Anhängsel Hagen, die Istanbul als Ziel ausgesucht und durchgesetzt hatten, »bloß weil wir anderen zu blöd, zu faul, zu lahm gewesen sind, uns um Alternativen zu kümmern. Oder wolltest du dahin? Kennst du auch nur einen einzigen türkischen Künstler, Olaf?«

»Die geometrischen Ornamente sind interessant.«

»Für dich vielleicht. Ihr hättet trotzdem etwas sagen können, Jan und du. Jan läßt sonst keinen Streit mit Hagen aus.«

»Warte doch erst mal ab.«

»Jan kommt bestimmt wieder auf die letzte Minute.«

Jan war nicht mit Mona zusammen, obwohl das an der Akademie in regelmäßigen Abständen als Neuigkeit gehandelt wurde, obwohl sie ihm Akt stand, nur ihm. Wenn zwischen Mona und Jan etwas gewesen wäre, wüßte ich es. Jan und ich sind auf dieselbe Schule gegangen, haben im selben Semester das Studium begonnen, bis vor kurzem zusammengewohnt. Allerdings zog Mona sich immer erst aus, wenn die Tür zu seinem Zimmer geschlossen war.

4.

WAS, WENN es nach dem Stillstand rückwärts weitergeht?

Die Schwärze umwickelt mich wie ein pechgetränktes Laken, obwohl die Stadt näher rückt, obwohl seit kurzem an der Stelle, wo mein Spiegelbild sein müßte, ein fahlgrünes Irrlicht über der Wasseroberfläche schwebt, eine leuchtende Fläche, die sich ausdehnt, als würde ein Kissen aufgeblasen, wieder zusammenzieht, erneut füllt, ruhig und gleichmäßig. Leichte Quallen könnten so durch die Luft schwimmen. Es hält meinem Blick stand, zerfällt nicht, wenn ich es fixiere. Das ist ungewöhnlich. Ich kann fünf Spaltöffnungen erkennen, Atemlöcher oder Sinnesorgane oder Stigmata, in jeder Ecke eins und eins im Zentrum, das scheint etwas größer. Ich muß an eine Spielkarte denken, Pik-As.

Das Dröhnen der Motoren klingt jetzt so fern, als würde es vom anderen Ufer herüberwehen. Eine Bewegung wie fallen, eingehüllt in das Tuch aus Nacht.

Es ist halb fünf, als wir in Düşünülen Yer über den wackligen Steg zurück an Bord gehen. Zwischen Kaimauer und Schiffsrumpf treibt der aufgedunsene, mit blaßrosa Schwären übersäte Kadaver eines Köters. Er hat keine Augen mehr, seine Flanke ist aufgeplatzt. Das senfgelbe Fell ver-

bindet sich mit dem gekenterten Himmel zu einer Farbigkeit, die an die Kachelfriese Babylons erinnert. Löwen, Gazellen, Hirsche, Fabelwesen vor umgekipptem Blau. Ein
Schwarm kleiner Fische stößt von unten in den Bauch, gie-
rig oder verspielt: »Morgen hat sie jemand auf dem Teller«,
sage ich zu Livia, die unmittelbar hinter mir kommt, »im
Ganzen fritiert, mit Hundefleisch in den Därmen.«

Livia stöhnt auf. Einen Moment fürchte ich, sie wird sich
übergeben, so bleich ist ihr Gesicht. Sie schluckt Speichel,
wendet sich aber nicht ab. Während sie schaut, schiebt das
Erstaunen über die vollkommene Wehrlosigkeit des Körpers
in den Wellen ihren Ekel zur Seite. An Deck kramt sie hastig
die Kamera aus der Tasche, tauscht das Weitwinkel- gegen
ein Teleobjektiv, lehnt sich übers Geländer, so weit, daß mir
angst wird, verschießt binnen zwei Minuten einen ganzen
Film, meine Hand auf ihrem unerträglich schönen Hintern
schon nur noch Erinnerung, die kann sie kaum halten.

Gedämpft, aber klarer als nüchtern: Rauschen – nicht das
des Meeres – silbrig flirrend, zusammengesetzt aus Millionen Tonpunkten in allen erdenklichen Höhen, jeder scharf
umgrenzt von der drohenden Stille dahinter: Wenn meine
Augen hören würden, müßte ein Gebirgssee im Vollmond
zwischen Gletschern, vereisten Felshängen so klingen.

Messut Yeter nannte unsere Wahrnehmung vorläufig, ich
wußte nicht, was er damit meinte, und fragte, wie ich mir
endgültige Wahrnehmung vorzustellen hätte, da lachte er
bloß.

»Das sind die ersten guten Photos, die ich hier gemacht
habe, ich bin sicher«, sagt Livia, obwohl sie bis jetzt nur
einen leibhaftigen Hundekadaver gesehen hat, kein Bild:
»Noch dazu völlig unverkäuflich.« – Darüber scheint sie be-

sonders froh zu sein, nachdem sie mir vor zwei Wochen erst stolz verkündet hat, dieses Jahr verdiene sie endlich ausreichend Geld mit der Photographie.

Es gibt kaum ein Motiv, das so unverkäuflich ist wie tote Hunde, es sei denn, sie wären für eine gerechte Empörung gut.

Hagen wirft vom Ufer aus einen Stein nach dem Vieh, verfehlt es, Scherf grölt: »Du Idiot«, der Fischschwarm verschwindet als ein einziger Organismus in tieferen Zonen. Auf Livias Gesicht steht Verachtung, die Hagen töten soll, der sucht den Kai nach anderen Wurfgeschossen ab, greift sich eine leere Colaflasche und trifft. Das Knäuel Därme rutscht weiter ins Wasser, Livia verliert die Spannung wie ein Ballon Gas. Plötzlich ist sie weich, ohne Schutz. So fand ich sie immer am schönsten. Seit sie Erfolg hat, gönnt sie selten jemandem ihre Schwäche. Als ich ihr über den Rücken streiche, tritt sie zur Seite: »Du bist betrunken«, dankbar, daß ihr so schnell ein Grund eingefallen ist, mich zurückzuweisen. Sie zahlt ihren Abschied in Raten. Jan unterhält sich wenige Meter von uns entfernt mit Olaf, kreuzt ihren ausgeleerten Blick, verzieht spöttisch die Mundwinkel in meine Richtung. Livia antwortet mit einem Lächeln, das mißrät. Vielleicht täusche ich mich auch, und Jans Grinsen gilt in Wirklichkeit Nager, der mit weit ausgestreckten Armen über den Steg balanciert, unsicher, ob das Schwanken von morschen Einlegeböden, vom Wellengang oder vom Schnaps herrührt, brüllt: »Das ist alles Schrott hier, da kann man höchstens noch Kunst draus machen, wo ist Swantje, die soll sich das Zeug einpacken und nachschikken lassen, damit kriegt sie eine Eins in der Zwischenprüfung.«

Livia nimmt wortlos ihre Phototasche, geht langsam zu den überdachten Bänken, läßt sich fallen, sitzt da, nach

vorn gebeugt, starrt den Boden an, wickelt sich Haarsträh-
nen um die Finger.

Diese Geste, sonst nichts, in Carrara-Marmor.

Jan beendet sein Gespräch mit Olaf, schlendert zu ihr
hinüber, setzt sich neben sie, als sei das sein angestammter
Platz. Stellt keine Frage, äußert keinen Gedanken, der ihm
eben gekommen wäre, eigens für sie gedacht: Das hätte ein
Vorwand sein können. Hält ihr lediglich seine Zigaretten
hin. Danach das brennende Feuerzeug. Der Abstand stimmt
auf Anhieb. So selbstverständlich, als hätten sie es seit Jah-
ren geübt. Obwohl er weiß, daß ich zuschaue. Unter ande-
ren Umständen würde ich ihn mögen. Ich sehe noch einmal
nach dem Hund. Er ist jetzt dummes, häßliches Elend. Die
Fische balgen sich wieder um Fleischfetzen. Livias Knipse-
rei oder Hagens Treffer haben ihm seinen Ausdruck gestoh-
len. Oder der Dreiklang aus Fell, Wunden, Wasser verliert
in der aufziehenden Dämmerung seinen Zusammenhalt.
Licht, das Minarette zum Glühen bringt, muß nicht für
einen Kadaver taugen.

Livia schüttelt den Kopf. Offenbar ist Jan doch ein Satz
eingefallen. Er muß ihn sehr leise gesagt haben, nur sie
sollte ihn hören. Allerdings teilt sie seine Auffassung nicht.
Beider Knie berühren sich, zumindest scheint es von mei-
nem Standpunkt aus so. Vielleicht hat Jan seine Hand un-
ter ihren Oberschenkel geschoben. Ihrem Haar steht der
Abend gut, ihrem Haar steht jede Beleuchtung, es schim-
mert jetzt kupfern.

Wahrscheinlich ist Livia unglücklich mit mir gewesen. Ich
tauge für Momente, nicht zum Leben, wer taugt dazu
schon?

Unter Deck werden Neonröhren eingeschaltet, durch die
Bullaugen fallen milchige Kegel aufs Wasser. Im Zwielicht
scheint der Hund plötzlich transparent und von innen be-

leuchtet, als hätte er Phosphor gefressen, aber das sieht außer mir niemand. Ich denke: Er ist gar nicht tot, er verstellt sich nur, um nicht erkannt zu werden, frage mich, welchen Vorteil das für ein Tier haben könnte, vielleicht ist es gar keins. Messut Yeter hat von Dschinnen erzählt, die manchmal mit uns spielen wollten, und mich dringend gewarnt: Selbst die guten sind gefährlich, weil sie keine Ahnung haben, wie schwach der Mensch ist.

Während ich mich über die Reling beuge, nimmt Jan Livias Hand, oder sie die seine, oder beide ihre, so vertraut wie er ihr das Feuerzeug hingehalten und sie den Abstand gewußt hat. Derart war unsere Liebe nie.

Als ich mich zurückdrehe, weil Nager laut fluchend durch die Schwingtür stolpert, haben sie sich bereits wieder losgelassen. Er vermißt Mona. Ausnahmsweise nicht aus privaten Gründen, sondern weil das Schiff in wenigen Minuten ablegen wird. Er fürchtet, eins der ihm anvertrauten Schafe könnte verlorengegangen sein, zählt seine Finger ab, verbrennt sich an der eigenen Zigarette, versucht sämtliche Gesichter mit Namen zu verknüpfen, dabei möglichst auf zehn zu kommen, kommt auf zehn, aber Mona fehlt noch immer, weil Livia zwar offenkundig zu Jan, jedoch nicht zu seiner Klasse gehört: »Damit eins schon mal klar ist: Das nächste Mal geht ihr in Zweierreihen und ich mit Schirm vorneweg, wie die Japaner!« Er hat fette Schweißtropfen auf der Stirn, rupft an der Krawatte, reißt den obersten Hemdknopf auf, greift sich den erstbesten Matrosen oder Stewart, erklärt ihm, daß mit dem Ablegen gewartet werden müsse, unbedingt, wenigstens einige Minuten, weil ihm ein Mädel fehle, das könne nicht die ganze Nacht allein hier bleiben, viel zu gefährlich, die Türkei. Er sei Professor, German University of Fine Arts, you know, der mit seinen Studenten eine Klassenfahrt mache und die ganze Verantwortung trage,

Doktor, Akademia, Allemania. Schiff warten mit Fahren, ob er das verstehe. Der Mann nickt beflissen, versteht aber offensichtlich nichts, während Nager in seiner Geldbörse wühlt, mit einem Hunderter wedelt, »Deutschmark« flüstert, die schon in der fadenscheinigen Uniformjacke verschwunden sind, als Mona am Ufer auftaucht. Sie ruft etwas Unverständliches, winkt mit ihrem Skizzenblock, rennt ein Stück. Sie ist völlig außer Atem. Nager verdreht die Augen, entnervt, erleichtert, und weil ihn Monas Anblick umgehend die vertrottelte Studentin vergessen läßt, deretwegen er beinahe einen Herzinfarkt bekommen hätte. Er ist so erschöpft, daß ihm die Kraft für einen neuerlichen Wutanfall fehlt, jammert, daß es geheißen habe, er werde Hochschullehrer, statt dessen sei er Kindergärtner, damit fühle er sich schon bei seinen Töchtern überfordert, fährt sich mit einer Geste zwischen Raufen und Kratzen durch die pomadisierten Haare, sieht endgültig aus wie ein nasser Hamster.

Jan steht auf, als Mona an Bord kommt, und geht einige Schritte von Livia weg. Sie wirkt darüber weder verärgert noch irritiert, wahrscheinlich ist ihr der Zusammenhang nicht aufgefallen.

Ich überlege einen Moment, sie zu fragen, ob sie wisse, welcher Art Jans Verhältnis zu Mona sei, vielleicht habe er es ihr ja erläutert vergangene Nacht, wo auch immer sie gewesen seien, und ob sie sich nicht zu schade fände für einen halben Mann.

(Gegenfrage: Weißt du noch, wie viele Frauen du in den letzten fünf Jahren beschlafen hast, Albin?)

Das Schiff dreht langsam vom Kai weg. Mona lächelt Jan zu, als könnte er die Aufregung, die sie verursacht hat, stellvertretend entschuldigen, weil sie doch beim Zeichnen die Zeit vergessen hat, das ist ihm nicht fremd: Da stand eine ausgestopfte Ziege mit Kitz im Schaufenster eines Schlach-

ters, so anrührend schlecht präpariert, daß Mona lachen mußte, obwohl sie es widerlich findet, ein Kitz zu töten, nur zur Dekoration. Dem Kitz war ein dickes blaues Glasherz umgehängt worden, aus dessen Mitte ein künstlicher Augapfel starrte, während das eigentliche Auge nach unten kippte wie ein lockerer Knopf. Das Fenster ist mir auch aufgefallen, Fritz saß vorhin am Wasser und kritzelte es als Cartoon auf eine seiner zahllosen Postkarten an Frauen und Freunde. Livia hat bestimmt Photos davon gemacht. Ein hübsches Motiv für Leute mit gehobenem Touristengeschmack: »Willst du mal sehen?«

Jan will, jedenfalls sagt er das, zieht einen neugierigen Gesichtsausdruck an, schaut die Blätter durch, langsam und genau, lobt nach Möglichkeit, tarnt Kritik als Anregung, bemüht sich, Mona die Qualen, die ihm ihre Stümperei verursacht, nicht merken zu lassen. Sie ist die einzige, der er die völlige Abwesenheit von Talent nicht übelnimmt. Den anderen, außer Olaf und vielleicht Fritz, würde er am liebsten schon den Kauf von Bleistiften verbieten.

Livia beschäftigt sich wieder mit ihren Haaren. Nachdem sie beim Blick durch verschiedene Objektive festgestellt hat, daß es für Bilder zu dunkel ist, verschwinden das Schiff, die Stadt, Himmel, Wasser, Menschen hinter einem blonden Schleier. Mona und Jan interessieren sie nicht. Ich würde gern zu ihr gehen, aber mir fällt nichts ein, was ich ihr sagen könnte. Nicht einmal eine Gemeinheit.

Am Bierausschank treffe ich Nager wieder. Er lehnt gegen den Tresen, seinen Kopf auf die Hand gestützt, und schaut der Thekenfrau beim Sortieren des Wechselgelds zu. Aus drei Warzen, die ein Dreieck zwischen linkem Nasenflügel, rechtem Jochbein und Kinnmitte bilden, wachsen ihr schwarze Haare. Sie scheint keinen Wert darauf zu legen, etwas zu verkaufen. Oder sie mißbraucht ihr Monopol, um *uns zu demütigen, über ihre Häßlichkeit bitter. Unter normalen Umständen würde Nager sie zusammenschreien. Als wir endlich bedient werden, zahlt er mein Bier mit.*

Ob ich über diesen Miller inzwischen Näheres herausgefunden hätte? will er wissen.

Ich weiche aus, erzähle ihm von verschiedenen Detailinformationen, die ich nicht zusammenbrächte, die Sache sei kompliziert.

Während ich rede, zieht er seine Backe lang und läßt sie zurückschnellen, was ein schmatzendes Geräusch verursacht. Ich sehe seinem Blick an, daß er angestrengt denkt, und auch, daß es ihm Schwierigkeiten bereitet, schweigend zu denken. Er benötigt fast die ganze Flasche Bier, um zu einem Satz zu kommen: »Im Grunde ist es egal, ob du die Geschichte erlebt oder erfunden hast.«

Ich kann die Zigarette nicht festhalten, sie rutscht zwischen meinen Fingern hindurch, fällt, dreht sich im Fallen um sich selbst, ehe sie auf die Planken schlägt, noch einmal aufspringt, wegrollt, einen halben Meter weit. Die Glut ist abgebrochen und in mehrere Körner zerplatzt, die daliegen wie Reste eines abgestürzten Himmelskörpers. Ich will sie austreten, doch ist mein Fuß bereits zu weit entfernt, als daß er den Befehlen des Gehirns noch Folge leisten würde.

5.

ES IST SCHWIERIG zu rekonstruieren, was sich an diesem Morgen genau ereignet hat und in welcher Reihenfolge.

Als Livia aus dem Bad kam, frisch gefönt, Lippen und Augenlider geschminkt, worauf Albin großen Wert legte, fand sie einen Zettel auf dem Tisch: »Bin im *Sultan*, wg. Miller, A.«

Sie hatte nicht gemerkt, daß er aus dem Zimmer gegangen war, keinen Gruß, keine Schritte, keine Tür, die ins Schloß fiel. Offenbar hatte Albin sich bemüht, heimlich zu verschwinden. Livia vermutete deshalb zunächst, die ganze Geschichte sei ein Täuschungsmanöver gewesen, weil er unbehelligt von Vorhaltungen den Tag ertränken wollte.

Sie sah den Abdruck seines Körpers in der Bettdecke, die Fernbedienung auf dem Kopfkissen. Aus dem Aschenbecher stieg eine schmale Rauchsäule, es roch nach verschmortem Filter. Außerdem stellte sie fest, daß ihre Kameratasche offen war und statt Albins Minox eine zerrissene Filmverpackung auf dem Tisch lag.

Livia versuchte sich zu erinnern, ob er gezittert hatte, das wäre ein Anhaltspunkt gewesen: beim Frühstück nicht. Sie überlegte, sich allein etwas anzuschauen, eine Moschee, einen Friedhof, oder sich durch die Stadt treiben zu lassen, bereit für Bilder, die sich aufdrängten, nicht lauernd. »Bilder«, dachte Livia, »sind scheuer als Wild.«

Dann fiel ihr sein seltsamer Blick wieder ein, der sie nicht einmal gestreift hatte, und der flehentliche Unterton in seiner Stimme. Plötzlich keimten Zweifel, daß Albin log oder spielte, war sie überzeugt, daß er wirklich etwas beobachtet hatte. In zwei Stunden würde er zurück sein und brächte vielleicht eine rätselhafte Geschichte mit, die wollte er erzählen, die wollte sie hören. Wenn er sie nicht anträfe, würde er anfangen zu trinken, morgen früh hätte er die Hälfte vergessen oder im Laufe der Nacht ein Dutzend Versionen entwickelt, für jeden Thekennachbarn eine, und eine für die Frau, die ihn vor dem Morgengrauen mit nach Hause nehmen sollte. Deshalb entschloß Livia sich zu warten. Sie blätterte den Postkartensatz mit byzantinischen Mosaiken durch, den sie tags zuvor bei einem Straßenhändler gekauft hatte, schwankte zwischen dem Pfau, der junge Triebe von einem dürren Ast riß, und dem Christuskopf aus der *Hagia Sophia*, der einen so traurig anschaute, daß sie ihm am liebsten geglaubt hätte. Auf dem Bild waren andere Augen. Livia nahm den Pfau:

»Liebe Thea,

ich fürchte, Albin ist endgültig verrückt geworden, ganz sicher bin ich mir nicht. Wahrscheinlich – nein, bestimmt ist nach der Reise Schluß, eventuell früher. Es wäre schön, wenn ich dann eine Weile bei Dir untertauchen könnte – vorausgesetzt, die Karte kommt vor mir an. Ich melde mich.

Gruß, Livia«

Die enge, steil ansteigende Tiyatro Caddesi lag noch im Schatten, als Albin heraustrat. Es war kalt, so daß die Obst- und Gemüsereste, Knochen und Fischgräten auf den vor jedem Haus aufgeschütteten Abfallhaufen bis jetzt nicht stanken. Ihm wehten die warmen Schwaden von frischem Fladenbrot und Süßigkeiten aus der nahen Backstube ins Gesicht.

Albin sah ein rissiges Bild, Samstag und Staudt, es kam aus einer alten Dunkelheit herauf, er hörte Frau Francke »Sonst noch ein' Wunsch?« fragen, leiernd, zum hundertsten Mal, spürte die knochige Hand seiner Mutter, die ihn von den Bonbongläsern wegzerrte, empfand Ohnmacht, Haß, blankpoliert wie Silberbesteck, obwohl sie die schönste Mutter der Welt war.

Vor dem *Sultan*, sagte Albin, habe kein einziger Polizeiwagen gestanden, es herrschte auch keine Aufregung im Foyer. Er hatte Direktoren, Geschäftsführer, Putzfrauen erwartet, die gestikulierend durcheinanderrannten oder schluchzend in Polstern zusammengesackt waren, während ein schnauzbärtiger Kommissar ebenso angestrengt wie vergeblich nach Zeugen und Indizien suchte. Doch der Portier stand allein an der Rezeption, füllte ein Formular aus, hob erst den Kopf, als Albin seine knapp zwei Meter vor ihm aufgebaut hatte, sich bedeutungsvoll räusperte und »Ich...« sagte.

»Bitte sehr, der Herr, was kann ich für Sie tun? Sie suchen ein Zimmer?« fragte der Portier in einwandfreiem Deutsch.

»Danke, ich brauche kein Zimmer. Weshalb ich hier bin: Ich wohne im *Duke's Palace*...«

»Das ist auch ein sehr gutes Hotel, da können Sie froh sein.«

»Meine Frau und ich sind zufrieden. Was ich aber sagen wollte, daß, als ich vorhin, vor einer Stunde, oben auf der Dachterrasse saß...«

»Es ist ausgezeichnete Luft heute morgen, frische Brise

36

vom Bosporus, kein Smog: Glauben Sie mir, Sie haben sich die beste Zeit für Ihren Istanbul-Besuch ausgewählt.«

»Hören Sie, vor einer Stunde ist in Ihrem Hotel ein Mann erschossen worden, Mr. Miller, ich habe das von drüben beobachtet, mit eigenen Augen, wieso wissen Sie das nicht? Seine Freundin Ireen ist dabei gewesen, wahrscheinlich hat sie sich versteckt, man muß sich um sie kümmern, veranlassen Sie das, Miller lautet der Name, sechster oder siebter Stock, Markus, Ida, Ludwig, Ludwig, Elsa, Rainer, und wenn die Polizei kommt, kann ich eine wichtige Aussage machen. Der Schütze muß auf einem der umliegenden Dächer angesessen haben ...«

»Es tut mir leid, mein Herr, aber in unserem Hotel wohnt kein Mr. Miller.«

»Ich ...«

»Es hat im ganzen letzten Monat kein Mr. Miller bei uns gewohnt, und mir ist auch nicht bekannt, daß sich für die nächsten Tage einer angemeldet hätte. Wenn jemand davon wüßte, bin ich das.«

»Ich habe gesehen, wie Mr. Miller, mit dem ich gestern nacht noch zusammengesessen habe, in diesem Hotel in seinem Zimmer erschossen worden ist, und ich wünsche ...«

»Mr. Miller hat hier kein Zimmer.«

»Wenn Sie nicht sofort im sechsten oder siebten Stock nachschauen lassen, rufe ich die Polizei.«

»Junger Mann, es ist kein Problem, Sie augenblicklich von ebendieser Polizei hinauswerfen zu lassen, wenn Sie einen Tumult provozieren wollen.«

Die Rückenmuskeln des achtundzwanzigjährigen Steinbildhauers Albin Kranz, die sonst ohne Schwierigkeiten zwei Zentnern Granit standhielten, gaben jetzt einem zwielichtigen türkischen Hotelportier nach, seine Schultern brachen ein, er schrumpfte um zehn Zentimeter und fühlte sich, wie eine Wachsfigur sich fühlen mußte, wenn ihr Kabinett brannte: zusammengehalten von gestärkten Kleidern, ein paar Drähten im Innern, mitten in einer Pfütze ihrer selbst.

»Wissen Sie, ich wollte nicht nach Istanbul. Meine Frau hat mich überredet. Ich wollte danach immer noch nicht, aber... Sind Sie verheiratet?«

»Seit dreiundzwanzig Jahren, und ich habe fünf Kinder, vier Jungen, ein Mädchen.«

»Dann kennen Sie die Frauen.«

»Haben Sie auch Kinder?«

»Nein.«

»Das tut mir leid. Aber Sie sind noch jung.«

»Wo ist die Bar?«

»Links, dann den Flur geradeaus und am Ende noch einmal links. Wenn Sie wollen, können Sie vorher einen Blick von unserer Dachterrasse werfen, Universität, *Süleyman*-Moschee, auch sehr reizvoll.«

»Muß nicht sein.«

Albin folgte den Hinweisschildern.

Die Bar des *Otelo Sultan* nannte sich *The Irish Pub* und war eine der gestalterischen Albernheiten, die in internationalen Hotels unvermeidlich sind. Linkerhand befand sich eine ovale Theke aus Mahagoni. Auf die einzelnen Kassetten waren *Guinness*-Schilder geschraubt. Außer *Guinness* konnte man aber auch *Stella* und *Heineken* trinken. Deckenhohe Spiegel, bedruckt mit Whiskyreklame, trennten die Tische rundum voneinander. Jeder Tisch hatte so seinen eigenen Raum, der sich zu unendlich vervielfältigten Fluchten voll wirrer Linien verlängerte und ängstlichen Europäern das Gefühl gab, jemand hätte Drogen in ihren Drink gemischt. Hocker und Bänke waren mit rotem Leder bezogen. An der Decke hatte der Innenausstatter dünne Netze befestigt, die nicht einmal einer gefangenen Sardine standgehalten hätten, darin lagen Plastikfische, Hummer, Krabben und Seesterne. An den ebenfalls mahagonigetäfelten Wänden hingen billig gerahmte Plakate mit satten Wiesen, glasklaren Bächen, aufgeschäumtem Ozean. Sie waren *Tullamore*, *Kilkenny* oder *Carrick on Shannon* untertitelt. Auf einem stand *Cornwall*. Der Barkeeper tat so, als wische er die Bierränder der vergangenen Nacht vom Tresen. Vorrangig interessierte ihn der golddurchstochene Nabel einer schwarzen Königin, die in dem stillen Fernseher über seinem Arbeitsplatz ihren riesigen Mund bewegte. Die Putzfrau schob einen lauten Staubsauger über den braunen Teppich.

Albin setzte sich an die Theke und bestellte einen doppelten Bourbon im Gedenken an Miller, stürzte in einem Zug alles hinunter, steckte sich eine Zigarette an und ließ nachschenken.

»Kennen Sie einen Amerikaner Mitte Sechzig, sehr fett, hat eine hübsche, jüngere Freundin?«

»Natürlich, Sie meinen, warten Sie, ich hab's gleich... Sie meinen Marlon Brando.«

Albin staunte, daß ihm jetzt »Ja genau, Marlon Brando« so selbstverständlich über die Lippen ging, als hätte er tatsächlich seit Tagen nach diesem Namen gesucht.

»Ein großer Mann. Groß und tragisch. Wir Türken lieben Marlon Brando, besonders *Der Pate*.«

»Er ist heute morgen erschossen worden. Hier in Istanbul. – Drehte gerade einen neuen Film.«

»Nicht möglich!«

»Ganz sicher. In diesem Hotel. Ich habe es selbst gesehen. Er sollte den Edelsteinhändler Jonathan Miller in einer Schmuggelgeschichte spielen, B-Movie, wenn Ihnen das was sagt.«

»Nein. Und ich habe auch keine Zeit jetzt. Entschuldigung.«

»Geben Sie mir noch Whisky.«

Währenddessen hielt unser Zug auf dem unterirdischen Flughafenbahnhof. Der Schaffner half Sabine beim Aussteigen, die wegen eines komplizierten Knöchelbruchs auf Krücken ging. Nicht einmal Swantje hatte etwas vergessen. Wir standen da und schauten uns um. Niemand wußte, wohin. Scherf, der Nepal, Kolumbien, Marokko angeblich besser kannte als S., war nie von Frankfurt aus geflogen. Hagen wirkte eingeschüchtert. Schon die Frage, ob wir die Rolltreppe zur Halle A, B oder C nehmen sollten, löste Diskussionen aus. Adel sagte, die Flüge nach Beirut gingen immer in C ab. Corinna hatte Bauchweh, wollte zuerst auf eine Toilette, fürchtete aber, uns zu verlieren. Sabine suchte den Aufzug, weil sie ihren Koffer nicht tragen konnte. Die wenigen Hinweisschilder, deren Bedeutung wir verstanden, gaben für alle denkbaren Bedürfnisse mehrere Richtungen an. Swantje schlug vor, Stöckchen zu ziehen, doch keiner hatte Streichhölzer oder Zahnstocher griffbereit. Sieben Kunststudenten zwischen Gepäckträgern, Stewardessen, Urlaubern und Geschäftsreisenden warteten darauf, daß etwas passierte. Es passierte aber nichts, bis Mona einen Schreikrampf bekam: Wir seien wohl alle komplett verrückt geworden! – Und uns dann mit mathematischer Genauigkeit bewies, daß es sinnvoll sei, die Treppe zur Halle B zu nehmen, weil Halle B sich logischerweise in der Mitte des Gebäudes befinde. Wenn unser Schalter in A oder C liege, sei es von B aus überallhin gleich weit, wenn wir allerdings in C oder A hochführen und es würde sich herausstellen, daß wir nach A oder C müßten, sei es der doppelte Weg – ob wir hätten folgen können, oder ob sie einen Plan zeichnen solle? Sie jedenfalls erkenne für keine der Hallen statistische Vorteile, Istanbul sei nicht Beirut, Toiletten gebe es überall, einen Aufzug sehe sie nirgends, unabhängig davon spiele es auch keine Rolle, wir hätten nämlich noch über zwei Stunden Zeit.

Niemand wagte zu widersprechen. Adel nahm wortlos Sabines Tasche. Corinna sagte, so dringend müsse sie nicht. Scherf fühlte sich abgekanzelt. Hagen fragte Mona, weshalb sie so gereizt sei. Mona befand ihn keiner Antwort für würdig. Auf der Rolltreppe fing sie plötzlich an zu lachen.

6.

DIE GLUT zu meinen Füßen glimmt schwächer, während der Nachthimmel durchsichtig wird. Wir nähern uns der Stadt, über die eine Glocke aus dem Widerschein unzähliger Laternen, Leuchtreklamen gestülpt ist. Die Motoren laufen jetzt ruhiger. Zur Seite geneigt, denke ich die Bewegung der Gestirne, die sich seit ihrer Entstehung voneinander entfernt haben und immer weiter voneinander entfernen, bis zu dem Tag, nach dem es keine Tage mehr gibt. Dann oder dort verharren sie für den Bruchteil eines Augenblicks, der vollkommen still ist und in dem die Umkehr beginnt.

Es geht gegen Mittag, als das Schiff Düşünülen Yer anläuft. Der langgezogene Flug einer Möwe endet mit dem behutsamen Zusammenfalten der Schwingen auf einer orangefarbenen Boje vor schwankenden Kuttern. Livia schaut sich um, als würde sie jemanden suchen, kann ihn jedoch nirgends entdecken. Ich sehe sie durch den Spalt zwischen den Türflügeln. Mona blättert im Reiseführer, liest vor: »Hier war in byzantinischer Zeit eine Kette von einem Ufer zum anderen gespannt, mit der man den Bosporus für Schiffe sperren konnte.« Niemanden interessiert das. Ein Hotel, das nicht fertig geworden ist, fällt neben der Anlegestelle in sich zusammen. Es wird von Katzen und Tauben bewohnt. All-

mählich breitet sich von innen her die Art Wärme aus, deretwegen man sich zu Tode trinkt. Livia fragt Olaf: »Hast du Albin gesehen?« Er hat mich nicht gesehen. Ich horche ihrer Stimme nach, ob ein Unterton Besorgnis darin liegt. Jan sagt: »Er ist drinnen.« – Sie: »Er braucht Schnaps.« – Nicht Besorgnis, Verachtung.

Ich schaue zurück. Die Sonne wirkt geschwächt von den Ausdünstungen der Stadt. Im Gegenlicht schimmern die Silhouetten der Hügel, Wohnblocks, Moscheen wie mit englischen Wasserfarben lasiert. Die beiden jungen Türkinnen neben mir sind eher häßlich als schön, doch die Gewißheit, daß ihnen das Leben gelingen wird, läßt sie leuchten. Ich öffne die Türflügel mit zu viel Kraft. Livia dreht sich um. Unsere Blicke treffen sich, in ihrem steht die Frage: Hat er getrunken? – Nicht: Hast du getrunken? Das ist der Unterschied. Ein Angestellter der Reederei in goldbestickter Phantasieuniform verabschiedet jeden Passagier einzeln, indem er kurz seine Fingerspitzen an die Mütze legt.

Warum glaube ich Messut, einem unbedeutenden Portier in einem von zahllosen Istanbuler Hotels, der mit Mühe seine Familie ernährt? Warum tue ich seit fast einer Woche, was er sagt, selbst wenn es Unsinn ist?

Nager hat Hunger. »Düşünülen Yer ist berühmt für seine Fischrestaurants«, sagt Mona, ohne noch einmal den Reiseführer aufzuschlagen. – »Ich gehe nicht mit«, sage ich. Livia zögert, wem sie sich anschließen soll. Sie zieht die Stirn kraus, als würde sie verschiedene Gründe gegeneinander abwägen. Natürlich will sie mit Jan zusammensein. Sobald man neu liebt, ist jede Trennung unerträglich, auch wenn es schon unzählige Male vorher so war und das Glück sich noch immer in nichts als gemeinsam verbrachte Zeit verwandelt hat, die eines Tages der Vergangenheit angehört. Ich nehme ihr die Entscheidung ab: »Bleib bei den anderen, *mir kannst du nicht helfen. Wir sehen uns vor der Rückfahrt am Hafen.«*

Für einen Moment verliert sie die Kontrolle über ihr Gesicht, Erleichterung steht darin. Sie sagt: »Mir gefällt nicht, daß du auf eigene Faust Ermittlungen anstellst.« – »Ich stelle keine Ermittlungen an, ich muß etwas herausfinden.«

Ich versuche, die Straßen systematisch abzulaufen, was schwierig ist. Sie ähneln sich zum Verwechseln. Überall die gleichen Holzschubkarren mit Fischen, Meeresfrüchten vor den Restaurants; überbordende Gemüsestände, Metzgereien, in denen Lämmer, Rinderschlegel hängen, dazwischen die Läden der Teppichhändler, Schaufenster mit billigen Lederwaren, Kunstgewerbe. In den Cafés sitzen ausschließlich Männer. Alle Straßen scheinen um ein Zentrum zu kreisen, doch das Zentrum bleibt verborgen. Nirgends ein Platz oder ein herausragendes Gebäude. Ich gehe ohne Hast, mit einem unbegründeten Vertrauen in Messut, starre die Leute an wie ein flüchtiger Irrer. Es ist kalt. Ich grabe meine Hände in die Manteltaschen, damit sie nicht außer Kontrolle geraten. Man muß das Zittern verhindern, das harte Zittern, das sich vom Rücken her ausbreitet, sonst wird man für krank gehalten. Ein Halbwüchsiger schiebt eine fahrbare Glasvitrine vor sich her, die mit Grünzeug und gekochten Schafsköpfen gefüllt ist. Wangenfleisch. Ich habe niemanden einen Schädel abnagen sehen. Lieber wäre ich den Blicken der toten Augen nicht ausgesetzt.

Hat Messut einen Informanten, der mir etwas Wichtiges mitteilen will, hat er mich deshalb hierher geschickt? Wenn ja, soll ich auf mich aufmerksam machen oder mich unauffällig verhalten, damit nicht die falschen Leute Verdacht schöpfen? Warum hat niemand einen Treffpunkt mit mir vereinbart, eine Zeit oder ein Zeichen? Müdigkeit. Das Be-

dürfnis, mich wie ein alter Hund in den nächsten Hausein-
gang zu legen, zwanzig Stunden am Stück zu schlafen. Ich
werde etwas trinken. Vielleicht essen, wegen des Magens.
Mona hatte recht: Die Fische sehen gut aus. Der Wirt stürzt
zur Tür, steht neben mir, fuchtelt mit den Armen: »Come in,
Sir, come in, we have the best fish in Düşünülen Yer.« *Ich*
habe mir lediglich einige Sekunden lang seine Ware ange-
schaut. »What's your name?« *Er faßt mich an der Schulter,*
obwohl ich einen Kopf größer bin als er. »Albin«, *antworte*
ich, spreche es jedoch amerikanisch aus. »Albin, my friend.«
Ich zucke mit den Achseln, werfe die Zigarette weg. »Albin,
believe me.« *Mir fehlt die Kraft, mich zu wehren. Vielleicht*
hat er mich erkannt, aufgrund der Beschreibung, die Mes-
sut ihm am Telephon gegeben hat, vielleicht bringt er mich
zu jemandem, der mir weiterhilft, mir erklärt, was es mit
Millers Ermordung, mit Ireens Untertauchen auf sich hat,
damit ich verschwinden kann, mit oder ohne Livia, meinet-
halben ohne sie. Wegen ihr werde ich nicht länger bleiben
als nötig. »Albin, you must try our fish.«
    Der Raum löst sich auf. Von der hellblau gestrichenen
Decke schilfert Farbe ab, in den Ecken blüht Salpeter. Eine
Neonröhre hängt an Kabeln, schaukelt, sobald die Tür ge-
öffnet wird. Geruch von verbranntem Knoblauch, Fritier-
fett. Ich setze mich mit Blick auf den Fernseher. Es läuft eine
billig produzierte Serie, in der die Männer noch den Fes tra-
gen und alle Frauen verschleiert sind. Um mich herum Ar-
beitslose, Fischer, die ihren Fang vor dem Morgengrauen
eingebracht haben. Sie spielen Backgammon oder be-
schimpfen die Regierung. Die Karte auf dem Tisch ist
türkisch, englisch, deutsch, glänzt von öligen Fingern. Ich
bestelle Bier, dazu Raki ohne Wasser. Der Wirt legt orienta-
lische Popmusik auf. Mir wären die Stimmen der Spieler,
der Unzufriedenen lieber. Ein junger Mann kommt herein,

schaut sich um, setzt sich an den Nachbartisch, faltet eine Zeitung auseinander, liest aber nicht. Im Unterschied zu den anderen ist er kein persönlicher Bekannter des Wirts. »I take the fried prawns«, sage ich, als meine Getränke gebracht werden, froh über den Schutz der fremden Sprache. Der Mann am Nachbartisch mustert die Gäste, vermeidet jedoch Blickkontakt. Möglich, daß er mir seit dem Hafen gefolgt ist. Jetzt fürchtet er unsere erste Begegnung ebenso wie ich, oder er fürchtet einen Dritten, von dem er glaubt, daß er uns gefährlich werden kann. Ein Kuckuck fährt aus der handgeschnitzten Schwarzwälder Uhr, verkündet: halb zwei. Der Mann schüttelt den Kopf, wie jemand, der sich über Unerklärliches wundert. Ich nehme noch Raki, als mein Essen gebracht wird. Was er bestellt, verstehe ich nicht. Unvermittelt fragt er: »Wo bist du her?« Ich habe die ganze Zeit englisch gesprochen, weshalb nimmt er an, daß ich Deutscher bin? »Meinst du mich?« – »Ja, dich.« – »Aus Deutschland.« Den Namen der Stadt werde ich nicht preisgeben. »Deutschland ist gut. War ich auch mal lange.« – »Wo?« – »Rüsselsheim.« Wir könnten dieses Spiel endlos fortsetzen, dazu fehlt mir die Lust: »Kennst du Messut?« – »Natürlich kenne ich Messut. Jeder in der Stadt kennt Messut.« – »Ich heiße Albin.« – »Yilmaz.« Ein verpickelter Junge bringt ihm weiße Suppe, in der gummiartige Fleischstücke schwimmen. Yilmaz sagt etwas auf türkisch, es klingt wie ein Befehl. Eine Minute später stellt mir der Wirt einen weiteren Raki hin. »Geht auf mich.« Offenbar hat er ein großes Mitteilungsbedürfnis. Er löffelt seine Suppe und redet. Yilmaz ist auf der Flucht: »Blöde Sache«, sagt er. Obwohl er lange in Deutschland gearbeitet hat, fehlte ihm das Geld, sich vom Wehrdienst freizukaufen. Er wurde eingezogen, kaum daß er heimgekommen war. In drei Monaten wäre die Militärzeit zu Ende gewesen, für diese verdammten drei Mo-

nate sollte seine Einheit nach Kurdistan verlegt werden. Alle Soldaten müssen früher oder später nach Kurdistan. Kämpfen. Einen seiner Cousins hat es vorigen Herbst erwischt, der wurde im Plastiksack nach Istanbul geflogen. Deshalb ist Yilmaz am letzten Wochenende abgehauen, statt in die Kaserne zurückzukehren. Das war vor sechs Tagen. Vor fünf Tagen wurde Mr. Miller erschossen, das sagt Yilmaz nicht. Er versteckt sich hier in Düşünülen Yer bei einem Onkel. Er fühlt sich halbwegs sicher. Wenn sie ihn erwischen, wandert er ins Gefängnis. Türkische Gefängnisse sind kein Zuckerschlecken, am allerwenigsten für Deserteure. Sie sind die Hölle. Er wird versuchen, östlich über einen Gebirgspaß die Grenze zu erreichen. »Im Kaukasus findet dich niemand, wenn du nicht gefunden werden willst.« Sein Onkel kann ihm helfen, sein Onkel verkauft Teppiche und hat Kontakte nach Armenien, in den Iran. »Du bist mein Gast«, sagt Yilmaz, als wir gegessen haben, und: »Wir können beim Onkel Tee trinken. Ich bin nicht gern so lange auf der Straße.« Auch Miller hatte Geschäftspartner im Kaukasus.

Yilmaz bezahlt an der Theke. »Komm mit, es ist nicht weit.« Als ich aufstehe, verkantet sich mein Stuhl in einer Kachelfuge und kippt um. »Kein Wort von der Armee auf der Straße.«

Die Kälte schnürt mir den Hals zu. »Interessierst du dich für Teppiche?« – »Mein Vater hat Teppiche gesammelt.« Gesammelt ist übertrieben, er hat viel Geld dafür ausgegeben. Keiner von uns wollte sie haben. Sie liegen bei Xaver auf dem Dachboden. Unsicherheit in den Schritten. »Wir gehen links.« Yilmaz zieht seine schwarze Wollmütze tief in die Stirn, schlägt den Kragen der Lederjacke hoch, duckt sich zwischen die eigenen Schultern. Die Häuser rücken aufeinander zu. In Höhe des vierten Stocks sind Wäscheleinen über die Straße gespannt, an denen bunte Handtücher,

47

Bettbezüge hängen. Eine Frauenstimme wechselt zwischen Kreischen, Bitten und Wimmern. Es geht leicht bergan. Ich schwitze. Schwaden von gebratenem Hammel hängen in der Luft. Es sind keine Leute unterwegs, weder Bewohner noch Touristen. »Mein Onkel wird sich freuen, er hat gerne Besuch.« Wovon lebt in diesem gottverlassenen Viertel ein Teppichhändler? »Rechts um die Ecke.« Nach fünfzig Metern mündet die Gasse in einen kleinen Platz vor einer hohen Mauer, wie man sie früher für Erschießungen benutzt hat. »Wir sind da.«

Der Onkel wohnt in einem zweigeschossigen, hellgrün lackierten Haus aus Holz. Geschnitzte Läden, ein zurückgenommener Balkon rufen Erinnerungen an Sommerpartien auf der Krim wach, die nie stattgefunden haben. Alle Fenster sind mit rosa geblümten Gardinen verhängt. Kein Mensch würde dahinter ein Geschäft vermuten. Eine Blechglocke scheppert, als wir eintreten. Ich stehe blind in der plötzlichen Dunkelheit. »Warte«, sagt Yilmaz und verschwindet. Am anderen Ende des Raums öffnet sich eine Tür, durch die ein Schemen hinausgleitet, der sie hinter sich schließt und mich allein läßt. Langsam stellen sich meine Pupillen um. Ich beginne, die Wand von hüfthohen Stapeln zu trennen, die einen Gang frei lassen. Hörbare Stille, erzeugt von Milliarden Wollfäden, die jeden Ton aufsaugen. Ein Lager für Lappen, mit denen man Geräusche wegwischen kann, sogar Schreie. Ich ahne Farben: Umbra, Purpur, Zinnober, verschiedene Helligkeitsstufen geronnenen Bluts. Vom Nebenraum aus schaltet jemand über mir einen billigen Kronleuchter ein. Im selben Moment öffnet sich die Tür wieder. Yilmaz kommt zurück, gefolgt von Gelächter, das einem kleinen, dicken Mann um die Fünfzig gehört, dem sein Schnauzbart bis über die Unterlippe hängt. Ich bin nicht in der Lage zu beurteilen, ob es freundlich, boshaft oder verschlagen klingt. – »Das ist Onkel Oktay«, sagt Yilmaz, *dann spricht er türkisch weiter, wobei mehrfach mein Name fällt.* »Onkel Oktay schätzt sich glücklich, einen deutschen Teppichkenner und Freund von Messut in seinem Geschäft begrüßen zu dürfen.« *Ich sage* »selam«, *wie ich es von Mona gelernt habe. Mehrere Birnen des Leuchters flackern, so daß die Muster in Bewegung geraten, als wären sie nicht fest, sondern aus Steppengräsern, Mohnfeldern unter heißem Wind gewebt worden.* – »Wir hoffen, daß Messut bei guter Gesundheit ist.« – *Dazwischen wachsen Rosen, Tulpen, Lilien, Anemonen, auf deren Blättern sich türkis schimmernde Käfer, Schmetterlinge aus Jade, Perlmutt, Karfunkelstein niedergelassen haben.* – »Onkel Oktay möchte dir ein wenig über die Geschichte des Teppichs erzählen.« – *Flirrende Luft. Ungeheuer schlagen mit ihren Schwänzen, speien Feuer. Panther reißen Gazellen, Tiger verschlingen Böcke, im Geäst erwacht ein Ibis, plustert sein Gefieder auf und fliegt davon. Der Geschmack von Anis, von Staub.* – »Es gibt zahllose Theorien über die Ursprünge der Knüpfkunst, alle sind richtig, alle sind falsch.« *Ich versuche Yilmaz zu folgen, ich will wissen, was genau Onkel Oktay sagt, um versteckte Hinweise herauszuhören, um nicht in eine Falle zu tappen.* »Der früheste bekannte Teppich stammt aus Pazyryk im Altai, er wurde tiefgefroren im Grab eines Skythenfürsten gefunden und ist rund 2500 Jahre alt.« *Onkel Oktays Sätze zeichnen Linien in den Raum, geschwungene Linien, die weich und anmutig sind, dabei vollkommen klar. Beschwörungsformeln könnten so vorgetragen werden. Obwohl ich kein Wort verstehe, fällt es mir schwer, mich auf Yilmaz zu konzentrieren.* »Im Zentrum ein Lichtkreuzornament, das bis heute verwendet wird.« *Onkel Oktay beantwortet Fragen, die ich nicht habe, warum?* »Zur Zeit des Mongolenkhans Timur standen Teppiche in den Provinz-

städten stellvertretend für ihn selbst. Sie hatten den Status heutiger Botschaften: Flüchtlinge, denen es gelang, den Teppich des Khans zu erreichen, waren in Sicherheit.« – Wir hatten einen Kamm eigens für die Fransen. Stundenlang habe ich Fransen gekämmt, ich wollte, daß sie absolut parallel lagen. – »So alte Stücke hat Onkel Oktay natürlich nicht im Angebot.« – Vater liebte seine Teppiche, zumindest einige Jahre. Er behandelte sie schlecht, wie alles, was er liebte. In mehreren Schichten bedeckten sie die Terrakottafliesen unseres Wohnzimmers. – »Onkel Oktay fragt, ob du Tee oder Mokka trinkst.« – Er wechselte nicht einmal an Regentagen die Schuhe, wenn er aus dem Garten kam. Im Sommer waren die Teppiche angenehm unter den bloßen Füßen. – »Mokka.« – Letzten Endes interessierten sie ihn so wenig wie Mutter und wir, er wollte vor seinen Geschäftsfreunden damit prahlen. – »Onkel Oktay kann dir die unterschiedlichsten Exemplare zeigen, persische, kaukasische, ägyptische, sogar einige aus China. Die hochwertigsten, die wir hier im Lager haben, stammen allerdings aus Anatolien.« – Einmal, spät nachts, hat er Mutter auf den Teppichen genommen. Ich muß sieben oder acht gewesen sein und stand vor der halb geöffneten Tür nach einem schlechten Traum. – »Das ist ein Gebetsteppich aus Konya, ein wundervolles Stück, um die hundertfünfzig Jahre alt.« Schneller, als ich zurückzucke, packt Onkel Oktay meine Hand und führt sie über die Stoppeln. Sein Griff ist fest. Ich fühle eine rauhe, trockene Oberfläche. »Keine Angst, du darfst ihn anfassen.« – »Ich habe keine Angst.« Eine Frau bringt drei Täßchen auf einem Messingtablett. »Das Innenfeld, das die Gebetsnische symbolisiert und nach Mekka ausgerichtet wird, ist schwarz: eine äußerste Seltenheit.« Mein Handgelenk schmerzt, als er losläßt. »Dabei war schwarz die Lieblingsfarbe des Propheten, nicht grün, wie

man meinen könnte: Es ist das Schwarz der mondlosen Wü-
stennächte, wenn die Dschinnen ihr Unwesen treiben und
niemand dem Menschen Schutz gewährt außer Allah. Im
Koran heißt es: Ich nehme meine Zuflucht beim Herrn der
Morgendämmerung / vor dem Übel dessen, was er erschaf-
fen hat / und vor dem Übel der Nacht, wenn sie sich verbreitet.« – *In meiner holländischen Lieblingskneipe lagen*
dicke Läufer auf den Tischen, die von Ketchup und Bier ver-
klebt waren. – *»Der Teppich stammt aus Konya und hat*
Sheykh Abdur Raḥman an-Nasağ gehört, der viele Nächte
auf ihm gewacht hat, um die Geheimnisse zu durchdrin-
gen.« – *...zigmal bin ich auf dem Rückweg besoffen vom*
Fahrrad gefallen, habe unter freiem Himmel geschlafen,
weil ich nicht mehr gehen konnte, geschweige denn fahren.
»Du siehst, der Flor ist abgewetzt, man kann die weißen
Schußfäden erkennen. Glaube nicht, das wäre Zufall oder
ein Zeichen für schlechte Qualität, keineswegs. Viele Jahre
ist der Sheykh bei jeder Verneigung in die Dunkelheit
getaucht. Die Furcht, für immer in diese grenzenlose
Schwärze hinabzustürzen, hat sein Herz verfinstert.« *Wa-*
rum erzählt er mir das? Mr. Miller hat mit Edelsteinen ge-
handelt. Von Teppichen weiß ich nichts. »Doch in der Nacht
der Bestimmung des Jahres 1271 nach der Hidschra, in der
allerfrühesten Frühe, seine Augen konnten noch keinen
schwarzen von einem weißen Faden unterscheiden, als die
Stirn zum abertausendsten Mal den Teppich berührte, da
sah Sheykh an-Nasağ unmittelbar vor sich einen schmalen
Streifen Licht von der anderen Seite her durchscheinen. Ein
Geschenk! Masha Allah, was für ein Geschenk!« – *Drei Ra-*
siermesser, und wir gründen eine Manufaktur für heilige
Teppiche. – »Es könnte deiner werden. Er ist sehr kostbar.«
Ich hätte es wissen müssen. »Kostbar, nicht teuer. Geradezu
umsonst.« *Nach einer Woche Istanbul hätte ich wissen müs-*

sen, daß auf jede Einladung ein Verkaufsgespräch folgt.
»Oder gefällt er dir nicht?« – »Wenn er gut fliegt, nehm' ich
ihn mit.« Yilmaz schaut peinlich berührt, reicht mir die
Mokkatasse. »Willst du ihn ausprobieren? Bis zum Hafen
schaffst du es sicher, es geht immer bergab.« Der Mokka
schmeckt ekelhaft. Onkel Oktay fängt an zu lachen. »Paß
aber auf, daß du nicht über den Kai hinausschießt, das
Wasser ist eisig.« Erst lacht er leise glucksend, läßt sich auf
den nächstbesten Stapel fallen, schlägt sich auf die Schenkel, während das Lachen zu einem Dröhnen heranwächst,
das im Bauch schmerzt, weiter anschwillt, sich in Gebrüll
verwandelt, das gleich, im nächsten Moment, mein Trom-
melfell zum Platzen bringen wird. Ich will mir die Ohren
zuhalten, ich will schreien: »Er soll aufhören!« – Onkel
Oktays Gelächter erstirbt. Ohne Nachhall. Eine Sekunde
vollständiger Lautlosigkeit, ehe er aufsteht und ganz nah
an mich herantritt. Unsere Schuhspitzen berühren sich.
Obwohl er kleiner ist als ich, schaut er auf mich herunter.
Sein Blick hält mich fest, eine Eisenstange, die meinen
Kopf gegen eine nicht vorhandene Mauer drückt, zur Be-
wegungsunfähigkeit verurteilt. Dann wird er ein glühender
Strahl und bringt meine Knochen zum Schmelzen. Ich ge-
rate in ein ruhiges Kreisen, schwanke, meine Knie sacken
zusammen. Selbst im Sitzen kann ich mich kaum aufrecht
halten. Ich will glauben, daß es am Raki liegt. Ich weiß, es
liegt nicht am Raki. Onkel Oktays Mund formt einen scharfen, schmerzhaften Satz. Yilmaz beugt sich zu mir herunter: »Du hast dein Spiel verspielt, mein Freund«, flüstert
er in mein Ohr. Der Satz gehört mir allein. Statt des
Teppichs von Sheykh Abdur Raḥman an-Nasağ, nehme ich
diesen Satz, und ich kämpfe gegen das Verlangen, ihn zu
wiederholen, unendlich oft, mit geschlossenen Augen, die
Bewegung der Lippen im gleichförmigen Rhythmus

der Steppengräser unter zunehmendem Mond und Ostwind.

»Ich will wissen, wer Jonathan Miller erschossen hat und warum. Deshalb bin ich hier...«, sage ich, dann zerfällt meine Stimme.

Die Antwort lautet: »Geh jetzt. Sonst verpaßt du dein Schiff.«

7.

INZWISCHEN LIEGT die Fahrt nach Istanbul mehr als
vier Monate zurück. Da ich kein Tagebuch geführt habe,
kann es sein, daß mir Einzelheiten entfallen sind. Mit Sicherheit hat das, was später geschehen ist, meinen Blick auf
den Beginn der Reise verändert.

Jan saß abseits in einem niedrigen, schwarzen Ledersses-
sel und rauchte. Ich sah ihn von weitem, sagte jedoch
nichts. Entgegen Monas Befürchtung war er nicht in letzter
Sekunde, sondern früher als wir anderen am Flughafen eingetroffen. Vor ihm auf dem Boden stand der khakifarbene
Rucksack, ohne den er nie wegfuhr. Er schaute durch die
gläserne Eingangsfront in den Himmel, wo starker Wind
die Wolkendecke auseinandertrieb und den Blick auf küh-
les Blau freigab. Die parkenden Autos schimmerten matt.
Hauptsächlich entstiegen ihnen Leute in Anzügen, Kostü-
men, die es eilig hatten.

Jan trug ein graues Hemd unter seinem zerknitterten Lei-
nenjackett und ein dunkelrotes Tuch um den Hals. Über
ihm hing eine frisch restaurierte Propellermaschine aus den
dreißiger Jahren. Sie erstrahlte, als die Herbstsonne von den
Fenstern des Bürogebäudes gegenüber in die Halle gelenkt
wurde. Jan trat die Kippe aus, holte ein Klappmesser aus
dem Rucksack, fing an, sich die Fingernägel zu säubern.

Seine Jeans war unterhalb beider Knie zerrissen. Er glich einem verarmten Adeligen des British Empire, der gerade von einer ausgedehnten Reise durch die Kolonien zurückgekehrt war und keine Ahnung hatte, was er in Zukunft mit seinem Leben anfangen sollte.

»London wäre auch ein schönes Ziel gewesen«, sagte ich zu Mona, »warst du schon in London?«

Statt zu antworten, rief sie: »Da hinten sitzt Jan!« Und rannte los.

Zur selben Zeit ging Livia im Hotelzimmer auf und ab und ärgerte sich: weil sie Albin nicht geglaubt hatte, weil sie ihm inzwischen fast glaubte, weil sie wartete, weil sie das Warten demütigend fand. Sie verabscheute sich für ihre Unfähigkeit, einen Entschluß zu fassen. Unter Ärger und Abscheu lagen mehrere Schichten Angst.

»In diesen letzten sechs Tagen«, hat sie neulich zu mir gesagt, »ist alles von Angst überschattet gewesen. Was ich auch getan oder mir vorgestellt habe, die anstehenden Entscheidungen genauso wie Dinge, die ich sonst gerne mag, fremde Städte, Essen und Trinken, Kleiderkaufen, Museen, alles hatte sich verfinstert. So ähnlich stelle ich es mir vor, nachdem dir der Arzt gesagt hat: Sie haben Krebs. Eine Operation ist zwecklos.«

Schon in den Wochen zuvor war Albin reizbar gewesen. Er hatte Kellner und Verkäuferinnen beschimpft, behauptete ohne jeden Grund, Livia betrüge ihn, nannte sie *Nutte*. Er litt unter Schlaflosigkeit, im Sitzen brach ihm der Schweiß aus, morgens zitterten seine Hände immer häufiger. Livia machte sich Sorgen, behielt es aber für sich. Kurz vor der Abreise schlug sie im Lexikon unter *Alkoholismus* nach. Dort wurden dieselben Symptome als Vorzeichen des *Delirium tremens* beschrieben. Schon das nächste Besäufnis konnte einen lebensbedrohenden Kreislaufzusammenbruch nach sich ziehen, im Irrsinn enden. Dann sah einer plötzlich weiße Mäuse, las geheime Botschaften auf blanken Mauern. Trotzdem hatte sie nicht den Mut gehabt, die Buchung zu stornieren.

Livia blieb am Fenster stehen, starrte in das giftige Grün der Kunstrasenmatten, die weite Teile des Innenhofs bedeckten, und fragte sich, was sie mehr fürchtete: daß der Mord an Miller die erste Bildsequenz aus Albins eingestürzter Innenwelt war oder doch ein wirkliches Ereignis, das zu einem feststellbaren Zeitpunkt an einem bestimmten Ort stattgefunden hatte. Livia sah, was ihr blühte: Entweder mußte sie einen Mann, der gerade den Verstand verlor, auf seinem Weg durch die türkische Psychiatrie begleiten, oder dieser Mann hatte tatsächlich ein Verbrechen beobachtet, das – seiner knappen Beschreibung nach – die Handschrift von Profis trug. Dann schwebte er in tödlicher Gefahr und sie mit ihm. Livia bemerkte, daß man von zahlreichen Zimmern aus auf die verschiedenen terrassenförmig angelegten Ebenen des Hofs gelangen konnte, die durch Wendeltreppen miteinander verbunden waren. Zwei ausfahrbare Leitern stellte der Gärtner je nach Bedarf um. Livia wäre in diesem Augenblick am liebsten sofort abgereist, obwohl sie Istanbul selbst als Ziel ausgesucht und gegen Albin durchgesetzt hatte. Sie nahm die Postkarte vom Tisch, auf der stand, daß sie sich von Albin trennen werde, erschrak vor der Endgültigkeit des Geschriebenen. In dem Moment, wo es jemand las, war nicht einmal mehr das Komma zwischen *Schluß* und *eventuell* aus der Welt zu schaffen. Livia fragte sich, ob sie für diesen letzten Schritt bereit war, andernfalls wäre es besser, keine derartigen Absichtserklärungen zu verschikken. Sie sprach sich laut vor: »Wenn ich Albin verlasse, gibt er sich vollends auf, und die Schuld trifft mich. Wenn ich bei ihm bleibe, gebe ich mich selbst auf. Dafür bin ich erst recht verantwortlich.«

Livia hörte, wie das, was sie dachte, klang, aber es half ihr nicht. Nach einer Trennung würde Albin ihre Wohnung zertrümmern, Möbel aus dem Fenster werfen, absichtlich den Wagen zu Schrott fahren. Daß er gegen sie persönlich Gewalt anwenden würde, nahm sie nicht an. Sie murmelte: »Selbstvergewisserung« und drehte sich vom Fenster weg. Ihre Hände vollführten sonderbare Bewegungen, die an ostasiatische Morgengymnastik erinnerten, ihr jedoch in diesem Moment dazu dienten, das verschwommene Bild einer klaren Idee scharf zu stellen: »Sich selbst mit fremden Augen ansehen. De facto.«

So, wie ich Livia kennengelernt habe, hatte sie tatsächlich keine andere Absicht. Livia hält sich weder für besonders attraktiv, noch nimmt sie sich übermäßig wichtig. Wenn auch nur eine Spur von Eitelkeit im Spiel gewesen wäre, hätte sie die ganze Sache mir gegenüber niemals erwähnt.

Als erstes hängte sie das *Please-do-not-disturb*-Schild vor die Tür. Zusätzlich schloß sie von innen ab. Dann holte sie ihr Stativ aus der Tasche und schraubte die Kamera auf das Gewinde. Sie schaute durch den Sucher, korrigierte eine leichte Neigung mit Hilfe der Wasserwaage im Kugelgelenk, rückte das Stativ weiter nach rechts, schob es ein Stück vor, fuhr die Teleskopstange aus, bis sie einen Punkt gefunden hatte, von dem aus man über den verspiegelten Kleiderschrank ins Bad photographieren konnte. Dort schaltete sie die Lampen über den beiden Waschbecken ein und schminkte sich ab. Nachdem sie ihr Gesicht gründlich gereinigt hatte, ging sie zum Stativ zurück, kippte die Kamera langsam vornüber, bis die Senkrechten der Spiegel und des Türrahmens parallel zueinander verliefen. Schließlich schwenkte sie Millimeter für Millimeter nach links, um die leeren Flächen und das kleinteilige Zentrum zueinander in Spannung zu bringen. Sie merkte sich die Anordnung von Toilette, Bidet, Handtuchhalter und Wanne im Bildausschnitt. Das alles tat sie ruhig und konzentriert, als würde sie eine Opferzeremonie vorbereiten. In dem Bewußtsein, von keinem Menschen überrascht werden zu können, setzte sie sich aufs Bett und entledigte sich ihrer Stiefel. Sie zog den Pullover über den Kopf, das Unterhemd, legte den BH ab, dessen Spitze einen Abdruck auf ihren Brüsten hinterließ. Als sie die Knöpfe geöffnet hatte, rutschte der Rock zu Boden, und sie stieg heraus. Wiederum im Sitzen streifte sie die schwarze Strumpfhose ab, kniff sich kurz in ihre Beine, fand sie zu dick. Bei der Wahl von Blende und Verschlußzeit trug sie lediglich einen Slip, fror, kümmerte sich aber nicht darum. Livia wußte weder, in welcher Beleuchtung das Objektiv sie auf den Film werfen würde, noch konnte sie Licht und Schatten ihren ästhetischen Vorstellungen entsprechend korrigieren. Dann war sie nackt. Die Frage, ob schön oder häßlich, spielte keine Rolle. Sie setzte den Selbstauslöser in Gang, lief ins Bad, warf die Haare zurück, faltete die Hände im Nacken und hielt die Luft an.

Bei dieser ersten Aufnahme wandte Livia der Kamera den Rücken zu. Sie atmete erst wieder, als es geklickt hatte. Insgesamt machte sie achtzehn Photos von sich, wobei sie die Position der Kamera dreimal veränderte. Zum Schluß nahm sie nicht mehr den Umweg über Spiegel, sondern postierte sich unmittelbar vor dem Objektiv, so daß ein klassischer Torso abgebildet wurde, der unterhalb ihres Kinns begann und mit den Oberschenkeln endete. Beim Ankleiden dachte sie an nichts. Als sie die Lidstriche neu zog, schaute sie auf ihre Armbanduhr, die neben dem Necessaire lag. Eineinviertel Stunden waren vergangen.

Livia setzte sich an den Schreibtisch. Sie schob die Karte

an Thea in einen Briefumschlag, den sie zuklebte, adressierte und in ihre Handtasche steckte.

Albin hatte einen dritten Whisky bestellt, beim Trinken schweigend mehrere Zigaretten geraucht und überlegt, welche Frage noch Sinn haben könnte, wenn das Ereignis, nach dem er fragte, ebenso geleugnet wurde wie die Existenz der beteiligten Personen. Da ihm keine einfiel, bezahlte er, ohne Trinkgeld zu geben, und ging grußlos. Er hatte nicht vor, sich ein zweites Mal mit dem Portier zu unterhalten. Aufgrund der sonderbaren Reaktion des Barkeepers war er überzeugt, daß ihn in diesem Hotel alle zum Affen machen wollten. Dazu würden sie keine weitere Gelegenheit bekommen. Auf dem Weg durch die Flure beschlich ihn der Verdacht, daß der Mann an der Rezeption nicht der war, der zu sein er behauptete, beziehungsweise nicht der, der dort eigentlich stehen sollte. Womöglich hatte die Organisation des Killers ein weiteres Mitglied im Eingangsbereich plaziert. Albin beschloß, sich das Gesicht einzuprägen und den dazugehörigen Namen zu notieren. Wahrscheinlich saß der echte Portier gefesselt in einem Schrank oder lag tot im Heizungskeller. Spätestens nach dem Fund der ersten Leiche würden die türkischen Behörden Zeugen suchen. Für den Fall wollte Albin sich weder Versäumnisse noch mangelnde Aufmerksamkeit vorwerfen lassen.

Was auch immer Identität und Aufgabe des älteren Herrn an der Rezeption waren, er legte sofort den Telephonhörer auf, als er Albin kommen sah, und verwandelte seinen Gesichtsausdruck von gespanntem Ernst in vollendete Freundlichkeit.

Albin gab seiner Stimme einen harten Klang: »Sagen Sie mir, wie Sie heißen, damit ich weiß, mit wem ich in dieser Sache gesprochen habe.«

»Messut – steht auch auf dem Schild hier –, Messut Yeter. Wollen Sie es aufschreiben?«

»Danke.«

»Und Sie?«

»Albin Kranz. Ich wohne im… Das habe ich Ihnen ja schon gesagt.«

Albin merkte zu spät, daß es leichtsinnig war, dem Portier seinen Namen zu verraten.

»Wenn ich Ihnen helfen kann…«

»Ich komme zurecht.«

Fünf Tage später wußte Albin nicht mehr, ob Messut ihm noch »Geben Sie auf sich acht!« hinterhergerufen hatte oder ob der Satz in einem der Selbstgespräche gefallen war, die er seither mit ihm geführt hatte. Zumindest erinnerte er sich, nicht darauf geantwortet zu haben.

Albin trat durch die automatische Drehtür ins Freie und fragte sich, was er tun sollte. Kopfschüttelnd ging er Richtung Hauptstraße, wobei er sich rhythmische Silbenfolgen ohne Sinn vorsprach, um seinen zerfetzten Gedanken Geräusche zuzuordnen. Oben wandte er sich nach rechts, bog zweihundert Meter weiter jedoch nicht in die Tiyatro Caddesi ein, weil er keine Lust auf Livias Gerede hatte. Ein Kind mit Kopien teurer Parfüms im Bauchladen lief einige Schritte neben ihm her. Albin überlegte, sich in die nächste Tram oder einen Bus zu setzen und bis zur Endstation zu fahren. Dort würde er aussteigen und so lange in eine beliebige Richtung spazieren, wie er Lust hatte. Da er das Ziel keiner einzigen Linie kannte, wären alle Begegnungen seiner Planung entzogen, und weil er von keinem der Außenbezirke eine Vorstellung hatte, konnte er nicht einmal eine Erwartung aufbauen, die sich erfüllte oder enttäuscht würde. Was immer geschähe, stünde in keinem Zusammenhang mit seiner Person. Es entspränge dem reinen Zufall.

Die Haltestelle befand sich in der Mitte der Yeni Çeriler Caddesi. Der Verkehr war so dicht, daß Albin nach einer Ampel suchte. Im selben Augenblick tauchten auf der anderen Straßenseite Bärenführer auf. Zwei Männer – ein älterer und ein jüngerer – mit indischen oder pakistanischen Gesichtszügen. Beide hielten einen dicken Stock in der Hand. Ihre Bären hatten sie mit einer Kette am Gürtel befestigt.

Sein Vater hatte mehrfach von Zigeunern mit Tanzbären erzählt: daß sie dunkelhäutig gewesen und von Haus zu Haus gezogen seien, sich als Scherenschleifer, Kesselflicker verdingt hätten. Und eben einen Bären gehabt hätten, der für Geld oder Brot getanzt habe. Genaugenommen habe er natürlich nicht getanzt, sondern sich ein bißchen gedreht, gewippt und die Tatzen gegeneinander geschlagen. Dazu sei von einem der Zigeuner auf der Geige gespielt worden, so daß sie als Kinder geglaubt hätten, der Bär würde tanzen. Währenddessen habe eine Frau mit Goldgehänge im Ohr der Großmutter die Zukunft aus der Hand gelesen. Manches davon sei auch eingetroffen, habe die Großmutter behauptet. Jedes Jahr im Spätsommer sei die Bagage gekommen, in einer Wiese bei Halm habe sie gelegen, für ein paar Tage. Danach seien im Dorf die Hühner gezählt worden, von denen immer welche gefehlt hätten: »Gesindel halt.« – So hatte Albin sich sein Leben damals auch vorgestellt.

Er holte seine Minox aus der Jackentasche, um ein Photo zu machen. Noch ehe er den Auslöser gedrückt hatte, waren die Männer mitsamt ihren Bären bereits auf seiner Straßenseite. Für sie gab es die tausend hupenden Autos nicht. Einer hielt ihm eine rote Plastikschüssel hin, in die mit fettem schwarzem Filzstift eine riesige Summe geschrieben stand, die er für das Bild, das er gar nicht gemacht hatte, bezahlen sollte. Albin setzte ein Lächeln auf, aus dem sie hätten schließen können, daß er ihr Bruder war. Es mißriet. Er schüttelte den Kopf, worauf der jüngere Zigeuner ärgerlich wurde und seinen Bären, der keinen Maulkorb trug und die Zähne fletschte, ganz dicht an ihn heranführte. Kaum eine Armlänge entfernt, gab er dem Bären den Befehl, sich aufzurichten, zu knurren, bis Albin die erstbeste Note aus seiner Hosentasche gezerrt und in die Schale geworfen hatte. Der Überfall dauerte nur wenige Sekunden. Im Weggehen zischte der Ältere etwas Unverständliches durch seine goldenen Schneidezähne, das sich wie eine Drohung anhörte.

Albin schaute auf die Uhr. Er fühlte sich unsicher auf den Beinen. Miller war jetzt seit zwei Stunden tot.

Unsere Maschine sollte um Viertel vor eins starten. Wir trafen früh beim Check-in ein, wo sich trotzdem bereits eine Schlange gebildet hatte. Professor Nager fehlte noch, er reiste allein aus Köln an. In der Reihe standen ausschließlich Türken. Weil sie riesige Mengen Gepäck mitnahmen, neben Koffern und Taschen auch Kühlschränke, Fahrräder, Auto-Ersatzteile, ging die Abfertigung schleppend vorwärts. Während wir warteten, fiel mir auf, daß ein älterer Angestellter der Fluggesellschaft Jan musterte, als würde er ihn seit langem kennen, hätte jedoch vergessen, aus welchem Zusammenhang. Jan sagte: »Vielleicht ist er schwul.«

Nachdem wir unsere Bordkarten ausgehändigt bekommen hatten, bildeten sich die üblichen Untergruppen: Corinna, Sabine, Adel; Hagen und Scherf; Jan, Mona und ich. Swantje schlich mit hochgezogenen Schultern von einer Runde zur nächsten, unschlüssig, an welchem Gespräch sie sich beteiligen sollte. Fritz schlenderte ziellos durch die Halle. Es herrschte keine Vorfreude, eher eine unbestimmte

Niedergeschlagenheit. Vielleicht bilde ich mir das rückblik-kend aber auch ein. Lediglich Mona war rot vor Aufregung und erzählte von einem Jahre zurückliegenden Familienur-laub an der türkischen Riviera, welche Farbe das Wasser ge-habt habe, wie die gegrillten Fische geschmeckt hätten, daß der Sand feinkörniger gewesen sei als in Scheveningen, aber gröber als an der Algarve. Jan nickte, damit sie glaubte, er interessiere sich dafür. Nur die scharfe Falte zwischen den Brauen verriet seine miserable Laune. Ich vermute, sein Unmut rührte daher, daß er in einem Anfall geistiger Um-nachtung Mona zuliebe eingewilligt hatte, diese Woche mit einem knappen Dutzend Leuten zu verbringen, von denen er den Großteil nicht mochte. Dabei wäre außer ihr nie-mand böse gewesen, wenn er sich darauf herausgeredet hätte, daß er die Kosten für die Reise nicht aufbringen könne.

Um zehn vor zwölf kam Sabine und fragte, was wir tun sollten, falls Nager nicht rechtzeitig einträfe, er müsse längst hier sein, Mona habe doch mit ihm telephoniert, ob sie etwas wisse.

»Ohne ihn fliegen«, sagte Jan, bevor Mona antworten konnte, dabei schaute er über Sabines Kopf hinweg: »Dann fliegen wir halt ohne den Meister, wo ist das Problem?«

Statt etwas zu erwidern, drehte Sabine sich um und lief zu Corinna und Adel zurück. Sie fürchtete sich vor Jan. Er fiel wieder in Schweigen. Ich weiß noch, daß ich gedacht habe: *Jan wird sich herausziehen,* und bemerkte nicht, daß er die ganze Zeit Scherf zuhörte, der Hagen das Konzept einer großen Arbeit erläuterte, mit der er nach der Fahrt be-ginnen wollte. Plötzlich sagte Jan so laut, daß sogar die bei-den Türkinnen am Counter uns fragend anschauten: »Scherf, du erzählst große Scheiße.«

Mona verdrehte die Augen. Sie war zwar grundsätzlich

dafür, sich mit Scherf zu streiten, aber nicht jetzt: Die Passagiere für den Turkish Airlines Flug 318 wurden aufgefordert, sich am Gate B 42 einzufinden, Flugzeuge fielen manchmal vom Himmel, Nager fehlte noch immer, und selbst wenn alles glattging, wußte keiner, was uns in Istanbul erwartete.

»Ach ja, und wieso?«

»Weil der *Bilderstreit* nicht das Geringste mit Kunst zu tun hatte und das morgenländische Schisma nicht im achten Jahrhundert war, sondern 1054.«

»Der Bilderstreit hat verdammt wichtige Fragen aufgeworfen, die heutzutage aktueller sind denn je. Und da ist es sehr wohl zu einem Schisma gekommen.«

Außer Jan und Scherf selbst wußte niemand, worüber sie sprachen, aber alle wunderten sich, daß beide sich im Vorfeld mit byzantinischer Geschichte befaßt hatten.

Im selben Moment erschien Professor Nager auf der Rolltreppe, rief im Vorbeigehen: »Wartet ihr schon lange?« und ließ sich seine Bordkarte ausstellen.

Mona war wütend. Bis zur Zollkontrolle riß sie sich zusammen, dann fauchte sie: »Auf dem Ticket steht, daß man zwei Stunden vor dem Abflug hier sein soll, aber wahrscheinlich haben Sie das überlesen!«

»Mona, Schätzchen«, sagte Nager und legte ihr den Arm um die Schulter, »mit solchem Quatsch fang’ ich gar nicht erst an, dafür bin ich zu alt, und sonst komme ich überhaupt nicht mehr zum Arbeiten, ich muß mir meine Zeit einteilen, damit alle was von mir haben, Kunst, Familie, meine geliebten Studenten und nicht zuletzt mein Finanzberater. Glaub mir, das ist schwierig, die ganzen Leute unter einen Hut zu bringen. Schlimmstenfalls wärt ihr halt ohne mich geflogen. Hätte ich verschmerzt. Ihr sicher auch.«

8.

*DER ABSTAND vergrößert sich. Aus dem Schiffsinnern we-
hen Stimmen herüber. Sie gehören Leuten, die ich mehr
oder weniger gut kenne. Und Fremden. Alle sprechen
gleichzeitig. Satzfetzen, übereinandergelagert wie Gesteins-
schichten im Profil einer Landschaft. Ich kann einzelne
Ebenen herauslösen, erfahre Dinge, die nicht für meine Ohren bestimmt sind: Livia ist froh, daß sie Jan getroffen hat.
Jemand weiß seit heute morgen, daß sein Sohn Imre den
nächsten Sommer nicht erleben wird.*

*Neunundzwanzig Grad östlicher Länge, einundvierzig
Grad nördlicher Breite auf einem verrosteten Kahn zwischen Europa und Asien, denke ich:* das Kreuz des Südens,
Feuerland. Vater ist dort gewesen. Er saß auf einem bemoos-
ten Felsblock und winkte uns zu. In seinem Rücken das
graue Meer, dunkler als der Himmel.

*Um halb sechs komme ich ins Zimmer. Die Luft riecht nach
Bratfett, weil das Abzugsrohr der Küche in den Innenhof
mündet. Livias Hälfte des Bettes ist ebenso unberührt wie
meine. Ich stolpere über Schuhe, falle gegen die geöffnete
Schranktür, zum Glück bleibt der Spiegel heil. Eine plötzliche Erinnerung an die spezielle Art Schmerz, die durch
Schläge verursacht wird. Livia ist nie eine Nacht fortgeblie-*

ben, ohne mir zu sagen, was sie macht. Ich habe ihr immer geglaubt. Der Kunstdruck neben dem Fernseher hängt schief: Janitscharenkrieger mit geschulterter Muskete in Öl, französisch, 19. Jahrhundert. An mich wird er keine Kugel verschwenden. Ich hatte nie den Verdacht, daß Livia mich betrügt. Seit neuestem benimmt sie sich abweisend. Sie war viel unterwegs in den vergangenen Monaten, für Magazine, Buchprojekte. Läufige Hündin in fremden Städten, was weiß ich, wem sie begegnet ist?

Den letzten Gin tonic hätte ich stehen lassen sollen, aber Olaf gingen seine Sätze unsauberer über die Lippen. Warum habe ich nicht mehr aufhören können zu reden? Er hat sich gelangweilt. In der Zwischenzeit ist den Rosen hier eine Handvoll Blütenblätter ausgefallen. Das Fenster wurde hochgeschoben, so weit, daß ein erwachsener Mensch hindurchpassen würde. Livia gehört nicht zu denen, die eines Tages kopfüber irgendwo hinunterspringen. Livia gibt nicht auf, sie glaubt, daß man Kämpfe gewinnen kann. Das ist in der Vergangenheit mein Glück gewesen. Ich muß vorsichtig sein, sagt sie. Seit Montag hat sie Angst vor Einbrechern. Die Kunstrasenmatten schimmern blau im Licht der Neonröhren, die Palmen wirken unecht, obwohl sie in großen, mit Erde gefüllten Bottichen stehen. Plastikpalmen werden nirgends auf der Welt gegossen, nicht einmal in Istanbul, wo sie nachts ihre Bären die räudigen Hunde zerfleischen lassen. Ich habe dem Gärtner zugeschaut, wie er mit dem Wasserschlauch von Kübel zu Kübel lief. Vielleicht gibt es Spuren, daß einer eingestiegen ist. Einer, der wußte, wir würden nicht hier sein, und der die Gunst der Stunde nutzen wollte. Auf den ersten Blick entdecke ich keine Veränderungen. Die beiden Leitern stehen am selben Platz wie gestern und vorgestern.

Ich leuchte mit dem Feuerzeug unters Bett, obwohl sich dort kaum eine Ratte versteckt halten könnte, reiße die Badezimmertür auf, bereit, mit bloßen Händen zu töten. Jemand hat ins Waschbecken geascht. Die Asche stammt nicht von mir. Livia wird Besuch gehabt haben, bevor sie gegangen ist, ohne das Fenster zu schließen. Oder der Unbekannte war überzeugt, daß ihm nichts geschehen konnte. Ich kenne mich in Livias Schminkbeutel nicht aus, welche Lippenstifte sie eingepackt hat, welche zu Hause geblieben sind. Der Streifen mit den Pillen fehlt. Sie nimmt die Pille morgens vor dem Zähneputzen. Ihre Zahnbürste fühlt sich trocken an: Livia hat die Nacht anderswo verbracht. Sie ist nicht vor dem Morgengrauen aufgestanden, um sich etwas Besonderes anzuschauen, um Photos von einer einzigartigen Zeremonie zu machen, die in aller Herrgottsfrühe stattfindet und binnen einer Stunde vorbei sein wird. Davon hätte sie erzählt. Und bis dahin ist die Sonne nicht aufgegangen. Livia haßt Bilder mit Blitz. Außerdem steht ihre Kameratasche unterm Tisch.

Lange hat sie mit Jan in der dunkelsten Ecke der Orient Lounge gesessen. Dann waren beide verschwunden. Ich habe nicht gesehen, ob sie zusammen gegangen sind oder jeder für sich. Das eine wie das andere wäre weder Beweis noch Alibi. Sie sagt, sie könne sich gut mit Jan unterhalten: über ihre Arbeit, über Kunst generell. Alles, was ich bis jetzt von ihm zur Photographie gehört habe, war abschätzig. Wahrscheinlich verspricht er sich Ausstellungsmöglichkeiten von Livias Kontakten und findet ihre Arbeit trotzdem schlecht. Sie kennt ein paar Galeristen, keine wichtigen, einer von ihnen interessiert sich für figurative Malerei. Jan wird Livia benutzen, Spaß mit ihr haben, fertig. Vielleicht ist sie seine große Liebe. Dann macht er ihr Kinder, führt die Hunde aus, die sie schon lange anschaffen will, lebt auf ihre Kosten ein angenehmes Leben in den Gegenständen, die ich für sie ausgesucht habe, vor fünf, vor drei Jahren, als sie zwar Geld von ihren reichen, großzügigen Eltern hatte, aber keine Ahnung, ob ein Stuhl, ein Schrank es wert war. Ihr Bett hat sie *unser* genannt, ein Vorsatz: Es hatte keine Vergangenheit. *Mein* Bett gehörte mir. Sie schlief ungern darin.

Livia wird nicht mehr neben mir auf dem Rücken liegen, an die Decke starren, weil es sie entspannt, nichts anzuschauen und vor sich hin zu reden, verworrene Geschichten, an die ich mich anderntags nicht erinnere, denn während sie spricht, setzt eine Bewegung ein unter einem weichen, gleichförmigen Geräuschteppich, dessen Ursprungsort ich nicht bestimmen kann. Er legt sich über sie und mich, über die Möbel, das Parkett, staut die Wärme, die unsere Körper abstrahlen, so daß die Wände aufweichen, Blasen werfen wie Schlamm in Geysiren auf einem verschneiten Hochplateau vor schemenhaftem Gebirgszug, bis die Oberflächenspannung reißt und die Blasen zerplatzen. Dann rinnt dickflüssige Farbe sehr langsam von den Graten, den Steilhängen herab. Je weiter sie sich der Ebene nähert, desto mehr Töne werden unterscheidbar. Die Rinnsale bilden marmorierte Seen, die in alle Richtungen zerlaufen, sich auf dem Boden ausbreiten, der schließlich eine Farbfläche geworden ist und sich zu feuchter Erde, Gräsern, Sand verfestigt. Regenwasser, das nach dem letzten Gewitter weder versickert noch aufgetrocknet ist, steht unmittelbar vor mir in einer Senke. Wolkentürme spiegeln sich darin, so hoch, daß sie die Atmosphäre durchbrechen, im Grenzgebiet von Gravitation und Schwerelosigkeit verwirbelt werden. Zu meinen Füßen in den Pfützen sind sie ein Strudel, durchbrochen von Geäst, Pfählen, Stacheldraht, rechterhand ein träges Rinnsal, das Schilfmeer aus Sumpflilien, schwankendem Rohr, und Livias schmale Gestalt. Ihr entschiedener Schritt eine Spur schneller als meiner. Der Kies knirscht unter unseren Sohlen. Sie hüpft, springt herum, dreht sich mit ausgebreiteten Armen im

Kreis. Läuft rückwärts vor mir her, hebt Steine auf, wirft die Steine in das Wasser, den Himmel, so hoch, daß sie am Ende des Raums die Trennscheide zum Unbekannten durchschlagen und nie wieder herunterfallen. Livia lacht, leichte Böen greifen ihr ins Haar, blasen Strähnen aus der Stirn, streichen ihr übers Gesicht, den Hals, werfen ihren Umriß dunkel auf die gekräuselte Oberfläche des Baches, der Wind schiebt Wellenreihen vor sich her, freundliche Wellen, die sich um einzelne Halme wickeln, während die Wärme des Frühlings den Schnee in den Bergen schmelzen, den Bach anschwellen, zum Fluß werden läßt, er tritt über die Ufer, flutet Wiesen, Felder, Brachen, doch wir fürchten uns nicht, uns kann kein Übel widerfahren, der Grund unter unseren Füßen ist fest. Wir lassen die Wolfshunde von der Leine, sie jagen den Schatten der Vögel nach, schnappen Lichtflecken, die durch Dornbüsche brechen, an denen giftige Beeren wachsen, schwarze und rote. Noch während wir vorbeigehen, versinken die Hecken im unaufhaltsam steigenden Fluß, sind verschwommenes Flechtwerk, von schmierigen Algen umspielt. In der ruhigen Strömung zieht Treibholz vorbei, Samenkapseln, eine Feder. Hinter uns ragen Bäume auf, Laub flirrt in der Sonne. Vor uns bis zum Horizont die Ebene aus gehämmertem Silber, über die unsere Hunde hinwegfliegen, ohne daß ihre Pfoten den Boden berühren. In weiter Ferne sind sie schon nur noch so groß wie Libellen. Zwei schwirrende Punkte, die unaufhaltsam davonrasen. Ich rufe ihnen nach, ehe sie in der Wand verschwinden, klar und deutlich rufe ich ohne Ton, als sie verschwunden sind, denn meine Stimme ist nur der Gedanke einer Stimme im Bild einer Landschaft an der Vorstellung meiner Seite das Wort für Frau ihr Name

Statt Schlaf mit Träumen: Schwarz.

»*Good morning. This is your wake up call. We wish you a pleasant day in Istanbul.*« – Nachdem ich zum dritten Mal »*o.k., ja, danke, yes, thank you*« gesagt habe, begreife ich, daß ein Automat mit mir spricht. Ich habe keinen Weckdienst bestellt. Halb acht. Wenn es um die Organisation der Tagesabläufe geht, kann man sich auf Livia verlassen. Sie ist nicht wiedergekommen in der Zwischenzeit. Um neun treffen sich alle im Foyer und gehen gemeinsam zum Hafen: Das hat Mona bestimmt. Warum rennen wir diesem Kindergarten hinterher? Wir wollten herausfinden, ob es uns als Paar noch gibt. Habe ich Livias wochenlanges Drängen, an einen Ort zu fahren, wo alles fremd ist, wo uns niemand kennt, falsch gedeutet? Ich wollte diese Reise verhindern, ich wußte, daß ihr Ergebnis Nein heißen würde. Alle Freunde Livias hoffen seit Jahren, daß sie sich endlich zu diesem Nein durchringt. Je schlechter ich sie behandle, desto eher begreift sie, daß sie fort muß. Livia wird aufleben ohne mich. Dreck von den Schuhen auf dem Laken, das Zimmermädchen soll ein frisches aufziehen. Den letzten Gin tonic habe ich vor drei Stunden getrunken, realistisch betrachtet zittern meine Hände um zehn. Der Pullover stinkt. Ein Schiffshorn bläst zum Abschied. Ich hatte das Fenster schließen wollen. Nachher werde ich den Informanten treffen, dessen Wissen die ganze Sache neu ordnet. Hoffentlich. Damit ich am Montag abreisen kann. Vorher sollten keine Entzugserscheinungen einsetzen. Ich muß den Pegel halten. Livia wird den Inhalt der Minibar kaum überprüft haben. Woher will sie außerdem wissen, wann ich ins Zimmer gekommen bin? Ich kann mir heute nacht um zwei einen Absacker genehmigt haben, das tun andere auch, ohne daß ihnen deshalb jemand Alkoholismus vorwirft. Warum bewahren sie vakuumverpackte Erdnüsse im Kühlschrank auf? – »*Wodka macht keine Fahne*«, sagt Kurt, »*da kriegt kein Bauleiter mit, wie voll du bist, bloß vom Gerüst kippen darfst du nicht.«* – *Ich plaziere die leeren Fläschchen in die Mitte des Tischs. Livia wird glauben, daß ich ihr nichts verheimliche, weil es nichts zu verheimlichen gibt. Oder ich fülle die Fläschchen mit Wasser auf und stelle sie in den Kühlschrank zurück. Dann liegt es bei mir, wann ich sie mir noch einmal einschenke, eigens für sie, oder mich über den Betrug der Vorgänger empöre und den Whisky öffne.*

Seit wir uns kennen, trinke ich Livia zuliebe weniger, als ich trinke, lasse ich Flachmänner verschwinden und lutsche Pfefferminz, bis mir schlecht wird. Auch heute werde ich mich gründlich einseifen, bevor ich zum Frühstück gehe, gegen die getrockneten Ausdünstungen, außerdem Mundspülung gurgeln, Kaugummi kauen.

Livia hat kein Handtuch benutzt.

…Schwarz, als wäre ich aus der Welt gefallen, ohne je dort gewesen zu sein. Nirgends Spuren hinterlassen haben. Nicht einmal in der eigenen Erinnerung. Das wäre die einzige Möglichkeit. Dafür kann man zur Not eine Frau verlieren. Was möglich ist, gibt es auch.

Am Buffet nehme ich Corn Flakes mit Joghurt, setze mich zu Olaf an den Tisch, er schaut fragend, schweigt aber. Wortlos beschmiert er Weißbrot um Weißbrot mit Honig, Gelee, Marmelade, Nougatcreme, schwarzem Sirup, kaut ununterbrochen. Nach der letzten Scheibe dreht er sich eine Zigarette Van Nelle halfzwar. *Bevor er sie mit einem Streichholz anzündet, wischt er heruntergefallene Tabakkrumen in den Beutel zurück.*

Um fünf vor halb neun erscheint Livia. Ihr Blick ist haltlos, sie trägt dieselben Kleider wie gestern, was sonst nie passiert, sieht mich nicht sofort, sucht auch nicht nach mir. Sie kommt allein, statt zusammen mit Jan, das können sie ebensogut inszeniert haben. Livia verdient jetzt genug Geld.

Wenn sie mit Jan ins Bett will, mietet sie ein zweites Zimmer in einem anderen Hotel. Sie müssen nur absprechen, wer um welche Zeit wieder im Duke's Palace sein soll. Jan nimmt dann unterwegs noch einen Mokka. Sie sieht erschöpft aus, kein Wunder, alle haben die letzten Tage kaum geschlafen. Das Haar fällt naß auf ihre Schultern. Draußen regnet es nicht. Demnach hat sie irgendwo geduscht. Sie lädt sich den Teller voll, setzt sich auf den Platz neben Olaf, mir schräg gegenüber, nickt kurz und beginnt, mit ihm über den Ausflug zu reden. Nicht einmal eine billige kleine Lüge hält sie für nötig. Olaf wirkt befangen. Er starrt mich an, als wollte er sich entschuldigen, für was auch immer. Ich bezweifle, daß Livia allein seine Verlegenheit auslöst, selbst wenn er in sie verknallt ist wie die meisten. Ohnehin gefällt er ihr nicht, sie mag keine braunen Augen. Er weiß um die Peinlichkeit der Situation. Jan ist sein Freund. Vielleicht fühlt er sich mitverantwortlich. Weil er mir etwas verheimlicht hat heute nacht.

»Freust du dich auch?« fragt Livia so unschuldig, daß ich lachen muß, »es scheint, als ob das Wetter halten würde.« – »Ich wollte als Kind schon Seefahrer werden«, sage ich und suche nach etwas Verräterischem in ihrem Gesicht, einer Rötung des Kinns, der Wangenpartie. Jan war frisch rasiert gestern. Wirken ihre Lippen voller als sonst, haben sie eine kräftigere Farbe? Ich rühre Zucker in den Kaffee, überlege, wie sie gefickt aussah, finde nirgends eine Vorstellung davon, alle Vorstellungen von Livia sind ausgelöscht. »Wo warst du?« – »Draußen.« – »Um halb sechs?« – »Ich wollte der Stadt beim Aufwachen zuschauen.« Ich könnte sagen: »Du hast vergessen, dir die Zähne zu putzen« oder: »Und dazu nimmst du die Pille mit?«, sage aber: »Ich schätze, du hast die Lebensgewohnheiten der arbeitenden Bevölkerung Istanbuls studiert, ethnologische Feldforschung.« – »Unge-

fähr so.« Livia lügt. Sie weiß, daß ich es merke, und schämt sich nicht.

Jan kommt exakt fünfzehn Minuten nach ihr, als hätte er eine Stoppuhr gestellt, um den vereinbarten Abstand einzuhalten. Ebenfalls mit nassen Haaren. Er kann problemlos dieselbe Dusche benutzt haben. Mona füttert die Möwen. Weil sie keinen Streit will, kriegen beide etwas ab. Nager redet auf Corinna ein. Für gestern hatte er beschlossen, es bei Mineralwasser und Tee bewenden zu lassen, dementsprechend geht es ihm heute gut. Die Bootsfahrt war seine Idee. Solche Ausflüge macht er jetzt mit seinen Töchtern und fühlt sich dabei wie ein glücklicher Familienvater.

»Ein Wunder, daß du schon wieder stehen kannst«, sagt Mona, als ich auf die Dachterrasse trete, mit einer Mischung aus Abscheu und Respekt, »– wahrscheinlich: immer noch stehst?« – »Letzteres.« Sie geht mir auf die Nerven. Ich habe keine Lust, mit ihr zu reden, lehne mich fünf Meter von ihr entfernt übers Geländer, selbst auf die Gefahr hin, daß sie sich brüskiert fühlt.

Die Suite, in der Miller erschossen wurde, ist neu belegt worden. Durch den schmalen Spalt zwischen den Vorhängen scheint Licht. Dann wird das Licht gelöscht. Wenige Augenblicke später schiebt eine junge Frau in schwarzem Hosenanzug und hochhackigen Schuhen die Vorhänge auseinander. Sie sieht aus wie Ireen, nur daß sie eine große, getönte Brille trägt. Ich bin überzeugt, daß Ireen sich noch in der Stadt aufhält, aber ich habe jetzt nicht die Kraft, ins Sultan zu laufen und so lange gegen die Tür zu schlagen, bis sie geöffnet wird oder das Schloß aufspringt. Die Frau wendet sich nach rechts, geht an der Balkontür vorbei zur Anrichte. Sie bewegt sich auch auf dieselbe Weise wie Ireen: als präsentiere sie Mode. Den gekrümmtem Zeigefinger am Kinn, beugt sie sich über den Obstkorb und kann sich lange nicht entscheiden. Schließlich nimmt sie eine Orange, blickt einige Zeit aus dem Fenster, bevor sie sich auf genau den Stuhl setzt, auf dem Ireen gesessen hat, als Miller erschossen wurde. Der Tisch ist ausgetauscht worden. Sie wendet mir ihr Gesicht zu und fängt an, die Orange zu schälen, wobei sie die weißen Fädchen gründlich von jedem Schnitz zupft, bevor sie ihn in den Mund schiebt. Als sie gegessen hat, stellt sie sich erneut an die Scheibe und schaut in meine Richtung. Ich wüßte gern, was das für ein Bild in dem schweren Rahmen hinter ihr ist. Sie steht schön und vollkommen regungslos da, als böte sie sich an. Nichts geschieht. Ich denke, ich werde jetzt gehen. *Sie winkt mir zu.*

9.

WÄHREND DES FLUGS hatten Jan und Scherf weit voneinander entfernte Plätze, so daß sie ihre Debatte nicht fort-
führen konnten. Unter uns wurden zerrissene Wolken die
Nordflanke der Alpen hinaufgeschoben. Dazwischen fiel
der Blick auf Bergwiesen, Gletscher, Felsformationen. Mona
beugte sich zu mir herüber und fragte: »Weißt du, was es
mit diesem ominösen *Bilderstreit* auf sich hat?«

»Auch nicht genau.«

»Ich dachte, du hättest in der Schule aufgepaßt.«

»Die Byzantiner haben sich ständig wegen irgendwelcher
Sachen gestritten, die heute kein Mensch versteht.«

Niemand aus der Klasse hatte je gehört, daß Kaiser Leon
der Dritte 726 durch das Entfernen der Christusikone am
Eingangstor des Palastes eine über hundert Jahre dauernde
Staatskrise auslöste, in deren Verlauf zahlreiche Menschen
gefoltert, verstümmelt und getötet wurden, weil sie das, was
ein Bild theologisch bedeutete, anders beurteilten, als der
jeweilige Herrscher es vorschrieb. Keiner von uns hätte für
möglich gehalten, daß Kaiser gleich welcher Epoche und
welchen Reiches sich mit derartigen Fragen beschäftigten.
Das erste Opfer des Kampfes war allerdings kein Hoch-
verräter, sondern der Offizier, der den Auftrag ausgeführt
hatte. Er wurde unmittelbar nach der Tat während eines

spontanen Volksaufstands durch aufgebrachte Frauen erschlagen, die von der späteren Geschichtsschreibung *heilig* und *verehrungswürdig* genannt werden.

Wann und wo Scherf auf den Bilderstreit gestoßen war, weiß ich nicht. Er behauptete, sich schon lange damit zu beschäftigen, völlig unabhängig von der Istanbul-Fahrt. Bereits in seiner Bewerbungsmappe für die Akademie habe sich ein Zyklus übermalter Kopien von Ikonen befunden, sagte er. Das Thema sei ihm danach nicht mehr aus dem Kopf gegangen, zumal die frühere Reihe lediglich einen Teilaspekt reflektiert habe. Damals hätten ihm im übrigen auch noch die künstlerischen Mittel für die Bewältigung eines derart komplexen Stoffes gefehlt.

Was ihm jetzt vorschwebte, war eine mehrteilige Installation. Scherf wollte je eine Christus- und eine Marienikone byzantinischen Typs aus irgendeinem Buch abphotographieren. Die Photos mußten schwarz-weiß und gezielt dilettantisch sein, um den Reproduktionscharakter und damit die beliebige Verfügbarkeit der Bilder zu betonen, die im Widerspruch zu ihrer Einmaligkeit als Kultobjekt stand. Die beiden Negative sollten als Platin-Palladium-Druck auf zweimal sieben dicke, alte Eichenbretter belichtet werden, die Scherf anschließend auf sieben verschiedene Arten zerstören beziehungsweise verwüsten würde: Das erste Paar wollte er mehrere Monate im Garten seiner Eltern vergraben, das nächste den Sommer über in den dortigen Teich werfen, ein weiteres mit dem Hammer zerschlagen, eins mit Glasscherben zerkratzen, eins mit Säure übergießen, eins sollte brennen – wobei er das Feuer kontrolliert einsetzen mußte, damit Reste erkennbar blieben. Das letzte Paar würde er an die Anhängerkupplung seines Autos binden und über einen Feldweg schleifen. Für die versehrten Tafeln wollte Scherf vierzehn altarähnliche Holzsockel bauen – er

76

hatte vor dem Studium eine Schreinerlehre gemacht – und deren obere Fläche, auf der sie schließlich zu liegen kämen, vergolden. Die beiden Sockelreihen würden einander gegenüber postiert, mit gerade so viel Abstand, daß der Betrachter zwischen ihnen hindurchgehen konnte. Scherf hoffte mit seiner Arbeit einen Skandal in Kirchenkreisen zu verursachen. Strenggenommen war irgendeine Form der Empörung die notwendige Fortsetzung der Installation. Erst durch den öffentlichen Aufschrei würde deutlich werden, daß sich die Lehre der byzantinischen Bilderverehrer allen modernen Kunsttheorien zum Trotz bis in die Gegenwart gehalten hatte. In diesem Zusammenhang erzählte Scherf vom Tod des heiligen Stephanos des Jüngeren, der während eines Disputs mit kaisertreuen Bilderstürmern eine Münze in den Staub trat, auf der sich ein Relief des Kaisers befand. Durch die Aktion – Scherf meinte, Stephanos habe eine Aktion im modernen Sinne durchgeführt – wollte er seinen Gegnern demonstrieren, daß sich die Ehrung oder Verunglimpfung des *Abbilds* auf das *Urbild* bezog. Daraufhin wurden sie so wütend, daß sie Stephanos wegen Majestätsbeleidigung auf der Stelle lynchten, dadurch seine Argumentation aber unfreiwillig bestätigten.

Jan interessierte sich eigentlich nur am Rande für den Bilderstreit. Über seine Beschäftigung mit Portraitmalerei war er auf Ikonen gestoßen und hatte festgestellt, daß byzantinische Geschichte sich spannend las.

Was beide dazu brachte, ihre Auseinandersetzung beinahe ebenso erbittert zu führen wie die verfeindeten Parteien in Konstantinopel zwölfhundert Jahre zuvor, ist mir bis heute nicht klar. Vielleicht waren sie einfach froh, ein Thema gefunden zu haben, an dem jeder seine Verachtung für die Kunstauffassung des anderen aufhängen konnte. –

Mona sagte: »Ich schätze trotzdem, daß Jan recht hat.«

»Wahrscheinlich.«

Südlich der Alpen herrschte glasklare Sicht. Der aus der Decke geklappte Fernseher zeigte Kartenausschnitte in wechselnder Vergrößerung. Unmittelbar neben Venedig wuchs eine rote Linie vom Grünen ins Blaue. Das wirkliche Meer war türkis emaillierte Bronze. Die Stewardessen boten Getränke an, Alkoholisches mußte man jedoch bezahlen. Nager wollte nicht alleine trinken und spendierte Bier. Weil sie sich beim Fliegen fürchteten, nahmen sogar Sabine und Corinna seine Einladung an.

Dort, wo die rote Linie in ungefähr zwei Stunden enden würde, stand Albin auf der Straße, zählte sein Geld und stellte fest, daß er den Zigeunern umgerechnet fast hundert Mark für kein Photo in die Schüssel geworfen hatte. Er schwitzte trotz der Kälte, schaute dem prallen Hintern einer Türkin hinterher, deren Gesicht ihm entgangen war, und dachte an Livias braune Augen. Nach wie vor wollte er nicht mit ihr reden, weder über Millers Ermordung noch über seine Gespräche mit dem Portier, dem Barkeeper, erst recht nicht über seine Begegnung mit den Zigeunern. Er sah ihre großen schweren Brüste über sich, die geschlossenen Lider, hörte, wie sie schrie, und wollte mit ihr ins Bett. Einfach, klar, ohne viel Worte. Das letzte Mal lag Wochen zurück, er erinnerte sich nicht mehr daran. Zögernd drehte Albin sich um, ging in Richtung des *Duke's Palace* und überlegte, wie er sie dazu brachte, ihn ebenfalls zu wollen, jetzt sofort. Früher war es unkompliziert gewesen, sie trieben es zu jeder Tages- und Nachtzeit, an möglichen und unmöglichen Orten. Dann zerriß das Band der Selbstverständlichkeit. Eines Tages fiel ihm auf, daß er nicht mehr wußte, gegen welche seiner Blicke, Berührungen Livia sich nicht wehren konnte. Er würde ihr sagen: »Ich will dich ficken«, wahrscheinlich würde sie antworten: »Ich dich nicht« oder: »Später vielleicht«, dann ginge er wieder. Wie man Bier bestellte oder Wodka, wußte er noch. Der Schweiß schlug um in Verdunstungskälte. Albin begann zu frieren. Kurz bevor er das Hotel erreichte, blieb er stehen und stützte sich an einer Hauswand ab, weil die Erde sich zu schnell drehte. Als er in die Eingangshalle trat, wurde ihm übel. Er hastete zur Toilette, sackte vor dem Klo in die Knie und übergab sich, bis nur noch Galle kam. Anschließend starrte er konzentriert in die Schüssel, um sicher zu sein, keiner Halluzination aufzusitzen. Gelbbraune Flüssigkeit, Teigstückchen, Sesamkörner. Das stimmte mit dem überein, was er gegessen und getrunken hatte. Darauf konnte man aufbauen. Er schwankte ans Waschbecken, spülte sich den Mund aus, wusch seine Hände. Aus dem Spiegel starrte ihn ein bleiches Gesicht an. Häßliche wasserblaue Augen über dunklen Rändern. So sah einer aus, der gerade gekotzt hatte. Er sagte laut und deutlich: »Miller ist erschossen worden.«

Es war unverkennbar seine Stimme, die in dem hohen, weißgekachelten Raum nachhallte.

Gegen seinen Vorsatz ging Albin danach nicht zu Livia, jedenfalls behauptete er das. Vielleicht hat er in dem Punkt auch gelogen, weil ihm die Zurückweisung peinlich war, und Livia sagte nichts, um ihn zu schützen. Daß Livia ein letztes Mal mit ihm geschlafen hat, scheint mir wenig wahrscheinlich. Ich habe keine Ahnung, wo er gewesen ist, bevor er gegen fünf zurück ins Zimmer kam und Livia fragte, ob sie mit ihm einen Drink an der Hotelbar nehmen wolle.

Nachdem sie die Photos gemacht, ihre Karte an Thea eingesteckt und eine Weile herumgestanden hatte, legte Livia sich aufs Bett und starrte gegen die Decke. Sie würde Albin verlassen. Für einen kurzen Moment zog eine Wolke von ausgeschwitztem Tabak, Alkohol und Rasierwasser aus seinem Kissen über ihre Hälfte. Jedenfalls meinte sie das und atmete tief durch. Die Distanz zu der Frau, die sie aus dem Spiegel angeschaut hatte, ließ sich nicht einfach überspringen. Albin war ihr verloren gegangen. Anspannung bis in die Eingeweide. Sie schob die Hände unter den Pullover, das Hemd, strich sich langsam über ihren glatten Bauch, um den Druck zu lösen. Livia hatte einen Entschluß gefaßt, aber keine Vorstellung, wie sie ihn umsetzen sollte. Die eigene Wärme war angenehm. Auch auf der Hüfte, den Schenkeln. Albin griff nach Geschlechtsteilen, ohne Rücksicht, manchmal gefiel ihr das, häufig nicht. Zum ersten Mal seit Wochen nahm Livia ihre Haut wahr, die Haut einer fremden Frau mit Abermillionen Sinneszellen, die sie vergessen hatte. Versehentlich oder mit Absicht streifte sie ihre Brustwarzen durch den BH, und ein Stich ohne Schmerz schoß die Wirbelsäule hinunter bis auf den Beckenboden. Behutsam faßte sie sich an. Sie spürte dem Echo jeder Berührung nach. Als sie ihre rechte Hand in den Slip schob, waren die Schamlippen weich aufgegangen. Vorsichtig tastete sie sich zu Kuppen, offenen Stellen vor. Sie hatte das lange nicht mehr getan. Kreisbewegungen, sacht, dann etwas fester. Erkundungen. Kein Verlangen nach einem Mann. Ein schönes trauriges Gefühl dehnte sich im Körper aus. Wie die Erinnerung an Sonnenstrahlen auf dem nackten Rücken nach den dunkleren Wintern der Kindheit.

Livia erwachte um kurz vor vier. Sie hatte Hunger, wollte jedoch nicht ins Restaurant, sondern bestellte sich Salat mit gebratenem Huhn aufs Zimmer. Zwanzig Minuten später klopfte ein verpickelter Kellner an ihre Tür, der von Livias Anblick so eingeschüchtert wurde, daß er sich kaum traute, ihr ins Gesicht zu schauen, als sie ihm das Tablett abnahm und ein großzügiges Trinkgeld gab.

Unsere Maschine landete pünktlich. Die Luft auf der Gangway roch fremdartig und hatte eine ungewohnte Konsistenz. Corinna fragte nach zehn Minuten am Gepäckband, wo sich das Fundbüro befinde, schimpfte über Billigflüge, erklärte, daß sie kein Geld habe, sich neue Sachen zu kaufen, und abreisen müsse, wenn ihr Koffer in Frankfurt geblieben sei. Er rollte dann doch ein. Vor dem Flughafen wartete ein Angestellter mit einem Plastikschild, auf das in verschnörkelten Buchstaben *The Duke's Palace International Hotel Group* gedruckt war, darunter vier Sterne und ein Zettel mit der Aufschrift *Deutsche Studentengruppe*. »Ich bin Nazim«, sagte er, »Sie können sich während Ihres Aufenthalts in allen Belangen an mich wenden.« Es folgten Begrüßungsfloskeln über türkische Gastfreundschaft und orientalisches Lebensgefühl, ehe er uns zum hauseigenen Bus führte. Während der Fahrt in die Stadt teilte er uns über Mikrofon humoristisch verpackte Fakten zu Istanbuls Geschichte, Bevölkerung, Wirtschaft mit, die ich im selben Moment vergaß. Er betonte die zentrale Lage des *Duke's Palace*, von dem aus man nahezu alle wichtigen Sehenswürdigkeiten zu Fuß erreichen könne. An der Rezeption kümmerte er sich um die Formalitäten. Jan und ich nahmen ein Zimmer zusammen.

Wir vereinbarten, daß sich alle anderthalb Stunden später an der Bar des *Duke's Palace* träfen, die *Orient Lounge* hieß, um vor dem Essen einen Aperitif zu trinken. Dort begegneten wir Albin und Livia zum ersten Mal.

10.

WIE ES BEGONNEN HAT? Keine Ahnung, wie es begonnen hat. Bald ist es vorbei. In mir wohnt ein Tier, Olaf, das sich von meinen Eingeweiden ernährt, es frißt mich von innen her auf, in Kürze wird es sich verpuppen, einen Prozeß der Verwandlung durchlaufen, dann schlüpft es und sprengt meine leere Hülle.

Livia scheint fort zu sein. Du hast die Tür im Blick, sag mir die Wahrheit, keine falsche Rücksicht. Sicher ist sie mit deinem Freund Jan unterwegs, vielleicht allein, es spielt keine Rolle. Ich erwarte nicht, daß du ihn verrätst. Die Uhr geht auf drei zu, ich bleibe noch.

Wir haben uns verpaßt, Livia und ich. Genaugenommen habe ich sie verpaßt, ich habe ihr mehr zugemutet, als man einem Menschen zumuten darf, fünf Jahre lang, um herauszufinden, ob sie mich liebt, und wenn ja, ob diese Liebe Grenzen hat, dann hätte ich sie verlassen.

Ich kenne dich kaum, Olaf, aber du bist ein guter Typ. Ich weiß von deinen Beziehungen, Affären, deiner Familie, von deiner ganzen Vergangenheit nichts und erzähle dir seit Stunden mein Leben. Trinkst du noch einen Wodka? Ich nehme den letzten Gin tonic für heute oder gestern, es kommt nicht drauf an, welcher Tag jetzt ist, paß auf:

Das war an einem Fluß, der Fries heißt, ein schmaler,

*seichter Fluß, in der Mitte höchstens achtzig Zentimeter tief,
der sehr langsam fließt. Es ist keine Sache gewesen, die
einen berechtigt hätte aufzugeben. Anderthalb Monate
später wurde ich elf. Bei weitem nicht zu vergleichen mit
dem Schuß auf Miller zum Beispiel. Oder Mutters Tod. Ein
Unglück, das geschah, ohne daß jemand die Absicht hatte,
es zu verursachen. Die Verkettung verschiedener Umstände
hat zu einem Vorfall geführt, von dem ein Bild zurückgeblieben ist, ein Brandzeichen, unauslöschlich wie die Narbe an
meinem Kinn. Was nichts entschuldigt. Zu zwei Dritteln
hatte die Angelegenheit ohnehin kaum mit mir zu tun.*

*Du kennst unsere Gegend nicht: Die Fries schneidet
Staudt mitten entzwei, hinter der Stadt windet sie sich
durch eine offene Ebene aus Wiesen, Pferdekoppeln unterhalb eines eiszeitlichen Hügelkamms, der einzigen Erhe-
bung weit und breit. Später verläuft sie am Rand des
Staatsforsts. Es passierte während eines dieser Sonntags-
ausflüge, die wir im Sommer manchmal gemacht haben,
wenn mein Vater weder verkatert noch finster war. Die
Sonne flimmerte grell durch das Laub, so daß sich die Umgebung in Ornamente aus Licht auflöste – Boden, Stämme,
Geäst in unzähligen Schattierungen. Durch meine Kinder-
sonnenbrille wirkte die Szenerie fast schwarz-weiß, alles
sah aus wie in diesem japanischen Film, dessen Titel ich
vergessen habe, ein alter Film, er spielt in der Ruine eines
Klosters, das während irgendwelcher Kriegswirren ge-
schleift wurde. Es muß mindestens sechs Jahre her sein, daß
ich ihn gesehen habe, spät nachts zu Hause, betrunken, leg
mich nicht auf Einzelheiten fest:*

*Vier Menschen erzählen vor Gericht die Geschichte eines
Überfalls in einem abgelegenen Wald. Ein Holzsammler, der
die Leiche eines ausgeraubten Edelmanns gefunden hat, die
Frau des Edelmanns, der Räuber und der Edelmann selbst,*

dessen Aussage mit Hilfe eines Geisterbeschwörers eingeholt wird. Die Handlung ist einfach: Der Räuber fesselt den Mann, nachdem er ihm all seinen Besitz genommen hat, und vergewaltigt die Frau. Danach tötet er ihn, und die Rätsel beginnen: Kommt der Räuber der Frau zu Hilfe, weil sie von ihrem Mann geschlagen wird? Droht er den beiden kreischend, zähnefletschend, und der Feigling ergibt sich? Oder wehrt der Mann sich heldenmütig, bis seine Niederlage unausweichlich ist? Und die Frau? Empfindet sie Abscheu, heimliche Lust oder gar nichts, als der Räuber sie nimmt? Wie stirbt der Edelmann? Fällt er nach erbittertem Kampf, wird ihm sang- und klanglos die Kehle durchgeschnitten mit auf den Rücken gebundenen Händen, oder bringt der Räuber ihn auf ausdrücklichen Wunsch der Frau um? Die drei Beteiligten berichten so vollständig anders, was sich zugetragen hat, daß der Richter unfähig ist, ein Urteil zu verkünden. Der Tote spricht nicht glaubwürdiger als die drei anderen. Beim Übergang von dieser in jene Welt hat keine Läuterung stattgefunden. Im Kloster widerruft der Holzsammler – der einzige scheinbar neutrale Zeuge – die Aussage, die er vor Gericht gemacht hat. Er ist keineswegs erst gekommen, nachdem alles vorbei war. Er hatte Schreie gehört, sich im Gebüsch versteckt, Bruchstücke des Geschehens beobachtet, zitternd vor Angst, hauptsächlich damit beschäftigt, unentdeckt zu bleiben. Sobald die Luft rein war, ist er hervorgekrochen und hat den Dolch des Ermordeten gestohlen, der auf dem Weg lag, denn er mußte viele Kinder ernähren, und der Elfenbeinknauf des Dolchs war kostbar. Keiner der vier lügt.

Während des Films habe ich eine Flasche Obstler getrunken, danach bin ich im Sessel eingeschlafen. Es muß dieses Licht gewesen sein, das die Verwirrung gestiftet hat, ruhelos, flirrend, als bestünde die Luft aus Millionen mikrosko

pisch kleiner Fliegen in unablässiger Bewegung. Diese Flie-
genwolke legte sich auf die Dinge und verursachte eine Art
Unschärfe. Ein wehender Schleier hing über den Erschei-
nungen, so daß auf die Augen kein Verlaß mehr war. Das-
selbe Licht herrschte an diesem Sonntag im Wald an der
Fries, wohin wir, bis mein Vater verschwunden ist – im dar-
auffolgenden Jahr –, manchmal einen klassischen Ausflug
gemacht haben in ein typisches Ausflugslokal. Ich weiß
nicht, ob es noch existiert, ich bin danach nie mehr dort
gewesen. Damals war es immer gut besucht, man brauchte
Glück, um einen Tisch zu bekommen. Ein Spielplatz gehörte
dazu mit Rutschen, Schaukeln, Wippen und ein kleines
Fährboot, das man an einem Stahlseil von Hand über den
Fluß zog. Das Fährboot war die Hauptattraktion. Außer-
dem hatten die Besitzer Volieren mit Fasanen, Eulen, Fal-
ken aufgestellt, Gehege für Ziegen, Hängebauchschweine;
mehrere Marder und ein Fuchs hausten in großen Käfigen.
Claes hätte sie am liebsten alle befreit. Wir hatten einen
Platz auf der großen Terrasse gefunden und Schnitzel mit
Pommes frites unter den rotweißen Schirmen gegessen.
Claes ging auf Schmetterlingsjagd. Er rannte mit einem rie-
sigen Netz und Gläsern voll äthergetränkter Watte herum,
in denen die Falter nach wenigen Flügelschlägen krepier-
ten, und behauptete, die Tiere müßten getötet werden, an-
ders sei eine wissenschaftliche Bestandsaufnahme unmög-
lich. Mein Bruder Xaver war bei diesem letzten Aus-
flug schon vierzehn, stand den Nachmittag über mit drei
Mädchen, die er aus der Schule kannte, in einer schattigen
Ecke – da, wo der Spielplatz in den Wald überging – und
versuchte ihnen zu imponieren. Er blies Kaugummis auf,
reichte Zigaretten herum, entzündete das amerikanische
Benzinfeuerzeug aus Silber, das mein Vater vermißte. Beim
Rauchen nahm er die Zigarette zwischen Daumen, Zeige-

und Mittelfinger, so daß sie von der Hand verdeckt wurde, falls jemand in die Nähe kam. Wenn er zog, kniff er die Augen zusammen wie James Dean. Ich fand ihn zum Kotzen. Aber er stand bei den Mädchen und brachte sie zum Lachen. Ihr Lachen klang fast schon wie das von Frauen. Die Fähre hielten Realschüler aus Staudt besetzt, die niemanden einsteigen ließen, der nicht zu ihnen gehörte. Ich lief ziellos durch die Gegend, hoffte, daß jemand mich ansprach, wußte, es würde heute ebensowenig geschehen wie all die anderen langweiligen Sonntage zuvor. Als Xaver mich entdeckt hatte, rief er: »Kleiner, komm her!«, und ich verabscheute mein Alter. Aber die Mädchen, die bei ihm standen, gefielen mir. »Hol uns was zu trinken«, sagte er und streckte mir einen der Länge nach gefalteten Zwanzig-Mark-Schein hin. So bezahlte mein Vater meistens. Obwohl ich ihm am liebsten vor die Füße gespuckt hätte, ging ich, um wiederkommen zu können. Vielleicht bot er mir dann auch eine Zigarette an. Nachdem ich vier Dosen Cola und das Wechselgeld abgeliefert hatte, sagte Xaver: »Geh spielen, du verstehst nicht, wovon wir reden.« Mir fiel keine Entgegnung ein. »Wird's bald, dahinten ist der Sandkasten.« Ich setzte mich zu den Eltern und baute eine Pyramide aus Bierdeckeln. Ich war Meister im Bierdeckelpyramidenbau, die größte, die ich gebaut habe, war einen Meter zwanzig hoch. Mein Vater wirkte gereizt. Vor ihm standen leere Cognacschwenker und ein halbvolles Glas Bier. Mutter saugte schmallippig Mineralwasser durch den Strohhalm. Sie trug ein neues, teures, strahlend weißes Kleid mit dunkelblauen Punkten. Es stand ihr sehr gut. Wegen der Hitze hatte sie das Haar hochgesteckt, was ihren langen Hals betonte. Ich war sicher, die Leute um uns herum hielten sie für einen Filmstar. Mein Vater hatte bereits eine schwere Zunge und den gefährlichen Zug um den Mund. Mutter schaute starr

auf den Tisch, damit er ihre Augen nicht sah. Sie stritten
sich wegen der Firma, der es schlecht ging. Oder besser: Sie
nahmen die katastrophale Situation der Firma zum Anlaß,
sich zu streiten. Monatelang hatte mein Vater auf den Auf-
trag für das letzte Autobahnteilstück nach Holland gehofft,
doch der Zuschlag war an die Gebrüder Keuser GmbH *ge-*
gangen, die viermal so viele Lastwagen besaßen wie wir. Es
gelang meinen Eltern nicht, vor uns Kindern die drohende
Pleite der Firma zu verbergen. Sie haßten sich zu sehr, um
ihre Auseinandersetzungen leise oder hinter verschlossener
Tür führen zu können. Claes kam mit seinen Giftgläsern,
schob ein Dutzend tote Falter in Zellophanbriefchen, die er
behutsam in eine Plastikdose schichtete, warf mir einen be-
sorgten Blick zu, zuckte mit den Achseln und verschwand
wieder. »Ich schaff' das, ich habe es noch immer geschafft«,
sagte mein Vater, »so schnell kriegt man einen Kranz nicht
klein.« Ich weiß nicht, warum ich bei ihnen sitzen geblieben
bin, ich hätte jederzeit aufstehen und mich aus dem Staub
machen können, wahrscheinlich wäre es ihnen sogar lieb
gewesen. »Wir haben die Selbständigkeit im Blut, Gerald
und ich, wir stehen immer wieder auf.« Vielleicht glaubte ich
wider besseres Wissen, daß er nicht auf sie losgehen würde,
solange ich da war. »Ich werde es Dr. Hollmann morgen
noch einmal vorrechnen, zum allerletzten Mal, der soll sich
warm anziehen.« Sie hätten es gar nicht bemerkt. Ich war
geübt im Unsichtbar-Werden, beherrschte die Kunst des
spurlosen Verschwindens. Um uns herum stand der Wald,
undurchdringlich, von diesem wabernden Licht übergos-
sen, in dem man mühelos untertauchen konnte. »Wenn er
mir keinen Überbrückungskredit gibt, kann er sein komplet-
tes Geld abschreiben, er kriegt nichts wieder, gar nichts.« Es
wäre ein leichtes gewesen, langsam aufzustehen, mich vor-
sichtig, Schritt für Schritt, zurückzuziehen. Ehe es ihnen

überhaupt aufgefallen wäre, hätten die Bäume mich ver-
steckt. »Das wär' doch gelacht!« – »Wir haben Schulden ge-
nug, ich will nicht bis ans Ende meines Lebens jede Mark,
die wir verdienen, an die Bank zahlen«, sagte meine Mutter.
Daraufhin wurde er wütend. Aber sie trug doch dieses wun-
dervolle Kleid, in dem ihre Bewegungen noch anmutiger
wirkten, gleichzeitig scheu wie die eines Wildtiers, und sie
war ganz allein mit ihm, dem rohesten Menschen, den ich
je kennengelernt habe, ohne jeden Schutz war sie und sah
so zerbrechlich aus. »Was verstehst du von Geschäften,
Ina?« hat er sie angebrüllt, »wovon verstehst du überhaupt
etwas. Nicht einmal deine verkommenen Söhne hättest du
im Griff ohne mich.« Ich schloß die Ohren, duckte mich weg.
»Schau ihn dir an, diesen Hosenscheißer: Weiß nichts mit
sich anzufangen und zieht eine Fresse.« Zu der Zeit konnte
mein Vater mich schon nicht mehr beleidigen. Mutter
schwieg. Sie widersprach nie, wenn es um uns ging. Auch
an diesem Sonntag ließ sie ihn lange ohne Antwort, doch ich
sah von der Seite, anders als mein Vater, der mit seinem Ge-
laber beschäftigt war, daß sich hinter ihrer Stirn etwas zu-
sammenballte. Ich sah auch, daß sie Angst hatte, aber nicht
vor ihm. Sie erschrak vor Resten von Mut oder Stolz oder
Selbstachtung, die aus dem Vergessen gebrochen waren.
Ihre Augen zuckten unkontrolliert, ebenso die Mundwinkel,
seine Sätze spiegelten sich nicht mehr in ihrer Mimik. Sie
hatte aufgehört, ihm zuzuhören. Im Unterschied zu den
Leuten an den Nachbartischen, die schon flüsterten. Dann
blitzte etwas in ihrem Blick auf, das ich noch nie gesehen
hatte, und sie sagte: »Walter, du bist vollkommen unfähig
als Unternehmer, verkauf endlich die Firma und laß dich ir-
gendwo anstellen, bevor es zu spät ist.« Für den Bruchteil
einer Sekunde fiel mein Vater in sich zusammen, als hätte
sie ihn getroffen. Vielleicht hatte sie ihn wirklich getroffen,

und er nahm nur ein letztes Mal all seine Kraft zusammen. Schlagartig nüchtern, knallte er ihr seine flache Hand ins Gesicht, so fest, daß sie fast vom Stuhl fiel, stand auf, griff sich ihren schmalen Unterarm, riß sie von ihrem Platz, zog sie fort, obwohl sie schrie: »Du tust mir weh!« Das interessierte ihn nicht, ebensowenig wie es die anderen Gäste interessierte. Er hatte sie geheiratet und würde wissen, weshalb er sie züchtigte. Nach ein paar Metern drehte mein Vater sich noch einmal um, sagte: »Du bleibst hier, deine Mutter und ich haben etwas zu besprechen.« Die zierliche Frau mit feuerroter linker Wange, weichen sommerblonden Haaren, die sich zum Teil aus der Spange gelöst hatten, das wehrlose Etwas, meine Mutter, stolperte hinter einem außer Kontrolle geratenen Mann von zwei Metern Größe her, sie hatte keine Chance, seine Geschwindigkeit mitzuhalten, er schleuderte sie brutal hin und her, sie konnte nichts dagegen ausrichten. Es kümmerte ihn einen Dreck, wenn sie hinfiel, dann schleifte er sie über den Waldboden weiter, bis sie wieder aufgestanden war, schrie: »Los, beweg dich, Fotze!« Sie antwortete nicht und weinte nicht. Ich wußte, er bringt sie um. Das hatte er dutzendfach angekündigt, jetzt würde er seinen Worten die Tat folgen lassen, danach hätten wir keine Mutter mehr, wären Halbwaisen, Xaver, Claes, ich, mit einem Mördervater im Gefängnis. Ich stand neben dem Tisch, meine Beine waren gelähmt, das Herz pochte bis in die Schläfen. Als sie hinter der ersten Biegung verschwanden, als seine Stimme abbrach, löste sich die Lähmung, und ich lief hinter ihnen her. Ich rannte von einem Baum zum nächsten, wagte mich immer erst kurz, bevor ich sie verlor, aus der Deckung. Der Mann durfte auf keinen Fall bemerken, daß ich folgte. Eine Zeitlang blieb er mit ihr auf dem Weg. Irgendwann spürte er ihren Widerstand brechen. Sie gab auf. Er zerrte sie rechts ins Dickicht und querfeldein weiter, brüllte: »Dir werd' ich's zeigen«, durch eine dunkle Tannenschonung, die Tannen standen dicht, sie waren so schmal, daß ich den Abstand vergrößern mußte. Sie folgte ihm willenlos, knickte nur manchmal ein oder schwankte. Die niedrigen Zweige zerkratzten ihr Gesicht. Plötzlich brachen scharfkantige Strahlen durch Buchenkronen, so grell, daß ich geblendet wurde, Blätter im Wind spiegelten die gleißende Sonne. Ich würde mich zwischen sie werfen, wenn er ihr seine Hände um den Hals legte, wenn er mit seinen schwieligen Bauarbeiterdaumen ihren winzigen Kehlkopf eindrücken wollte, unter dem flatternden Laub, dem vibrierenden Licht, das die Grenzen der Dinge verwischte und dem Blick nirgends Halt bot. Die Frau torkelte hinter dem Mann her, von Sinnen, wissend, daß sie sterben mußte. Schließlich blieb er auf einer leuchtend grünen Wiese inmitten gelber Blüten stehen und ließ sie los. Sie sackte zusammen, lag für einen Moment im Gras, holte Luft. Ich duckte mich hinter einen mächtigen Stamm, versuchte lautlos zu atmen. Der nächste Baum war erreichbar, der übernächste. Ich stand wenige Meter von ihnen entfernt. Der Mann wandte mir den Rücken zu. Langsam richtete sie sich auf, kniete vor ihm, schaute ihn wortlos an. Ich konnte keine Träne in ihrem Gesicht ausmachen, nur eine starke Rötung, über die Schweiß lief. Er nestelte vorne an seiner Hose herum, und im selben Augenblick, wo die Frau mich entdeckte, schob er ihr seinen dick geschwollenen Schwanz in den Mund, nahm ihren Hinterkopf zwischen seine fleischigen Hände, schob den Kopf langsam vor und zurück; während sie mich anschaute, hielt er sie eisern fest und zwang sie in diesen gleichförmigen Rhythmus. Ich dachte, das ist die größte Erniedrigung, die auf diesem Planeten möglich ist, schlimmer, als wenn er sie getötet hätte, sie wird nie wieder aufrecht gehen können. Und sie schaute mich ununterbrochen an, mit einem Blick aus einer unbekannten Zone, weder verzweifelt noch hilfesuchend, einem Blick, der nur diese mechanische Vorwärtsrückwärtsbewegung war, die nie mehr enden würde. Eine Ewigkeit später ist ihr der Saft meines Vaters, von dem ich damals nicht wußte, um was es sich handelte, ich dachte, jetzt hat er ihr in den Mund gepißt, das Kinn heruntergelaufen und auf das blau gepunktete Weiß getropft, das ihr so gut stand, und sie wischte sich die mit Spucke gemischte Flüssigkeit aus dem brennenden Gesicht und schaute mich immer noch an, so fremd, daß ich für eine Sekunde glaubte, sie ist eine andere Frau in Mutters Kleid. Als er seinen Schwanz einpackte, sagte sie: »Da steht dein Sohn Albin und sieht dir zu.« Der Mann, der mein Vater gewesen ist, sagte: »Die Drecksau«, zog seinen Gürtel aus der noch immer geöffneten Hose und kam auf mich zu, den Gürtel in der Faust. Während sie lächelte, abwesend oder in fernen Gedanken, stand ich angewurzelt da, unfähig, zu schreien oder fortzurennen, es hätte auch keinen Zweck gehabt, er wäre schneller gewesen, er war immer schneller, größer, stärker, deshalb konnte er meiner Mutter in den Mund pissen.

»Euer Bruder ist gegen einen Baum gerannt«, sagte sie, als Claes und Xaver kamen. Ich lag auf einer Bank beim Parkplatz, starrte in den wolkenlosen Himmel, das Hemd voller Blut, auf dem Boden stand der Verbandskasten. Sie hockte vor mir und schnitt eine Kompresse zurecht. »Du bist auch ein Hans-guck-in-die-Luft, Albin«, sagte sie, »träumst mit offenen Augen.« Mein Vater saß auf dem Beifahrersitz, stumpf betrunken, versuchte zu rauchen, aber die Augen fielen ihm zu, die Zigarette glitt ihm aus der Hand. Zu Hause schloß sie die Tür auf, führte ihn ins Wohnzimmer, wobei sie sanft auf ihn einredete, daß alles in Ordnung sei, daß er sich nicht aufzuregen brauche, sie zeigte ihm das

Sofa, damit er sich hinlegte, sie wollte ihn nicht im Bett haben. Anschließend fuhren wir ins Krankenhaus, wo eine freundliche junge Ärztin mir, dem Blindfisch, der den Wald vor lauter Bäumen nicht sah, das aufgeplatzte Kinn mit zwei Stichen nähte. Weil ich so tapfer war und so gut stillhielt, hat Mutter mir auf dem Rückweg ein Eis gekauft, fünf Kugeln, freie Auswahl, das größte Eis meiner Kindheit. Drei Stunden später schlief mein Vater noch immer, er schlief bis zum nächsten Morgen.

»Was hast du denn gemacht?« fragte er, als er beim Frühstück den dicken Verband auf meinem Kinn sah. »Bin gestern gegen einen Baum gerannt«, habe ich geantwortet. »Schön, wenn man einen Trottel zum Sohn hat«, sagte mein Vater.

Was meinst du, Olaf, eine Runde können wir noch, oder? Niemand wartet auf uns, die anderen haben auch Spaß, wer weiß, ob wir je wieder so zusammensitzen werden, nimmst du noch Wodka oder lieber was anderes, ich geb' einen aus.

»Keine schöne Geschichte«, sagt Olaf.

»Eine von Millionen häßlicher Geschichten.«

11.

GEGEN HALB SIEBEN sind Jan und ich zusammen in die *Orient Lounge* gegangen. Nager, Mona und Fritz saßen vor halbvollen Biergläsern. Zwischen ihnen und einem Paar Ende Zwanzig waren zwei Hocker frei. Jan schlenderte an die Theke und fragte die Frau: »Excuse me, can we take the chairs next to you?«

Sie starrte ihn an, als sei ihr im selben Moment der Faden zur Welt gerissen. Es dauerte eine Weile, bis sie mit unsicherer Stimme und auf deutsch antwortete: »Bitte. Setzt euch.«

Jan konnte ihre Reaktion nicht deuten, sagte: »Danke, das ist nett.«

Zum ersten Mal seit Beginn der Reise lächelte er. Sie gefiel ihm, trotz der Traurigkeit, die sie verbreitete. Jan wollte auf keinen Fall, daß ihr die Verwirrung peinlich war, bemühte sich, sie seine eigene Irritation nicht spüren zu lassen. Die Frau wurde rot, stotterte: »Entschuldigung, ich hatte einen Aussetzer.«

Wochen später hat Livia gesagt und sich im nachhinein noch gewundert: »Als Jan neben mir stand und mich ansprach, ist mein Gehirn plötzlich nicht mehr in der Lage gewesen, ihn einzuordnen. Er war das eine Element zuviel. Seit anderthalb Stunden hatte Albin auf mich eingeredet, mir von dem Schuß auf Miller, den Begegnungen im *Sultan* erzählt. Er entwickelte fortwährend neue Theorien über Hintergründe, Mordmotive, Verbindungen zum organisierten Verbrechen. Daß es dafür keine Beweise gab, spornte seine Phantasie erst richtig an.

Wie schon morgens, als er mit diesem albernen Satz, den er angeblich gehört hatte, *Take care of you, baby*, ins Bad kam, bin ich zwischen mehreren Möglichkeiten hin- und hergeschwankt: der Gewißheit, daß Albin wirklich Millers Erschießung beobachtet hatte – bei dem Gedanken brach mir Schweiß aus; Zweifeln an seiner Zurechnungsfähigkeit, die in Panik umschlugen; schließlich war ich der Überzeugung, daß er eines seiner Verwirrspiele veranstaltete, um mir den Boden unter den Füßen wegzuziehen. Dafür habe ich ihn gehaßt. Jans Stimme, seine Frage in der anderen Sprache, hat dann den letzten Rest Ordnung in meinem Kopf gesprengt. Als sich unsere Blicke trafen, löste die Umgebung sich auf. Wir haben uns lange angesehen, jedenfalls in meiner Erinnerung. Aus Jans Gesicht sprach eine Entschlossenheit, die Albin schon bei unserer ersten Begegnung gefehlt hatte. Albin hatte sich damals längst aufgegeben. Ich brauchte fünfeinhalb Jahre, um das zu begreifen. Jan strahlte etwas aus, das bei mir ein Gefühl der Erleichterung freisetzte. Zugleich bin ich erschrocken. Mir fiel die Karte an Thea in meiner Handtasche ein, ich habe die Tasche fest umklammert, weil ich Sorge hatte, daß Albin sie öffnet, den Umschlag zerreißt, liest, was ich geschrieben habe. Gleichzeitig hörte ich mich den Satz *In diese Augen schaue ich gern* wiederholen. Das Durcheinander der Bilder, Empfindungen führte dazu, daß ich für ein paar Sekunden nicht wußte, wo ich war und was der Mensch, der da vor mir stand, wollte.«

»Auch aus Deutschland?« fragte Jan. Livia nickte.

»Und? Wie ist Istanbul so?«

»Verrückt!« sagte sie. »Absolut irrsinnig!«

Albin fügte hinzu: »Macht euch auf einiges gefaßt. Hier passieren Sachen, die ihr euch in den kühnsten Alpträumen nicht ausgemalt hättet.«

»Klingt wenig begeistert.«

Daß Jan an einer Bar wildfremde Menschen ins Gespräch zog, habe ich weder vorher noch nachher je erlebt. Zuerst dachte ich, ihm wäre die Aussicht, die nächsten acht Tage mit Nager und der Klasse zu verbringen, so unerträglich, daß er nach Leuten suchte, die ihm angenehmer schienen. Ich wäre nie auf die Idee gekommen, daß er vom ersten Moment an nichts anderes wollte als Livia kennenlernen.

»Albin und ich sind ziemlich ratlos.«

»Was macht ihr hier?«

»Urlaub«, sagte Albin, »ich zumindest, Livia photographiert, weiß aber nicht, wozu.«

»Das stimmt nicht.«

(Später in der Nacht, als wir auf dem Zimmer saßen und Bier aus der Minibar tranken, erklärte Jan: »Ich will diese Frau. – Du mußt das jetzt nicht kommentieren, Olaf, ich würde doch keine Rücksicht auf deine Bedenken nehmen. Ich habe schon eine Liebe verspielt, vor lauter Skrupeln, um keine Verletzungen zu verursachen. Das war ein Fehler. Ich werde ihn für den Rest meines Lebens bereuen. Aber ich werde ihn nicht wiederholen.«

Ich hatte keine Ahnung, wessen Liebe Jan verspielt zu haben glaubte. Obwohl wir seit über zehn Jahren Freunde sind, sprechen wir selten über diese Dinge.)

»Habt ihr schlechte Erfahrungen gemacht?« fragte Jan.

Livia versuchte einzuschätzen, wie wir reagieren würden, schaute Albin ratlos an, Albin wich aus. Er wollte allein entscheiden, ob und was er erzählen würde, spitzte die Lippen, saugte geräuschvoll Luft ein, schob seine Zungenspitze von einer Backe in die andere: »Ich weiß«, sagte er, »es klingt bescheuert, meine Frau zweifelt auch an meinem Geisteszustand: Ich habe heute morgen gesehen, wie im Hotel gegenüber, dem *Otelo Sultan*, ein amerikanischer Geschäftsmann erschossen wurde. Der Tote hieß Jonathan Miller, handelte mit Edelsteinen aus der ehemaligen Sowjetunion und saß mit Ireen, seiner Geliebten, beim Frühstück, als er von einer Kugel getroffen wurde. Durch die geöffnete Balkontür. Das Gewehr muß einen guten Schalldämpfer gehabt haben, denn von dem Schuß selbst war nichts zu hören. Mr. Miller schlug kopfüber auf den Tisch, zertrümmerte eine Menge Geschirr, wobei ich mich gewundert habe, daß die gläserne Tischplatte beim Aufprall heil geblieben ist... – Er wog mindestens drei Zentner.«

Verschiedene Einzelheiten hat Albin mir später anders erzählt. Livia meint allerdings, bevor wir gekommen seien, habe er ihr gegenüber ebenfalls von einer unbeschädigten Tischplatte gesprochen. Sie sagt auch, daß Albin zu dem Zeitpunkt bereits gelallt habe. Mir ist das nicht aufgefallen. Es kann natürlich sein, daß sie Nuancen in seiner Artikulation wahrnahm, die ich für seine normale Redeweise hielt. Ich habe Albin überhaupt nur ein einziges Mal lallend erlebt, obwohl er pausenlos alle Sorten Alkoholika in sich hineinschüttete: gegen Ende der letzten Nacht in der *Orient Lounge*. Bei dieser ersten Begegnung hätte ich auf keinen Fall vermutet, daß er schon seit dem Morgen trank.

Jan und ich bestellten Bier.

»Warum sollten wir das nicht glauben?« fragte Jan. »Wahrscheinlich ist er nicht der einzige, der heute in Istanbul ermordet wurde. Außerdem läßt es sich doch überprüfen.«

»Warte mal, was jetzt kommt«, sagte Livia.

»Ich bin ins *Sultan* gerannt…«

»Erst warst du auf dem Zimmer.«

»Wenn es dich befriedigt: Ich bin, nachdem ich ins Bad geschaut habe, wo du vor dem Spiegel standst, nackt, und dir die Augenbrauen gezupft hast, ins *Sultan* gerannt, weil ich dachte, da finde ich Polizei, Spurensicherung, was sonst dazu gehört, die sind froh über meine Aussage. Aber dort war niemand, außer einem älteren Herrn an der Rezeption, der Formulare ausfüllte, als wäre nichts geschehen. Gut, denke ich, wahrscheinlich liegt Ireen ohnmächtig im Flur, offenbar hat keiner was bemerkt. Ich gehe zum Portier und sage: Vor ein paar Minuten ist in Ihrem Hotel ein Gast angeschossen worden, Mr. Miller, ich habe das von drüben beobachtet, von der Dachterrasse des *Duke's Palace* aus, Sie müssen Polizei und Notarzt benachrichtigen, vielleicht lebt der Mann noch. Doch statt zum Telephon zu greifen, antwortet der Portier: Bei uns wohnt kein Mr. Miller, es hat kein Mr. Miller hier gewohnt, und es ist auch keiner angemeldet. Punkt. Und droht mir, mich rauswerfen zu lassen, wenn ich nicht die Klappe halte.«

»Klingt seltsam«, sagte Jan.

»Wie würdest du reagieren, wenn vor deinen Augen jemand erschossen wird, den du kennst, und dann heißt es, der Mann existiert nicht? Das ist doch Wahnsinn! Ich bin erstmal an die Bar und habe mir einen doppelten Bourbon einschütten lassen.«

»Und was hat die Polizei gesagt?« fragte ich.

»Bis jetzt war ich nicht bei der Polizei. Ich bin zwar vielleicht lebensmüde, deswegen lege ich mich aber noch lange nicht mit der Russenmafia an. Ich habe keine Lust, mir vor meinem Tod Nase, Ohren oder sonstwas abschneiden zu lassen.«

Während er redete, drehte Albin am Rädchen seines Feuerzeugs, so daß es Funken schlug. In seiner Linken brannten ohne Pause filterlose Zigaretten. Das Gespräch zwischen Nager, Mona und Fritz war verstummt. Sie hörten ebenfalls Albin zu, wobei Nager sich nicht entscheiden konnte, ob er eigene Erlebnisse beisteuern oder den weiteren Verlauf der Geschichte abwarten sollte. Mona runzelte die Stirn. Mit irgend etwas war sie nicht einverstanden. Hagen und Scherf kamen zur Tür herein, winkten, setzten sich aber nicht an die Theke, sondern in die Sessel neben dem Eingang.

»Albin hat vorgestern nacht hier in der *Orient Lounge* bis zum Umfallen mit einem amerikanischen Geschäftsmann gesoffen«, sagte Livia. »Ich bin vorher ins Bett gegangen. Mich wundert, daß du dir den Namen hast merken können. Ich erinnere mich, daß hinten in der Ecke ein fetter Typ mit einer wesentlich jüngeren Frau saß. Albin behauptet, er habe ausgesehen wie Marlon Brando. Jedenfalls muß das dieser Miller gewesen sein. Sie haben sich eine Weile unterhalten.«

»An dem Abend fandest du auch, daß er wie Marlon Brando aussah.«

»Ich bin wahnsinnig müde gewesen.«

Livia wirkte noch immer kraftlos. Trotzdem schien sie über unsere Anwesenheit froh. Die Anspannung in ihrem Gesicht löste sich.

»Wir hatten Miller und Ireen schon auf der Straße gesehen. Die Istanbuler Altstadt ist klein, man trifft ständig dieselben Leute«, sagte Albin.

Jan bestellte Cognac. Er war blaß, schloß die Augen, atmete, als hätte er Schmerzen.

»Du mußt auf jeden Fall zur Polizei gehen«, sagte Mona, »der Portier weiß, daß du den Mord gesehen hast. So, wie er sich benimmt, hat er sicher damit zu tun. Oder ist zumindest eingeweiht. Glaubst du, diese Leute verlassen sich darauf, daß du stillhältst, bloß weil du Tourist bist?«

Albin gab keine Antwort.

»Und wie ist es weitergegangen?« fragte Jan.

»Bis jetzt ist es nicht weitergegangen. Ich weiß nicht, was ich tun soll, aber daß ich etwas tun muß, steht fest. Nichts überstürzen. Wenn man erst eine Nacht drüber geschlafen hat, sieht alles anders aus, hat mein Onkel immer gesagt.«

»Bis dahin sind die Mörder von deinem Freund Miller über alle Berge!« sagte Mona,

»Habe ich dich um deine Meinung gebeten? Und mein Freund ist Miller absolut nicht gewesen. Wir haben ein paar Sätze gewechselt, morgens zwischen drei und fünf, und Whisky getrunken. Zwei Flaschen hat er am Ende bezahlt.«

»Nicht schlecht«, sagte Nager, »kann man aber schaffen, wenn es ordentlicher Whisky ist, diese alten schottischen sind gut verträglich, auch in Mengen.«

»Miller bestand auf Bourbon.«

»Würde ich nur im Notfall drauf zurückgreifen. – Womit beschäftigen Sie sich, wenn Sie gerade keine Morde beobachten?« fragte Nager.

»Sie glauben auch, daß ich die Geschichte erfunden habe?«

»Dann hätte ich die Frage nicht gestellt.«

»Steinbildhauerei.«

»Steinbildhauerei?«

»Stimmt was nicht daran?«

»Die Steinbildhauerei ist tot.«

»Ja, sie ist tot.«

»Dann sind Sie Leichenfledderer?«

»Kann man sagen.«

»Grabsteine oder mit Kunstanspruch?«

»Wenn ich Geld brauche, haue ich alte Ornamente nach,

die so kaputt sind, daß man sie durch Repliken ersetzen muß. Manchmal auch Figuren. Und Sie?«

»Kunst. Plastik. Mit unterschiedlichen Materialien, konzeptionell, aber keine Konzeptkunst im strengen Sinn. Hingucken, nachdenken, machen. Dann das Ganze wieder von vorne. So lange, bis es stimmt. Seit neuestem bin ich Professor. Das sind meine Studenten. Ein paar Mädels fehlen noch, die müssen Röcke, Pullover, Hosen, Mäntel, Schuhe, was man so braucht als Frau für acht Tage, in die Schränke räumen. Damit nichts zerknüllt wird, sonst sehen sie abends nicht gut aus.«

»Vor zehn Jahren wollte ich auch Kunst studieren, habe mir die Düsseldorfer Akademie angeschaut und es gelassen.«

»Wahrscheinlich bringt es nichts. Richtet aber auch keinen Schaden an.«

»Sind Sie sicher?«

»Haben Sie mal überlegt, wann die Steinbildhauerei gestorben ist? Und woran? Ich meine, immerhin ist vor kurzem eine 20 000 Jahre alte Tradition zu Ende gegangen: das Behauen von Steinen mit Hammer und Meißel, die man danach poliert, damit sie hübsch glänzen, zum Schluß sogar mit Wolle, spiegelglatt, Brancusi hat seine Steine Monate lang mit Wolle poliert, wußten Sie das? Da lebte die Steinbildhauerei noch, lag zwar in den letzten Zügen... Oder nein: Sie war bei Kräften, aber man konnte absehen, daß es bald aus mit ihr sein würde – warum? Ich habe die Theorie, es hängt mit dem technischen Fortschritt zusammen. Der technische Fortschritt ermöglicht eine völlig neue plastische Vollkommenheit, gegen die handwerklich hergestellte Skulpturen immer stümperhaft wirken. Flugzeuge, Panzer, selbst ein so simples Gerät wie, sagen wir, eine Küchenmaschine, kennen Sie diese amerikanischen Küchen-

100

maschinen, *Kitchen Aid*, man wirft ein paar Zutaten rein, drückt auf einen Knopf, fertig. Und sie sieht toll aus. Meine Frau kriegt eine zu Weihnachten: Solche Sachen haben der klassischen Skulptur den Garaus gemacht. Das hat mit der Industriellen Revolution angefangen. Mittlerweile können Sie jeden beliebigen Gegenstand mit einem Laser millimetergenau erfassen, die Daten gehen an einen Rechner, der mit einer Präzisionsfräse verbunden ist. Sie suchen das Material aus und erhalten ein hundert Prozent identisches Duplikat. Da bleibt für unsere Hände nichts übrig…«

Albin ging zu Nager hinüber.

»Nager ist ein netter Kerl«, sagte Jan zu Livia, »aber er redet von morgens bis abends wirres Zeug.«

Er verstellte mir den Blick auf ihr Gesicht. Ich hielt es für ein Versehen. Daß er sich allein mit Livia unterhalten wollte und mich gezielt vom Gespräch ausschloß, durchschaute ich nicht.

»Albin denkt genauso wie euer Professor«, sagte sie. »Wie heißt er, muß man ihn kennen?«

»Nager. Ich kannte ihn bis vor vier Monaten nicht.«

»Albin sagt, er haßt Stein. Jedenfalls im Moment. Vor ein paar Wochen wollte er noch die Steinplastik vor dem Untergang retten und hat mir minutiös Figurengruppen, Gesten, Oberflächenstrukturen beschrieben. Er wechselt ständig die Position, manchmal binnen eines Tages, je nachdem, wieviel er getrunken hat. Wenn er etwas macht, wird es großartig. Du glaubst nicht, daß man derart fragile Gebilde in Stein realisieren kann. Nur: Sobald es fertig ist, ekelt er sich davor und schlägt binnen einer Woche alles kurz und klein. Mit dem Vorschlaghammer.«

»Du photographierst?«

»Zur Zeit weiß ich nicht, in welche Richtung es geht. Im letzten Jahr bin ich mit Reportagen gut über die Runden ge-

kommen, aber ursprünglich hatte ich nicht das Ziel, Bild-
journalistin zu werden. Das ist ein Kompromiß. Ich
wollte... – Was wollte ich eigentlich? Ausdruck. Intensität.
Etwas Hochromantisches. Andererseits habe ich nicht fünf
Jahre studiert, um meinen Lebensunterhalt als Kellnerin zu
verdienen. Zumal es nicht sein muß. Das ist das Problem,
mit dem ich mich herumschlage... Eins der Probleme...
Zur Zeit kommt eine Menge zusammen. Ich muß ein paar
Entscheidungen fällen. Auch privat, aber das ist ein anderes Thema...«

Spätestens da hatten Jan und Livia mich vergessen. Ich
hörte nicht weiter zu, sondern bestellte noch Bier, überlegte,
warum man jemandem, den man gerade eine halbe Stunde
kennt, derart persönliche Dinge verriet. Wahrscheinlich
hatten Albins Geschichten Livia so sehr aus dem Gleichgewicht gebracht, daß sie einem Außenstehenden davon erzählen mußte, daß sie überhaupt erzählen mußte, so viel
wie möglich, von ihrer Arbeit als Photographin, von der
Zeit mit Albin, von sich als Frau, die ihr Leben ändern
wollte und keine Vorstellung hatte, wie man das macht.
Jemand, der neutral war, sollte sich ein Urteil bilden, er
brauchte es ihr nicht einmal zu verkünden.

Swantje kam, setzte sich neben Fritz und bestellte Apfel-
saft. Nager und Albin lachten. Sie hatten ihre Unterhaltung
jetzt ebenso abgeschottet wie Jan und Livia. Ich stand auf,
um mir die Einrichtung anzuschauen. Eine mit Schnitze-
reien und Einlegearbeiten verzierte Holzdecke sollte die
Illusion erzeugen, man befinde sich in einem Serail, ebenso
die schweren Teppiche, die das Parkett fast vollständig bedeckten. Von der eigentlichen Bar abgesehen, war die
Lounge mit Gruppen brauner Ledersessel bestückt. An den
Wänden hingen Reproduktionen orientalistischer Gemälde
des 19. Jahrhunderts: Basar- und Karawanenszenen, ein

tanzender Derwisch, verschleierte Frauen mit Kindern, einem Esel, allesamt in opulenten Rahmen. Eine Mischung aus Designermöbeln und Kitsch. Im Vorbeigehen hörte ich, daß Scherf über seine Bilderstreit-Installation sprach. Ob der Maltechniker oder der Schreiner ihm beibringen könne, wie eine Polymentvergoldung aufgebracht werde, wollte er von Hagen wissen. Hagen hatte keine Ahnung, gab jedoch zu bedenken, daß die Verwendung von Gold grundsätzlich schwierig sei und leicht falsch interpretiert werden könne. Corinna und Sabine trafen zusammen mit Adel ein. Vor dem Essen wollten sie nichts trinken. »Ich sterbe vor Hunger«, stöhnte Sabine so laut, daß Nager es nicht überhören konnte.

»Es gibt ein Grillrestaurant in der Nähe, wo sie auch gute Vorspeisen haben«, sagte Albin.

»Ihr zeigt uns den Weg, und ich lade euch ein. Aber erst morgen. Wenn alle gesund zum Frühstück erschienen sind. Heute müßt ihr selbst zahlen. Niemand soll behaupten, daß ich meine Verantwortung als Professor nicht ernst nehme.«

Es war Viertel vor acht, als wir aus dem Hotel auf die Straße traten. Die kühle Luft wirkte erfrischend. Nager und Albin gingen voraus. Nager gestikulierte. Livia sprach noch immer mit Jan, leise und mit zahlreichen Unterbrechungen. Sie schüttelte häufig den Kopf.

»Ich schätze, die zwei haben wir jetzt am Hals«, sagte Mona.

»Könnte sein.«

»Der Typ geht mir auf die Nerven.«

12.

ICH WOLLTE, daß der Mann den Taxameter einschaltet, aber er hat keinen Finger gerührt, die Anzeige steht auf Null. Niemand außer ihm weiß, wo ich hinfahre. Für eine wirkliche Beruhigung reicht das nicht. Nicht vor dem Hintergrund dessen, was in den letzten achtundvierzig Stunden passiert ist.

Als ich Poensgen erzählt habe, daß wir nach Istanbul fliegen, hat er gesagt: »Neulich war ein Film im dritten Programm über ein altes Caféhaus, Café Lotte oder so ähnlich, wo ein französischer Dichter sich heimlich mit einer blutjungen türkischen Haremsdame getroffen hat. Das Mädchen ist später vor Kummer gestorben, weil der Dichter nicht den Mut hatte, sich für sie zu entscheiden. Statt dessen hat er ihren Grabstein nach Frankreich überführen lassen und aus seinen Tagebuchnotizen einen Roman gezimmert. Aber das Café ist wunderbar. Es liegt ein Stück außerhalb auf einem Hügel, von dort hat man einen phantastischen Blick, bei gutem Wetter kannst du bis zum Bosporus gucken. So haben sie es im Fernsehen jedenfalls gezeigt: unzählige Minarette, Kuppeln, Türme zu deinen Füßen. Das solltet ihr euch anschauen. – Schick mir eine Karte.«

Ohne Millers Tod und diese Kunststudenten, die alles

durcheinanderbringen, wäre ich längst oben gewesen, allein um dem Alten zu sagen: »Meister, du hattest recht, das war der beste Platz.«

Dunst steigt vom Pflaster auf, die Wolkendecke senkt sich. Es ist zwecklos, bei diesen Witterungsverhältnissen einen höher gelegenen Aussichtspunkt aufzusuchen.

Vielleicht ermöglicht das Wissen um den Abstand eine kurze Erholung. Oder die Vorstellung des Panoramas, das sich darböte, sobald der Wind den Himmel geöffnet hätte, verschiebt den Horizont.

Bin ich Jäger oder auf der Flucht?

Immerhin: Es regnet nicht mehr. Auf den Seitenfenstern laufen die letzten Tropfen ab. Seit Tagen steckt Feuchtigkeit in meinen Kleidern. Sie ist durch die Poren nach innen gezogen, hat den Durst der Larve gestillt. Ich bin vollständig ausgehöhlt. Sie beginnt mit der Verpuppung. Darauf würde die Metamorphose erfolgen, hätte sich nicht diese gewaltige Menge Nervengift angereichert, die den Umwandlungsprozeß abbrechen, das halbfertige Insekt töten wird. Zum letzten Mal hat sie getrunken während der vergangenen Nacht, deren Bilder ich aus meiner Erinnerung schwemmen werde, restlos. Ich werde meine Hirnzellen fluten, bis sie keinerlei Information mehr festhalten. Wenn jemand fragt, wo ich war, was geschehen ist, werde ich gewöhnliche Orte erfinden und belanglose Menschen, die ich getroffen, mit denen ich geredet habe: einen melancholischen Barkeeper, gedämpftes Licht, Jazzmelodien vom Band. Nachdem die letzte Frau das Lokal verlassen hatte, bin ich ebenfalls gegangen, schwankend – oder nein – kerzengerade, vielleicht habe ich mich verlaufen, weil der Regen die Wegmarken, Brunnen an den Kreuzungen, verhüllt hat. Die Straßen wurden schmaler, endeten in einer unbeleuchteten Gegend. Niemand wußte, daß ich mich zu dieser Stunde dort herum-

trieb. Weil ich nirgends ein Taxi gefunden habe, ist es spät geworden. Livia wird annehmen, daß es so war. Solche Geschichten hat sie zu Hunderten gehört, manche davon sind wahr gewesen. Wenn ich oft genug von dem starken, illegal importierten Wodka aus Novosibirsk schwärme, den roten Plüsch auf den Hockern beschreibe, die gewölbten Wangenknochen der Türkin, die neben mir saß, aber ohne mich nach Hause gegangen ist, obwohl sie mich lieber mitgenommen hätte, wenn ich lange genug behaupte, einem der Erschießungskommandos, die die streunenden Hunde abknallen, zugeschaut zu haben, werde ich diese Szenen immer deutlicher vor mir sehen, die gestrige Nacht wird verblassen, früher oder später wird sie ganz und gar ausgelöscht sein.

Ich trotze dem Irrsinn einen Moment des Durchatmens ab. So lange müssen sie sich ohne mich vergnügen, langweilen, paaren, morden.

Niemand kennt mich besser als Livia. Livia kennt mich kaum. Ihre Liebe ist an eine Grenze gestoßen und in sich zusammengefallen. Es gibt keinen Grund, ihr zu verraten, was ich gesehen habe. Sie würde es nicht glauben.

In diesem Taxi stinkt es. Das Fell, auf dem der Fahrer sitzt, ist fleckig. Wenn er nicht schimpft, knapp und böse, als kreidete er sein trostloses Dasein den Leuten in den anderen Autos an, kaut er auf seinem Schnäuzer, den der Rauch gelb gefärbt hat. Sogar seine Hupe klingt bitter. Weil sich die Heizung nicht regulieren läßt, fahren wir abwechselnd mit offenem und geschlossenem Fenster. Er hat seine Wollmütze in die Stirn gezogen. Ich ersticke, oder mir schlägt naßkalte Luft ins Gesicht.

Einen Augenblick innehalten, sich sammeln, die nächsten Schritte bedenken.

Ich wäre besser in Livias Nähe geblieben, auch wenn das

an ihrem Entschluß nichts ändern würde. Sie kann sich nicht davonstehlen nach fünfeinhalb Jahren, ohne zu sagen, daß sie uns aufgegeben hat, daß wir es nicht geschafft haben. Vielleicht mißtraut sie ihrer Entscheidung. Oder sie redet sich ein, ich sei unberechenbar, gewalttätig, weshalb sie ihr Vorgehen sorgfältig plant.

Meiner Orientierung zufolge hätten wir hier rechts abbiegen müssen.

Livia widert mich an, seit wir mit diesen Studenten durch die Stadt ziehen: die verlogene Fürsorglichkeit, mit der sie meinen Arm tätschelt, der Krankenschwesterton. Wenn Jan sie ansieht, ist ein Leuchten in ihrem Gesicht, als wäre sie fünfzehn und er ihre erste Liebe.

Wir sollten längst am Ufer sein. Warum liegt hier rechts der Basar, dahinter der Eingang zur Universität? Linkerhand führt die Tiyatro Caddesi zum Duke's Palace hinunter. Das ist exakt die entgegengesetzte Richtung.

Wieder Zigeuner mit Bären.

Wochenlang wußte Livia nicht, was sie photographieren sollte, ich habe mir das Gejammer über ihre berufliche Krise angehört, jetzt knipst sie herum. Jede Auslage, die bunt genug ist, wird abgelichtet, Katzen im Müll, bärtige Alte, schmutzige Kinder, denen sie ein paar Lira fürs Stillhalten gibt. Beim Frühstück redet sie über vermittelte Realität im Gegensatz zu authentischem Erleben. Worthülsen, die sie im Studium gelernt hat. Nur damit diese Wichtigtuer sie für eine Künstlerin halten, statt für das, was sie ist: eine Handwerkerin, die mit marktgängigen Produkten gutes Geld verdient.

Das römische Aquädukt befindet sich definitiv nicht an der Strecke, die er fahren sollte.

Ich habe diesen verlausten Bergbauerntrottel gebeten, den Weg am Goldenen Horn entlang zu nehmen, weil ich

Lust hatte, aufs Wasser zu schauen, auch wenn es ein übel riechendes Dreckloch ist. Er hat genickt, nur kurz, aber so, als hätte er mich verstanden. Er hat »kein Problem« gesagt, »guter Preis« und »Tür feste zuziehen«.

Ich wollte den Nebel aus der Oberfläche steigen sehen, Schwaden, die sich lösen, davongleiten, in der weißen Wand verschwinden. Ich wollte schauen, ob sie hier dieselben Bewegungen vollführen wie morgens im Herbst an der Fries.

In diesem Viertel bin ich noch nicht gewesen. Junge Männer in ungewaschenen Kleidern lehnen an den Häusern und wissen nicht, was sie tun sollen. Wenn er mich hier hinauswirft, finde ich mich heute abend am Grund des Bosporus wieder, einen Stein um den Hals. Es kommt so weit, daß ich panisch werde, wenn ein dahergelaufener Taxifahrer eine andere Route einschlägt als die, die ich gewünscht habe.

Unmöglich, daß sie mich abgepaßt haben. Selbst wenn ich Tag und Nacht beschattet würde, hätten sie nicht ahnen können, was ich vorhatte: Ich bin, ohne es jemandem anzukündigen, am erstbesten Taxistand in den Wagen gestiegen, der an der Reihe war. Normalerweise wäre ich zu Fuß gegangen. Angesichts eines filigranen Sternornaments in einem Türsturz habe ich an Poensgen gedacht. Ein einziges Mal wollte ich ihm einen Wunsch erfüllen.

»Das Goldene Horn ist woanders!« – »Du möchtest zum Café Piyer Loti, das ist der richtige Weg.« – »Ich will aber nicht diesen Weg fahren.« – »Dieser Weg ist besser.« Er spricht in sein Mikrophon, eine Frau antwortet lachend, mehrfach ist die Rede von Piyer Loti, darüber hinaus kann ich keine Lautfolge identifizieren. Weder wird mein Name genannt noch der Millers, noch der von Messut Yeter. »Dieser Weg ist schnell und billig.« Ein Mann meldet sich über Funk. Er redet lange, von Pfeiftönen unterbrochen. Die Stimme klingt, als erläutere er einen Auftrag, der sich nur *erfüllen läßt, wenn alle sich an ihre Anweisungen halten. Mein Fahrer nickt, einige Male sagt er »tamam«, ohne die Sprechtaste zu drücken.*

»Kennst du die Geschichte von Piyer Loti?« – »Du wirst sie mir erzählen.« – Er hat sich dazu durchgerungen, den Reiseführer zu geben, um das Trinkgeld in die Höhe zu treiben. – »Piyer Loti war Franzose, sehr berühmt, Marineoffizier, er ist schon lange tot, hundert, zweihundert Jahre.« – Oder sie haben ihn aufgefordert, Ablenkungsmanöver zu veranstalten, damit ich nicht darauf achte, wo wir hinfahren. – »Er konnte perfekt Türkisch sprechen, und er hat unsere Kleider getragen, wie sie früher gewesen sind, Kaftan, Fes, sogar einen Krummdolch hatte er im Gürtel. Man konnte ihn nicht von einem Türken unterscheiden. In der Nähe von dem Café, zu dem du willst, hat er gewohnt. Er saß da, redete mit den Leuten über Politik, Religion und so weiter. Aber meistens hat er in die Ferne geschaut und an seine Geliebte gedacht. Sie hieß Aziyadeh und war die jüngste Frau im Harem eines alten Gewürzhändlers: ein wunderschönes Mädchen. Piyer Loti konnte sich natürlich nur heimlich mit ihr treffen. Zum Glück hatte er einen Freund, Emre, der ist wirklich sein bester Freund gewesen. Dabei war Piyer Loti ein hoher Offizier und Emre ein einfacher Fischer, aber mit einem guten Herzen, der hat ihn, so oft es ging, nachts mit seinem Boot auf den Bosporus hinausgefahren. Obwohl er getötet worden wäre, wenn sie ihn erwischt hätten. Daran kannst du erkennen, was für ein treuer Freund er gewesen ist.« – Ich werde mich jetzt nicht aufregen, dafür bin ich zu müde, dafür habe ich zuviel getrunken. – »Dann hat ihr Gebieter herausgefunden, daß Aziyadeh ihn die ganze Zeit betrügt, und sie hinrichten lassen. Mit dem Schwert. Wenn sie Piyer Lotis Namen preisgegeben hätte, wäre sie verschont worden, doch sie hat geschwiegen wie ein Grab. Deshalb wird sie von

Frauen und Männern in der Türkei manchmal bewundert und manchmal gehaßt, je nachdem, wie es um ihr eigenes Leben steht.« – Gleich wird er irgendwo anhalten, wo ich handgeschnitzte Marionetten von Piyer Loti, Aziyadeh, Emre und dem bösen Gewürzhändler kaufen kann, das Geschäft gehört seinem Schwager, Intarsienkästchen, Kamelsattel und Teegeschirr sind im Sonderangebot. Oder ich spüre die Mündung eines Revolvers im Genick. – »Piyer Loti hat wochenlang dort oben gesessen, schweigend, mit Tränen in den Augen auf den Bosporus geschaut. Er wollte sterben. Manchmal kam sein Freund Emre und hat versucht, ihn zu trösten. Der wußte, was Liebesschmerz heißt. Ein halbes Jahr später haben die Russen Krieg angefangen. Wegen der Liebe zu Aziyadeh hat Piyer Loti auf unserer Seite gekämpft. Er war ein Löwe im Kampf, weil er den Tod nicht gefürchtet hat. Er ist für unser Land gestorben. In der Schlacht von Kars. Die Fahne des Kalifen in der Hand.«

Wir stehen an einer roten Ampel, vor uns Ruinen der Landmauer des Theodosius. Der Fahrer schaut mich erwartungsvoll an. Ich weiß nicht, was ich auf seine Geschichte erwidern soll. Er sieht jetzt freundlicher aus. »Gefällt dir Istanbul?« – »Ich bin beruflich hier.« – »Geschäfte?« – »Ja.« – »Import-Export, Tourismus? Oder Maschinenbau?« – »Filmbusineß.« – »Filmbusineß ist gut. Sehr gut. Du kannst einen Film über Piyer Loti machen, das gibt eine romantische Geschichte, wie Vom Winde verweht, *mit Liebe, Krieg, Segelschiffen, Pferden. Das wollen die Leute, glaub mir.« – »Wir drehen einen Thriller. Aber der spielt heute.« – »Wenn du etwas wissen willst, frag mich: Ich kenne Istanbul wie mein Wohnzimmer.« – »Es geht um Edelsteinschmuggel, Russenmafia, solche Sachen. Mit Marlon Brando in der Hauptrolle.« – »Ich bin ein großer Fan von Marlon Brando! Am besten gefällt mir* Meuterei auf der Bounty. *Hast du ihn getroffen?« – »Ist ein*

Freund von mir.« – »Dann kannst du Autogramme besorgen? Für meinen Sohn auch, und für zwei Neffen?« – »Wenn du mir deine Adresse gibst, schicke ich dir einen ganzen Stapel, sobald ich wieder in Amerika bin.« – »Wie heißt du?« – »Al.« – »Ich bin Aziz. Al, wenn du das nächste Mal nach Istanbul kommst, besuch mich zu Hause. Zum Abendessen. Meine Frau ist die beste Köchin.« Dann sagt er: »Wir sind da.« Ich kann weit und breit kein Café entdecken. »Den Rest mußt du laufen, da ist keine Autostraße zu Piyer Loti. Immer den Friedhof bergauf.« Er fischt Papier und Stift aus der Ablage und notiert die Adresse. »Meinst du, Marlon Brando kann Für Mustafa auf die Karte schreiben?« fragt er und schaut so schüchtern, daß ich mich schäme. »Mustafa ist mein Sohn.« – »Ich werde Marlon fragen. Er ist ein schwieriger Typ.« – »Wenn nicht, kein Problem«, sagt er und streckt mir die Hand entgegen: »Mach's gut, Al, ich wünsche dir viel Glück für deinen Film.«

Sobald Aziz' Wagen außer Sichtweite ist, werfe ich den Zettel weg.

Die Straße hat starke Schäden, Risse im Asphalt, aus denen Moos quillt, an verschiedenen Stellen fehlen ganze Platten. Sie führt an einem Gräberfeld vorbei, auf dem kein Mensch seine Toten besucht. Nach dem Einsturz der Körper sind die Senken nicht mit Erde aufgefüllt worden. Außer wilden Büschen wächst nur Gras. Selbst hohe Säulen und Pfeiler wurden ohne Fundament aufgestellt. Alte Stücke mit arabischen Schriftzügen sind darunter. Sie stehen schief, viele sind umgekippt, beim Aufprall auseinandergebrochen. Von einer brusthohen Mauer umgrenzt, ziehen Tausende Kalksteinstelen über die Wiese den Hang hinauf wie eine geschlagene Armee. Das Grün verblaßt nach wenigen Metern. Alles taucht in die Farbe der Steine, des Nebels.

Es ist zwecklos, bei diesem Wetter wegen der Aussicht auf

einen Berg zu steigen. Vielleicht finde ich bei einem der Straßenhändler die Postkarte mit dem Panorama.

Ich müßte mich nördlich von Eyüp befinden, südlich davon endet mein Stadtplan. Bis zum Wasser kann es nicht weit sein. Die Straßen sind verwaist. Auf den Pfützen schwimmt Öl in den Farben des Regenbogens. Die Häuser verfallen, werden aber bewohnt. Womit beschäftigen sich Kinder und Alte um diese Zeit? Aus Blechrohren steigt Rauch. Ich höre Koran-Rezitationen, der Kassettenrekorder leiert, in einiger Entfernung das Kreischen einer Motorsäge. Hinter sämtlichen Fenstern sind die Vorhänge zugezogen. Eine Topfpflanze verliert Blätter, die niemand aufsammelt. Die Luft hinterläßt einen schmierigen Film auf der Haut. Die Straße ist ein Sandweg, der abwärts führt. Geruch von faulen Zwiebeln. Auf meinen Orientierungssinn ist Verlaß: Holzmasten, Takelagen wickeln sich aus dem Dunst. Es liegen nur wenige Boote am Kai. Fähren, Fischkutter. Sie wurden lange nicht gestrichen. Eines Tages sinken sie, ohne daß jemand ihren Verlust bemerkt. Von der Autobahnbrücke bis zum Duke's Palace *dürften es sechs oder sieben Kilometer sein, dafür brauche ich anderthalb Stunden, wenn ich mich weder beeile noch schlendere. Ich muß um sechs bei Messut im* Sultan *sein. Ich werde gehen und denken, denken und gehen. Niemand weiß, daß ich hier bin. Die, die mich kennen, ebensowenig wie die Fremden, deren Spur ich zu folgen versuche.*

Ich drehe mich im Kreis. Vielleicht habe ich ein Detail falsch gedeutet, einen Hinweis nicht richtig eingeordnet, so daß sich Zusammenhänge ergeben, aber keine Schlüsse. Die Basaris, mit denen ich spreche, saugen sich eher Unsinn aus den Fingern, als daß sie zugeben würden, mir nicht helfen zu können. Je weniger einer weiß, desto haarsträubendere Geschichten erzählt er, in der Hoffnung, daß ich zum Dank etwas kaufe. Wodurch unterscheidet man gezielte Irrefüh-

rungen von Verlegenheitslügen? Der Russe, der sich Nicola nennt, hat zugegeben, daß Miller bis vor wenigen Tagen in der Stadt gewesen ist, um eine Lieferung Smaragde aus dem Ural in Augenschein zu nehmen. Er wollte nicht ausschließen, daß der Kurier festsitzt, kein Grund zur Aufregung. Ich habe Ireen seit Millers Tod mindestens einmal gesehen. Sie ist vor mir davongelaufen, obwohl ich der einzige bin, der den Mord bezeugen kann. Im Zimmer neben dem, das sie bewohnt haben, hat sich ein neuer Amerikaner einquartiert. Er soll für eine Versicherung arbeiten, die auf Schiffahrtsgesellschaften spezialisiert ist, behauptet Messut. Amerikanische Reiseveranstalter würden verlangen, daß die Fähren nach ihren Standards versichert seien, damit im Ernstfall entsprechende Schadensersatzforderungen erfüllt werden könnten.

Die Geräusche werden unscharf. Als würden sie unter der Dunstglocke gedämpft. Der Nebel verursacht eine befremdliche Stille mitten in diesem Moloch aus Lärm.

Warum leugnet Messut Millers Aufenthalt im Sultan? *Dann wieder macht er Andeutungen, aus denen ich schließe, daß es nicht in seinem Sinne wäre, wenn ich meine Suche aufgäbe. Er will, daß ich weiterforsche, aber in eine andere Richtung. Er veranstaltet eine Art Schnitzeljagd.*

Er weiß Dinge über mich, die er nicht wissen kann.

In der Nähe schlagen Hämmer auf Steine. Es klingt nicht wie Bildhauerei. Schemen von Männern, die Pflaster festklopfen. Junge Bäume wurden gepflanzt, Laternen aufgestellt. Sie legen eine Promenade an. Die Erde ist aufgerissen, Schotter- und Sandhügel zwischen Bauwagen, Containern. Die Schläge werden leiser, verhallen. Selbst der Verkehrslärm scheint weit entfernt. Im Rhythmus der Schritte versteckt sich ein Marsch, der auf der einzigen Schallplatte war, die Vater besaß. Der große Zapfenstreich.

Nirgends ein Kiosk, wo es Bier gibt.

Als ich um halb sechs ins Foyer des Otelo Sultan *trete, sagt Messut, ohne den Blick von seinen Formularen zu heben: »Gut, daß Sie kommen, Albin, ich habe Neuigkeiten für Sie.« Er schaut mich an, stellt fest, daß ich übermüdet aussehe: »Sie hatten eine schreckliche Nacht.« – »Woher wollen Sie das wissen?« – »Ich arbeite seit dreißig Jahren in diesem Hotel. Die meisten Männer, die zum ersten Mal in der Türkei sind, haben Hollywoodfilme über den Orient gesehen und wollen etwas Außergewöhnliches erleben. Basar, Moscheen sind schön, aber irgendwo müssen doch Opiumhöhlen, heißblütige Frauen versteckt sein. Je nachdem, wo sie hingeraten, sehen sie am nächsten Morgen aus, als wären sie durch das Feuer der Hölle geritten oder sie brauchen die Telephonnummer ihrer Botschaft, weil Geld und Papiere verschwunden sind.« – »Mir fehlt nichts.« – »Vielleicht werden Sie beschützt.« – »Unsinn.« – »Passen Sie auf: Jemand hat mich angerufen, ich kenne ihn. Er weiß außerordentlich viel und wird versuchen, Sie zu unterstützen. Fahren Sie mit den anderen nach Düşünülen Yer. Auch wenn Sie es Livia ausgeschlagen haben, fahren Sie. Dort ist es sicherer als hier im Zentrum. Jemand wird Sie treffen und zu dem Informanten bringen. Wo, das wird sich vor Ort herausstellen. Es hängt von der Situation ab. Sie brauchen sich keine Gedanken zu machen, aber ein letztes Risiko bleibt natürlich.« – »Warum sollte ich Ihnen vertrauen?« – »Ich dachte, das hätten wir hinter uns.« – »Woran erkennt der Mittelsmann mich?« – »Er erkennt Sie.« – »Da bin ich froh.« – »Mehr kann ich Ihnen im Moment nicht sagen.«*

13.

WÄHREND DES ABENDESSENS setzten Nager und Albin
ihre Unterhaltung über den Zustand von Kunst und Welt
fort. Nager redete pausenlos, wohingegen Albin vereinzelt
Bemerkungen einwarf, um Überlegungen auf den Punkt zu
bringen. Beide waren froh, einen getroffen zu haben, der
nicht angewidert die Gläser zählte, wenn sie maßlos tranken und sich in immer gewagtere Argumentationen verstie-
gen. Nachts, als wir zum zweiten Mal an diesem Tag in der
Orient Lounge saßen, duzten sie sich. Nager verkündete,
Albin begreife im Unterschied zu uns, was er meine, wenn
er Zusammenhänge erläutere, folglich müßten die Beschwerden der Klasse, daß er sich unklar ausdrücke, in unseren Schwierigkeiten, seinen Gedanken zu folgen, begrün-
det sein und nicht in deren Unverständlichkeit. Er grinste,
bohrte mit dem Finger im Ohr und erklärte, trotzdem brauche niemand zu fürchten, daß er jetzt anfange, Minus-
punkte zu verteilen, schließlich stimme selbst seine Frau
unserer Einschätzung zu. Hauptsache, sie ertrage ihn. Er
drehe ihr ja auch keinen Strick daraus, daß sie für Aufga-
ben einen Taschenrechner benötige, die er im Kopf löse.

Albin schien überhaupt nicht zur Kenntnis zu nehmen,
daß Livia, seit wir uns auf die Stühle neben ihr gesetzt hatten, ohne Unterbrechung mit Jan sprach. Es war so auffäl-

lig, daß Hagen mir zuflüsterte: »Die will was von Jan. Und Jan wirkt interessiert. Obwohl Mona hier ist.« Mona stellte fest: »Dieser Bildhauer und seine Photographenfreundin … wenn du mich fragst, Olaf: Die sind fertig miteinander. Hoffentlich läßt Jan sich nicht in etwas hineinziehen. Zumal ich keine Ahnung habe, was ich von der Mordgeschichte halten soll.«

Gegen halb eins verabschiedete sich Livia. Sie strich Albin über die Schulter, küßte Jan rechts und links auf die Wange, winkte. Kurz darauf fragte Jan mich, ob wir oben ein Bier aus der Minibar trinken könnten, die Gespräche hier würden ins Uferlose gleiten, außerdem müsse er mir etwas mitteilen. Nager und Albin bestellten Wodka. Nebenbei versuchte Nager der Bedienung mit Fragen wie, ob sie in der Nähe lebe, ob ihr Freund ebenfalls Nachtschicht arbeite, Privates zu entlocken, an das sich später anknüpfen ließe. Er betrieb seine Anmache gewohnheitsmäßig, ohne an den Erfolg zu glauben. Das Mädchen war geübt, kontaktfreudige Männer auf Abstand zu halten, parierte lachend.

Laut Livia kam Albin um kurz nach drei aufs Zimmer, nur leicht angetrunken und merkwürdig in sich gekehrt. Zum ersten Mal seit Beginn der Reise schimpfte er nicht über die geldgierigen Leute in dieser stinkenden Monsterstadt. Er sagte: »Ich mag diesen Nager. Er ist hoffnungslos verzweifelt und tut so, als sei das witzig, weil die Verzweiflung eines mittelmäßigen Künstlers niemandem weiterhilft.«

Dann schaute er Livia mit seinen vom Schnaps verwaschenen Augen an und fragte: »Glaubst du, daß der Edelsteinhändler Jonathan Miller erschossen worden ist, oder glaubst du es nicht? Ich will eine ehrliche Antwort, sonst halt die Klappe.«

»Ich kann dir nicht sagen, was ich glaube, es ändert sich pro Minute fünfmal.«

116

»Was schlägst du vor, soll ich tun?«

»Wasser trinken. Oder Cola.«

»Du bist mir eine große Hilfe. Danke.«

Albin drehte sich um und schlief ein.

Sie lag den größten Teil der Nacht wach, sann dem Kreisen der Bilder vor ihrem inneren Auge nach und faßte Beschlüsse: Sie würde die Karte an Thea einwerfen; sie würde versuchen, Thea telephonisch zu erreichen; sie würde Albin erklären, daß sie beschlossen hatte, sich nach der Reise von ihm zu trennen … – Sie würde all das nicht tun.

Am nächsten Morgen war es feucht und kalt. Albin nickte beim Betreten des Frühstückssaals in unsere Richtung, der Gruß galt Nager. Mona seufzte und las unbeirrt weiter vor, wie die Hagia Sophia von einer Kirche zur Moschee und zum Museum geworden war. Nachdem Albin sich zwei Sesamkringel vom Buffet genommen hatte, setzte er sich auf den letzten Platz an unserem Tisch und schwieg. In die Passagen aus dem Reiseführer flocht Mona Halbwissen über die Irrlehren des frühen Christentums und Begeisterung für die verschiedenen Sorten Schafskäse auf ihrem Teller ein. Nager kaute sein Marmeladenbrötchen, verzog gequält die Mundwinkel und wünschte sich zu seiner Frau, die normalerweise dafür sorgte, daß er sich unbehelligt von fremden Stimmen an den Tag gewöhnen konnte. Mona mochte schön sein, er hätte ihr gestern abend fast ins Haar gegriffen, heute früh konnte er ihre gute Laune nur mühsam ertragen. Vor zehn sollte Stille herrschen. Es sollte wüst sein und leer wie zu Beginn der Schöpfung, damit ein erster Gedanke den Mut faßte, aus der schützenden Dunkelheit ans Licht zu kriechen.

»Liebste Mona«, sagte Nager, »wollen Sie uns das nicht vorlesen, wenn wir vor Ort sind? Auf nüchternen Magen merkt es sich keiner. Wir sind noch gar nicht empfänglich für den Geist.«

»Herr Professor: Ich habe immer gern ein paar Vorinformationen über das, was ich besichtige. Sonst glotze ich die Sachen nachher an wie eine Kuh.«

Livia kam zehn Minuten nach Albin, stellte fest, daß bei uns kein Platz frei war, und wich kommentarlos an den Nachbartisch aus. Ich nehme an, daß es sie erleichterte, nicht mit Albin über sein weiteres Vorgehen diskutieren zu müssen. Sie hatte beschlossen, daß die Angelegenheit sie nicht betraf, und wollte sich an keiner Aktion beteiligen. Ihre Augen klebten am Eingang. In ihnen sah ich Jan den Raum betreten, noch ehe er selbst in mein Blickfeld geriet. Ebenso selbstverständlich, wie Albin bei uns saß, ging Jan mit seinem Tablett zu Livia.

»Bestimmt kennen die sich von früher und verraten es bloß nicht«, sagte Mona, ohne von ihrem Reiseführer aufzuschauen.

»Wer kennt wen?« wollte Nager wissen.

»Egal«, sagte ich.

»Kann mir einer erklären, was das heißen soll: *Im Kämpferkapitell sind die Einzelformen von Kapitellkörper und Kämpferplatte zu einem Bauglied zusammengebunden und entfunktionalisiert. Möglich wurde das nur durch die Entmaterialisierung der Einzelformen. An die Stelle eines plastischen Gefüges von einzelnen Akanthusblättern tritt das vom Grund gelöste flächige Ornament. Um den Übergang vom Körper zur Fläche zu verstehen, verweisen wir auf die Bauplastik der theodosianischen Vorhalle der* Hagia Sophia, *die im…«*

»Nager, hast du Feuer?« fragte Albin, »Oder sonst jemand?«

»*… die im westlichen Vorhof zu sehen ist. Die Akanthus-*

blätter sind hier bereits auf die Fläche projiziert. – Du könntest dich erkundigen, ob der Rauch mich stört. Ich esse noch.«

»Bis du mit dem Vorlesen fertig bist, ist meine Zigarette zu Ende. Außerdem rauche ich auf der Terrasse.«

Nager hielt Albin sein Feuerzeug hin, stand auf, verscheuchte mit der Hand einen Einwand, den niemand gemacht hatte. »Ich geh' mit«, sagte er, »damit Mona in Ruhe frühstücken kann. Und weil ich sehen will, wo dieser Miller erschossen wurde.«

»Draußen ist es still«, sagte Albin beim Hinausgehen und warf den beiden Möwen einen Rest Sesamkringel hin. Der Dunst weichte die Konturen der umliegenden Häuser auf. Die Vorhänge von Millers Suite waren geschlossen und bewegten sich, aber nicht vom Wind. Jemand hielt sich im Zimmer auf, berührte mit seinem Arm oder Rücken den Stoff. Es mußten mehrere Personen sein, denn die Bahnen wurden gleichzeitig an verschiedenen Stellen gegen die Scheiben gepreßt. Durch den Schlitz, der bei den Stößen geöffnet wurde, sah man Licht brennen, heller als gewöhnliche Hotelzimmerlampen. Es huschten Schemen vorbei, die sich überschnitten, verschmolzen, trennten. Albin fragte sich, ob die Leute unvorsichtig waren oder das Risiko, entdeckt zu werden, in Kauf nahmen. Daß man sie beobachten konnte, mußte ihnen jemand gesagt haben. Er versuchte etwas zu entdecken, aus dem sich hätte schließen lassen, was geschah, doch die Einblicke blieben zu flüchtig, um ihnen mehr zu entnehmen als die Anwesenheit von Menschen. Was immer sie dort verloren hatten, sie würden wissen, daß etwas Schreckliches vorgefallen war. Entweder gehörten sie zum Kreis des Täters, oder man hatte ihnen eine Geschichte mit Unfall, Selbstmord aufgetischt. Der rotbraune Fleck im Teppich mußte nicht die Folge eines Gewaltverbrechens sein, aber es stand außer Zweifel, daß es sich um getrocknetes Blut handelte, und nicht einmal in Istanbul wurden auf Hotelzimmern Tiere geschlachtet.

»Auf jeden Fall ist dieses *Sultan*-Hotel so nah, daß man erkennen kann, was passiert«, sagte Nager.

»Je nach Windrichtung hört man auch, was gesprochen wird. Die Häuser bilden eine Art Schalltrichter, der die Geräusche aus der Suite, merkwürdigerweise nur die aus dieser einen Suite, verstärkt und herüberträgt. – *Take care of you, baby*, hat er gesagt. Das waren seine letzten Worte.«

»Nicht schlecht. Jedenfalls besser als *Would you please give me the butter, darling* oder *This dress looks very cheap, honey!*« Sie lachten.

»Habt ihr Lust, mit in die Hagia Sophia zu gehen?«

»Warum nicht? Ich muß später allerdings kurz weg.«

Livia reagierte zurückhaltend auf Albins Vorschlag, sich uns anzuschließen. Als er jedoch über Alternativen nachsann, entschied sie sich hastig für das Zusammensein mit uns.

Es dauerte eine Weile, bis sich alle auf der Straße vor dem Hotel eingefunden hatten. Die Tiyatro Caddesi führte vom Marmarameer zum Westeingang des Basars und stieg steil an. Nach wenigen Schritten röchelte Albin. Jan zog die Stirn in Falten, woraufhin Livia erklärte, Albin leide in letzter Zeit unter Asthma. Wenn sie ihn auffordere, zum Arzt zu gehen, erwidere er, sie wisse doch, daß er nicht am Leben hänge. Er war ihr peinlich. Sie fürchtete, wir würden aus seinem Zustand Rückschlüsse auf ihren ziehen. Auch Nager schnappte nach Luft, öffnete die obersten Hemdknöpfe, griff sich an die Brust. Nach der halben Strecke lehnten beide nebeneinander an einem Haus, bleich, schwitzend, schließlich beugten sie sich vor, spielten gestützt auf unsichtbare Spazierstöcke sabbernde Greise, kicherten.

»Die machen's nicht mehr lange«, sagte Mona im Vorbeigehen, halblaut und unschlüssig, ob sie es hören sollten.

Corinna kämpfte mit der Angst, in eine Situation geraten
zu sein, aus der es kein Entrinnen gab. Sabine hatte ihre
Krücken im Hotel gelassen, sich statt dessen bei Adel unter-
gehakt. Fritz sah sich die Auslage einer Konditorei an. Unmittelbar vor mir erläuterte Scherf Swantje, daß der Bilderstreit sich aus der zunehmenden Verselbständigung der Ikone
im Verlauf des 6. und 7. Jahrhunderts entwickelt habe. Für
die einfachen Gläubigen hätten Ikonen zusehends den Cha-
rakter von lebenden Wesen angenommen, angesiedelt zwischen Talisman und Engel, weit davon entfernt, getrocknete
Farbe auf Holz zu sein. Es gebe Berichte, in denen Ikonen
Teufel ausgetrieben, durch Träume die Zukunft geweissagt,
alle Arten von Wundern gewirkt hätten. Aus anderen seien
Blut oder Tränen geflossen. Sie hätten richtiggehend Rache
üben können. Beispielsweise habe man das verheerende Erd-
beben, durch das Trapezunt 682 zerstört worden sei, dem
Zorn einer kostbaren Ikone Ephrems des Syrers zugeschrie-
ben, die im Verlauf des Ostergottesdienstes dreimal Feuer gefangen habe, weil einem betrunkenen Diakon glühende Kohlen aus seinem Weihrauchfaß auf das Bild gefallen seien.

Während er redete, versuchte Scherf einen acht- oder
neunjährigen Straßenjungen abzuwimmeln, der sich in den
Kopf gesetzt hatte, ihm eine Stange gefälschter Camel-Zi-
garetten zu verkaufen.

»Es gab kein Schisma«, rief Jan beim Überholen, weil er
wußte, daß Scherf sich darüber ärgern würde, und fügte
hinzu: »Ein Tip: Ich würde goldenen Sprühlack nehmen.
Bei den Sockeln.«

»Du kapierst nichts.«

Jan flüsterte Livia etwas zu, schob sie fort, seine Hand in
ihrem Rücken.

Zumindest von Mona, Swantje und Fritz weiß ich, daß die Hagia Sophia sie auch enttäuscht hat: ein großes, altes Gebäude, das nicht wußte, wozu es noch gut sein sollte. Die Gründe, deretwegen es erobert und umgestaltet worden war, galten längst ebensowenig wie die, aus denen man es ein Jahrtausend zuvor errichtet hatte. Jetzt hieß es *Museum*, damit stand wenigstens die Zuständigkeit einer bestimmten Behörde fest. Touristen gingen einzeln oder gruppenweise unterschiedlich schnell von hier nach da, schossen Photos, die in einigen Monaten ihre Erinnerungen ersetzen würden.

»Wir können uns in anderthalb Stunden wieder am Eingang treffen«, sagte Nager.

Vielleicht herrschte an diesem Dienstag das falsche Licht, vielleicht lag es an uns, und wir hatten etwas anderes erwartet.

»Dieser Raum deprimiert mich«, sagte Mona.

Dort in der Hagia Sophia spürten die meisten bereits, daß Albin und Livia die gereizte Stimmung der Klasse weiter verschärften. Wir versuchten seit anderthalb Monaten, uns an Nager als neuen Professor zu gewöhnen. Unter seiner Leitung hätte die Fahrt Streitereien zwischen künstlerischen Ansätzen ausräumen, Machtverhältnisse klären, etwas wie ein Gemeinschaftsgefühl herstellen sollen, nachdem sechs Gastlehrer in drei Jahren ein heilloses Durcheinander angerichtet hatten. Ehe diese Prozesse beginnen konnten, war Nager zu dem Ergebnis gekommen, daß er sich lieber mit Albin unterhielt. Jan, der – neben mir – am längsten studierte, sprach ausschließlich mit einer Photographin, die in einer Beziehungskrise steckte. Ihr Lebensgefährte zerrte uns in seine eigene Geschichte, ohne daß wir begriffen, was sie bedeutete.

»Das ist der traurigste Blick, der mich je aus einem Bild angeschaut hat«, sagte Mona, als wir vor dem Christusmosaik in der südlichen Galerie standen.

Mona hatte sich am entschiedensten für das Zustande-kommen einer Klassenfahrt eingesetzt. Sie meinte, es müsse etwas geschehen, sonst sei ihr Studium am Ende umsonst gewesen. Dann war sie bei der Wahl des Ziels überstimmt worden.

»Ich dachte, das Wetter ist hier wie in Süditalien: angenehme Temperaturen Anfang November«, sagte ich.

»Dachte ich auch.«

Unterhalb der Kuppel waren Seraphen auf die Wand gemalt, die in vergangenen Epochen mit gewaltigen Flügelschlägen den Himmel durchmessen hatten. Weiter unten Tafeln mit islamischer Kalligraphie, Gold auf Schwarz. Kisten mit Gerümpel in den Ecken.

Als wir uns wieder trafen, stellte Livia fest, daß Albin fehlte. Sie wirkte nicht überrascht. Nager sagte, Albin habe zur Toilette gewollt und sei nicht zurückgekommen. Bei oder nach dem Frühstück habe er angedeutet, etwas erledigen zu müssen. Hagen hatte ihn vor einer halben Stunde Richtung Ausgang laufen sehen.

»Er wird im *Fall Miller* ermitteln«, sagte Livia, »ich halte mich da raus.«

Albin war tatsächlich zunächst auf der Suche nach einer Toilette gewesen, weil er plötzlich hatte Wasser trinken müssen, und zwar kaltes. Nach wenigen Metern sah er, daß einer der Museumswächter, der auf seinem Stuhl saß, als bewege er sich nie wieder, hochfuhr und ihm folgte. Albin erschrak, wollte fliehen, entschied sich dann jedoch für ein Experiment, um zu klären, ob er unter Verfolgungswahn litt. Vor der Sultansloge bog er ins Seitenschiff. Einige Minuten lang schaute er sich konzentriert die Bodenplatten aus Granit, Porphyr, Verde antico, Prokonessos-Marmor an, kramte in seiner Jacke nach Stift und Papier und schrieb die

Namen der Gesteinsarten auf, wie Poensgen es tat. Während dessen behielt ihn der Aufseher vom Hauptraum aus im Auge. Als Albin weiterging und in einem toten Winkel verschwand, beschleunigte er. Albin merkte es, weil der Mann zwei Schritte zu spät bremste. Von dem Moment an war er sicher, daß die Leute, auf deren Konto Millers Tod ging, binnen eines Tages die nötigen Informationen zusammengetragen hatten, um ihn, den Zeugen, zu überwachen. Im besten Fall beließen sie es dabei, bis er abgereist war. Vorausgesetzt, ihm unterlief kein Fehler. Zur Polizei zu gehen war ein Fehler. Albin gab seinem Fluchtreflex nach und steuerte durch die beiden Vorhallen auf den Ausgang zu. Draußen drehte er sich um und sah den Rücken des Aufsehers im Dunkel verschwinden. Er kaufte einem der Händlerkinder eine Dose Cola ab, ohne den Preis zu verhandeln, und trank. Da man ihn in Kürze beseitigen würde, konnte er auch versuchen herauszubekommen, was wirklich geschehen war: Vielleicht eröffnete das einen Ausweg. Zumindest hatte er sich nicht abknallen lassen wie ein schlafender Hund. Unterwegs versuchte Albin, sich den Grundriß des Foyers im *Sultan* ins Gedächtnis zu rufen, damit er im vorhinein entscheiden konnte, in welche Richtung er sich wenden würde, sobald die Drehtür ihn ausgespuckt hatte. Als er nach zwanzig Minuten den Eingang des *Otelo Sultan* sah, fünfzig Meter entfernt, wußte Albin lediglich, daß er Glück brauchte, um es unbemerkt vom Portier durch die Halle zu schaffen. Die beiden Lakaien neben der Tür waren ihm gestern nicht aufgefallen. Er gab seinem Gesicht einen zwanglosen Ausdruck, nickte, damit sie dachten, er erkenne sie wieder. Sie hielten ihn nicht auf, als er über den roten Teppich schritt und in den sich drehenden Glaszylinder trat. Blitzschnell versuchte er die Architektur des Raums zu überblicken. Links die Rezeption. Dort stand eine junge

Frau und telephonierte. Messut war nirgends zu sehen, konnte allerdings von einem Pfeiler verdeckt sein. Er hatte das erhoffte Glück: In dem Moment, als die Tür sich nach innen öffnete, kamen zwei Handwerker von der Seite, die eine frisch gestrichene Stellwand trugen. Sie gaben ihm für einige Sekunden Deckung, während derer er sich weiter orientierte. Zwei Reihen mit jeweils drei Pfeilern stützten die Halle. Gegenüber hing eine riesige Photographie der sonnenbeschienenen *Hagia Sophia* hinter einem leuchtend grünen Park. Rechts davon der Fahrstuhl. Den konnte er keinesfalls benutzen. Daneben begann ein Flur mit Schaufenstern. Wenn er es bis dahin schaffte, wäre er für die Leute an der Rezeption unsichtbar. Er lief zwischen Sitzgruppen hindurch. Weiter links durchquerten die Träger mit der Platte den Abschnitt des Wegs, in dem Messut ihn auf jeden Fall entdeckt hätte. In ihrem Schutz gelangte Albin unbemerkt hinter den letzten Pfeiler und von dort in die Ladengalerie, an deren Schluß er in einen holzverkleideten Korridor bog. Ein Hotel dieser Größenordnung hatte mehrere Fahrstühle und mehrere Aufgänge, einer davon würde in diesem Teil sein. Albin bemühte sich, nicht zu rennen. Am Ende des Korridors öffnete er eine Tür trotz des Schilds *Staff only* und stand in einem lichten Treppenhaus. Er schloß einen Moment die Augen und holte Luft. Zuerst würde er im siebten Stock suchen, nach was auch immer. Wenn ein Koloß wie Miller erschossen und seine Leiche weggeschafft worden war, mußten Spuren zurückgeblieben sein. Oben angelangt, benötigte er erneut eine Pause. Er überlegte, in welchem Winkel die beiden Straßen zueinander verliefen, welche Position folglich die Hotels zueinander haben mußten, wie oft er die Richtung gewechselt hatte. Er rekonstruierte den Grundriß des Hauses, bis er wußte, in welchem Trakt er selbst und wo Millers Suite sich befand.

Als Bildhauer hatte Albin außergewöhnliches räumliches Vorstellungsvermögen, so daß er sicher war, den richtigen Weg zu nehmen. Niemand begegnete ihm, nicht einmal ein Zimmermädchen. Kurz bevor der Flur, in dem die Tür zu Millers Suite sein mußte, abzweigte, hörte er Stimmen. Er dachte an Ireens Haar im Putz, ihre abgebrochenen Fingernägel. Obwohl er kein Wort verstand, war ihm klar, daß es sich weder um Touristen noch um Geschäftsleute handelte. Knappe Anweisungen, Flüche. Auf dem Boden lag eine große Rolle neuen bordeauxfarbenen Veloursteppichs, vor der zwei kräftige Männer mit Zollstöcken gestikulierten. Einer wandte ihm den Rücken zu, der andere hatte ihn schon gesehen, schrie etwas ins Zimmer, worauf zwei weitere, jüngere, herausgerannt kamen. Er war umstellt. Sie brüllten auf ihn ein, einer fuchtelte mit dem Teppichmesser vor seinem Gesicht. Der, der die Befehle gab, rief etwas in Richtung der Suite, erhielt eine knappe Antwort. Albin überragte alle vier um zwei Köpfe. Trotzdem hätte er keine Chance zur Flucht gehabt. Wahrscheinlich trugen sie Waffen.

»Und jetzt? Wollt ihr mich einsperren? You want to lock me up here?« fragte er.

»Deutsch«, stellte der Meister fest. Albin nickte.

»Dieb. Du Gefängnis.«

Er verspürte große Ruhe. Als er Schritte nahen hörte, hoffte er, daß jemand käme, dem er das Mißverständnis erklären konnte. Dann stand Messut Yeter vor ihm, wechselte einige Sätze mit dem Meister. Er wirkte ärgerlich: »Was machen Sie hier?«

»Ich wollte Ihr Angebot mit dem Blick von der Dachterrasse wahrnehmen und habe mich verlaufen. Jetzt suche ich den Aufzug.«

»Lügen Sie nicht.«

»Was sollte ich sonst hier?«

»Wir besprechen das im Büro.«

Albin folgte einem Zucken von Messuts Handgelenk. Obwohl er ihn ohne Mühe hätte niederschlagen können, rannte er nicht davon, als die Handwerker außer Hörweite waren.

Messut holte den Aufzug, sie stiegen in der Haupthalle aus. Die Blumenbeete auf dem Plakat mit der *Hagia Sophia* hätten aus einem deutschen Kurpark stammen können.

»Ich weiß nicht, was Ihre Aufgabe ist«, sagte Albin, während sie den Raum hinter der Rezeption betraten, »wahrscheinlich werden Sie dafür sorgen, daß ich beseitigt werde. Ehrlich gesagt, tun Sie mir einen Gefallen damit.«

Messut ignorierte den melodramatischen Unterton.

»Sie sind Gast in der Türkei, Albin. Die Gastfreundschaft ist ein hohes Gut für uns, vielleicht haben Sie davon gehört. Der Fremde steht unter besonderem Schutz. Wer einen Gast verletzt, verdient schwere Strafe. Allerdings muß der Fremde sich wie ein Gast verhalten. Sonst verliert er den Schutz.«

»Schutz interessiert mich nicht. Gestern ist Jonathan Miller in seiner Suite im siebten Stock Ihres Hotels erschossen worden.«

»Ich kann Ihnen die Buchungslisten der vergangenen Monate zeigen, Sie werden niemanden dieses Namens finden.«

»Ich habe es mit eigenen Augen gesehen.«

»Vielleicht haben Sie einen Dschinn gesehen.«

»Was?«

»Dschinnen sind seltsame Wesen. Sie verwandeln sich und zeigen Ihnen Dinge, die Sie sehen müssen. Nur Sie. Zu genau diesem Zeitpunkt. Sie sind eine Art Spiegelung. Trotzdem gibt es sie wirklich.«

Albin überlegte, wieviel er vorgestern getrunken hatte, ob er den Schattenspielen einer Traumfigur aufgesessen war.

»Ich will Ihnen behilflich sein«, sagte Messut, »vertrauen Sie mir.«

Es ist auch ein Fehler, ihm zu vertrauen, dachte Albin, *aber eine andere Möglichkeit gibt es nicht.*

14.

VOR DEM TOR liegen drei junge Hunde. Als mein kranker Geruch zu ihnen hinüberweht, stehen sie auf und laufen davon.

Holzmodelle des Serail, des Harem in Vitrinen. Dreimaster mit auf Zahnstocher gespießten Papiersegeln befahren verstaubtes Blau vor einer Filzfläche wie für Billardtische. Der Palast ist eine Stadt aus Bauklötzen, grauen Kuppelchen. Eine Stadt als Park, vor der Kulisse des Meeres. Kerker, Märchenwald. Mütter vergiften ihre Kinder, Brüder drücken einander den Kehlkopf ein. Ich muß dich töten, Geliebter, um meinet-, um meines Erstgeborenen willen. Für Gott.

Ich bin ohne Haut, ich schwanke, jeder kann sehen, daß ich die Koordination meiner Gliedmaßen kaum mehr beherrsche. Monas verächtlicher Blick. Ich strecke ihr die Zunge heraus, sie winkt ab. Corinna hat Angst. Wegen Nager und mir wird sie nicht lange Kunst studieren. Sie hatte sich Malen an der Staffelei mit Pinseln aus Marderhaar vorgestellt, ihre geflochtenen Zöpfe über den Ohren zu Schnekken gedreht.

Wann habe ich das letzte Mal geschlafen, wann den letzten Traum gehabt, der kein Alp war aus Fleisch, Schreien?

»Wie die Gitter geschmiedet sind!« sagt Nager. *»Da*

kommt keiner auf die Idee, ein- oder auszubrechen, wenn er vorher so schöne Gitter zersägen muß.« – »Man bleibt sitzen«, antworte ich, »drinnen oder draußen, je nachdem, ein Leben lang unbeweglich.« – »Du kannst mein Assistent sein, Albin. Ich werde beim Senat der Akademie beantragen, daß du mein Assistent wirst. Ein ordentlicher Professor braucht einen Assistenten.«

Einen mit zitternden Händen, dem es Schwierigkeiten bereitet, die Zigarette zum Mund zu führen, einen, den die eisige Luft in den Bronchien schmerzt.

Hochschießende Zypressen, ausladende Platanen, welkes Laub in Baumkronen, auf den Rasenflächen, Kübel mit Stauden, Strauchgewächsen. Marmorierte Steinplatten. Stein ekelt mich an. Eine schwarze Katze von links. Ich konnte mir nie merken, ob schwarze Katzen von links oder von rechts gefährlich sind. Livia photographiert sie, zahlt kein Honorar. Das aufreizende Lachen einer jungen Frau aus den durchbrochenen Holzblenden weiter oben. So klang es, als hier Sultane wohnten, von denen die unglaublichsten Dinge erzählt wurden, bis die Sultane selbst den Erzählungen geglaubt haben, da zerfielen die Gebäude, waren ihre Reiche nicht mehr zu retten. Ein Hubschrauber dröhnt über uns hinweg. Das Geräusch steht in keinem Zusammenhang mit dem, was ich sehe. Für das Museum, den Harem hat Mona einen Führer gebucht. Er wird die Exponate erklären, mittelmäßige Witze reißen, beleidigt sein, wenn wir nicht lachen.

Livia ist die Frau, die ich geliebt habe, auch wenn es für sie selten spürbar gewesen ist. Sie wird mit Jan fortgehen.

Ein Bündel Sonnenstrahlen bricht durch die Wolkendecke, taucht das Meer, die Moscheen in bleiches Licht. Wem gelten die Schreie von unterhalb der Mauer? »Weißt du, was das für ein Stein ist, den sie hier verbaut haben?«

fragt Livia. – »Marmor«, sage ich, »eine von tausend Sorten Marmor, knips ihn halt, Poensgen wird dir sagen, woher die Platten stammen, mir ist das egal, du kannst dir gar nicht vorstellen, wie egal mir das ist.« Sie schaut gekränkt, drückt auf den Auslöser, wendet sich Jan zu. Ich muß etwas trinken. Mit dem nächsten Schluck kann ich wieder klar denken, wird mein Gang begradigt sein, wenn nicht, lege ich mich hin, schlafe, an einer Stelle, wo sich niemand daran stört. »Mich interessiert, was für Plastiken du gemacht hast«, sagt Nager, »im falschen Material, aber, meine Güte, was heißt das?« – »Vergiß es, ich meißle Sachen nach, die andere sich ausgedacht haben, eine Frage der Geschicklichkeit, der ruhigen Hand, konkret lautet sie: Hat der Bildhauer seinen Schnaps heute schon gehabt oder nicht?« – »Soll ich das glauben?« – »Hast du irgendeine Form von Alkohol dabei?« Er kramt einen silbernen, lederbezogenen Flachmann aus der Innentasche seines Jacketts, steckt ihn mir zu. Niemand bemerkt es. Ich drehe mich in einen Eingang, fühle die Schärfe von Whisky meine Magenwände verätzen. In wenigen Minuten wird es mir besser gehen. »Du bist mein Assistent«, wiederholt er, als ich ihm unauffällig die Flasche zurückgebe. Er soll halbe Kinder die Kunst lehren, eine Autoritätsperson mimen, die hat keinen Flachmann einstecken.

Ein Pavillon, gekachelt mit Blumenornamenten, zwanzig verschiedene Muster, türkis auf weiß, wenig grün, rot. Zwischen den Flächen kein Übergang, sie stoßen aufeinander wie mit Schwertern geteilte Stoffe, die ein schlechter Schneider zusammengeflickt hat. Ich begreife nicht, welche Bedeutung Blumenranken haben. Für reine Dekoration sind es zu viele, wurden sie zu aufwendig hergestellt. Jan fragt Olaf. Olaf sagt: »Es gibt die Theorie, daß die floralen Ornamente in der islamischen Kunst auf die Gärten der Glück-

seligkeit verweisen, von denen der Koran spricht, das Thema wäre Natur, gebändigte Natur, die der Mensch als Gottes Stellvertreter geformt hat. Andere Forscher meinen, es handele sich um eine Adaption chinesischer Muster, die über importiertes Porzellan nach Istanbul gelangt sind und hier perfektioniert wurden. Mir gefällt der Gedanke mit den Gärten.« – »Da liegen überall nackte Mädchen rum«, sagt Hagen. – »Die heißen Huris.«

»War Mr. Miller mit dieser Ireen verheiratet?« fragt Nager. – »Soweit ich weiß, nicht.« – »War er mit jemand anderem verheiratet?« – »Er hat sonst von keiner Frau gesprochen. Einen Ehering hat er auch nicht getragen. Nur einen fetten Siegelring.« – »Das müßte man klären, vielleicht hatte sie ein Interesse an seinem Tod. Wenn er wirklich so reich war, wie du vermutest.« – »Es ging um etwas anderes.« – »Wie hieß sie mit Nachnamen?« – »Er sprach immer nur von Ireen.« – »Ich bin mal für eine Gruppenausstellung, neue deutsche Kunst, eine Woche lang in Barcelona gewesen und die ganze Zeit mit einer russischen Nutte durch die Gegend gezogen. Ich hab' sie überall mit hingeschleppt, alles bezahlt, ich hatte keine Lust, alleine zu sein, und in dem Haus neben meinem Hotel war so ein Puff, wo man sitzen konnte, auch wenn man keinen Sex wollte, vor dem Einschlafen was trinken, sie nannte sich Conchita, wir haben nicht mal gefickt, glaube ich, es war angenehm mit ihr… Wie kam ich da drauf? Ach ja, weißt du, womit diese Ireen ihren Lebensunterhalt verdient? Ist dir besser?« – »Kann ich noch einen Schluck haben?« Er gibt mir die Flasche kommentarlos.

Livia und Jan gehen so nah nebeneinander, daß ihre Schultern sich berühren. Er zeigt ihr Dinge, Blickwinkel, sie photographiert, dazwischen steht er Modell für ihre Reportage über Kunststudenten in Istanbul. Jan sieht aus wie ein Maler des neunzehnten Jahrhunderts, der mit seiner selbst-

gebauten Camera obscura den Orient bereist, Offiziere, Kameltreiber portraitiert. Vor drei Wochen hätte ich ihn durchgeprügelt. Oder Livia weggerissen. Ohne ihr weh zu tun. Ich schlage keine Frau, selbst wenn sie mich betrügt, schlage ich sie nicht.

Der Orientreisende Jan Kenzig legt der Photographin Livia Mendt seine Hand auf die Schulter, flüstert ihr etwas offensichtlich Komisches ins Ohr, beide lachen, während ihr Mann, Albin Kranz, versucht, sich nüchtern zu trinken.

Ich bezweifle, daß Mutter Vater je betrogen hat, nicht einmal nachdem er verschwunden ist.

»Wir müssen Richtung Eingang zurück, sonst verpassen wir die Führung«, sagt Mona. – »Was gibt es in einem Harem außer Badezimmern?« fragt Scherf. – »Keine Titten!« sagt Hagen. – »Wozu soll ich dann da hin?« – »Um dich weiterzubilden.« – »Ich kenne keinen dümmeren Typen als dich, Scherf«, sagt Jan. – »Halt's Maul.«

Die Frau, die sich mit »Hatidsche« vorstellt, habe ich schon einmal gesehen. Nicht hier. In Hamburg. Sie ist Ende Zwanzig, höchstens einen Meter sechzig groß, trägt langes schwarzes Haar ohne Glanz, hat schmale Lippen, spitze, weit auseinanderstehende Zähne. Sie behauptet, Kunstgeschichte und Orientalistik in Tübingen studiert zu haben. Dort bin ich nie gewesen. »Für die nächsten zwei Stunden werde ich Sie durch eine Welt führen, die sich Europäer, aber auch die einfachen Menschen in Istanbul über Jahrhunderte immer weiter ausgeschmückt haben, bis sie entweder der Himmel auf Erden oder ein Hort unvorstellbarer Grausamkeit war. All diese Projektionen hatten hier sowohl ihren Ausgangspunkt als auch ihr Ziel. Sie werden feststellen, daß die tatsächlichen Strukturen, Machtverhältnisse, die Wirklichkeit des Palastlebens unter osmanischer Herrschaft, insbesondere des Harem, *diesen Bildern ebenso ähnlich wie unähnlich sind.« Sie betont das Wort* Harem *auf der zweiten Silbe. Der Klang ist ungewohnt, man denkt nicht an dunkle Sklavinnen, die sich in warmem Wasser rekeln, wenn der Finsterling, den sie befriedigen müssen, außer Haus ist. »Ich werde ein paar Worte zur Einführung sagen, dann schauen wir uns einige der ausgestellten Sammlungen an, den größten Teil der Zeit wird jedoch, wenn Sie damit einverstanden sind, die Besichtigung des Harem in Anspruch nehmen.« Ich treffe Hatidsches Blick, bemerke die leichte Verzögerung ihres Redeflusses, vermute, daß sie sich in diesem Moment auch an mich erinnert. Oder mich erkennt. Ich war vor drei Monaten in Hamburg. Es wäre geistesgestört anzunehmen, daß sie schon damals auf mich angesetzt gewesen ist, von wem auch immer. »Wir sind durch das* Bab-üs-Selam, *was* Tor des Friedens *bedeutet, in den zweiten Hof gelangt, mit dem das eigentliche Palastareal anfängt. Obwohl heute vergleichsweise wenig Besucher auf dem Gelände sind, bleibt die Geräuschkulisse aus Stimmen, Straßenverkehr. Um eine Vorstellung der ursprünglichen Atmosphäre zu bekommen, sollten Sie versuchen, sich an einen Ort der Stille zu versetzen, selbst wenn das in Istanbul schwerfällt. Aus historischen Berichten wissen wir nämlich, daß schon in diesem halböffentlichen Bereich während der Anwesenheit des Sultans striktes Redeverbot herrschte. Und niemand außer ihm durfte hier reiten. In den Gartenanlagen wurden Gazellen, Affen, Pfauen, sonderbare Tiere aus allen Teilen der Welt gehalten, so daß dem Fremden, gleich ob Bittsteller oder Gesandter, Muslim oder Christ, unweigerlich Bilder des Paradieses in den Sinn kamen, zumal der Palast damals wesentlich weiträumiger umfriedet gewesen ist, die Stadt aber keineswegs weniger lärmend und hektisch.« –*

Auf der Dachterrasse des Duke's Palace, *der lange Faden*

Rauch aus meiner Zigarette vor der Stadt im Morgendunst,
zwei Möwen fauchen, von fern die Sirene eines auslaufen-
den Schiffes, nichts geschieht. –

»Ich weiß nicht, ob ich das zwei Stunden ertrage«, flüstere
ich Nager zu. – »Ohne die Kleine dürfen wir nicht in den
Harem. Und der soll wirklich sensationell sein. Behauptet
jedenfalls mein Freund Seppo.« – »Wer?« – »Kurt Seppenber-
ger. Kennst du?« – Ich nicke. – »War damals auch mit in
Barcelona.«

Nager bleibt stehen, hält mich am Arm: »Du bist in kei-
nem guten Zustand«, sagt er und gibt mir noch einmal den
Flachmann, »mach leer, ich hab' noch eine dreiviertel Fla-
sche oben. Zollfrei.« Ich unterdrücke den Hustenreiz, um
nicht zu kotzen, schlucke Luft, dann verbreitet sich Wärme.
Aus der Wärme wird Hitze, schießt mir in den Kopf, glü-
hende Schläfen, mein Atem ist der Atem eines Fieberkran-
ken, ein Feuer, das Eisen zum Schmelzen bringt. Ich phan-
tasiere nicht. Die Gelenke fühlen sich fester an. »Seppo ist
auch so«, sagt Nager, »ohne fünf, sechs Kurze verläßt er
seine Wohnung nie.« Beim Umdrehen Livias Augen auf mir,
traurig, als wäre ich tot, sie schaut reflexhaft weg, bevor
meine sie treffen können, friert ihr Gesicht ein. Dagegen
folgt mir Hatidsches Blick wie ein Suchscheinwerfer, ihr
Mund formt auswendig gelernte Sätze in druckreifem
Deutsch. Sie beobachtet mich. Ich weiß nicht, aus welchem
Grund, zu welchem Zweck. Die Andeutung eines Lächelns
gilt mir. Ihre Gedanken streifen durch andere Gegenden:
»Wir treten nun durch das Bab-üs-Saadet, *das* Tor des
Glücks, *in den dritten Hof und stehen vor dem Audienzsaal.*
Hier empfing der Sultan Gesandte zu besonderen Anlässen.
Während der Unterredungen plätscherte Wasser aus einem
in die Wand eingelassenen Brunnen, damit kein Ungebete-
ner hören konnte, worüber gesprochen wurde. Jeder galt als

potentieller Verräter. Die heutige Ausstattung stammt aus dem 19. Jahrhundert, mit Ausnahme zahlreicher Fliesen, die nach dem Abriß älterer Gebäude aufbewahrt wurden und hier eine neue Verwendung fanden.«

Wie viele Fassaden habe ich in Hamburg gesichert, rekonstruiert, wie viele Monate, Jahre bin ich, alles zusammengerechnet, dort gewesen, in Containerunterkünften, Billighotels, wie viele Frauen hatte ich während der verschiedenen Aufenthalte, gekaufte, aufgegabelte, abgeschleppte, welche von ihnen würde ich am Gesicht wiedererkennen, welche höchstens noch an Muttermalen, Tattoos, wie viele nicht mehr? War diese Hatidsche darunter? In betrunkenem Zustand spielen Äußerlichkeiten keine Rolle. Die Attraktivität der Frau wächst exponentiell zum Alkoholgehalt im männlichen Blut. Sie starrt mich an, obwohl sie bemerkt, daß ich ihr nicht zuhöre, obwohl ich schwitze, taumele, mich gegen Mauern lehne, aufpassen muß, nicht Zentimeter um Zentimeter auf den Boden zu rutschen, dort hocken zu bleiben. Wahrscheinlich steht sie auf große, blonde Hohlformen. Meine Lider sind schwer. Mach dir keine Hoffnung, Mädchen, frag Livia, die wird es bestätigen: Ich habe schon lange kaum noch Hunger, und bestimmt nicht auf dich, ich habe immer nur Durst. Dir gehört keine Bar, du bist nicht einmal eine wohlmeinende Kellnerin, die mir großzügiger einschenkt als üblich, du bist nur eine verklemmte Studentin, die viel redet, hör zu: Ich sehe am hellichten Tag Bernsteinlöwen, deren Augen Diamanten sind, die Mähnen Silberfäden. In den Kegeln der Halogenstrahler erscheinen mir deine Sultane, Wesire, Eunuchen, geschnitzt aus Perlmutt, Lapislazuli, ihre Turbane, mit Rubinen besetzt, über ihnen schwebt ehrfurchtgebietend der goldene Elefant, eine Mutation aus mythischer Vorzeit, Geschenk der Götter: »Er wurde im 17. Jahrhundert in Indien gefertigt«, sagst du, gut, wenn man solche Dinge weiß, das gibt Sicherheit, »und ist eines der prächtigsten Stücke unserer Sammlung. Die Truhe, auf der er steht, enthält einen funktionstüchtigen Musikautomaten, ein feinmechanisches Meisterwerk, rundum mit Perlen besetzt, eingefaßt von Palmen. Das Seestück im Mittelfeld ist vermutlich europäischer Herkunft, die Segelschiffe wurden auf Metallschienen montiert, schaukeln auf Wellen, wenn die Musik spielt. Wie Sie vielleicht bemerkt haben – Sie können ruhig näher herantreten –, sind Rüssel und Schwanz des Elefanten aus jeweils dreißig Einzelgliedern zusammengesetzt, so daß sie im Takt hin und her schwingen, sobald der Apparat eingeschaltet wird. Leider kann ich Ihnen das nicht demonstrieren.« Schau mich an, ich bin die Schwingung des Elefanten, ich bin der gnadenlose Schlag des Pendels zwischen Anfang und Ende des gegenwärtigen Universums, mit mir beginnt die Umkehr der Zeitrichtung. »Entschuldigen Sie, die Dame, es ist verboten, in den Ausstellungsräumen zu photographieren, auch ohne Blitz.« – »Ich will nicht die Gegenstände, sondern meine Freunde... ganz privat.« Livia lügt. »Es tut mir leid, Sie dürfen hier überhaupt nicht photographieren.« Danke, kleine Hatidsche, weis sie zurecht, verbiete ihr die ewige Knipserei ein für allemal, wenn du ihr die Kamera wegnimmst, gehe ich vielleicht doch mit dir ins Bett. Ich denke darüber nach, du besorgst Raki, ich schlage ein paar Scheiben ein, wir trinken aus Elfenbeinpokalen, goldgefaßten Straußeneiern, Nautilusmuscheln, später begatte ich dich auf dem riesigen edelsteinbesetzten Selim-, Machmut-, Mustafa-Thron, der ist so breit wie ein Bett unter einem Himmel von Baldachin, tausend Glassplitter um uns herum wetteifern mit Brillanten um das hellste Funkeln, wenn du willst, mache ich dir ein käseweißes, nordeuropäisches Riesenbaby auf dem kostbarsten Brokatkissen, das die reichsten und mächtigsten deiner Vorfahren besessen haben... »*Gehst du mit, oder willst du hier warten?*« *fragt Livia, ihre Hand sachte auf meiner, und sieht aus, als wolle sie mich tatsächlich in ihrer Nähe haben.* »*Ich wußte nicht, daß du dich noch für mich interessierst.*« – »*Sei nicht so.*« – »*So bin ich aber.*« *Ihr Achselzucken unter der dicken Motorradlederjacke, das langsame Kopfschütteln schon aus fünf Metern Entfernung von hinten im Gegenlicht, ehe sie ins Freie tritt. Ich folge ihr trotzdem. Draußen saugt Nager an einer heißgerauchten Zigarette, ich stecke mir ebenfalls eine an, der Rauch kribbelt in den Fingerspitzen, der Rauch schmeckt nach faulem Meeresgetier.* »*Du hattest recht*«*, sagt er,* »*dieses Gequatsche für bildungsgeile Pauschaltouristen hält man keine zwei Stunden aus.*« *Ich höre mich antworten, ohne die Lippen zu bewegen, meine Stimme erstirbt im Rachen, ich sehe menschenähnliche Wesen in den Ästen der Zeder, sie gleiten an langen, weichen Fasern auf und ab, springen zwischen kupfernen Dächern hin und her, behende, schwerelos, mit durchscheinenden Leibern, die keine Begrenzung darstellen... Ich laufe Nager nach, erreiche eine weitere Dunkelheit, von fern Hatidsches wohlklingende Satzmelodie, verlangsamt:* »...*ein Reisender mit Nagelschuhen, der an seinen Packsattel gelehnt vor einem nicht angezündeten Feuer mit der halbnackten Figur gegenüber spricht; zwei Pferde weiden, ein Hundepaar spielt...*« *Geister mit brennenden Bärten in roten, blauen, grünen Gewändern aus getrockneter, gefärbter Menschenhaut fallen übereinander her, deuten die Zukunft, löschen das Vergangene aus.* »*Mein Flachmann ist leer*«*, sagt Nager. Kein Problem, ich schaffe das auch so. Ich falle in ihre glühenden Augen, sie lachen sich tot, die Katze von rechts oder von links hält nach Singvögeln Ausschau, verläuft an den Rändern, Pinselschläge, Wolken aus Braun, verwischte Sepia,* »*es ist Malerei, nichts* als alte Malerei«, spreche ich mir vor. »Je älter, desto stärker, erstaunlich«, sagt Nager. – »Dschinnen, böse Geister. Inzwischen fast ausgestorben, nur fast.« – »Buchmalerei wäre eine Form. Wenn man kein Geld verdienen müßte, um seine Kinder zu ernähren. Die haben sich hingesetzt vor acht-, neunhundert Jahren und monatelang nichts anderes getan, als ein einziges Buch abzuschreiben, dazu sind ihnen diese Wahnsinnsbilder eingefallen, in dem Bewußtsein, daß die später nie jemand anschaut. Stell dir das vor: Du tuschst vor dich hin, besser als je einer vor dir, je einer nach dir – wie viele Blätter sollen in so einem Folianten sein? Fünfzig, achtzig? Du malst sie, um sie aus deinem Kopf aufs Papier zu kriegen, damit es sie gibt. Kein Galerist, kein Sammler klopft dir auf die Schulter, keine Frau will mit dir vögeln…« – »Früher war alles besser.« – »Aber davor ist es noch schlechter gewesen. Dann kam der Fortschritt, der in den letzten beiden Generationen stark nachgelassen hat, so daß es jetzt steil bergab geht, bis eines Tages eine bessere Zukunft am Horizont aufzieht.« Er schlägt mir auf die Schulter. Ich starre ins Halbdunkel, konzentriere mich. Jan streicht Livia über den Rücken, wie man keiner Frau über den Rücken streicht, mit der man sich nicht vorher auf den Versuch der Liebe geeinigt hat. Ich hätte die Zigeunerhure heute nacht nehmen sollen, doch ich war zu betrunken, lange bevor ihr Zuhälter, Liebhaber, Bruder sein Messer an meinem Hals hatte. Die Luft roch nach frischem Hundeblut, und der riesenhafte Schatten des wütenden Bären flackerte in der Zeltkuppel. »Sie behauptet, daß wir jetzt echte Reliquien zu sehen bekommen«, sagt Nager. – »Haben die heilende Wirkung?« – »Sobald Selim I. Ägypten seinem Reich angegliedert hatte, fiel das Kalifat von den Mamelucken an die Osmanen. Damit wurde Istanbul nach Damaskus, Bagdad und Kairo zur vierten islamischen Königsstadt.« Sie spricht über das

Schwert des Propheten, seinen Bogen, den Köcher, über den heiligen Mantel, den Abdruck des rechten Fußes in Gold, Barthaare, einen Zahn, über das Banner, unter dem er seine Kriege geführt hat, und tropft in ihr Höschen, wenn sie mich anschaut. Sie sagt, daß wir uns nach dem Besuch des Harem gerne noch weitere Abteilungen anschauen können, besonders möchte sie uns Koranhandschriften und Prunkgewänder ans Herz legen, sollte Interesse da sein, steht sie für Fragen zur Verfügung. Sie darf uns bitten, ihr zu folgen.

»Ich schaff' das nicht«, sage ich zu Nager, »ich habe keine Minute geschlafen heute nacht, ich lege mich da auf die Bank und mache eine Pause, du kannst mich wecken, wenn ihr fertig seid. Und paß auf, daß dein Maler meine Photographin nicht angrabscht. Wenn er aufdringlich wird: Knall ihm eine, mit besten Grüßen von mir, ich zahl' deinen Anwalt.« – »Bis später«, sagt Nager, läuft zu den anderen, brüllt: »Ihr seid viel zu schnell, hat keiner weiche Knie von diesen Miniaturen?«

15.

NACHDEM WIR in verschiedenen Gruppen zu Mittag gegessen hatten, trafen wir uns beim Eingang der unterirdischen
Zisterne wieder.

Albin kam unabhängig von Livia, die mit Jan, Nager, Mona
und mir in einem kleinen Restaurant gewesen war. Livia
hatte verwirrt gewirkt, wenig gesprochen. Als Nager den dritten Raki bestellte, stand ihr Abscheu ins Gesicht geschrieben.
Trotzdem schien sie froh, wenigstens nicht Albin beim Trinken zuschauen zu müssen, zum Schweigen verurteilt, ohne
Hoffnung, daß sich etwas ändern würde. Wenn sie ihn kriti-
sierte, fing er Streit an. Livia wollte nicht mehr streiten.

Ich habe keine Ahnung, wo und mit was er die Zwischenzeit überbrückt hat. Wahrscheinlich ist er verdächtigen
Spuren gefolgt, die früher oder später auf einen Barhocker
führten. Jetzt, an der Schlange vor der Kasse, erklärte er, die
Zisterne biete alle Bedingungen für das perfekte Verbrechen, weshalb sie bereits Schauplatz eines *James-Bond*-
Films gewesen sei. Der Täter brauche die Leiche lediglich
ins Wasser zu stoßen, wenn sie nicht ohnehin hineingestürzt
sei, schon habe er eines seiner Probleme gelöst: »Wundert
euch also nicht, wenn ich mit einem scharfumrissenen Loch
in der Schläfe vornüberkippe. Einige Leute haben Interesse
an meinem Tod.«

Niemand widersprach ihm, dabei kann ich mir kaum einen weniger geeigneten Ort vorstellen, jemanden verschwinden zu lassen. Der Kartenabreißer bräuchte nur die Eingangstür zu verriegeln, bis die Spezialkräfte einträfen. Abgesehen davon glaube ich nach wie vor nicht, daß jemand die Absicht hatte, Albin zu beseitigen. Vielleicht wollte er mit dem Gerede Corinna und Sabine erschrecken oder verschleiern, was der eigentliche Zweck seiner Geschichte war. Zumindest letzteres ist ihm gelungen. Wir wissen bis heute nicht, worauf das Ganze hinauslaufen sollte, Livia eingeschlossen.

»Deine Organisation scheint ausgebildete Scharfschützen zu beschäftigen«, sagte Nager, »da ist man nachher wenigstens nicht aus Versehen querschnittsgelähmt oder debil.«

Nach dem Abendessen haben Nager und Albin sich von uns getrennt. Im Lauf der Nacht müssen sie sich fürchterlich betrunken haben. Anderntags erschien der Professor in erbarmungswürdigem Zustand beim Frühstück. Seine Augen waren zugeschwollen, blutunterlaufen, er klagte über das Dröhnen in seinem Kopf, lauter als tieffliegende Kampfbomber, über Übelkeit. Albin hatte weniger starke Beschwerden, roch aber zehn Meter gegen den Wind nach frischem Schnaps.

»Ich brauche Geschenke für meine Mädchen«, sagte Nager, nachdem wir die Yeni Çeriler Caddesi überquert hatten, kurz vor dem großen Basar, »deswegen bin ich überhaupt nur hierher gefahren, um was Lustiges mitzubringen. Die müssen viel lachen, damit sie sehr hübsch werden, ich will später Grund haben, ihre Liebhaber aus dem Haus zu jagen. Und meine Frau muß was kriegen. Schmuck. Oder Seide. Seide soll billig sein in der Türkei. – Wer weiß, ob sie in diesem komischen Markt überhaupt Sachen haben, die man verschenken kann, ohne sich zu blamieren.«

142

»Antiquitäten«, sagte Mona.

»Wie soll ich die transportieren? – Von mir aus müssen wir übrigens nicht zusammenbleiben, im Gewühl verliert man sich sowieso. – Gegen sieben sammeln wir uns in der Hotelhalle und planen den Abend. Mit oder ohne Alkohol, die Entscheidung muß ich noch fällen, wahrscheinlich ohne.«

Es herrschte Gedränge, schlechte Luft. Die Läden waren bis unters Dach mit Kram vollgestopft. Billige Decken, Tücher, Taschen, orientalisches Kunsthandwerk. Jede Zunft hatte ihren eigenen Bezirk. Es gab Gänge für Steingut, Gassen mit Intarsienarbeiten, zisieliertem Messing, Meerschaumschnitzereien, ganze Straßen voll Gold.

Scherf verabschiedete sich als erster: Er wolle das Viertel suchen, wo Ikonen angeboten würden, vielleicht fände er die beiden Bilder für seine Installation, neue Originale seien besser als alte Reproduktionen, zumal es bei Ikonen nicht auf ästhetische Qualität, sondern auf den religiösen Gehalt ankomme, die Bilder seien von vornherein als Kopien eines *Urbilds* konzipiert, nicht als selbständige Kunstwerke, weshalb man das Malen auch nicht *Malen*, sondern *Abschreiben* nenne.

Hagen folgte ihm.

»Trotzdem kann man gute von schlechten unterscheiden«, rief Jan, aber das hörte Scherf schon nicht mehr.

»Kitsch, so weit das Auge reicht«, sagte Albin, »wenn einer von deinen Leuten das kauft, Professor: Ich würde ihn sofort rausschmeißen.«

»Früher hätte ich auf Todesstrafe plädiert, inzwischen kaufe ich selber ständig Quatsch. Kinder wünschen sich immer Sachen, die du völlig inakzeptabel findest. Du schenkst sie ihnen trotzdem, weil enttäuschte Kinder unerträglich sind.«

»Kinder sind überhaupt unerträglich.«

»Schnabelschuhe mit Stickerei und Straßsteinen. Hübsch, oder?«

Drei Läden weiter hatte Sabine bereits die vierte Lederjacke angezogen und versuchte sich mit ausgebreiteten Armen auf dem Absatz ihres Gehgipses zu drehen, damit Adel sie von allen Seiten und in Bewegung begutachten konnte. Der Händler redete über das Gerbverfahren, das in dieser Form nur noch in bestimmten Gegenden Ostanatoliens angewandt werde, um Leder allerfeinster Qualität zu erzeugen: garantiert anti-allergisch, ewig haltbar, konkurrenzlos im Preis. Adel kannte diese Art der Überzeugungsarbeit von libanesischen Märkten, konnte sich jedoch nicht entschließen, Sabine davor zu warnen. Statt dessen rieb er das Leder zwischen den Fingern, wiegte skeptisch den Kopf: »Sehr dünn für den deutschen Winter«, sagte er und: »Die Farbe paßt nicht so zu deinem Haar.«

»Ich will alte Teppiche oder Kalligraphien«, sagte Nager, »oder Porzellan.«

»Kennen Sie sich damit aus?« fragte Mona.

»Ich habe Augen im Kopf.«

»Und Sie trauen sich zu, echte Stücke von Fälschungen zu unterscheiden?«

»Was ist der Unterschied zwischen einem *echten* und einem *falschen* Teppich? Auf beiden kann man sitzen und Tee trinken, keiner von beiden fliegt. – Ich könnte meiner Frau einen Teppich mitbringen. Finden Frauen so was schön, was meinen Sie, Livia?«

Bevor Livia antworten konnte, erklärte Albin ihr, er müsse zu den Juwelieren und wolle unter keinen Umständen, daß sie ihn begleite. Er werde ihr dafür keine Begründung geben.

»Ich habe mich nie mit Teppichen beschäftigt«, sagte

Livia, als er gegangen war. »Manche gefallen mir, andere finde ich langweilig. Was mit *Frauen* ist, weiß ich nicht.«

Albin brauchte zehn Minuten, um das Viertel der Juweliere zu finden, und eine weitere halbe Stunde für die Auswahl des Geschäfts, in dem er seine Recherche beginnen wollte. Er prüfte Auslagen, schaute Händlern am Telephon, beim Sortieren der Ware, im Gespräch mit Kunden, Boten, Hilfskräften zu, machte sich Gedanken über seine Kriterien, die konkrete Vorgehensweise, rhetorische Manöver, kam zu dem Schluß, daß es in jedem Fall sinnvoll wäre, Kaufinteresse vorzutäuschen, sich Steine zeigen zu lassen, über Preise zu verhandeln, statt mit Fragen nach Miller zu beginnen. Die Entscheidung für den ersten Händler fiel, weil ihm dessen Gesicht verschlagen erschien, was Albin als Indiz krimineller Energie deutete. Der Mann war Mitte Dreißig, glattrasiert, hatte gegeltes Haar, schwarze Augen: ein Bilderbuchganove mit Menschenkenntnis, weshalb er binnen kurzem begriff, daß Albin nicht wirklich einen Smaragd kaufen wollte. Er entschuldigte sich mit Terminen, überließ den Laden seinem Gehilfen, nicht ohne den Hinweis, daß auch dieser ihm einen Sonderpreis machen werde, falls Albin sich zum Kauf entschließe.

In das zweite Geschäft ließ Albin sich von einem der vielsprachigen Schlepper locken, nicht aus Nachgiebigkeit oder Schwäche, sondern um zu testen, ob ihn jemand verfolgt hatte, ob irgendeiner auf seine Anwesenheit im Revier von Millers Kollegen, Konkurrenten reagierte. Er merkte schnell, daß es vergeudete Zeit sein würde, über Smaragde zu reden. Der Besitzer war ebenso geschwätzig wie sein Lockvogel, und selbst Albins ungeübter Blick entdeckte nur Halbedelsteine und Modeschmuck. Trotzdem brauchte er längere Zeit, um sich aus dem endlosen Satzfaden zu winden, mit dem man ihn einwickeln, zum Päckchen schnüren wollte, wie eine Spinne gefangene Fliegen.

Beim Betreten des dritten Geschäfts veränderte sich Albins Verfassung, ohne daß er erklären konnte, wodurch. Er fühlte sich ruhiger, obwohl all seine Alarmglocken hätten läuten müssen. So hat er es mir erzählt: Als er eintrat, kam ein älterer Herr hinter seinem Vitrinentisch hervor, begrüßte ihn in einwandfreiem Deutsch, schüttelte ihm die Hand wie einem alten Bekannten, und Albin dachte: Der wird mir nichts Böses tun.

Im nachhinein versuchte er seine Reaktion mit der zurückgenommenen Gestik, der angenehmen Stimme des Alten zu erklären. Er sprach von Wärme der Ausstrahlung, positiver Aura – Begriffe, die er sonst nie benutzte. Ich vermute, daß es ihm peinlich war, dem Geschwätz eines erfahrenen Basari aufgesessen zu sein, und daß er dafür vor sich selbst eine andere Begründung brauchte als die Euphorie des Betrunkenen, kurz bevor der Tag in sich zusammenfiel.

Zum ersten Mal, seit er in der Stadt war, wies Albin einen angebotenen Tee nicht zurück. Der Händler rief einen kurzen türkischen Satz durch die Tür, an niemanden gerichtet, nicht übermäßig laut.

»Womit kann ich dienen, junger Freund?«

»Ich suche einen Stein für meine Frau. Nicht irgendeinen zur Entschuldigung für was auch immer. Etwas Besonderes. Er müßte mehr sein als ein Schmuckstück ... den Ausdruck ihrer Persönlichkeit steigern ... Er soll zu ihr passen, wie ... – Sagen wir, wie die Augen zur Seele.«

»Eine schwierige Aufgabe. Nicht unlösbar. Vorausgesetzt, Sie kennen Ihre Frau gut genug.«

»Ich bin ein bißchen in Eile.«

»Wissen Sie: Ich habe dreißig Jahre in Deutschland gelebt. Ich war Zahnarzt. In Bielefeld. Mittlerweile hat meine Tochter die Praxis. Alle Leute dort hatten es immer eilig. Patienten, Sprechstundenhilfen, Zahntechniker, sogar die Putzfrauen. Am liebsten wäret ihr schon fertig, bevor ihr überhaupt angefangen habt. Selbst das Warten im Wartezimmer darf nicht länger als dreißig Minuten dauern, sonst kann man beim Arzt Schadensersatz für verlorene Zeit einklagen. Erklären Sie mir: Wie verliert man Zeit? Fällt sie einem aus der Hosentasche, läßt man sie in der U-Bahn liegen?«

»Haben Sie Smaragde?«

»Natürlich habe ich Smaragde. – Haben Sie Geld? Und sind Sie sicher, daß ein Smaragd für Ihre Frau…«

»Livia.«

»…daß ein Smaragd der richtige Stein für Livia ist? In welchem Sternzeichen wurde sie geboren?«

»Weiß ich nicht. Am 14. März.«

»Fische. Für Fische ist der Opal der beste Stein. Er hat das zarte Feuer des Karfunkels, das glänzende Purpur des Amethysts, das Meergrün des Smaragds, das geheimnisvolle Blau des Saphirs, so daß alle Farben in wunderbarer Mischung zusammen glänzen.«

Albin bemerkte, daß an der Wand hinter dem Tisch eine Tafel der Tierkreiszeichen hing, arabisch beschriftet, kombiniert mit Zahlen, Buchstaben, Piktogrammen, deren Ursprung und Bedeutung er nicht kannte. Sie waren in konzentrischen Kreisen angeordnet, die von Strahlen aus dem Zentrum in Felder eingeteilt wurden. Die Felder standen mittels unterschiedlich heller Lasuren zueinander in Beziehung. Albin konnte keine Systematik erkennen. Das Blatt war von Hand geschrieben.

»Ich will einen russischen Smaragd. Haben Sie so was?«

»Ich habe alles, was Sie kaufen können. Und wenn ich es nicht habe, kann ich es Ihnen beschaffen. Trotzdem wäre der Smaragd falsch für Livia. Er wird ihr schaden.«

»Gibt es russische Opale?«

»Nur in der Ukraine und in Aserbaidschan. Sehr kleine Vorkommen.«

»Zeigen Sie mir welche.«

»Bei uns im Orient gilt der Opal als Stein nie versiegender Hoffnung. Es heißt, daß er in den Wassern des Paradieses entstanden ist, wegen der Mischung aus Transparenz und Intensität. Ich habe weiße aus Brasilien, schwarze aus Australien, Feueropale aus Mexiko. Schauen Sie.«

Er zog eine Schublade aus seinem Tisch, die in kleinen, mit hellgrauem Filz ausgeschlagenen Vertiefungen etwa dreißig Steine enthielt. Sie schimmerten in allen Farben, wie Ölschlieren auf einem Sommersee, aber für Livia, das sah Albin auf den ersten Blick, kam nur einer der fünf facettiert geschliffenen in leuchtendem Orange in Frage.

»Woher stammen die orangen?«

»Mexikanische Feueropale. Sie werden vor allem von jungen Menschen geschätzt, weil sie das pulsierende Leben ausdrücken und die Vitalität steigern.«

Albin stürzte in einen sehr kurzen, sehr langen Augenblick des Vergessens. Hätte ihn jemand nach seinem Aufenthaltsort gefragt, wäre die Antwort ein Achselzucken gewesen. Sein Blick irrte umher, heftete sich an die Tafel mit den Symbolen, rutschte ab, fiel ins Bodenlose, bis ein Junge hereintrat, der ein Tablett mit einer Blechkanne und zwei Gläsern trug, ehrfurchtsvoll, als wären es die Juwelen der englischen Königin. Albin wunderte sich, weil der Junge sich mehrfach verneigte, nicht so, wie er als Kind den *Diener* hatte machen müssen, sondern ohne jedes Anzeichen von Furcht. Dann erinnerte er sich an einen Amerikaner namens Miller, den jemand vor seinen Augen erschossen hatte, und an eine deutsche Photographin, die Livia hieß und im Begriff war, ihn aufzugeben, was er ihr nicht einmal übelnahm. Er sagte: »Ich kaufe diesen orangen Stein, das hatte ich nicht vor, doch er paßt zu meiner Frau, wie ich es nie für möglich gehalten hätte. Schmuck langweilt mich, ich hasse Steine, aber wenn Sie mir weiterhelfen, schenke ich ihr diesen Feueropal, das ist kein schlechtes Geschäft für Sie, viele Touristen sind derzeit nicht in der Stadt, also: Was soll er kosten? Und: Kennen Sie Jonathan Miller aus Chicago? Wissen Sie, wo ich ihn finde? Wir waren vorgestern verabredet, ich habe ihm Kontakte hergestellt, sehr wertvolle Kontakte, er schuldet mir Geld. Vielleicht hat er sich abgesetzt, vielleicht ist ihm etwas zugestoßen.«

Der Alte schenkte zwei Gläser Tee ein, reichte Albin das Tablett, legte den Stein auf eine elektronische Waage: »Eins Komma vier Karat. Für Sie zweihundertfünfzig Dollar.«

»Teures Geschenk für eine Frau, die mich in den nächsten Tagen verlassen wird und schon jetzt über ihren Entschluß erleichtert ist. Außerdem: Wer garantiert mir, daß der Scheißstein tatsächlich zweihundertfünfzig Dollar wert ist? Mit der Hälfte, habe ich gelesen, soll man in die Verhandlung einsteigen, hundertzwanzig, jetzt in der Nachsaison, wenn Sie mir sagen, wo ich Informationen über Miller bekomme.«

»Das ist ein besonders schönes Exemplar. Eine Rarität. Einen Feueropal dieser Qualität hatte ich noch nie in der Hand.«

»Hundertfünfzig.«

»Ich kaufe meine Steine im Iran, die Russen gefallen mir nicht, sie haben andere Vorstellungen von Geschäften, ich verstehe die Sprache ihrer Gesichter schlecht.«

»Wollen Sie mir behilflich sein oder nicht?«

»Zweihundertzwanzig ist ein vernünftiger Preis.«

»Ich glaube nicht an Sternzeichen. Warum steht Livia orange? Grün steht ihr auch. Werden russische Smaragde über die Türkei nach Amerika exportiert? Wen muß ich ansprechen, wenn ich Steine aus Rußland kaufen will?«

»Ich dachte, du hättest Kontakte.«

»Ich war Zeuge eines Zwischenfalls. Hundertachtzig.«

»Aus Rußland wird alles hierher geschmuggelt, was sie außer Landes schaffen können, dann wird das Zeug mit falschen Herkunftsnachweisen, Ausfuhrbescheinigungen für den Weltmarkt saubergemacht. Laß die Finger davon, du weißt nichts. Diese Leute sind ohne Gott, dein Leben gilt weniger als das ihrer Hühner. Der Stein wird Livia gefallen, sie wird ihre Liebe neu entdecken. Opale verstärken die positiven Eigenschaften ihrer Träger, sie erleichtern die Wahrheitsfindung.«

»Ich dachte, man einigt sich in der Mitte.«

»Er ist wirklich kostbar.«

»Zweihundert. Wo finde ich jemanden, der Miller kannte?«

»Geh in dein Hotel, trink Raki und vergiß es.«

»Zweihundert.«

»Jeder ist seines Glückes Schmied. Deutsches Sprichwort. Richtig und falsch.«

»Zweihundertzehn.«

»Es gibt einen russischen Markt nicht weit von hier, frag nach Jewgeni Petrowitsch oder nach Parfjon, aber sag ihnen nicht, daß du ihre Namen von mir hast.«

»Wieviel macht das in türkischer Lira?«

»Dollar. Für Lira kann ich nichts kaufen. Um die Ecke ist eine Bank mit Wechselstube.«

Fünf Minuten später steckte Albin den Stein in die Innentasche seiner Jacke und verließ den Basar.

»Albin hat recht«, schimpfte Nager, »nichts als Schrott, alles *Made in China*.«

»Mein Onkel hat genau die Teppiche, die ihr sucht«, sagte im selben Moment ein Mann Ende Zwanzig, während er sich an uns vorbeidrängte, »das meiste an Teppichen in diesem Basar ist sein Geld nicht wert. Industrieware oder Fälschungen. Es gibt Dörfer in den ehemaligen Sowjetrepubliken, die nur damit beschäftigt sind, frisch geknüpfte Stücke auf alt zu trimmen. Die Teppiche liegen in Küchen, hängen über Feuerstellen, man verspritzt Fett, läßt glühende Kohlen fallen, zum Schluß helfen sie mit Chemikalien nach. Touristen lassen sich leicht täuschen. Ein paar wissenschaftlich klingende Halbwahrheiten, und sie zahlen. Mein Onkel ist auf wirklich antike Stücke spezialisiert, wie schon sein Vater, mein Großvater und dessen Vater, der hat die letzten Sultane beliefert, Mehmet den Fünften, den Sechsten, Abdülmecit den Zweiten. Unser Geschäft im Bedestan – das ist der älteste Teil des Basars, noch von Sinan erbaut – befindet sich seit über hundertfünfzig Jahren im Besitz der Familie. Daran sehen Sie, wir sind verläßliche Partner: Teppichhandel ist Vertrauenssache, ist immer Vertrauenssache gewesen ...«

»Ich schaue mir seine Teppiche an«, sagte Nager.

»Eine kluge Entscheidung, Herr ...«

»Nager. Professor Nager.«

»Ein deutscher Professor. Welche Ehre. Ich heiße Yildiz. Ich habe auch viele Jahre in Deutschland gearbeitet, Autoindustrie, Mercedes, BMW, Opel. Ich kenne alles bei euch: Oktoberfest, Kölner Dom, Schwarzwald. Ich habe sogar eine original Kuckucksuhr zu Hause, alle meine Verwandten haben original Kuckucksuhren.«

»Benehmen sich diese Leute so, damit sie unseren Klischees entsprechen«, flüsterte Jan, »oder haben wir die Klischees, weil sie sich so benehmen?«

Der Laden, in den Yildiz uns führte, wobei er seine Rede

nur für Nagers Zwischenfragen unterbrach, wirkte tatsäch-lich alt und ehrwürdig. Die Teppiche, die man auf den er-sten Blick sah, hatten eine deutlich bessere Qualität als an-dernorts. Alleine hätten wir ihn niemals gefunden. Von außen machte er einen unscheinbaren Eindruck. Mona hatte gelesen, daß äußerliche Unauffälligkeit die seriösen Händler kennzeichne, die in erster Linie von langjährigen Geschäftsbeziehungen mit Stammkunden lebten. Der Raum war über drei Meter hoch mit Regalen voll gefalteter Teppi-che eingerichtet, vor den Regalen lehnten zusammenge-rollte, hinter einem riesigen Tropenholzschreibtisch hin-gen besonders leuchtende Stücke. Den kleinen Mann am Schreibtisch entdeckten wir erst, als Yildiz zum dritten Mal, jetzt sehr laut, etwas Türkisches rief, worauf er eine gequält klingende Antwort erhielt, die in leises Kichern überging, ehe der Alte aufschaute, sich erhob und sich feierlich vor uns verbeugte.

»Nicht schlecht«, sagte Nager.

»Wofür interessieren Sie sich?« fragte Yildiz, dem bewußt war, daß höchstens Nager als Kunde in Frage kam.

»Für einen Teppich. Was sonst? Nicht zu groß, nicht zu klein, alt, aber in gutem Zustand, so, daß er nicht ausein-anderfällt, wenn man drüberläuft.«

»Eher einen Knüpfteppich oder einen Kelim? Oder viel-leicht einen Sumakh?«

»Einen normalen Teppich mit warmem rotem Grund-ton.«

Der Onkel barg sein Gesicht in den Händen, rieb sich die Augen, schüttelte anhaltend den Kopf, wobei man nicht wußte, ob über uns oder den Neffen, über sich selbst oder aus völlig anderen Gründen. Fragte etwas.

»Was machen Sie beruflich?« übersetzte Yildiz.

»Kunst.«

»Sanat cı.«

Für einige Sekunden starrte der Onkel einen Punkt außerhalb des Raumes an. Dann verrückte er die Leiter, stieg hinauf und zog ein Bündel heraus. Unten angelangt, warf er es mit einer tausendfach erprobten Bewegung von sich weg, so daß der Teppich sich in der Luft entfaltete und glatt vor unsere Füße fiel. Gleichzeitig begann er zu reden, langsam und mit Pausen, sobald er den Eindruck hatte, daß Yildiz' Übersetzung nicht folgen konnte: »Er ist seit über vierzig Jahren im Teppichgeschäft, sagt mein Onkel, er hat einige Erfahrung gesammelt. Er würde Ihnen nie einen Teppich verkaufen, von dem er nicht glaubt, daß er Ihr Herz gewinnen wird. Ein Teppich, insbesondere ein antiker, der nicht für den Export hergestellt wurde, verdient Achtung. Er erzählt Geschichten: von dem Mädchen, der Frau, die ihn vor ihrer Hochzeit geknüpft hat, von den Jahren, die ihr Mann, die Kinder mit ihm gelebt haben. Er erzählt von den Wegen, die er zurückgelegt hat, über Samarkand, die Seidenstraße. Man betritt ihn nicht mit Schuhen. Deshalb fragt mein Onkel, was für einen Beruf Sie haben. Der Teppich, von dem er glaubt, daß er Ihnen gefallen wird, ist nämlich ein besonderes Exemplar. Gewöhnlichen Sammlern, die klassische, unkomplizierte Stücke verlangen, wäre er schwer vermittelbar, dafür hat er zu viele Merkwürdigkeiten. Aber ein Künstler wie Sie, glaubt mein Onkel, könnte diesen Teppich verstehen.«

Nager schwieg. Er kniff sich ins Kinn, schaute abwechselnd Yildiz, den Onkel und den Teppich an, nickte.

»Der Teppich ist vollkommen bescheuert.«

Yildiz zuckte, sagte etwas zu seinem Onkel.

»Er gefällt Ihnen nicht?«

»Ich finde ihn wunderbar. Kunst muß bescheuert sein.«

»Ein Turkmenenteppich, spätes 19. Jahrhundert. Sie sehen dieses sich wiederholende Gebilde im Hauptfeld, man nennt es *Göl*. Es stellt eine Art Stammesemblem dar. Das ist das Göl der Tekke, eines Stammes, der berühmt war für die hohe Knotendichte seiner Teppiche.«

»Mich interessieren die Fehler«, sagte Nager.

»Es ist ein Teppich des Übergangs. Ursprünglich war das Tekke-Göl fast quadratisch. Je flacher es wird, desto später die Entstehungszeit. Hier sehen Sie innerhalb eines einzigen Teppichs den Verfall des Motivs: Die oberen Göls sind traditionell, dann werden sie Reihe um Reihe dichter zusammengepreßt, und unten haben Sie die degenerierte Form, wie sie seit Beginn des 20. Jahrhundert geknüpft wird. Die Farbigkeit dokumentiert parallel dieselbe Entwicklung. Sicher haben Sie bemerkt, daß mitten durch die zweite Reihe der Göls ein Farbbruch verläuft: oben das Cochenille-Violett, woran man erkennt, daß der Teppich nach 1860 hergestellt wurde – vorher gab es keine Cochenille in Turkmenistan –, und dann plötzlich schmutziges Weiß. Mitten im Muster, ohne jeden Sinn. Wenn Sie genau hinschauen, entdecken Sie ganz schwach die ursprünglichen Konturen: Das Violett in diesem Teil ist verblaßt. Warum? Die Knüpferin hat Magenta verwandt, eine synthetische Farbe der ersten Generation, die man Anilinfarben nennt. Wie sich später herausstellte, waren sie nicht lichtecht. Binnen weniger Jahre sind sie erloschen, weshalb man sie nur bis etwa 1890 benutzte. Der Teppich sieht also nicht mehr aus, wie er ursprünglich gedacht war.«

»Gescheitert«, sagte Nager. »Wahrscheinlich hat der Mann, dem die Frau den Teppich geknüpft hat, sie entlassen, als er merkte, daß ihre Mitgift nichts taugt. Und seine Verwandten haben über ihn gelacht, weil er eine Betrügerin geheiratet hat. – Was soll er kosten?«

Vielleicht übersetzte Yildiz dem Onkel, was Nager gesagt

hatte, wahrscheinlich gab er außerdem eine Einschätzung ab, welchen Preis sie verlangen könnten, jedenfalls redete er deutlich länger als Nager.

»Seht ihr, was für eine Qualität das ist?« fragte Nager.

»Mein Onkel sagt, Sie sollen den Teppich haben, er glaubt, daß er zu Ihnen gehört, deshalb will er nicht mit Ihnen handeln. Er macht Ihnen sein Angebot, ein faires Angebot. Sie können es annehmen oder ablehnen: siebenhundert Dollar.«

»Nehmen Sie Kreditkarten?«

»Sie müssen feilschen«, raunte Mona.

»Sei einfach still.«

»Visa, American Express, Eurocard: Kein Problem.«

»Der hat nicht alle Tassen im Schrank. Jeder – wirklich jeder – weiß, daß du in Istanbul um den Preis feilschen mußt, sonst ziehen sie dich gnadenlos über den Tisch.«

Im ersten Moment dachte ich dasselbe, aber als der Onkel den Teppich zusammenlegte, in mehrere Lagen Papier einschlug, fiel es mir schwer, ihn für einen gerissenen Händler zu halten.

Im Chaos der folgenden Tage und Wochen habe ich den Teppich vergessen, trotz der Komplikationen, die sich seinetwegen am Flughafen ergaben. Erst vor einem knappen Monat fiel er mir wieder ein. Ich fragte Nager, weshalb er den Preis ohne Verhandlung akzeptiert habe. Wir saßen seit Stunden in der dunklen Kneipe nahe der Akademie, er hatte sein zehntes Bier vor sich und sagte nur: »Ich habe dem Händler geglaubt. Der war kein Lügner.«

16.

ES DÄMMERT. Das Taxi schaukelt wie die Autos auf den Feldwegen um Staudt, bevor Vater anfing, sie zu asphaltieren: Damit ist er für ein Jahrzehnt reich geworden. Hühner flüchten vor den Kegeln des Scheinwerfers. Aus den Schlaglöchern spritzt Dreckwasser gegen Hauswände, nachdem es achtundvierzig Stunden geregnet hat. Ein alter Citroën kommt aus der Gegenrichtung, wir fahren rückwärts, bis Platz zum Ausweichen ist. Mein Fahrer hupt einem Esel, zur Warnung, zum Gruß. Grinst wissend, während ich bezahle.

Wem soll ich erklären, daß ich nachts kaum schlafe und am Tag die Helligkeit nicht ertragen kann? Ich will trinken, mich, zu Tode, ich will eine Frau als Erinnerung an den Glauben, zu zweit wäre es auszuhalten.

Mona hat vorgelesen: »Sulukule ist ein verfallener Bezirk in der Nähe von Edirnekapı an der alten Landmauer, wo vom Balkan eingewanderte Zigeuner auf ihre Weise Geld verdienen: mit Musik, Glücksspiel, freizügigem Tanz, vielleicht mehr. Istanbuler Männer träumen von Sulukule, Touristen gehen hin«, dann die Bilder gezeigt: »Hat keiner Lust auf eine heißblütige Rumänin? Die läßt eure geheimsten Wünsche wahr werden.«

Ein Versprechen, das niemand hält. Bruchbuden, Barakken aus Latten, Wellblech. Blaue Stunde für falsche Ge-

fühle. Es riecht nach Asche, nach Müll. Wen interessieren Mädchen, die gegen Zigaretten, Bier ihre Bluse aufknöpfen, denen mit sechzehn die ersten Zähne fehlen? Niemand erwartet, daß es besser wird. Die Kettenhunde verschlafen Tag und Nacht, keiner hat ein Revier zu verteidigen. Das Viertel gleicht den Resten einer Stadt nach dem nächsten Krieg in apokalyptischen Filmen. Unter der geschwärzten Sonne ist die Erde mit nuklearem Fall-out bedeckt. Es regnet nicht mehr. Handgeschriebene Zettel kündigen an: Fighting bear is back, come and see his pride, 10. 11. 1994, 23.00: *heute, keine Ortsangabe. Eine dicke Frau trägt Plastiktüten, aus denen Gemüse quillt, schimpft mit ihrem Kind. Wo sind die Mädchen? Zwei Betrunkene schwanken Arm in Arm aus einem Eingang. Bei der nächsten Laterne stehen junge Männer, tauschen Geldscheine, beachten mich nicht. Ich drehe mich um, niemand ist mir gefolgt, frage:* »Where are the dancing gipsy-girls?« *Vier Paar schwarze Augen taxieren mich. Hinter den Stirnen fällt die Entscheidung, ob ich würdig bin, ihre Schwestern zu kaufen, ob sie mich ausrauben sollen.* »No problem, we show you.« *Der Älteste bedeutet mir mit einem Nicken zu folgen. Ich sehe nicht aus wie einer, den zu überfallen sich lohnt. Sie reden irgendeine Balkansprache. Die Gassen sind schmal, mit bunt flackernden Lampionketten überspannt. Bei diesem Wetter erwartet keiner Umsatz durch Touristen. Wir überqueren einen Platz, auf dem Jugendliche mit knatternden Mopeds sich langweilen. Die Mopeds sind älter als ihre Besitzer, zigfach auseinandergefallen, wieder zusammengebaut worden, vom Vater an den Sohn, den Bruder übergegangen. Ab und zu fährt einer Runden durch den Morast. In der Nähe höre ich ein Akkordeon, eine wahnsinnig gewordene Tuba.* »You must come to the fighting bears tonight!« – »What?« – »German? Or Russian?« – »Deutsch.« –*

»*Unser Bär kämpft mit Hunden, andere Bären auch. Secret game. Dollars. Viele Dollars.*« Ich werde mir den Preis für das Photo, das es nicht gibt, zurückholen. »*Ich zeige dir, wo. Später.*« Wenige Schritte weiter schlägt er gegen eine Tür, ruft den Namen: »*Grigoriyan.*« Ein kahler Alter streckt sein unrasiertes Gesicht heraus, die Zigarette im Mundwinkel, begrüßt ihn mit Handschlag, Küssen. Es folgt ein Wortschwall, der nicht bösartig klingt. »*Come in.*« Der Alte riecht nach Fusel, lacht, greift mich am Arm, zerrt mich ins Innere. Ich möchte ihn wegstoßen, denke an seine Töchter, Enkelinnen. Der Raum ist schmutziggelb, blanke Holztische mit wackligen Stühlen vor einer grobgezimmerten, braunlackierten Theke. Die Fenster wurden mit Decken verhängt. Drei Männer hocken an der Bar, sie haben speckige Hüte mit schmalen Krempen auf, trinken eine Flüssigkeit, die an Bier erinnert. Da, wo Füße, Knie gegen das Brett reiben, sind die früheren Lackschichten freigescheuert. »*Sit down, Mister, sit down.*« Der Lautsprecher des Kofferradios hat Schwierigkeiten mit der Stimme von Barry Manilow. In einem schäbigen Küchenschrank stehen Schnapsflaschen, Gläser, Souvenirs aus Amerika, die einer der ausgewanderten Verwandten geschickt hat. Daneben ein Rosenkranz, Kunstblumen vor der Madonna aus Plastik, sie hält ihr durchbohrtes Herz in Händen. Der Schrank und die Theke werden von einer hageren, erzhäßlichen Frau gehütet, deren Haar eine mit rätselhaften Zeichen bestickte Kappe verhüllt. Ihr rosafarbener Pullover ist geflickt, sitzt zu eng. Ein schlaffes, tiefhängendes Gesäuge zeichnet sich ab. Immerhin hat sie genug Alkohol. »*Chef, erklär ihm, ich will Mädchen, nicht Mama.*« – »*Beautiful girls and original gipsy-music. Fünf Minuten. What's your name?*« – »*Al.*« – »*I am Toppos: ich. Du kaufst Whisky von Seraphina, Al, ganze Flasche, o.k? Wir trinken zusammen. We have a lot of fun.*

Spaß, viel Spaß.« Zwei der Vier, die mich hergebracht haben, schickt der Patron fort. Er wirbelt mit den Händen. *»Whisky, Seraphina, for Grigoriyan, Ziya and me from our new friend Al«*, ruft Toppos. Ich widerspreche nicht. Seraphina öffnet eine Hintertür, verschwindet in einem dunklen Flur, bringt eine volle Flasche Johnny Walker, stellt sie auf den Tisch. *»We are a big family, Brüder, Onkel, Cousins.«* Die Flasche ist voll, aber nicht neu: Der Metallring hängt lose unter der Verschlußkappe. Wer weiß, was sie eingefüllt hat. *»Twenty-five Dollars«*, sagt sie, streckt mir ihre verdorrte Hand entgegen. In meiner linken Hosentasche sind 250 Dollar, in der rechten türkische Lira. Was kosten ihre Mädchen? Besser, wenn die Dollars aus dem Spiel bleiben. Ich halte ihr das rechte Bündel hin: *»How much in Lira?«* Sie verdreht die Augen in unendlichem Schmerz, nimmt unter Wehklagen ein paar Scheine. Das Geld ist mir egal, solange es reicht, um zu trinken, eine Frau zu bezahlen.

Ich bilde mir nicht ein, daß Livia zurückkehrt. Sie wird mit Jan gehen. Wann hat sie das letzte Mal geleuchtet wie in den letzten vier Tagen? Sie kann sich denken, wozu ich hergefahren bin, und hat keinen Versuch unternommen, mich zurückzuhalten.

Toppos öffnet die Flasche, schenkt ein: *»Good American Whisky!«* – *»Scotch.«* – *»Johnny Walker from Chicago.«* – *»Johnny Walker aus Schottland.«* Er winkt ab, lacht, wir stoßen an. Es ist weder das eine noch das andere. Ein Selbstlaborat mit Kehlkopfkrebsgarantie. *»You have cigarettes, Al? Marlboro?«* Ich biete filterlose Camel an. Es klopft. Einer von Toppos' Brüdern bringt vier kreischende junge Frauen in langen Mänteln. Ziya rückt Tische beiseite. Den Frauen gibt Seraphina Plastikbecher. *»Das ist Inça«*, sagt Toppos, *»Ayla, Ficiye, Slava, meine Freundinnen, hot girls, very hot.«* Sie gießen sich selbst ein, noch ehe sie die

Mäntel ausgezogen haben, um die Kälte aus den Knochen zu treiben, prosten mir zu. »Cigarette, I need a cigarette!« *Daß Zigaretten als Zahlungsmittel gelten, stand im Reiseführer, meine Taschen sind voll. Es klopft erneut: ein Geiger, ein Klarinettist, ein Mann mit Banjo.*

Ich schaue in die Gesichter der Frauen, in die Gesichter von Mädchen, die zu oft zu viel trinken und nicht mit Make-up umgehen können. Zwei sind schön, üppig, mit schwerem, blauschimmerndem Haar. In Kürze werden sie aussehen wie Seraphina oder die Dicke auf der Straße. Der Geiger zieht seinen Hut vor mir und setzt ihn nicht wieder auf. »Baksheesh!« – »Don't understand.« – »Tip. Money.« *Er ist zufrieden mit dem, was ich hineinlege, stellt den Hut auf den Tisch, nimmt den Bogen, beginnt zu spielen. Grigoriyan schlägt eine Trommel. Die Mädchen werfen ihre Mäntel über Stühle. Stehen da in gemusterten Strickjacken, Pullovern, die geblümten Röcke mit Rüschen verziert, Schals um die Taille geknotet, reißen die Arme hoch, drehen sich trippelnd im Kreis. Durch die Maschen sieht man ihre Titten aus den billigen Push-ups quellen. Inça ist furchtbar dünn. Der Klarinettist kann sich nicht entscheiden, ob er nach Kiew, Delhi oder Bagdad will. Eine lächerliche Musik. Hochgeschwindigkeitsstilgemisch. Gegen die Anmut, mit der Ayla die Jacke von ihren Schultern gleiten läßt, kann kein Polyacryl-Karo der Welt etwas ausrichten. Sie hat die schwärzesten Augen, wenn es eine Steigerung von schwarz gibt. Die Männer an der Bar klatschen. Tücher wirbeln durch die Luft, zerteilen den Rauch. Das Stampfen von Holzpantoffeln auf Dielen. Die Geige schwirrt durch den Raum, eine einzige Note wie eine fette Fliege, die sich nähert, entfernt, auf der kopflosen Flucht vor sich selbst zusammenbricht. Dann ist es still. Toppos hält die Hand auf:* »You want more?« – »Much more.« – »More baksheesh.« *Er zün-*

det vier von meinen Zigaretten an, gibt sie den Mädchen.
Bis jetzt habe ich noch nicht einmal einen nackten Ellbogen
gesehen. Die Trommel gibt einen neuen Rhythmus vor, aus
dem eine arabische Melodie aufsteigt, den Atem anhält, ein
fernes Ziel in den Blick nimmt, davonrast, sich in östlichen
Steppen verirrt. Slava streift als erste den Pulli ab, ihren
Kopf in den Nacken geworfen, der weiche Bauch zittert im
Takt. Die Männer stoßen kehlige Schreie aus. Ayla schießt
ihre Pantoffeln unter den Tisch, schüttelt das Haar auf.
Inça hat Kastagnetten zwischen den Fingern, spricht mit
der Trommel, hastig, in Sprüngen. Ihre Rede ist kapriziös,
spitz wie die Hüftknochen. Der Geiger geht vor ihr auf die
Knie, will sie besänftigen. Sie scheucht ihn davon,
schnappt, daß er Mühe hat zu entwischen. Inça ist höch-
stens fünfzehn, das Spezialangebot für Kinderficker. Die
Klarinette imitiert einen Vogel, der eine Klarinette nach-
ahmt, es wird Frühling. Aylas Brüste springen in einem
durchsichtigen BH. Harte, knopfgroße Warzen. Sie lächelt
mir zu, mitten in einer rotierenden Bewegung, die, kurz be-
vor etwas aus der Bahn fliegt, anhält. Der Whisky hat mehr
als vierzig Prozent. Mir ist heiß. »Baksheesh, Al, baksheesh.
And beer for the girls, Al, say Seraphina: Beer for the beau-
tyful dancing gipsy-girls.« – »Beer and another bottle of this
horrible whisky.« Die Männer pfeifen, applaudieren. Es geht
immer noch ohne Dollars. »You like our whisky?« brüllt Top-
pos mir ins Ohr. »Man kann Tote damit auferwecken, resur-
rection, you know.« Inças Kinderbeine in geringelten Sok-
ken, ihre Unterhose ist mit Mickey-Mouse-Köpfen bedruckt.
Sie spielen mich schwindlig, sie spielen mein Hirn weich,
wenn ich nicht aufpasse, werden sie mir die Taschen leer-
räumen, mich auf die Straße schmeißen, zum Küchenabfall.
Vorher will ich Ayla. Ich habe genug Geld, sie zu kaufen für
eine ganze Nacht, für zwei. Während sie tanzt, bewegen

sich ihre Arme wie Äste im Wind. Sie ist jung, viel jünger als
ich, sie ist eine Frau. Ihre Brüste kippen nicht weg, als sie
die Träger des BHs von den Schultern zieht, für Sekunden-
bruchteile die Körbchen herunterklappt, sie zeigt mir zwei
Hände voll festes Fleisch, bevor sie den Verschluß öffnet, das
dünne Stück Stoff über ihrem Kopf schwingt wie eine
Schleuder. Sie wirft es mir zu, lachend, statt den Stein her-
ausschnellen zu lassen. Ich reibe die Spitze zwischen den
Fingern, sie riecht schwer, nach Schweiß, falschem Amber,
lege Schein um Schein in den Hut, damit diese unsinnige
Musik nicht endet, damit Aylas Becken weiter kreist, ihr
kräftiger Körper den Raum formt, während ich mir hohe
Dosen Betäubungsmittel verabreiche, und in die nächste
Stille hinein sage ich: »Toppos, mein Freund, I want it all.«
– »Other girls?« – »I want to make love.« – »Welche gefällt
dir?« – »Ayla. How much?« – »Ayla ist gut. Sehr gutes Mäd-
chen.« – »Wieviel?« Er ruft sie, flüstert ihr etwas zu, als ver-
stünde ich ein einziges Wort ihrer Sprache. Ich verstehe
nicht einmal die Gesten. Aylas Blick greift sich meinen,
hüpft mit ihm davon wie ein Schulmädchen, lehnt sich ge-
gen die Wand, schiebt die Hüfte vor, kommt auf mich zu, un-
endlich langsam, sie braucht eine Stunde für die drei Me-
ter, setzt sich mir auf den Schoß, redet, es spielt keine Rolle,
was sie sagt, legt mir ihre Arme um den Hals, drückt mein
Gesicht in ihre Brüste. »Einhundert. Dollar. Liebe kostet
Dollar, Al. No chance with Lira.« Für hundert Dollar kriege
ich eine erstklassige Hure in Hamburg, die alles tut, was
ich will. »Expensive. Very expensive. Gib mir noch einen
Schluck Whisky.« Ayla nimmt mir das Glas aus der Hand,
trinkt zuerst, dann führt sie es mir an die Lippen, vorsich-
tig, um nichts zu verschütten, krault meinen Nacken, redet
und redet, wahrscheinlich sagt sie: »Du mieser versoffener
Hurenbock, was bildest du dir ein, ich wäre ein Schnäpp-

chen, ich bin mehr wert, als du in deinem ganzen beschis-
senen Leben an Geld verdient hast, rück die Kohle raus, da-
mit wir weitermachen können, ich hab' nicht ewig Zeit.«
Aber sie spricht mit einer tiefen, warmen Stimme, es klingt
wie die freundlichsten Worte, die ich seit langem gehört
habe. Sie soll Geschichten erzählen, das reicht, mehr brau-
che ich nicht. »O.k., wo können wir hingehen?« – »You want
a room? Kostet zwanzig.« *– Ich bezahle, versuche zu verber-*
gen, wieviel Geld ich noch habe. – »Buy me champagne«,
sagt Ayla und steht auf. Seraphina verlangt zehn Dollar,
dafür bekomme ich einen Piccolo Kupferberg Gold. Ayla
öffnet die Tür zum Hinterhaus. »Come«, *haucht sie. Es soll*
lasziv klingen. Ich gehe noch einmal an den Tisch, fülle
mein Glas bis zum Rand, folge ihr, starre auf den prallen
Hintern in dem verwaschenen blauen Slip, die etwas zu flei-
schigen Kniekehlen.

Sie bringt mich in ein winziges Zimmer. Von der Decke
hängt eine rote Glühbirne. Ayla stellt den Sekt auf das
Nachtschränkchen, nimmt einen Flakon vom Tisch, ver-
sprüht süßes Parfüm, hat Gänsehaut, bückt sich, um einen
elektrischen Heizofen einzuschalten. Der Ofen dröhnt, das
Licht wird schwächer. Die Splitter eines mit Tesafilmstrei-
fen zusammengehaltenen Wandspiegels brechen das Bild
ihres Rückens entzwei. Dunkler Flaum entlang der Wirbel-
säule. Sie wendet sich von mir ab, dem Stuhl mit Wäsche zu,
zieht den Slip aus, als wäre sie zu Hause und wollte schla-
fen gehen, setzt sich aufs Bett, das ein rostiges Stahlgestell
ist, mit fleckigem Laken, Kissen, Wolldecke. Am Kopfende
sind zwei Zeitschriftenausrisse an die Wand geklebt: Ri-
chard Gere und der junge John Travolta. Sie legt sich hin,
die Schenkel halb geöffnet. Drahtige Härchen wuchern
nach allen Seiten bis zum Nabel. Ihre Öffnungen sind zuge-
wachsen. Hat ihr niemand beigebracht, daß man sich ra-

siert? Wie braun die Haut ist. Ich fahre ihr über den Bauch.
Ein scheues, nacktes Mädchen allein mit einem fremden
Mann aus einem fernen Land. Es hat Angst vor dem Mann.
Ihre Zwillingsschwester, die enthemmte Tänzerin mit den
glühenden Augen, ist vorn bei den anderen geblieben, al-
bert herum, trinkt Bier. Weshalb hat sie aufgehört zu reden?
Ich setze mich neben sie, sage: »Champagne«, nippe an mei-
nem Whisky, sie lächelt, nimmt einen großen Schluck, atmet
durch. »Sieht aus, als hättest du dich noch nicht oft ver-
kauft, jedenfalls nicht komplett, meistens mußt du nur tan-
zen, den Leuten geht rechtzeitig das Geld aus, oder sie sind
so besoffen, daß sie keinen mehr hochkriegen, heute hast
du Pech, aber keine Sorge, das wird nicht oft passieren, ich
kenne niemanden, der soviel Alkohol verträgt wie ich.« –
»You have cigarette?« – »Genau. Vorher noch eine rauchen.«
Wir aschen auf den Boden. Sie liegt da, stiert ins Leere,
wartet auf Anweisungen, Handgriffe. Ich streiche mit dem
Daumen ihre Schamlippen frei, die im roten Licht dunkel-
violett sind, trocken und faltig wie die Hand einer alten
Frau, drücke ihr einen nassen Kuß zwischen die Beine. Ayla
hat die Augen geschlossen, ihre Lider zucken, die Muskeln
sind angespannt. Daß sie nicht wimmert, ist alles. Ich richte
mich auf, betrachte den Körper. Es dauert eine Weile, bis sie
merkt, daß nichts geschieht. »Schon in Ordnung«, sage ich,
»trink einen Schluck«, decke sie zu. Das ist ein schrecklicher
Fehler. Schlimmer als das Schlimmste, was sie befürchtet
hat. Ich habe ihre Ehre verletzt, ihren eben erwachten Nut-
tenstolz. Sie starrt mich an, entgeistert, panisch, die Stimme
schlägt um: »You not like me?« Ein Wasserfall in rumänisch,
bulgarisch, rotwelsch geht auf mich nieder. »Doch, Ayla, ich
mag dich, du bist wunderschön, you are a beautiful girl.«
Sie stößt die Decke fort, kniet sich neben mich, zerrt mir die
Lederjacke vom Leib, knöpft mein Hemd auf, schleudert es

in die Ecke, küßt mir den Hals, fingert am Reißverschluß herum. »Beruhige dich, es ist alles bezahlt, Dollar, no problem.« Sie schüttelt den Kopf, stammelt irgend etwas von Toppos. »I can't understand you, Ayla. I don't know your language.« – »Toppos angry.« – »Toppos interessiert mich nicht.« – »Toppos dangerous.« – »Paß auf, hör mir zu: Es gibt zwei Gründe zu ficken: Der erste ist, weil wir Lust aufeinander haben. Desire. Der zweite: Wir vereinbaren ein Geschäft. Business. Desire führt früher oder später zu Schwierigkeiten. Complications. Das Geschäft läuft folgendermaßen ab: Ich gebe dir Geld, spendiere dir von mir aus eine Flasche Sekt, dafür tust du eine halbe Stunde lang so, als wenn du scharf auf mich wärst. Du machst freiwillig, was ich dir sage, und zwar so, daß ich deinen Beruf, deinen Preis vergesse. Ich bin nämlich gekommen, um mich zu amüsieren, und nicht, um einem armen Mädel bei der Arbeit zuzuschauen. Kapiert?« Ich weiß nicht, ob mein Versuch eines Lächelns geglückt ist, sie beruhigt sich ein wenig, fällt ins Kissen zurück, diesmal mit breit gespreizten Beinen, versucht einen schmachtenden Blick, den sie irgendwelchen Popsternchen abgeschaut hat.

Was soll ich mit ihr anfangen? Ein süßes Mädchen, hübsche Brüste, guter Arsch, aber ich bin müde, und ich brauche Illusionen, in Wirklichkeit ist Sex trostlos. Sie hat nicht damit gerechnet, daß es so weit kommen würde. Jetzt fürchtet sie Toppos, weil ich nicht zufrieden mit ihr sein werde. Ich stehe auf, ziehe meine Schuhe, die Hose aus, lege mich in Unterwäsche und Socken neben sie.

Wenn wir uns verständigen könnten, würde ich vorschlagen, daß wir ein bißchen auf der Matratze herumhüpfen, nach zwei Minuten wird unser Stöhnen lauter, dann stoße ich den finalen Schrei aus, ziehe mich an, gehe.

Wir liegen auf der Seite, jeder seinen Kopf in die Hand ge-

stützt, sehen uns an. Still, verwundert, mit einer seltsamen Neugier. Bis sie den Blick senkt, leise zu reden beginnt. Sie spricht langsam, wieder mit dieser wohltuenden Stimme in weichem, fließendem Slawisch, ab und zu nimmt sie einen Schluck aus ihrem Piccolo, fragt nach einer Zigarette. Ich höre zu, betrachte die Bewegungen ihres Mundes, wie sie den Rauch durch die Nasenlöcher ausatmet, den Luftstrom in den Härchen über der Oberlippe, ich schweife über den schweren, dunkelhäutigen Körper, streiche ihr eine Strähne aus dem Gesicht, denke, wenn es so weitergeht, werden wir doch noch ficken, weil sie, weil wir Lust dazu haben, freiwillig, ich lege ihr meine Hand auf die Hüfte, sie wird es mögen, sie wird sehr laut sein, als es klopft.

Ayla erschrickt, zieht sich mit einem Ruck die Decke über. »It's time for the bear, Al.« Nach meiner Uhr ist es zwanzig vor elf. »No problem, five minutes.« – »I am waiting.« Ayla erhält Anweisungen in einem Ton, der keinen Widerspruch duldet. Sie stimmt allem zu, schluckt den Kloß in ihrem Hals, zittert, als sie mir den Zeigefinger auf die Lippen legt. Ihre Augen flehen mich an. Ich höre Schritte, die sich entfernen, habe das dringende Bedürfnis, ihrem Toppos das Nasenbein ins Hirn zu treiben. Es wäre Selbstmord. Statt dessen tätschele ich ihr die Backe wie ein Onkel: »Everything is o.k., beautiful Ayla« und steige in meine Hose. Sie sieht zu, ausdruckslos. Ich trinke mein Glas leer, schaue noch einmal zurück, bevor ich die Tür öffne. Sie hat sich zur Wand gedreht. Ich drücke die Klinke leise herunter, es gibt nichts zu sagen, trete hinaus, taste mich in Richtung des Streifens Licht am Ende des Flurs vor.

»Are you satisfied with Ayla?« fragt Toppos. – »Great girl.« – Die anderen Mädchen sind verschwunden, ebenso die Musiker. Seraphina sagt einzelne Sätze zu den Männern an der Theke. Meine Whiskyflaschen hat sie abgeräumt. Die

Geschäfte waren erstaunlich gut heute abend. »Let's go.«
Die drei Alten mit den Hüten rutschen von ihren Hockern.
Seraphina bleibt allein zurück.

Die Wege sind aufgeweicht. Hinter einer Mauer meckern
Ziegen. In den Pfützen spiegeln sich erleuchtete Fenster. Ich
weiß nicht, warum ich keine Angst habe. »Der Bärenkampf*
ist alt, tausend Jahre«, sagt Toppos. – »Ich kenne nur tan-
zende Bären. Die gab es früher in Deutschland. Mein Vater
hat davon erzählt.« – »Tanzbären are for children, women
and European tourists.« Die Straße füllt sich, andere Grup-
pen stoßen zu uns. Die Männer begrüßen sich mit Umar-
mungen, singen Schlachtrufe. Aus der Ferne höre ich Ge-
bell. »Was sind das für Hunde?« – »Köter. There are many*
wild dogs in Istanbul. We have a solution for this problem.«
Ein hellerleuchteter Platz öffnet sich. Dieselgeneratoren lie-
fern Strom für Scheinwerfer. In der Mitte haben sie ein blau-
weiß gestreiftes Zelt aufgebaut, aus dessen Innerem wieder
diese rasende Musik dringt. Ein Orchester im Geschwindig-
keitsrausch. Wir schieben uns durchs Gedränge. »Hier ist es*
nicht wie in Pakistan. Wir lieben unsere Bären, they are
very strong.« Es sind ausschließlich Männer gekommen,
nicht nur Zigeuner, auch Russen, Türken. An improvisier-
ten Ständen werden Grillspieße verkauft, honigtriefende
Süßigkeiten. Ich grabe meine Hände in die Hosentaschen.
»Beer?« – »Immer.« *Er zieht mich zu einem seiner unzähli-*
gen Bekannten, der zwanzig Kästen Stella vor sich aufge-
baut hat. Ich zahle beide Flaschen. »Hungry after love? You*
want shish kebap?« – »Auch.« Toppos steht weit oben in der
Zigeunerhierarchie, obwohl er keine Dreißig ist. Alle ken-
nen ihn, viele begegnen ihm unterwürfig. Er reicht mir einen
gefüllten Brotfladen, aus dem Fett und Sauce tropfen. Das
Fleisch ist schärfer als an den Imbißbuden im Stadtzen-
trum. Mir wird davon übel werden. Wenn ich weiter trinke,

ohne zu essen, wird mir erst recht übel. Zwischen Stahlbe-
tonskeletten stapeln sich Bambuskäfige, in denen die
Hunde eingesperrt sind, umringt von debattierenden Män-
nern mit Blöcken und Stiften. »Können wir sie anschauen?«
– »Natürlich.« Wir treten näher. Die Leute bilden eine Gasse
für Toppos. »Du mußt dir die Besten merken.« Es sind
Mischlinge, gescheckt, braun, schwarz, unterschiedlich
groß, einige bellen, andere ziehen den Schwanz ein, winseln
in der Hoffnung, jemanden mitleidig zu stimmen. »Sie ha-
ben keine Chance.« – »Of course not.« – »Werden sie getötet?«
– »Die Bären sind unser Stolz. Das da ist Scheißdreck.« An
den Käfigen baumeln Zettel mit fortlaufenden Nummern.
Dieselben Nummern hat man den Hunden rot ins Fell ge-
malt. »Willst du wetten?« – »Mein Geld ist aus.« – »You can
win.« – »Ich bin pleite.« – »Think about it before it is too late,
Al.«

Fackeln erleuchten das Innere des Zelts. Hinter dem Ein-
gang steht der Tisch, wo die Wetten angenommen werden.
Toppos schreibt Zahlen in eine vorgedruckte Liste, gibt sie
dem Buchmacher zusammen mit einem Bündel Scheinen.
Wenn ich es richtig verstehe, setzen sie auf Hunde, nicht
auf Bären. Links befindet sich die Bühne. Ein Dutzend
Musiker in Smokings spielt so schnell und so laut, daß den
Bläsern die Lungen explodieren müßten. Vor ihnen ist ein
Mikrophon mit Verstärkeranlage aufgestellt, die an Auto-
batterien angeschlossen ist. Der Kampfplatz wird von einem
mit Stacheldraht beschlagenen Bretterzaun umgrenzt. In
der Mitte ragt eine Stahlstange aus dem Sand, an deren
Spitze eine Kette samt Karabinerhaken geschweißt wurde.
Die Tribüne schließt unmittelbar an den Zaun an, steigt
fünf Stufen hinauf bis zur Zeltwand. Die vorderen Ränge
haben sich bereits gefüllt. Ich sehe gut von hinten, ich bin
größer als die meisten. »Es dauert nicht mehr lange«, sagt

Toppos. Die brennenden Fackeln heizen die Luft auf. Es stinkt nach Pech, nassem Stoff. Neben mir wird Russisch gesprochen: sechs Männer mit kaukasischen Zügen, strähnigem Haar, jeder einen Flachmann in der Hand. Sie scheinen nicht meinetwegen hier zu sein, aber wer weiß: Vielleicht sollen sie Informationen sammeln als Entscheidungshilfe für den hohen Rat der Organisation. Angst ist eine Frage des Promillewerts, es gibt genug zu trinken, mir kann nichts geschehen.

Ein Trommelwirbel kündigt den Beginn des Programms an. Begleitet von einem Tusch betritt der Zirkusdirektor die Bühne: ein schmaler Mann im Frack mit scharfkantigem Gesicht unter dem Zylinder. Er erhält lange Beifall, bevor er die Hand hebt wie ein römischer Kaiser. Daraufhin wird es ruhiger, er nimmt das Mikrophon und spricht: zunächst einen gewundenen, nicht enden wollenden Sermon auf türkisch, dann englisch mit starkem Akzent, »... a few words for our friends from foreign countries: We welcome you to this evening with our brave bears. We are very happy that you are with us tonight and hope you enjoy the fights. Thank you.«

»Wir können weiter nach vorne, wenn du willst«, sagt Toppos. »Ich sehe alles.«

Der erste Bär, der hereingeführt wird, heißt Uschak. Er gehört Familie Kabakli. Uschak hat einen eisernen Halsreif mit Kette und einen Nasenring, an den ein Strick geknotet ist. Trotzdem trödelt er, schaut sich um, schwankt zwischen Neugier und Scheu. Als er Anstalten macht, sich auf dem Boden zu wälzen, reißt sein Herr kurz am Strick, schlägt mit dem Knüppel zu. Uschak brüllt. Warum wehrt er sich nicht, warum beißt er ihm nicht den Arm durch, zieht ihm die Krallen durchs Gesicht? »Er ist jung«, sagt Toppos, »ohne Erfahrung.« Schließlich hakt der Zigeuner das Ket-

tenende an den Karabiner und verläßt die Manege. Uschak wirkt verwirrt, läuft ein Stück, schleift den Strick hinter sich her. Die Fackeln, das Johlen, die fremden Gerüche. Er dreht sich um die eigene Achse, bis zwei Männer das Gatter öffnen und drei ausgemergelte Hunde unter Geschrei, Fußtritten hereinscheuchen. Die Hunde sind ebenso durcheinander wie der Bär. Allmählich begreifen sie die Lage, kläffen, verziehen sich langsam, mit größtmöglichem Abstand, an die Bretterwand. Von dem Orchester ist nur eine Trommel übrig, in monotonem Rhythmus erstarrt, als sollten Galeerensklaven angetrieben werden. Uschak mißtraut seinen Augen, richtet sich auf, wittert. Für einen Moment scheint er zu überlegen, ob er tanzen soll, ob es dafür Prügel oder eine Belohnung gibt. Er macht ein paar Schritte auf der Stelle, läßt sich auf die Vorderpfoten fallen, stürzt blitzartig auf die Hunde los. Seine Kette ist so lang, daß er jede Stelle der Manege erreicht. In dem Moment, wo seine Pranke den ersten Hund trifft, dröhnt ein harter Bläserakkord durchs Zelt, verhallt, nur die Schalmei bleibt zurück, ein anschwellender Ton, der zu einer schrillen Melodie zerhackt wird, abbricht. Das Tier mit der Nummer zwei rührt sich nicht mehr. Aus einer klaffenden Halswunde rinnt Blut. Uschak knurrt, dreht sich um, trabt davon, als hätte er im selben Augenblick vergessen, was passiert ist. »No good dogs«, sagt Toppos, »it is training for Uschak. He must learn to fight.« Die beiden anderen Hunde flüchten, sobald der Bär sich in Bewegung setzt. Es nützt nichts. Nach zehn Minuten ist Uschaks Übungseinheit beendet. Sein Herr greift nach dem Strick, zieht am Nasenring, falls Uschak nicht begriffen haben sollte, daß sein Kampf vorbei ist. Der Bär macht einen aufgeregten, aber vollkommen unterwürfigen Eindruck. Zwei Männer schleifen die halbtoten Hunde an den Hinterläufen hinaus. Das Orchester veranstaltet Lärm, daß man

das Stöhnen der Tiere nicht hört. »Was wird aus ihnen?«
Toppos zieht sich eine gerade Linie mit der Handkante über
den Adamsapfel. »Hast du gewonnen?« – »Später.« Ein
Junge mit Bauchladen bietet Raki, Wodka, Bier an. Ich
kaufe ein Fläschchen Wodka, das Toppos mir grinsend aus
der Hand nimmt, kaufe ein zweites. Der nächste und der
übernächste Bär müssen ebenfalls lernen. Sie bekommen
verschreckte Streuner vorgeworfen, die sie in kurzer Zeit un-
ter mäßiger Anteilnahme des Publikums außer Gefecht set-
zen. Ein verwundeter Rüde zuckt so wild, daß der Abdecker
ihm noch in der Manege die Kehle durchschneidet. Dann er-
tönt eine Fanfare. Erneut kommt der Direktor auf die
Bühne, nimmt das Mikrophon. Er spricht mit ausladenden
Gesten, melodramatischer Stimme. Das Publikum grölt.
»Worüber redet er?« – »Er erzählt Märchen. Geschichten von
berühmten Bären. Gipsy-traditions. Uninteressant für dich.
After that the real fights start.« Toppos wirkt jetzt sehr ner-
vös, er hat den Wodka in einem Zug getrunken, trommelt
mit den Fingernägeln auf der Flasche. Starren die Russen
mich an, weil ich sie anstarre, oder umgekehrt? Unterstützt
vom Orchester, heizt der Direktor den Leuten ein. Anhalten-
der Applaus, als er abtritt, gellende Pfiffe, Jubel.

»Mein Cousin Mikhail«, sagt Toppos, »mit Vrobel, dem
Bären von unserer Familie, the best one we ever had.« Vro-
bel ist größer als die drei ersten. Er bewegt sich ohne Scheu.
Die Situation ist ihm vertraut, er kennt seine Aufgabe, steht
da, überragt seinen Herrn, saugt die verschiedenen Ge-
rüche ein, hört das Bellen hinter dem Vorhang. Vor den
Hauptkämpfen werden die Hunde scharfgemacht. Nicht ein-
mal das Feuer irritiert ihn. Geigen, Klarinetten, Posaunen
verstummen, die Batterie Schlagwerk spielt weiter, fällt in
den Galeerenrhythmus zurück, mit Schellen, Becken, Zim-
beln. Vrobel erwartet seine Gegner auf allen vieren. Es sind

fünf, die mit Peitschenhieben in das Rund getrieben werden. Kampfhundmischlinge. Muskulös, aggressiv. Jemandem muß ein Bullterrier entlaufen sein, der sich erfolgreich fortgepflanzt hat. Seine Nachkommen waren lange vor dieser Nacht ein Rudel, haben ein großes Revier in einem der zerfallenden Viertel fern der Touristenstadt erobert, sich vom Müll in den Straßen ernährt. Vielleicht wurden sie, nachdem man sie gefangen hat, mit Attrappen trainiert. Jedenfalls haben sie nicht gehungert. Sie stehen dicht zusammen, das Fell gesträubt, knurren, fletschen die Zähne, dazwischen sich überschlagendes Gebell. »Er wird sie töten, er wird gute Arbeit machen«, sagt Toppos. Vrobel nähert sich. Er hat Respekt, aber keine Furcht, brüllt in die Schläge der Trommeln. Nacheinander schießen die Hunde auf ihn zu, ziehen sich in ihre Formation zurück. Vrobel zögert, schaut aufmerksam, seine Nase vibriert. Vielleicht kann er den Gerüchen der Hunde etwas entnehmen, vielleicht erkennt er, wer die meiste Furcht zeigt, welcher der Schwächste ist. Das Bellen klingt jetzt wie Kreischen. Vrobel ist noch anderthalb Meter entfernt, schlägt ins Leere, plötzlich macht er einen Satz, mich wundert seine Wendigkeit, im selben Augenblick verbeißen sich drei Hunde in seine Flanken, zwei springen zur Seite, rasen im Bogen um ihn herum, fallen ihm in den Rücken. Vrobel richtet sich auf, entledigt sich der ersten drei mit mächtigen Hieben, sie wirbeln meterweit, schlagen hart auf, zwei sind verletzt, an der Schulter, im Nacken, aufgepeitscht vom Geruch des eigenen Bluts greifen sie wieder an, versuchen Schnauze oder Lefzen zu erwischen, vergeblich. Vrobels Pranke trifft den Waghalsigsten mitten im Sprung, für Sekundenbruchteile scheint es, als verharre der Hund schwebend, im Fall erwischt ihn ein zweiter Hieb. »You see, you see!« schreit Toppos. Beim Aufprall bricht Vrobels Biß ihm das Genick, er schleudert den leblosen Körper von sich.

»Welche Kraft! What an animal! Unglaublich!« Der zweite Hund gerät ihm fast versehentlich unter die Klauen, Vrobels Krallen reißen ihm die Bauchhöhle auf, Därme werden herausgequetscht. Das Orchester ist außer Kontrolle, Trommelschläge, aufheulendes Blech. Vrobel hat den dritten Hund mit den Zähnen oberhalb der Hinterhand gepackt, schüttelt ihn wie einen Lappen, während des Flugs dreht sich der Kadaver mehrfach, überschlägt sich beim Aufprall im Sand, rührt sich nicht mehr. Vrobel scheint keinen Schmerz zu spüren, obwohl er aus zahlreichen Wunden blutet, obwohl der stärkste der Hunde sich unter seinem Hals festgebissen hat. Man sieht die angeschwollenen Adern. Vrobels Schnauze kriegt ihn nicht zu fassen. Brust und Vorderläufe des Hundes sind blutüberströmt, er läßt nicht los, er läuft nicht davon, um sein Leben zu retten, die Reflexe der über Generationen herausgezüchteten Kiefermuskulatur sind stärker als Todesangst. Vrobel brüllt, schlägt um sich, dann haben seine Tatzen die richtige Stelle getroffen, eine Blutfontäne spritzt im hohen Bogen in den Sand, die Bewegungen des Hundes werden schwächer, die Kraft erlahmt, er stürzt ab. Vrobel letzter Biß durchtrennt ihm die Kehle. Tosender Beifall, Tanzmusik. Mikhail gibt Vrobel etwas Süßes zur Belohnung. Ich habe genug für heute nacht, will auf die Uhr schauen, die Uhr befindet sich nicht mehr an meinem Handgelenk, sie war nicht kostbar. »You like it?« – »Yes. But I have to go now. My friends are waiting.« – »Es kommen noch fünf Bären.« – »Gibt es irgendwo Taxis?« – »Ich bringe dich hin.« Als wir das Zelt verlassen, warten seine Brüder bereits, um mich zu verabschieden. Ich bezweifle, daß es ein Abschied in Freundschaft wird. »Do you think I was a good guide through gipsy-town, Al?« – »Ein sehr guter Guide, phantastisch.« – »So, what is about my pay?« – »Wieviel?« Ich kenne das Geräusch eines aufsprin-

genden Messers, ich habe selbst eins in der Jacke, dort wird es bleiben. Die Vier stehen so nah vor, neben, hinter mir, daß ich ihren Atem spüre. »The dollars in your left Hosentasche.« – »Fünfzig?« – »You said that I was the best guide you could get.« *Die Klinge blitzt unmittelbar vor meinem Kinn auf, sie ist lang, schmal, beidseitig geschliffen, in meinem Rücken erneut dieser Schnapplaut, dann synchron rechts und links.* »We have no time for discussions, Al, the next fight starts in a minute.« – *»Natürlich. Kein Problem, du hast es dir verdient.« Ich händige ihm das Bündel aus, auch wenn ich nicht glaube, daß sie mich töten würden. Sie mögen keine Polizei in ihrem Viertel, die Polizei würde mit Sicherheit hier auftauchen, die anderen wissen, daß ich nach Sulukule gefahren bin.* »Walk this way, always straight ahead, then you reach Beyazit. It was a nice evening with you, Al.«*

Ich habe Mühe, mir eine Zigarette anzuzünden, es gelingt im vierten Anlauf, der Rauch, die frische Luft verursachen Klarheit und Taumel, ich gehe den Weg zurück zum Haus von Seraphina und Grigoriyan, allmählich läßt das Herzrasen nach, trocknet der Schweiß auf der Stirn, ich schwanke nicht mehr, denke im Vorübergehen an Ayla, die hinter der Bretterwand in ihrem heruntergekommenen Kämmerchen schläft, tief und traumlos, mich ebenso schnell vergessen wird wie ich sie, ihre violette Möse zwischen den drahtigen, schwarzen Haaren, ich hätte bei ihr bleiben, sie ficken sollen, warum habe ich Toppos nicht gesagt, daß ich Ayla den Bären vorziehe? Versuche mich zu erinnern, wo der Taxifahrer mich abgesetzt hat, vor wie vielen Stunden? Die Laternen sind ausgeschaltet. Darmschlingen im Sand, die Fontäne von Blut. Zwischen den Wolken scheint der Mond auf, ich zucke zusammen, als eine Gruppe schwarzer Menschenschatten meinen Weg kreuzt, bin bereit, die Taschen umzustülpen, ohne Gegenwehr meine letzten Zigaretten auszuhändigen. Sie sind nicht an mir interessiert. Die Schreie der Bären, das Fiepen der tödlich getroffenen Hunde. Ich weiß, daß ich in Kürze auf eine breite, erleuchtete, vielbefahrene Straße treffe, die in die Altstadt führt, vielleicht sieben, vielleicht zehn Kilometer, zwei Stunden zu Fuß, nicht angenehm, kein Grund zur Verzweiflung, mir ist warm, meine Beine gehorchen, das beruhigende Gefühl, nicht mehr ausgeraubt werden zu können, im Zimmer ein gefüllter Kühlschrank.

17.

NACHDEM ALBIN entgegen seiner ursprünglichen Absicht einen Opal gekauft hatte, verließ er den Basar und fragte sich zum Russenmarkt durch. Der Weg war nicht weit. Er erkundigte sich nach Jewgeni Petrowitsch und Parfjon, deren Namen der Edelsteinhändler ihm genannt hatte. Einen von beiden scheint er angetroffen zu haben. Außerdem sprach er mit einem gewissen Nicola, der Miller geschäftlich verbunden gewesen sei und behauptet habe, gegen eine Aufwandsentschädigung Einzelheiten liefern zu können. Diese Einzelheiten dürften ihn kaum vor dem Untertauchen erreicht haben, es sei denn, er hätte sich am Samstag mit Nicola in Düşünülen Yer getroffen.

Bis zum Schluß blieben große Teile seiner Geschichte lückenhaft. Alle Versuche, die Lücken zu schließen, sind früher oder später an Grenzen gestoßen. Nager hat ihm trotzdem geglaubt. Als ich wissen wollte, ob Albin ihm Dinge anvertraut habe, die über das hinausreichten, was wir in Erfahrung gebracht hätten, reagierte er abweisend, doch das muß nichts heißen. Manchmal stören ihn Fragen oder Themen, ohne daß jemand begreift, warum.

Am Nachmittag saß er mit Mona und mir in der *Orient Lounge* und trank Kaffee. Nager hatte beschlossen, daß es ein Abend ohne Alkohol werden sollte. Er sann seinem Teppichkauf nach, äußerte Bruchstücke von Überlegungen, daß man neu über Ornamente nachdenken müsse: Was bedeute die Aneinanderreihung von Formen und Farben ohne Zentrum, rein additiv? Wahrscheinlich gehe es doch um mehr als Dekoration, Prunk, Volksverdummung. Er vermute das Prinzip der Entropie dahinter, die gleichmäßige Verteilung von Temperatur und Energie im Raum, keine Differenzen, keine Dynamik. Das Ende jedweder Bewegung. Darauf laufe es hinaus. Nach uns – in Jahrmillionen.

Um sechs kam Scherf, ohne Hagen. Er rief schon in der Tür, daß er seine Ikonen gefunden habe. Wahnsinnig billig! Nur zweihundert Mark einschließlich Stempel und Zertifikat von einem russischen Kloster. Das erweitere seine Bilderstreit-Installation enorm. Niemand wollte sich das jetzt anhören, doch Scherf war nicht zu bremsen: Ihm stünden Originale statt Reproduktionen für seine Kopien zur Verfügung! Diese Originale seien unter der Vorgabe, größtmögliche Ähnlichkeit mit den Ursprungsbildern zu erreichen und jede individuelle Handschrift auszulöschen, gemalt worden. Dadurch würden sich die Fragen von Wirklichkeit, Bild, individuellem und kollektivem Ausdruck in viel komplexerer Weise stellen. Das Verrückteste sei, daß er nicht einfach eine Pantokrator-Ikone gefunden habe, sondern ein sogenanntes *Mandylion*. Bei einem *Mandylion* handele es sich um ein nicht durch Menschenhand, sondern durch – in Anführungszeichen – wundersame Direktübertragung entstandenes Bild, wie zum Beispiel *das Schweißtuch der Veronika*. Sein Exemplar gehe auf ein Handtuch zurück, das von Christus persönlich benutzt worden sei, wobei sich das Antlitz dem Stoff eingeprägt habe. Durch die russische Herkunft der beiden Ikonen werde die ganze Installation zudem um einen zeitgeschichtlichen Bezug erweitert: Unter der Sowjetherrschaft sei mindestens so viel orthodoxe Kunst zerstört worden wie unter Leon dem Dritten. Das zeige, welche Macht Regierende Bildern bis heute beimäßen und daß Ikonoklasmus keineswegs der Vergangenheit angehöre.

Mona gähnte. Nager hatte die Augen geschlossen, kratzte sich unter den Achseln.

»Zeig mal«, sagte er.

Scherf zog zwei flache, etwa zwanzig mal fünfzehn Zentimeter große Päckchen aus einer Plastiktüte, beide in Luftpolsterfolie gewickelt.

»In Deutschland kosten die Dinger das Drei- bis Vierfache.«

Sowohl der Goldgrund als auch die Malerei wiesen starkes Krakelee auf, entweder in Folge handwerklicher Fehler, oder es war künstlich hergestellt worden, um dem ahnungslosen Käufer hohes Alter vorzutäuschen. Auf der Rückseite hatte man das Holz dunkel gebeizt.

»Richtig schön schlecht«, befand Nager, und Mona sagte: »Meine Oma hat so was über ihrem Hausaltar hängen, im Mai und Oktober steckt sie Kerzen davor an.«

Es wurde ein ruhiger Abend. Das Restaurant, das Mona ausgewählt hatte, war angenehm. Weder fing Jan mit Scherf Streit an noch Albin mit Livia. Keiner betrank sich, niemand bekam einen hysterischen Anfall.

Donnerstags nach dem Frühstück gingen wir ins Museum für altorientalische Kunst. Danach verabschiedete sich Albin. Livia schlenderte mit Jan, Mona, Nager und mir durch die Stadt. Wir besichtigten kleinere Moscheen und landeten gegen Viertel nach vier erschöpft und durstig in der *Orient Lounge*. Das Gespräch dümpelte vor sich hin. Nager meinte sich an babylonische Kachelfriese in Berlin zu erinnern und stieß auf Nebukadnezar an. Jan fragte Livia, ob Albin immer so viel getrunken habe. Livia nickte. Er legte ihr den

Arm um die Schulter. Sie lehnte ihren Kopf für einen Moment an seinen Hals. Mona schaute demonstrativ an ihnen vorbei und schimpfte aufs Wetter.

Albin sah uns zunächst nicht, setzte sich an die Theke, bestellte ebenfalls Bier, dazu Wodka. Er faltete einen Stadtplan auseinander und blätterte nervös im Index. Offensichtlich suchte er einen bestimmten Ort. Seine Lippen bewegten sich, mit der Linken hackte er Luft in Stücke. Jan, Mona und ich beobachteten ihn. Livia bemerkte unsere spöttischen Mundwinkel, stand auf, ging zu Albin hinüber und gab ihm einen Kuß. Er begann sofort, auf sie einzureden. Immer wieder fuhr er sich durchs Haar, wie einer, der nicht mehr wußte, nach welchem Gesetz die Fäden seines Lebens miteinander verknüpft waren. Als sie ihn bat, mit an unseren Tisch zu kommen, forderte er sie auf, vorher mit ihm in die hintere Ecke der Lounge zu gehen, wo sie ungestört seien – nur ein paar Minuten –, er habe etwas, eine Überraschung, die wolle er ihr nicht unter den Blicken ihrer neuen Freunde geben. Livia fürchtete sich. Während sie hinter ihm herlief, rechnete sie mit Haß, Geschrei, sogar mit Schlägen. Albin ließ sich in die Polster fallen, sie hielt Abstand und nahm den Sessel schräg gegenüber. Er holte tief Luft: Ihm sei klar, daß sie ihre Chance verspielt hätten. Genaugenommen habe er die Chance verspielt. Das müsse sie jetzt weder bestätigen noch bestreiten. Er verstehe ihre Entscheidung. Er wolle nicht auch ihr Leben ruinieren. Ihn wundere, daß sie bis jetzt geblieben sei. Über fünf Jahre, länger als alle.

Livia sagt, sie habe mehrfach versucht, ihm zu widersprechen, sei sich aber der Halbherzigkeit ihrer Versuche bewußt gewesen. Während er eine lange Rede über das Ende ihrer gemeinsamen Geschichte gehalten habe, die sehr pathetisch, zum Teil voller Selbstmitleid gewesen sei, habe sie sich Jans klare Züge, seine Entschiedenheit vorgestellt und gewußt, daß Albin recht hatte. Sie sei aber nicht in der Lage gewesen, ihm das zu sagen. Schließlich habe er zitternd und schwitzend in der Innentasche seiner Jacke gewühlt und ein kleines blaues Plastikkästchen zu Tage gefördert.

»Der Edelsteinhändler hat behauptet, daß es genau der richtige Stein für dich ist«, sagte er, »ich habe das für Geschwätz gehalten, aber als er ihn mir gezeigt hat, mußte ich ihn kaufen.«

Durch einen leichten Daumendruck sprang das Kästchen auf. Albin beugte sich vor und reichte es Livia. Infolge des Zitterns verschwammen die scharfen Kanten des Opals, sein leuchtendes Orange flackerte wie eine defekte Diode. Livia dachte nur: *Das kann nicht wahr sein, das kann nicht wahr sein.* In den fünf Jahren, die sie zusammengewesen waren, hatte Albin ihr nie Schmuck geschenkt, sich im Gegenteil über die Einfallslosigkeit von Männern aufgeregt, die ihren Frauen zu Weihnachten oder nach Seitensprüngen Klunker mitbrachten, und über die Dämlichkeit der Frauen, die sich darüber freuten.

Auf einen Wutanfall hätte sie reagieren können. Der Stein traf sie an einer ungeschützten Stelle.

Albin lächelte scheu wie bei ihrer ersten Begegnung: Zufällig oder mit Absicht hatte sie sich im Gedränge einer Photographenparty neben ihn gesetzt, ohne zu wissen, worüber sie reden sollten, und ihm eine Zigarette angeboten. Zum letzten Mal sah Livia jetzt den Mann, in den sie sich damals auf der Stelle verliebt und den sie zwanzig Minuten später mit nach Hause genommen hatte, dann schoben sich seine gelb verfärbten Augen in den Vordergrund, die roten Flecken auf der Nase. Livia fürchtete, daß Albin ihr Gesicht lesen konnte und die Bilder der Vergangenheit dort ebenso gespiegelt fand wie den gegenwärtigen Schrecken und ihren Abschied in Zukunft. Um so weniger begriff sie, was er bezweckte. Er hatte sich nie entschuldigt, geschweige denn versucht, sie zu bestechen, auch nicht, als sie noch kein Geld verdiente und er einer der bestbezahlten Steinbildhauer Europas war. Gegen ihren spontanen Impuls, es zurückzuweisen, schlossen sich ihre Finger um das Kästchen, hielt sie es in der Hand, nahm den Stein heraus, drehte ihn gegen das Licht.

»Gefällt er dir?«

»Ja.«

»Ein Geschenk.«

Livia suchte nach einer passenden Antwort.

Einmal, in ihrem ersten Jahr, war er zum Wochenende von einem Auftrag aus Bamberg gekommen und hatte ihr eine langstielige Blume mit orangefarbenen Blütenblättern, die einem Kranich ähnelte, mitgebracht und gesagt: »Das ist die einzige Sorte, die zu dir paßt.« –

»Warum trinkst du?«

Ihre Frage erreichte ihn mit Verzögerung. Sehr langsam verwandelte sich der Ausdruck von Abwesenheit in Verachtung. Livia wußte nicht, ob sie ihr oder ihm selbst galt.

»Dafür braucht man keinen Grund. Man bräuchte einen, nicht zu trinken.«

Albin stand auf, stolperte einen Schritt: »Wir können zu den anderen gehen. Beziehungsweise du. Ich lasse mir ein Taxi rufen und fahre ins Zigeunerviertel.«

Im Vorbeigehen winkte er und wünschte uns einen vergnüglichen Abend.

Nach einer Weile sagte Jan: »Ich schaue, was mit ihr ist.«

Es sah aus, als ob sie weinte. Beim Näherkommen entdeckte er, daß der Schliff ihres Wasserglases das Licht eines Strahlers ablenkte und als schimmernden Punkt auf ihre Wange warf.

»Was ist das?«

»Hat er mir geschenkt.«

Jan hockte sich auf die Sessellehne und strich ihr übers Haar. Weder schob sie seine Hand weg, noch zog sie den Kopf zur Seite.

»Er hat gesagt, daß er mein Leben nicht zerstören will, daß er Verständnis hat, wenn ich ihn verlasse, dann hat er dieses Kästchen aus der Jacke geholt, ich wollte es nicht annehmen, aber plötzlich hatte ich es in der Hand, ich habe nicht einmal *Danke* gesagt, er ist jetzt auf dem Weg in dieses Zigeunerviertel, das ziemlich gefährlich sein soll, wenn er etwas beschlossen hat, halten ihn keine zehn Pferde auf, wahrscheinlich wird er sich eine Frau kaufen, und weißt du was: Es interessiert mich nicht, ich mache mir nicht einmal mehr Sorgen, von mir aus kann er zehn Zigeunerinnen ficken, es ist mir egal. Schrecklich, wie wenig am Ende übrigbleibt. Hältst du mich für kalt?«

»Nein.«

»Sag es ehrlich, ich bin so oft belogen worden, ich kann keine Lügen mehr hören...«

»Ich hole dir was zu trinken.«

Jan ging an die Theke und bestellte einen doppelten Cognac.

»Scheint ernst zu sein«, sagte Mona und biß sich in die Lippe. Nager winkte der Kellnerin, um eine Runde auszugeben. Als sie das frische Bier brachte, fragte er nach einem Stift und schrieb etwas in sein Notizbuch. Monas Blick folgte ihr: »Im Schnitt haben die Frauen hier dickere Hintern.«

»Griffig«, sagte Nager.

Bevor wir zum Essen aufbrachen, nahm Jan mich zur Seite: »Ich brauche unser Zimmer heute allein. Zumindest für ein paar Stunden.«

»Warum sagt ihr es ihm nicht?«

»Das muß Livia wissen.«

Es hatte aufgehört zu regnen. Wir entschieden uns für ein heruntergekommenes Lokal, in dem ausschließlich Türken saßen. Vor dem Eingang stand ein Karren voller Fische. Der Wirt brachte für jeden einen Raki, stellte zwei weitere Flaschen auf den Tisch, dazu Brot. Im Fernseher lief ein Fußballspiel. Es stand eins zu null, der Reporter klang aufgeregt. Daß niemand etwas aß, hätte uns mißtrauisch stimmen können, aber weder der Fisch noch die Gerichte in der Vitrine unterschieden sich von denen in anderen Läden. Das Neonlicht, die schäbige Einrichtung gaben uns die Gewißheit, nicht in einer Touristenfalle gelandet zu sein. Nager setzte sich zwischen Mona und Corinna. Er lallte leicht, aber das ist bei ihm kein Indiz für den Grad der Trunkenheit: Seine Artikulation wird ab dem zweiten Bier unsauber, verändert sich dann bis zum zwanzigsten kaum noch.

»Ich will Fisch essen«, sagte er, »frischen Mittelmeerfisch. Komm, Mona, wir essen Fisch, der sah gut aus.«

»Ich möchte keinen Fisch.«

»Gegrillte Makrele mit Oliven. Makrele ist kräftig, kein flauer Kram wie Seelachsfilet, Rotbarsch, diese Fischstäbchenfische. Und guck nicht so böse, trink Raki. Mir zuliebe. Schmeckt lecker. Wenn man dasselbe ißt und trinkt, entsteht automatisch eine persönlichere Verbindung.«

»Muß nicht sein.«

»Mona, mein Schatz, du magst mich nicht!«

»Sie sind nett, Professor, aber ich bin nicht Ihr Schatz.«

Nager löste seine Krawatte, drückte die Zigarette in den Aschenbecher, zündete eine neue an. Jan und Livia hatten sich ans Ende des Tisches gesetzt und flüsterten. Niemand wagte sie zu stören. Adel unterhielt Sabine. Corinna versuchte sich an ihrem Gespräch zu beteiligen, um nicht in

Nagers Hände zu fallen. Swantje erläuterte Scherf, der Hagen selbstverständlich mit einbezog, den Hintergrund ihrer Fesselungsobjekte. Fritz zeichnete auf seinem Taschenblock einen Basar-Comic. Die Vorspeisen waren nicht so miserabel, daß man sich hätte beschweren müssen. Als die Mannschaft mit den roten Trikots zwei zu eins in Führung ging, seufzten die Türken auf. Nager vergaß, daß er nicht mit Mona allein war.

»Früher habe ich auch an Ideale geglaubt«, sagte er, »Romantik, ewige Treue, alles Quatsch, glaub mir. Du bist jung, wie alt bist du?«

»Das fragt man eine Dame nicht.«

»Spielt auch keine Rolle. In deinem Alter, bis fünfundzwanzig, bin ich naiv gewesen, behauptet meine Mutter. Wenn man die richtige Frau zum falschen Zeitpunkt trifft, nützt es nämlich gar nichts. Große Gefühle: bloßes Geschwätz. *Wir sind füreinander bestimmt*: Unfug. Wenn es vorbei ist, ruinierst du dich trotzdem. Das Hirn konstruiert eine theatralische Geschichte, damit deine belanglose Biographie Bedeutung kriegt, ein Zentrum, um das sie sich dreht, ein schwarzes Loch, in dem sie verschwindet. Du sagst dir: Scheitern ist heldenhaft! Alles verlieren? Schon passiert! Es gibt keine Sieger, niemand kommt mit dem Leben davon. *Drama, Liebe, Wahnsinn – Väter der Klamotte.* Aber es bringt sich niemand zum Spaß um, nicht mal auf Raten. – Die Frau war der Hammer. Die Fotze. Sie ist bei ihrem Arschloch geblieben, einem reichen alten Arschloch. Cabrio fahren statt Straßenbahn. Wollen wir alle. Villa, Yacht. *Diamonds are a girl's best friends.* Mit mir hat sie rumgebumst und den Anwalt geheiratet. Im *Steigenberger* an der *Kö*, zweihundertfünfzig Gäste, einschließlich meiner Person. Ich war so besoffen, das glaubst du nicht, ich hab' im Foyer mit Flaschen nach Blumenvasen geschmissen, altes Meißner Porzellan, Treffer, Schiff versenkt. Die Ausnüchterungszelle, wo ich aufgewacht bin, lag in einem Revier am entgegengesetzten Ende der Stadt. Den Schaden hat der frischgebackene Herr Gemahl beglichen, sie durfte von seinem Geld meine besten Arbeiten kaufen, ab und zu hat sie mich zwischen ihre Beine gelassen, auf dem Atelierboden, im Park, völlig ausgehungert, die Arme, ich schätze, inzwischen nimmt sie den Schaltknüppel von ihrem Porsche, selbst schuld, einen Golf bekäm' sie von mir heute auch...«

Der Jubel über den Ausgleich unterbrach Nager. Er schaute verwirrt, bis ihm einfiel, weshalb wir anderen hier saßen.

»Hört gut zu, es gibt was zu lernen, das ist der Stand der Dinge in Sachen Liebe.«

Bevor er fortfahren konnte, brachte ein verpickeltes Mädchen die Hauptgerichte. Nager fächelte sich den aufsteigenden Geruch in die Nase und schwärmte vom Duft des Meeres, schenkte Raki nach, aß, trank, versuchte immer unverblümter »Mona, Süße, Mona, Schöne« davon zu überzeugen, mit ihm ins Bett zu gehen.

Als er seine Makrele zu drei Vierteln gegessen hatte, veränderte sich sein Gesichtsausdruck.

»Der Fisch schmeckt komisch«, sagte er und schob den Teller weg.

»Hat noch jemand Fisch? Olaf, wie ist deiner?«

»Nicht besonders.«

»Der ist faul! Die wollen uns faulen Fisch andrehen!«

»Meiner ist in Ordnung. Halt nicht besonders.«

»Das laß' ich mir nicht bieten. Gibt es in dieser Saustadt keinen Laden, wo man nicht beschissen wird? Ich bezahl' das nicht. Wer ist der Obertürke hier? Ich will den Obertürken sprechen, Chef! Dalli!«

Nager war rot angelaufen und schnaubte wie ein See-Elefant. Mona legte ihm zur Beruhigung die Hand auf den Arm, er stieß sie fort. Als der Wirt an unseren Tisch trat, vergaßen die anderen Gäste für einen Moment ihr Fußballspiel. Samtweich fragte er, ob es ein Problem gebe, ob er helfen könne.

»Der Fisch schmeckt zum Kotzen. Nicht eßbar. So was hat mir noch keiner vorgesetzt. Wenn ich morgen Lebensmittelvergiftung habe, hetze ich dir die Polizei auf den Hals. Ich bin Professor aus Deutschland! Die machen dir den Laden zu, da kannst du dich drauf verlassen. Und mein bloß nicht, daß ich den Fraß bezahle!«

»Hören Sie doch erst mal, was er vorschlägt«, sagte Mona.

»Ist mir egal: Ich zahl' den Scheißfisch nicht!«

Sie war leichenblaß. Alle hatten Angst, daß Nager aufspringen, um sich schlagen, Möbel zertrümmern würde. Auf ein Wort des Wirts hin stünden die Männer von den Nachbartischen mit Messern um uns herum. Es würde schwierig werden, heil hier herauszukommen. Doch Nager blieb sitzen, und der Wirt wollte keinen Ärger: Natürlich brauche er den Fisch nicht zu bezahlen, ob er als Ersatz etwas anderes bringen dürfe, selbstverständlich auf Kosten des Hauses, vielleicht ein Dessert, Mocca?

Nager feuerte sein Besteck auf den Boden.

Die Flasche Raki übernehme er natürlich auch, als kleines Zeichen der Entschuldigung, wenn wir das akzeptieren würden.

Nager leerte sein Glas auf ex und goß nach.

»Das ist korrekt. So gehört sich das. Immerhin. Der Fisch stinkt, der liegt schon seit zwei Wochen. Aber er hat sich entschuldigt. Gut. Von mir aus keine Polizei.«

Dann lachte er und forderte den Wirt auf, sich zu setzen.

Fünf Minuten später klopfte er ihm auf die Schulter, übergab ihn an Corinna und wandte sich wieder Mona zu. Als wir aufbrachen, konnte er nur mühsam gerade gehen und hakte sich bei ihr ein: »Hinter den Wolken ist der Mond, Mona, vergiß die Wolken, wir gehen im Mondschein spazieren, nur daß man es gerade nicht sieht. Darauf kommt es nicht an. Nicht das Sichtbare ist entscheidend, sondern das Bewußtsein, daß etwas existiert. Bestimmt ist er heute voll. Wie gefällt dir das? – Du und ich auf der Grenze von Asien und Europa, auf welthistorischem Boden, wer weiß, was hier alles passiert ist, Tausendundeine Nacht, ich stelle mir vor, die Pflastersteine könnten reden. Kaiser, Sultane, Wesire, Metropoliten, Nutten, da hat man als Stein keine schlechte Perspektive. Wenn man allein an die Millionen von Schuhen denkt, seit der Bronze- oder Eisenzeit, keine Ahnung: hoch, flach, breit, spitz, Leder, Seide, Brokat, Holz, Gummi: Wahnsinn. – Hast du dir den Weg zum Hotel gemerkt? Sonst nehmen wir ein Taxi. Die anderen können laufen. Wir trinken noch Whisky bei mir, ich habe eine Flasche *The Balvenie, single malt*, der beste, den es gibt, eine Farbe, goldbraun wie deine Haut, und sanft… unvergleichlich sanft. Kennst du dich mit Whisky aus? Macht nichts, bring' ich dir bei. Du bist die einzige, der ich einen Schluck davon abgebe, die anderen Schwachköpfe, denen ich da jetzt Kunstunterricht geben soll, können saufen, was sie wollen, *Jim Beam* von mir aus.«

Mona schob in Abständen seine Hand von ihren Brüsten. Wenn er stehenblieb, um sie zu umarmen, zog sie ihn weiter, wie einen schlecht erzogenen Hund. Er jammerte, versuchte, sich an ein Gedicht zu erinnern: »*Und meine Seele spannte / ihre Flügel weit aus…* So ähnlich.«

In der Ferne wurde geschossen. Jan und Livia setzten sich ab. Als wir das Hotel erreichten, waren sie nirgends zu sehen. Nager sackte in einen Sessel, schloß die Augen und schnarchte. Wir ließen ihn sitzen, das Hotelpersonal würde sich um ihn kümmern.

Mona und ich beschlossen, noch einen Drink in der *Orient Lounge* zu nehmen. Mir blieb ohnehin nichts anderes übrig. Ich hatte Jan das Zimmer versprochen und ihn gebeten, in die Bar zu kommen, wenn sie fertig wären, behielt das aber für mich.

Livia sagt, Jan und sie hätten in dieser Nacht nicht zusammen geschlafen. Es sei ihnen von Anfang an klar gewesen, daß sie keine Affäre haben würden, keine von diesen Kurzlieben, die einem auf Reisen unterlaufen. Hauptsächlich hätten sie geredet. Über Stunden. Sie lagen nebeneinander auf dem Bett und haben erzählt, Livia mehr, Jan weniger. Um kurz vor halb drei kam er in die Lounge. Er sagte »Hallo«. Daß Mona neben mir saß, war ihm unangenehm. Sie fragte nicht, wo er gewesen war. Wir tranken noch einen Wodka.

Gegen vier wurde Livia vom Öffnen der Zimmertür geweckt, obwohl Albin versuchte, so leise wie möglich einzutreten. Er hatte rotglühende Wangen und den Blick eines Irren. Immerhin bewegte er sich, ohne zu torkeln, redete aber wirres Zeug, wobei Livia einräumt, mitten aus einem Traum gerissen worden zu sein. Sie habe einige Minuten gebraucht, um wach zu werden, sei dann nicht in der Lage gewesen, Albins Geschichten in wahre, mögliche und erfundene einzuteilen. Unter anderem habe er von Kampfbären erzählt und behauptet, er wisse jetzt, daß diese ganzen Döner und Kebabs und Kuftas aus Hundefleisch gemacht würden, wie in Ostasien, das sei kein Wunder, schließlich kämen die Türken dort her, Hundefresser wie die Chinesen, und die Zigeuner stammten aus Indien, weshalb ihre Frauen am ganzen Körper behaart seien und weicher als

Europäerinnen. Aber schüchtern, lächerlich schüchtern, deshalb habe er sie verschont, aus Mitleid, er sei gar nicht das Monster, als das sie ihn hinstelle, sie habe ihn doch genauso oft verraten wie er sie betrogen.

Irgendwann wurde es Livia zuviel, sie konnte die Augen kaum aufhalten und sagte ihm, er solle still sein, bitte, sich hinlegen und versuchen zu schlafen, sie sei todmüde, nicht mehr aufnahmefähig, der Tag sei bis oben vollgestopft gewesen, morgen höre sie ihm zu, so lange er wolle, ganz gleich, worüber er rede, aber jetzt nicht mehr.

Albin schimpfte nicht, verließ auch nicht das Zimmer, um weiterzutrinken. Er nickte, sagte: »Vergiß, was ich dir erzählt habe, Ausgeburten meiner kranken Phantasie«, streifte die Schuhe ab, legte seine Kleider über den Stuhl. Dann fiel er aufs Bett, drehte sich zur Seite, von ihr abgewandt, und rollte sich zusammen wie ein verlassenes Jungtier.

18.

ROTE FAHNEN mit Sichelmond und Stern über den Laden-eingängen.

Die Namen, die er genannt hat, lauteten Parfjon und Jewgeni Pawlowitsch.

Enge. Geschrei in siebenundzwanzig Sprachen. Körper-ausdünstungen. Eine Busladung Japaner versucht dem ge-öffneten Regenschirm ihrer Führerin zu folgen und verstopft den Gang. Überall schimmert, glitzert, blinkt es. Container-weise Ramsch für zwölf Monate Weihnachtszeit. Livia ist keine Frau, der man Schmuck schenkt. Selbst die Gewölbe sind mit grellen Blumenmustern ausgemalt. »Nein, no car-pet. Faß mich nicht an!« Ich muß hier raus, bevor ich je-mandem den Ellbogen ins Gesicht ramme, Schaufenster ein-werfe.

EXIT.

Abgasverseuchte Luft, grau, wie mit einem Zerstäuber befeuchtet. Das Rattern der Tram. Unzählige Gründe zu hupen.

Er heißt Petrowitsch, nicht Pawlowitsch.

Zwei Namen, auf die Tausende von Russen hören. Dafür habe ich einen Opal aus Mexiko bei einem pensionierten Zahnarzt gekauft, dessen Praxis angeblich in Bielefeld war, wo Livia studiert hat, wo wir uns zum ersten Mal begegnet sind. Dummheit. Zufall. Er ist auf westliche Esoterikerinnen spezialisiert, redet über Tierkreiszeichen, geheime Kräfte. Trotzdem hat er recht: Es ist ihr Stein. Ich werde ihn ihr übergeben. Zum Abschied. Aus Grausamkeit. Er soll sie so sehr aus der Fassung bringen, daß sie heult. Ehe sie mich vergißt. Zweihundertzehn Dollar, ohne jede Garantie für seine Echtheit, ohne Beweise, daß die beiden Russen nicht erfunden sind. Der Doktor fürchtete sich vor ihnen. Oder er hat es überzeugend gespielt. Ich nehme an, sie kontrollieren den Schwarzhandel über die Karawanenrouten aus dem Fernen Osten. Da orientiert sich keiner mehr an den Bewegungen der Gestirne. In den russischen Provinzen werden Bodenschätze von Gangstern abgebaut, Kriminelle betreiben Edelsteinminen, die Gouverneure verdienen mit. Diamanten, Gold, Uran, Mädchen verschwinden spurlos. Besser, man fragt nicht, wohin. Istanbul ist die Schleuse. Hier waschen sie Hehlerware, Schmuggelgut. Nach Europa und Amerika läßt es sich nur mit Stempeln, Unterschriften exportieren. Miller wird ihnen in die Quere gekommen sein. Vielleicht versuchte er ein eigenes Netz aufzubauen. Oder er war in Liquiditätsschwierigkeiten, hat Warnungen in den Wind geschlagen, ist einmal zu oft ohne Geld erschienen.

»No. Not English, not German, not French. Norwegian! – Look: big and blond!« Halbwüchsige mit Bauchläden, schmutzig, von unglaublicher Hartnäckigkeit haben das Zentrum unter sich aufgeteilt.

Der Umschlagplatz, von dem der Doktor sprach, soll nicht weit entfernt sein. Warum glaube ich, daß es ihn gibt? Für ein Geschäft beschwört hier jeder, daß jenseits des Bosporus Paradies oder Hölle beginnen, daß er es mit eigenen Augen gesehen hat. Für fünfhundert Dollar fährt er dich hin.

Ich werde etwas trinken, bevor ich mich nach dem Weg

erkundige. Eine Halbliterflasche Raki paßt in die Jacke.
»...und einen Sesamkringel.« Die Verkäuferin antwortet
deutsch, lächelt. »Es soll einen Markt mit russischen Händ-
lern geben, ganz in der Nähe, ich will mir eine Pelzmütze
kaufen, können Sie mir sagen, wie ich dort hinkomme?« –
»In diese Richtung, die zweite Straße links, geradeaus, dann
schräg rechts, und Sie laufen direkt darauf zu. Aber die ha-
ben nur billige Sachen.«

Vor einer Moschee brennt der Torso eines alten Renault.
Nicht nach einem Unfall: Jemand hat ihn abgestellt und an-
gezündet. Zwei Reifen fehlen. Der Rauch ist schwarz, es
riecht nach verschmortem Gummi. Keiner stört sich daran.
Krähen wandern über Reste von Gras. Eine zerrupft zusam-
mengeknülltes Silberpapier, in dem etwas Eßbares verpackt
war. Sie unterbricht die Arbeit, legt den Kopf schräg. Man
sieht, daß sie denkt. Ich werfe ihr ein Stück Brot zu. Die an-
deren versuchen, es ihr abzujagen. Sie entwischt, fliegt mit
dem Brocken im Schnabel davon.

Reihen aus Tapeziertischen, auf denen Durcheinander
herrscht. Männer in Tarnhosen, wattierten Jacken reiben
sich vor Kälte die Hände. Sie tragen Mützen mit Ohrenklap-
pen aus Plüsch. Der Ostblock im Ausverkauf: Kristallglas,
Porzellan, Blechgeschirr, Wäsche, Konserven, Wodka. Mäßig
viele Kunden. Frauen, die doppelt so alt wirken, wie sie sind,
feilschen um Hausrat. Kinder treten ihren Plastikball von ei-
ner Pfütze zur nächsten. Gestohlene Leuchter, Türbeschläge,
Weihrauchfässer, Ikonen für Touristen, die die Zollbestim-
mungen nicht kennen, und für Händler, denen der Import zu
riskant ist. Die Geschäfte werden leise abgewickelt, Preise
gewispert, Angebote durch Zahnlücken gezischt. Echter
Kaviar – Beluga, Malossol –, die 500-Gramm-Dose fast um-
sonst. Kein Palaver, sparsame Gesten. Je militärischer die
Auslage, desto weniger Worte. Es gibt Kompasse, Feldstecher,

Verdienstorden, Rangabzeichen, daneben Nachtsichtgeräte, Zielfernrohre, Signalpistolen, Schlagringe. Unter den Tischen stehen Aluminiumkisten, in denen die eigentliche Ware lagert. Was präsentiert wird, ist Dekoration. »Ich suche Parfjon. Oder Jewgeni Petrowitsch.« – »Parfjon ist nicht hier.« Immerhin scheint er zu wissen, wen ich meine. Der Doktor hat mich nicht getäuscht. »Was willst du?« – »Das sage ich ihm lieber selbst.« – »Ich kann dir nicht helfen.« – »Es ist wichtig.« – »Frag den mit der dicken Brille, er heißt Nicola.« – »Wo hat er seinen Stand?« – »Verschwinde.« Wie viele der Händler tragen Brille? In diesem Teil entdecke ich keinen, aber der Markt ist groß, unübersichtlich. Ein Schluck Raki gegen den Druck im Magen. »You want hashish?« Vor ihm liegt Armeekleidung. Ich würde gerne einen Joint rauchen, aber nicht gerne in einem türkischen Knast sitzen. Es wird gleichzeitig auf- und abgebaut. Wer seine Sachen los ist, fährt weg, schafft Nachschub heran. Andere kommen, laden Kartons aus den Kofferräumen: elektrische Samoware, Bernstein.

Wenn eine dicke Brille als Beschreibung ausreicht, muß der bei den Webkissen, -decken, -taschen Nicola sein. In das riesige Horngestell sind zentimeterdicke Gläser eingesetzt, die seine Augen so sehr vergrößern, daß der Rahmen bis zum Rand ausgefüllt scheint. Ich bleibe stehen, schaue erst seine Stoffe, dann ihn an. Er sagt etwas auf russisch. Als ich ratlos die Schultern hebe, wechselt er ins Deutsche: »Aus Sibirien. Von Nomaden gemacht. Die beste Wolle. Kriegst du nirgends in Deutschland.« – »Bist du Nicola?« – »Wer sagt das?« – »Wo finde ich Jewgeni Petrowitsch? Oder Parfjon?« – »Warum?« Es ist lebensgefährlich, es grenzt an Wahnsinn: »Ich war ein Freund von John Miller.« – »Sie sind nicht hier. Am Wochenende.« Ich werde einen Versuchsballon starten, vielleicht steigt er ein, wenn nicht, Pech: »Wo bleibt seine Lieferung?« – »Das ist nicht mein Geschäft. Ich weiß nicht, was er erwartet.« – »Miller ist seit zwei Tagen tot.« – »Чёрт возьми. Was willst du?« – »Ich wickel' das für ihn ab.« – »Scheiße.« – »Zigarette?« – »Miller war in Ordnung.« – »Wo hängt sie fest?« – »Kann sein, daß es Krieg auf der Krim gibt. Das Schwarze Meer ist voll mit ukrainischer und russischer Marine.« – »Kannst du mir helfen, ich bin neu.« Er schiebt seine Brille hoch, reibt sich die Augen: Es sind ganz normale graue Augen. »Habt ihr immer noch nicht begriffen, daß Istanbul kein Kinderspielplatz ist?« – »Niemand kennt Millers Kontaktleute, ich fange bei Null an.« – »Ich verspreche dir nichts. Und es kostet, ich muß meine Familie ernähren. Kauf eine Decke. Für deine Mutter, deine Freundin.« – »Wann soll ich wiederkommen?« – »Sonntag. Kauf etwas, du weißt nicht, wer zuschaut.« – »Was kostet die Tasche?« – »Anderthalb Millionen. Und renn nicht gleich weg. Schau dir Pelze an. Oder Ferngläser. Verhandel um irgend etwas. Das ist besser für dich und mich.«

Ich werde noch eine Woche in Istanbul sein. Wenn ich mich geschickt anstelle, kann ich in den Edelsteinschmuggel einsteigen, da verdient man sein Geld leichter als auf Baustellen, stirbt nicht am Staub, sondern an Blei. Ich bin verrückt geworden, übergeschnappt. Ein manischer Schub. Alkoholbedingter Größenwahn. »Danke, keine Matrjoschka.« Sie werden mich umlegen. Wenn nicht die Russen, dann Millers Seite. Ein schneller, sauberer Tod. Schön wär's. Wahrscheinlicher ist, daß sie mich in eine Falle locken, mir die Knochen brechen, Kippen auf der Haut ausdrücken, damit ich alles sage über Auftraggeber, Hintermänner, die es nicht gibt, bevor ich eine Ewigkeit schweige. Ich kann Schmerz aushalten, das habe ich von Kind auf gelernt. Kein Verrat hilft, sie werden jede meiner Geschichten prüfen, mir in die Eier treten, mich aufschneiden, bis ich ausgeblutet bin wie ein geschächtetes Kalb: »Guns?« – »No guns.« – »Where?« – »Nowhere.« Es

*muß möglich sein, eine Waffe zu besorgen. Schießen verlernt
man nicht. Vielleicht bringt dieser Vater doch noch Nutzen.*

*Nicola ist fort. Ich hätte ihn fragen sollen. An seinem
Tisch verkauft ein anderer. Je weniger Leute mein Gesicht
kennen, desto besser. Trotzdem: »I want to buy a pistol.« –
»Piss off, man.«*

*Ich brauche eine Legende. Messut ist der einzige, der mir
helfen kann. Er hat mich laufen lassen, obwohl ich ihm
Ärger mache. Er hätte mich zusammenschlagen lassen können, um zu zeigen, daß sie es ernst meinen.*

*Kalter Schweiß. Die Knie zittern. Nicht vor Angst, mecha-
nisch. Mein Herz flattert. Infarkte mit Ende Zwanzig sind
selten. Ich muß sitzen, aber nicht hier im Dreck. Das würde
Aufsehen erregen. Nicola wäre darüber wütend. Die Kon-
zentration bündeln. Stehen bleiben. Nicht schwanken.
Einen Fuß vor den anderen setzen. Nicht fallen. Einen
Schluck trinken gegen die bemehlte Zunge. Einen Bissen
Brot kauen, bis es süß wird. Nicht kotzen. Den Kreislauf mit
regelmäßigen Atemzügen stabilisieren. Es geht gleich vorbei. Die letzten zehn Meter sind zu schaffen. Bis jetzt hat
niemand etwas bemerkt. Beim Öffnen der Tür läutet eine
helle Glocke. Am Fenster ist ein Tisch frei mit Blick auf den
Platz. Ich sitze. Kribbeln, als würden Myriaden Käfer durch
meine Adern wimmeln. Ihre aneinanderscheuernden Panzer erzeugen ein Geräusch wie Schnee im Fernseher. Dort
jagen sich Tom und Jerry. Es ist halb zwei, so dunkel dürfte
der Himmel nicht sein. Der Markt verschwimmt. Die Gesten
der Menschen sind verlangsamt, ihre Gesichter, Hände von
blaßblauer Farbe. »Merhaba.« – »Coffee, please.« – »Turkish
Mocca or Nescafé?« – »Ja.« Er bringt Nescafé. Ich denke an
meine Großmutter. Sie glaubte an Wunder und Flüche.*

*Von rechts läuft eine Frau in halblangem, schwarzem Le-
dermantel am Fenster vorbei, das kastanienbraune Haar*

mit einer perlenbesetzten Nadel aus Gold hochgesteckt. Ich kenne die Art, wie sie den Hintern schwenkt. Zu bemüht für Eleganz. Ireens Abgang Samstag nacht. Ich habe ihr hinterhergestarrt. Sie geht auf den Stand des Mannes zu, der mich an Nicola verwiesen hat. Spricht mit ihm. Ich kann ihr Gesicht nicht erkennen, immerhin das Profil: klassisch. Ich bin sicher, daß es Ireen ist. Im Aufspringen zwingt das Gewicht meines Körpers mich zurück auf den Stuhl. Es wird mir nicht gelingen, ihr hinterherzurennen, sie zur Rede zu stellen.

Ich muß Messut sprechen, heute noch. Von Dschinnen soll er seinen Kindern erzählen. Ich bin nicht verrückt geworden. Jeder auf diesem Markt kennt Miller. Mein Hirn erzeugt keine Gespinste. Was ich sehe, passiert wirklich. Ich habe mit ihm Whisky getrunken. Zwei Tage später wurde er erschossen. Gestern hat man den Teppich in dem Zimmer ausgetauscht. Ireen spricht mit seinem Verbindungsmann, die Hände in den Manteltaschen, als erteile sie Anweisungen. Messut lügt.

Mir fehlt die Kraft, über den Preis des Kaffees zu diskutieren.

Nieselregen, rutschiges Pflaster. Bis zum Sultan *sind es zwanzig Fußminuten. Eine unsichtbare Glocke umschließt mich, hält Lärm, Bilder auf Abstand.*

Warum wende ich mich an einen Hotelportier, der mich belügt und sich dabei benimmt wie ein Würdenträger?

Die Beleuchtung wird eingeschaltet. Ein kleiner, alter Friedhof mit bleichen Grabstelen an der Hauptverkehrsstraße. Da könnte man gut liegen. Die befrackten Lakaien lehnen neben der Drehtür an der Hotelfassade, erzählen von lächerlichen Gästen. Sie haben nicht den Auftrag, mich abzuweisen, ziehen ihre Kappen. Messut sieht mich, sein Gesicht zeigt keine Reaktion. »Ich will wissen, was gespielt wird!« – »Mein Freund, Sie sind außer sich.« – »Es war einfacher, als ich dachte, Leute zu finden, die Miller gekannt haben.« – »Einen Moment.« – »Ich habe…« Unmittelbar nach mir ist ein Mann eingetreten, der jetzt neben mir steht, mich ohne ein Wort der Entschuldigung mitten im Satz unterbricht, zur Seite drängt. Messut reicht ihm die Hand. Der Mann verneigt sich mehrfach. Er trägt einen teuren, dunkelblauen Anzug unter dem Trenchcoat, einen Silberring mit Rubin, küßt ihm die Finger. Ich verstehe nur »ya sheykh, ya sheykh«. Messut nickt. Ab und zu sagt er »Inschallah«, »Hamdulillah«. Das sagen hier alle bei jeder Gelegenheit. Weshalb benimmt sich ein Mann, der seiner Kleidung, seinem ganzen Gebaren nach zur ersten Gesellschaftsschicht gehört, einem überheblichen Portier gegenüber derart unterwürfig? Weil der Portier diese Arbeit zur Tarnung angenommen hat. So wie ein sizilianischer Don jahrelang einen Zeitungskiosk betrieb, zieht der Pate von Istanbul als Angestellter einer internationalen Hotelkette die Fäden. Vielleicht eignet sich sein Platz hervorragend, um zu kontrollieren, zu koordinieren, Entscheidungen über Leben und Tod zu fällen. Niemand wundert sich über das Kommen und Gehen geschäftiger Leute aus verschiedenen Ländern. Der Mann neben mir spricht leise, mit gerunzelter Stirn, als schildere er Schwierigkeiten. Messut hört ohne erkennbare Regung zu, bevor er antwortet. Was er sagt, klingt feierlich. Es sind Verse eingebaut. Auch der italienische Mob liebt Dichtung und fromme Sprüche. Eine knappe Kopfbewegung Messuts bedeutet mir, mich zu entfernen. Ich gehorche, falle in einen Sessel mit Blick auf das riesige Photo der blauen Moschee, die hinter Rhododendronbüschen im Abendlicht glüht, violette Wolkenbänder, das Meer. Ich warte, statt auf den Tisch zu hauen, den Geschäftsführer zu verlangen. Er hat Macht, der man sich unterordnet. Bei niemand ande-

rem würde ich dulden, daß er mir seine Hand auf die Schulter legt, mich vor sich herschiebt wie einen Angeklagten in den Gerichtssaal: »Sie sind aufgeregt, Albin.« – »Ich lasse mir von Ihnen nicht einreden, daß ich den Verstand verloren habe.« – »Ihr Verstand ist angegriffen.« Er beleidigt mich, ohne daß ich mich wehre, faßt mich ungestraft an. »Miller ist in der Stadt gewesen, um Steine in Empfang zu nehmen, die illegal über die Grenze gebracht wurden. Es war ein leichtes, das herauszufinden. Ich habe die Zusage, weitere Informationen zu bekommen, aber Ihnen werde ich nicht verraten, von wem, es sei denn, Sie zeigen sich kooperativ. Kein Hotel hat gerne die Polizei im Haus, schon gar nicht wegen Mordverdachts.« – »Ihr Geld reicht nicht.« – »Was hat das mit Geld zu tun?« – »Sie können Wahres nicht von Falschem unterscheiden, wertvolle Hinweise nicht von unwichtigen. Sie haben ein paar Namen gehört. Man wird sich einen Spaß daraus machen, Sie hierhin und dorthin zu schicken. Dafür werden Sie bündelweise Dollars hinblättern, immer mehr Dollars, bis Sie keinen Cent mehr besitzen, weil Sie von einer fixen Idee besessen sind. Sie werden zahlen, ohne etwas zu erfahren, und wenn Sie sich weigern, gibt es Methoden, Sie zu zwingen. Niemand von den Händlern wird so dumm sein, Ihnen Geheimnisse anzuvertrauen. Als Gegner sind Sie berechenbar, deshalb kann keiner Sie als Verbündeten brauchen. Sie sind eine Kuh, die man melkt, weil es keine Arbeit macht und die Milch nichts kostet. In einer Woche reisen Sie ab. Bis dahin verdient sich eine Reihe von Leuten mit Ihnen ein Zubrot. Und Sie verfolgen blind falsche Spuren, drehen sich im Kreis, Runde um Runde. Sollte irgend jemand wider Erwarten besorgt sein, daß Sie etwas gesehen haben, was Sie besser nicht gesehen hätten, sind Sie ein toter Mann. Vielleicht wird es dazu kommen, vielleicht nicht. Wie es im Gulistan heißt: Zwei Dinge sind unmöglich: daß du erfolgreicher bist, als es dir bestimmt ist, und daß du vor der dir bestimmten Zeit stirbst. *Und weiter:* Da ist kein anderes Schicksal als tausend Wehklagen / und Gesten von Schmerz oder von Dankbarkeit: / Am Tor des Vorratshauses der Winde kümmert es / den Unsterblichen nicht, wenn die Lampe der Witwe erlischt. *Der siebzigste Ratschlag. – Seien Sie froh, daß Sie an Doktor Baış geraten sind. Sie haben einen Gegenwert für Ihr Geld in der Tasche. Es wäre kein Problem gewesen, Sie übers Ohr zu hauen.« – »Ich habe einen ordentlichen Preis ausgehandelt.« – »Die Kaukasier werden Sie nicht schonen. Für die ist Ihr Leben keine Seite Trockenfisch wert.« – »Ich habe gesehen, wie Jonathan Miller erschossen wurde. Dafür wird die Spurensicherung Beweise finden.« – »Ich bin auf Ihrer Seite, selbst wenn Sie das nicht glauben.« – »Es wird sich klären lassen, wer bis Montag für diese Suite gebucht war, wo er seinen regulären Wohnsitz hat, ob ihn jemand vermißt.« – »Sie sind in großen Schwierigkeiten, Albin.« – »Es geht um organisierte Kriminalität. Ich bin der Hauptbelastungszeuge. Die Justiz wird mich schützen.« – »Diese Stadt wuchert in alle Richtungen, ihre Gestalt ändert sich jede Nacht, kein Mensch hat einen gültigen Plan. Für jemanden mit den richtigen Beziehungen ist es ein Kinderspiel, Sie in irgendeinem Fundament, von dem heute noch keiner weiß, daß es morgen gegossen wird, zu versenken.« – »Ich werde mich wehren.« – »Schauen Sie in den Spiegel. Ihre Krankheit ist offensichtlich.« – »Ich bin gesund. Ich trinke zuviel, das ist alles.«*

Womit bricht er jeglichen Widerstand? Zum dritten Mal in Folge hebelt er mich aus. Schmerzen in der Schläfe. Ich halte seinem Blick nicht länger stand. Er öffnet mir bei wachem Bewußtsein den Schädel. Die Pfeiler, auf denen die Hallendecke ruht, werden Projektionsflächen für organi-

sche Strukturen. Fasern, die von Messut ausgehen oder zu ihm hinführen, changieren in transparenten Farben. Der Kopf hat sein Erscheinungsbild gewandelt, die Haut wirkt durchlässig wie ein Wachsüberzug, darunter freipräparierte Muskelstränge, durch die etwas Unsichtbares strömt. Es findet ein Austausch sonderbarer Substanzen zwischen ihm und der Außenwelt statt. Seine Augäpfel schweben frei in den Höhlen.

Ich schlage mir die Hände vors Gesicht, bis es dunkel wird, spüre seinen festen Griff an meiner Schulter mit einer Kraft, daß ich meine, in den Boden gedrückt zu werden. – »Kommen Sie, Albin, ich zeige Ihnen etwas.«

Er weiß, wo ich war, mit wem ich gesprochen habe. Sein Arm ist tausendmal länger als befürchtet, hier habe ich keine Chance, seiner Herrschaft zu entgehen. Noch ist es nicht zu spät für Flucht. Ich könnte umbuchen, mit Gepäck, ohne Gepäck in das nächste Flugzeug nach Deutschland steigen, Livia informieren oder nicht. Ich räume das Feld, es wird sie erleichtern, sage die Fassadenrestaurierung in Dresden zu, verschwinde drei Monate von der Bildfläche. Danach lasse ich mich in einer anderen Stadt nieder. Frankfurt, Köln. Wie er mich in den Aufzug stößt, ist klar: Ich bin Schlachtvieh. Er summt. Oder murmelt. Gesprochene Wörter, die einer Melodie folgen. Wir fahren in einen Keller unter dem Keller. Gestern hat er mich auf Bewährung begnadigt. Ich habe sein Angebot ausgeschlagen. Statt mich in Sicherheit zu bringen, habe ich gegen ihn ermittelt. »Sie stehen vor sich wie vor einem blinden Spiegel, Albin. Sie sehen nicht einmal Ihren Umriß scharf.« Er deutet mit dem Finger nach links. Ich muß mir den Weg merken, für den Fall, daß ihm ein Fehler unterläuft. Der Gang riecht feucht. Neonlicht taucht die Wände in blasses Grün. Messuts Schritte hallen wider, meine Turnschuhe quietschen.

Hinter der Mauer dröhnen Kessel, Pumpen. An den Stahl-
türen Schilder, die den Zutritt verwehren, drohen: No en-
trance! Danger! Blitze. Flammen. »Ich kann Ihnen helfen,
den Spiegel zu putzen.« Er öffnet einen Raum voll staubiger
Schränke, Sessel, Stühle. Daneben fabrikneues Mobiliar in
Folie verschweißt. Es wartet darauf, daß jemand beim
Frühstück die Glasplatte seines Tischs zertrümmert. Zum
Beispiel. Mächtige Rollen mit Auslegware. Merkwürdigerweise habe ich keine Angst. Unter der Decke bilden umman-
telte, lackierte, blanke Rohre ein dreidimensionales Laby-
rinth, in dem es gluckert. Die Organe des Hotels haben
Blähungen. Der Gedanke, Messut totzuschlagen, ist falsch.
Obwohl es einfach wäre. Wenn er keine Waffe trägt. Noch
fände ich zurück. Alle Überlegungen verhaken sich, bevor
die Vorstellung, sie in die Tat umzusetzen, real wird. »Sie
verwechseln den Arzt mit dem Giftmischer.« Nein, es ist anders: Auf dem Weg zur Hinrichtung vertraue ich dem Hen-
ker mein Leben an. Klopfgeräusche, Eisen auf Beton. Die
Lampen leuchten nur schwach, was sich in den Ecken befindet, sehe ich nicht. »Sie sind noch nicht endgültig verloren.« Er öffnet eine weitere Tür, die zweite von vieren dicht
nebeneinander wie auf einem Gefängnisflur. Tatsächlich
betreten wir eine Art Zelle. Die Falle schnappt zu. Es waren
Klopfgeräusche. Im Nebenraum fließt Wasser. An der hinte-
ren Wand Waschbecken und Toilette. Hoch oben ein vergit-
tertes Fenster vor einem Schacht, durch den gerade so viel
Tageslicht fällt, daß man die Einrichtungsgegenstände erkennt, sobald die Augen sich eingewöhnt haben. Zum Lesen reicht es nicht. Eine nackte Glühbirne hängt von der
Decke. Weshalb schaltet Messut sie nicht ein? Links steht
eine Pritsche mit durchgelegener Matratze. Daneben ein
schmales Regal, in dem drei Bücher liegen, damit der Häft-
ling nicht vor Langeweile wahnsinnig wird. Nach sechs Mo-

naten kennt er das erste auswendig. Wenn der Wächter ihn aus dem Schlaf reißt und eine beliebige Stelle zitiert, kann er fortfahren. Auf einem Hocker gefaltete Handtücher, Waschlappen, an der Wand ein Plakat mit Texten in winziger arabischer Schrift. »Knien Sie sich dort hin.« Er zeigt auf einen zerschlissenen Teppich, der schräg vor dem Bett liegt. Ich gehorche, warte, daß seine Komplizen kommen, daß er seinen Revolver entsichert. »Sie können hier untertauchen. Ich verstecke Sie für ein paar Wochen. Danach wird niemand mehr nach Ihnen fragen. Sie fliegen nach Hause und fangen noch einmal an. Sie geben nicht auf.« Der Teppich ist eine grüne Wiese, über der eine bronzene Öllampe schwebt, rundherum sind Buchsbaumhecken, Rosenbeete nach geometrischen Gesetzmäßigkeiten angelegt. »Außer mir hat keiner Zugang zu diesen Zimmern. Ich werde dafür sorgen, daß Sie zu essen bekommen. Oliven, Datteln, manchmal eine Suppe. Die Verpflegung ist spärlich, aber sie wird Ihnen bekommen und kostet nichts. Wenn Sie etwas brauchen, schreiben Sie einen Zettel und legen ihn vor die Tür.« Nebenan geht die Klospülung so laut, daß ich erschrecke. Er will mich verschwinden lassen, meinen Willen brechen, bis ich ihm nicht mehr gefährlich werden kann. »Vorher wählen wir gemeinsam ein Schaf aus, es stirbt an Ihrer Stelle.« Ich hocke auf meinen Fersen, sehe, wie sie den Kadaver in einem Sack verschnüren, mit Wackersteinen beschweren, in ein Schnellboot laden, aufs offene Meer hinausfahren. Messut oder ein Eingeweihter wird es vor Zeugen der russischen Organisation über Bord werfen, sie werden bestätigen, daß ich beseitigt wurde. »Dieser Teppich ist ein guter Platz für Sie.« – »Wie lange?« – »Fünfeinhalb Wochen.« – »Warum nicht vier? Oder sechs?« – »So ist es von alters her. Ich gebe Ihnen einen Vers, den Sie auswendig lernen und wiederholen, Tag für Tag. Der Vers schützt Sie, und

Ihre Seele nimmt in der Abgeschiedenheit keinen Schaden, hören Sie:

فَإِنَّ مَعَ ٱلْعُسْرِ يُسْرًا / إِنَّ مَعَ ٱلْعُسْرِ يُسْرًا

Es liegt bei Ihnen.« – »Ich verstehe kein Wort. Wie soll ich mir merken, was ich nicht verstehe?« – »Denken Sie darüber nach. Sprechen Sie mit Livia. Und entscheiden Sie. Bald. Es bleibt nicht viel Zeit.«

Statt zu schießen, legt er mir wiederum seine Hand auf die Schulter, ich weiß, daß er mich nicht töten wird, daß er mich jetzt ins Foyer zurückbringt und fortschickt. Ich stehe auf, obwohl ich gern länger in dem Teppichgarten verweilen würde. Wenn man lange genug still dort säße, hörte man Vogelstimmen, das Rascheln des Laubs.

Ich gehe vor ihm her wie betäubt, merke, daß ich den Rückweg allein nicht fände. Im Aufzug sagt er: »Sie wissen, daß mein Angebot Ihre einzige Möglichkeit ist.« – »Nein.«

Als ich aus der Drehtür trete und Richtung Duke's Palace gehe, setzt sich gegenüber ein Mann in Bewegung, überquert die Straße und folgt mir. Ich beschleunige. Obwohl ich wesentlich größer bin, hält er mühelos Schritt. Beim Einbiegen in die Yeni Çeriler Caddesi überholt er mich, stellt sich mir in den Weg. »Du hast dich nach mir erkundigt.« – »Wer bist du?« – »Der oder der.« – »Es geht um Miller.« – »Miller ist tot.« – »Seine Lieferung.« Er zieht die Stirn kraus: »Weißt du, Miller war kein schlechter Typ. Er kannte sich aus. Jedenfalls für einen Amerikaner. Er hat in den Jahren, die er hier gewesen ist, weniger Fehler gemacht als du in drei Tagen. Mich interessiert das wenig, von mir hast du nichts zu befürchten. Aber an deiner Stelle würde ich die Finger davon lassen. Und um jede Polizeistation einen Bogen schlagen. Es gibt nichts zu verteilen. Der Handel mit Steinen ist seit Auflösung der Sowjetunion in kaukasischer Hand. Drei Familien haben den Markt untereinander aufgeteilt. Alle waren zufrieden. Millers Tod ist ein Unfall gewesen. Ein Kurzschluß im Kopf eines Irren. Er hat sich eine verdammte Dummheit geleistet. Jetzt sind eine Menge Leute in Aufregung und damit beschäftigt, Krieg zu verhindern. Niemand will Krieg. Manchmal ist er unvermeidlich. Aber zwischen den Fronten wird es ungemütlich, wenn du meinen Rat willst. Natürlich kann ich dir trotzdem helfen.«

Ich muß eine Nacht schlafen.

Habe ich das gesagt oder den Satz nur gedacht?

19.

ICH WEISS NICHT, wie es Albin gelungen ist, sich innerhalb
der ersten Dreiviertelstunde, die wir im Sultanspalast verbracht haben, derart vollaufen zu lassen, daß er sich trotz
der Kälte auf eine Parkbank legte und schlief, während wir
von einer jungen Türkin durch den Harem geführt wurden.
Livia nahm an, daß in seinem Organismus Veränderungen
abliefen, an deren Ende Zerfall stünde. Sie sagte, die Zeit
vom Aufwachen bis zu dem Moment, wo er durch die
Sammlung der Kleinodien getorkelt und fast in die Vitrine mit dem Musik-Elefanten gestürzt sei, hätten sie zusammen verbracht; außer Kaffee habe sie ihn nichts trinken sehen.

Auch Nager, Mona und ich hatten kaum geschlafen. Die
Müdigkeit hebelte die Schutzmechanismen der Wahrnehmung aus. Wir wanderten mit aufgerissenen Augen durch
einen Dschungel untergegangener Formen. Über dreihundert
Räume, von der Abstellkammer bis zum Empfangssaal, aus-
gestattet mit Ornamenten aus Pflanzen, Tieren, Schrift, ge-
genständlich, abstrakt, geometrisch, als Malerei, Tapisserie,
Relief, gefliest, geschnitzt, vergoldet, in Stein, Holz, Terra-
cotta. Am Boden setzten sie sich in Teppichen fort, wurden
vor den Fenstern durchbrochene Blenden, bei den Feuerstellen Schmiedegitter, auf Möbeln Intarsien. Die Führerin er-

zählte von schwarzen und weißen Eunuchen, allmächtigen Sultansmüttern, Prinzen, die in Käfigen gehalten wurden und den Verstand verloren: Ibrahim, der Bruder Achmeds, gab auf den bloßen Verdacht hin, eine seiner Konkubinen hätte ihn betrogen, den Befehl, zweihundertachtzig Frauen des Harems zu ertränken. Selim, der Sohn Süleymans, verließ den geschützten Bereich nie, verdämmerte seine Tage im Rausch mit Mätressen, Sklavinnen, Kastraten. Wir waren in einer magischen Welt, die es nicht gab, nie gegeben hatte, aber die Magie wirkte. Jan roch an Livias Haar, flüsterte ihr Geheimnisse ins Ohr, Hagen kniff Swantje in die Seite, Sabine verriet Adel etwas über die Liebe, das ihn verwirrte. Nager schließlich überlegte, selbst mit Ornamenten zu experimentieren, was in Widerspruch zu seinem bisherigen Werk stehe, ihn die Galerie kosten werde, bestimmt sei es elende Frikkelei, und die Qualität hier erreiche man nie, andererseits: Aus buntlackiertem V2a-Stahl habe noch keiner Derartiges versucht, es wäre befremdlich und – losgelöst vom ursprünglichen Kontext – vollkommen ohne Sinn: Was wolle man mehr.

Livia weckte Albin nach dem Rundgang. Er hatte nicht einmal gefroren. Offenbar fühlte er sich besser, erklärte, daß er für Poensgen eine bestimmte Ansichtskarte von einem berühmten Café außerhalb der Stadt, wo ein französischer Dichter einem türkischen Mädchen nachgetrauert habe, besorgen müsse – er nehme nicht an, daß ihn jemand begleiten wolle, man sehe sich vor dem Abendessen im Hotel. Er stand auf und ging ohne ein Wort, eine Geste für Livia.

»Kotzbrocken«, fauchte Mona, »mit mir würde er das genau einmal machen.«

Beim Verlassen des Palastes nahm Livia die Karte an Thea aus der Handtasche und warf sie in den Briefkasten.

Es gab keinen weiteren Programmpunkt. Nager beschloß,

sich für eine Mittagspause zurückzuziehen. Jan, Livia und ich hatten dieselbe Idee. Mona mußte noch einmal in den Basar, um ein Geschenk für ihren Freund zu kaufen. Scherf wollte sich byzantinische Mosaiken im Chora-Kloster anschauen. Hagen legte seinen Arm um Swantje, dann bogen sie in eine Seitenstraße. Die Luft war feucht und kalt. Verwahrloste Kinder rannten hinter uns her. Ein unbeladenes Pferdefuhrwerk trabte vorbei.

»Ich werde nicht hier übernachten«, sagte Jan, als wir ins Zimmer kamen, »nur damit du dich nicht wunderst, wenn wir weg sind.«

Er holte sein Necessaire, rief: »Bis nachher«, dann fiel die Tür ins Schloß. Zwanzig Minuten später brachte der Etagenkellner einen Meze-Teller sowie eine Flasche Rotwein, die für mich bestellt worden seien.

Gegen sieben trafen sich alle im Foyer und einigten sich ohne Diskussion darauf, in das Restaurant zu gehen, das Albin am ersten Abend vorgeschlagen hatte.

Die Stimmung dort war gedrückt. Dafür gab es viele Gründe, sie bildeten eine dunkle Wolke über dem Tisch. Corinna versuchte Sabine zu trösten, die mit den Tränen kämpfte. Adel war der Appetit vergangen, er rührte seinen Fleischspieß nicht an, schüttelte den Kopf. Offenbar hatte sie ausgeblendet, daß er sich nicht für Frauen interessierte. Niemand glaubte, daß die Fahrt gut enden würde. Hinzu kam die Angst vor einem neuerlichen Wutanfall Nagers. Er trank und redete. Es war schwierig, seinen Gedanken zu folgen. Nur Albin verstand ihn. Mona bemühte sich vergeblich, die Atmosphäre zu retten, beschwor die *faszinierenden Dinge*, die wir in den vergangenen Tagen gesehen hätten, lachte zu oft zu laut. Fritz zeichnete verschlungene Muster auf Blanko-Postkarten, die bereits frankiert waren. Auf Monas Frage, ob er sein gesamtes Werk verschicken wolle, antwortete er: »Ich nenne es *Mail-Art*. Das gibt es zwar schon, aber meine Zeichnungen sind besser.«

»Wovon willst du leben?«

»Die meisten schicke ich an einen Galeristen.«

Vielleicht war es verlogen, daß ich mich nach dem Essen, als wir wieder in der *Orient Lounge* landeten, zu Albin gesetzt habe. Ich wollte, daß es keinen Ärger gab, daß Jan mit Livia verschwinden konnte. Hauptsächlich ihr zuliebe. Albin und ich saßen an der Theke, während die anderen sich auf mehrere Sesselgruppen verteilten. Aus irgendeinem Grund hatte er beschlossen, mir zu vertrauen, begann zu erzählen: »Ich habe nicht gerne gelebt«, lautete sein erster Satz.

»Du bist achtundzwanzig.«

»Das hat nichts damit zu tun, daß mein Vater ein Säufer, ein Versager gewesen ist. Wenn er ein Traumvater gewesen wäre, hätte sich nichts geändert. Ich war drei oder vier, als mir an einem bestimmten Tag klar wurde – plötzlich, auf einen Schlag –, daß ich nicht will. Ich will nicht. Der Moment war unspektakulär. Keine Enttäuschung, keine Demütigung. Eine banale Sache: Der Mann, der mein Vater gewesen ist, kam von einer seiner Baustellen nicht zurück. Es wurde acht, neun, aber er kam nicht und rief auch nicht an. Meine Mutter, die ihn damals noch geliebt haben muß, raste durchs Haus, schaute aus jedem Fenster, öffnete die Tür, suchte den Horizont ab. Sie rannte in die Firma, traf niemanden, der etwas gehört hatte, wimmerte: *Ihm ist etwas passiert, es muß etwas passiert sein*. Ich bin ihr nicht von der Seite gewichen, weil ich gespürt habe, daß ein Unglück in der Luft lag. Vater hätte es verhindern können, doch er war abwesend, nicht nur das: Die Katastrophe bedrohte ihn selbst. Mutter verzweifelte, sie konnte mich nicht retten, auch Claes und Xaver nicht. Mit ihm hatte sie ihren und unseren Schutzherrn verloren. Wir waren dem Entsetzlichsten ausgeliefert, der Auslöschung. Mutter stand vor dem Haus, fuhr sich durch die toupierten Haare, identifizierte in der Ferne die Autos der Nachbarn, hatte vergessen, daß ich bei ihr war. Ich hatte kleine Hände, die keine Pistole abfeuern konnten, und kein Portemonnaie, aus dem ich ihr Geld für die Einkäufe abzählte. Mein Vater starb gegen zehn, als Mutter sich weinend aufs Sofa warf. Sie war allein. Ich war allein. Er hatte uns im Stich gelassen.

Der Mann, den einer seiner Arbeiter gegen Mitternacht sternhagelvoll ablieferte, war ein abgewirtschafteter Despot. Er konnte keine Sicherheit gewährleisten, damit verlor seine Macht die Legitimation. – Sicherheit ist das Zauberwort aller Diktatoren. Für Sicherheit lassen die Leute sich überwachen, einsperren, töten, werden sie Verräter, morden. Ich erklärte seine Herrschaft für beendet, de facto dauerte sie noch zehn Jahre. Aber in dieser Nacht habe ich den Gehorsam aufgekündigt. Er ist abgehauen, bevor ich ihn in den Dreck treten konnte. Er war ein Feigling. Ich wollte so nicht werden. Ich trinke und bin wie er. Deshalb sorge ich dafür, daß es aufhört.«

Albin redete fünf Stunden ohne Pause: von der Flucht des Vaters, dem Tod der Mutter, ersten Lieben, seinem Scheitern als Bildhauer, den Jahren mit Livia.

Gegen Morgen erzählte er eine schreckliche Geschichte, die sich zwischen ihm, seiner Mutter und dem Vater in einem Wald nahe Staudt abgespielt haben soll, und nannte sie *den eigentlichen Anfang*. Livia hatte die Geschichte nie gehört, vermutet, daß er sie sich in dieser Nacht ausgedacht hat. Entweder um sich zu rechtfertigen oder um mich zu beeindrucken.

Um kurz nach eins war sie mit Jan verschwunden. Weder

Albin noch ich hatten es gesehen. Als er es bemerkte, fragte er, ob ich etwas wisse? »Nein«, sagte ich und bestellte zwei Wodka, statt mich zu verabschieden. Er sollte denken, ich säße zum Vergnügen hier, weil er mich interessierte, weil ich mich amüsieren wollte. Als meine Artikulation schleppend wurde, hielt ich mich zur Vorsicht an.

Jan und Livia hatten ihre zweite Nacht sorgfältig vorbereitet. Während Jan mir mitteilte, daß er andernorts schlafen werde, buchte Livia ein zusätzliches Zimmer, vermutlich im *Duke's Palace*, möglicherweise in einem der benachbarten Hotels. Sie verraten den Ort nicht. Im Laufe des Nachmittags planten sie, wie und wo sie sich später trennen und wieder treffen würden, entwickelten verschiedene Szenarien für den Abend. Sie hatten Glück, die unkomplizierteste Möglichkeit traf ein: Albin war beim vierten oder fünften Wodka-Lemon angelangt, redete mit seinem Thekennachbarn, blendete aus, daß er eine Freundin namens Livia hatte. Er sprach von ihr in der Vergangenheitsform. Um zehn vor eins sagte sie: »Gute Nacht« und verließ die Lounge, ohne sich von Albin zu verabschieden. Jan verfolgte von seinem Platz aus Albins Kopfbewegungen, war sicher, daß er sie nicht beobachtet hatte. Vorsichtshalber bestellte er noch ein Bier, trank es in Ruhe. Er wollte vermeiden, daß die anderen sich das Maul zerrissen. Schließlich sagte er: »Entweder brauche ich Kaffee oder Schlaf. Ich entscheide mich für Schlaf.«
    Livia lief im Zimmer auf und ab, versuchte sich vorzustellen, wie es ablaufen würde, wies die Vorstellungen zurück. Sie hatte drei Freunde vor Albin gehabt, ihn nie betrogen. Die Zeit mit ihm war zu Ende. Das hatte er selbst festgestellt. Sie hinterging ihn nicht. Sie fürchtete ebenso, daß ihr Zusammensein mit Jan ganz anders und daß es genauso sein würde. Über dem Schreibtisch hing ein Kunst-

druck mit dem Bild einer strahlend weiß gekleideten Odaliske, die auf einem rot-gelb gemusterten Läufer stand und den Schleier hob, vor sich ein silbernes Weihrauchgefäß, im Hintergrund Elemente arabischer Architektur. Livia ging ins Bad, betrachtete sich im Spiegel, unschlüssig, ob Jan ihr Gesicht nackt oder geschminkt bevorzugen würde. Die Maskara war alt, bildete zwischen den Wimpern Krümel. Daran ließ sich nichts ändern, sie hatte keinen Make-up-Entferner eingesteckt. Sie zog die Lippen nach. Männer mit Vorbehalten gegen Lippenstift waren ihr nie begegnet. Wenn er verschmierte, sah es lächerlich aus. Notfalls konnte sie das Licht löschen. Sie nahm sich mit Albins Augen wahr, dachte seine Sätze. Für ihn hatte es keine Rolle gespielt, wie sie selbst sich gefiel, darüber war es ihr entfallen. Sie öffnete das Haar, fand es dünn, strähnig, was am anders zusammengesetzten Wasser lag, steckte es wieder hoch, hoffte, daß Jan sich nicht daran störte. Albin hatte sich genommen, was er wünschte, sie von jeglicher Verantwortung entbunden. Meistens. Sie schaltete das Radio ein, ohne zu wissen, welche Musik sie hören wollte, schaute in die Minibar, überlegte, ob es angemessen oder abgeschmackt wäre, die beiden Sektfläschchen mit zwei Gläsern auf den Tisch zu stellen. Orientalischer Pop rieselte von der Decke. Während sie die Nacht geplant hatten, war alles einfach gewesen. Jetzt sorgte sie sich, daß ihr Slip, der BH ihm nicht gefielen, ihr Hintern faltig, die Brüste zu schlaff wären. Albin hätte sich Gin eingeschüttet, seine Hose aufgeknöpft. »Nicht vergleichen. Wenn man mit dem Vergleichen anfängt, ist die Liebe verloren.« Sie hätte sich gerne ein Glas Wein eingeschenkt und wäre gerne stocknüchtern geblieben, steckte sich eine Zigarette an, die sie nach drei Zügen ausdrückte, weil ihr übel wurde, stellte sich vor, auf der Bettkante zu sitzen, die Stiefel aufzuschnüren, deren Riemen sich verknoteten.

Obwohl sie auf Jan gewartet hatte, erschrak sie, als er die Tür aufschloß, ohne anzuklopfen, plötzlich da war, unsicher, was er sagen, was er tun sollte, ebenfalls die Minibar öffnete, fragte, was sie trinken wolle?

»Weißwein.«

Er entkorkte eine kleine Flasche Chablis, schenkte ein, ließ sich auf einen Sessel fallen, während sie unschlüssig herumstand, froh, daß er ihr ein Glas in die Hand drückte, mit ihr anstieß. Sie nahm den zweiten Sessel.

»Es war leicht«, sagte er.

Sie zog die Stiefel aus, ohne den Blick von ihm abzuwenden.

»Niemand hat etwas mitbekommen, nicht einmal Olaf.«

»Ich sage jetzt nichts über die Einrichtung des Zimmers oder unsere Eindrücke des heutigen Tages, für mich ist es kein Spiel, ich könnte keine Affäre haben, eher bliebe ich allein, bis ich mich ans Alleinsein gewöhnt hätte, darauf wäre es hinausgelaufen ohne dich, vielleicht hätte Albin es geschafft, mich festzuhalten, er ist in einem Zustand, in dem man einen Menschen, den man geliebt hat, nicht leicht verläßt.«

Jan beugte sich vor, nahm ihre Hand.

»Wie viele Frauen hast du geküßt, mit wie vielen warst du im Bett? Du hast Tausende von Bildern gesehen, alle Varianten. Ich frage nicht aus Neugier, deine Antwort ist egal. Ich will wissen: Könnte es anders sein? Wie könnte es anders sein? Ohne Erinnerung an die Geschicklichkeit, den Geschmack früherer Lippen, Geschlechtsorgane, ohne die Vorstellung unzähliger Körper aus Filmen, Plakaten, Zeitschriften? Das ist unmöglich, oder? Wir sind nicht jung, es gibt keine weißen Flecken auf der Karte.«

Während sie redete, schob er den Ärmel ihres Pullovers hoch, strich ihr über den Unterarm. Livia nahm die Füße vom Tisch, rückte ihren Sessel näher, hatte Angst vor dem Überschreiten der Grenze.

»Ich komme nicht zu dir, um mich von Albin zu lösen, ich habe mich längst von Albin gelöst, er war mein Unglück, so sehr, daß ich im Laufe der Zeit immer schwächer geworden bin, selbst die Kraft, einen Schlußstrich zu ziehen, ist mir abhanden gekommen. Ich habe ihn überredet, nach Istanbul zu fahren, an einen Ort, den wir beide nicht kannten, um das wiederzufinden, dessentwegen wir ein Paar gewesen sind. Seine einzige Sorge, vom Flughafen bis heute, bestand darin, Alkohol zu bekommen, er hat keinen anderen Gedanken als den nächsten Drink.«

Jan legte ihr den Finger auf den Mund. Livia lächelte entschuldigend, vergaß, daß ihr Haar häßlich war, löste die Spange, es fiel über die Schultern, nahm einen rötlichen Ton an. »Ich flüchte nicht, Jan.«

Er nickte, sein Daumen umkreiste eine weiche Stelle auf der Innenseite ihres Unterarms, um die sich Ringe bildeten, wie wenn man einen Stein ins Wasser wirft.

»Ich muß alles neu lernen.«

Die Ringe erreichten das Schlüsselbein, legten sich um den Hals. Ihr Atem verlor seine Selbstverständlichkeit, jeder Zug mußte einzeln angeordnet werden. Jan stand auf, zog sie aus dem Sessel, stellte die Weinflasche auf den Nachttisch. Sie saß auf dem Bett. Er hielt ihre Hände fest. Dann warf er sie lachend auf die Decke, griff ihr ins Haar, das sich weich anfühlte wie Kükenflaum, fuhr mit den Fingern ihre Ohrmuschel entlang, blies einen schmalen Luftstrahl auf den verletzlichsten Punkt der Kehle, sah in ihrem Nacken Gänsehaut.

Sie lag auf dem Rücken, wie sie neben Albin gelegen hatte, wenn er am frühen Abend betrunken gewesen war, schlafen mußte, starrte ins Nichts.

»Oft habe ich mit der Wand gesprochen, während er vor sich hin dämmerte. Mit wem hätte ich reden sollen? Er war mein Liebster. Ich wollte, daß er weiß, was mich bewegt, womit ich mich beschäftige. Photographie interessierte ihn nicht, aus Rücksicht auf mich bremste er seine Verachtung. Ich wollte ihn nicht verraten und habe niemandem gesagt, daß er die Gesellschaft von Flaschengeistern bevorzugt.«

Jan schob seine Hand unter ihren Pullover, fuhr ihr über den Bauch, der flach und angespannt war.

»Jemand wie Albin vereinsamt dich doppelt. Er spricht immer weniger mit dir, aber weil du ihn liebst, redest du mit niemand anderem darüber, du schämst dich für ihn und schämst dich, daß du dich schämst.«

Sie richtete sich auf, zog den Pullover aus, fiel mit einem Seufzer auf die Matratze: »Ich weiß, ich sage das Falsche zur falschen Zeit.«

Jan schüttelte den Kopf. Unter ihrem hellen Seidenhemd zeichnete sich das Blumenmuster in der Spitze des BHs ab. Oberhalb der linken Brust hatte sie einen Leberfleck. Jan nahm einen großen Schluck aus der Flasche, drückte seine Lippen auf ihre, ließ den kalten Wein in sie hineinlaufen. Livia schloß die Augen, spürte dem Widerspruch zwischen warmen Lippen und kühler Flüssigkeit nach, glitt durch Höhlensysteme, die sich öffneten, das Rinnsal in eine Ebene entließen, die kein Ende haben sollte. Jans Hände strichen langsam über ihren Rücken, lösten Verspannungen, öffneten den BH im Vorübergehen. Die Grenzen seines Gesichts verschwammen, seine Augen wurden ihre Augen, in denen sich eine Landschaft aus Dünen, Gras, Fußspuren spiegelte, durch die der Bach mäanderte, sich dem Meer näherte, ohne das Meer zu suchen, der Erdanziehungskraft folgend. Hier wollte sie den Rest ihrer Tage verbringen, das Anstrengendste sollte sein, Sandkörner abzustreifen, das Hemd, den

Slip, mit angezogenen Beinen, zwischen denen seine Hand ein Spiel begann, dessen Regeln sie fast vergessen hatte. Es gab keine Sieger, keine Verlierer. »Ich möchte noch Wein«: Jan streckte seinen Arm nach der Flasche aus, setzte sie an den Hals, gab ihr zu trinken, sie hatte nie so frischen Wein getrunken, Quellwasser, das durch Moose, Bergkräuter geflossen war, unbekannte Aromen angenommen hatte, Schiefer, Lehm, Klee. Sie ließ zu, daß ihr Becken, die Hüfte versuchten, ihrem eigenen Rhythmus zu folgen, Jan wies ihn nicht zurück, bewegte sich in ihrem Takt, nahm ihr die Hand vom Mund, als sie vor der Lautstärke ihres eigenen Schreis erschrak. Das Wasser lief in den Nabel, die Rippen herunter, Salz mischte sich bei. Sie hatte Mühe, »So war es nie« zu sagen, wußte nicht, ob er es hörte, ob es ein Satz, sein Grund oder das Echo war.

Später lagen sie ruhig beieinander, hörten das Ticken des Weckers im Halbschlaf, aneinandergedrängt wie junge Hunde. Als Albin und ich aus der Lounge schwankten, hätte Livia zumindest theoretisch aufgestanden sein, das Hotel verlassen haben können, um irgend etwas zu photographieren: das Entladen der einlaufenden Kutter, die Bewegungen der erwachenden Stadt, oder sie wäre in ein Café geflüchtet, weil sie befürchtet, nein, gewußt hätte, daß Albin betrunken aufs Zimmer kommen würde, in seinen Reaktionen nicht berechenbar.

Trotz ihrer Vorsichtsmaßnahmen ging er davon aus, daß Jan mit Livia schlief. Auch wenn sie in der vorigen Nacht, als er aus Sulukule kam, auf dem Zimmer gewesen war, hatte er ausreichend Verdachtsmomente. Vielleicht läßt sich so sein plötzliches Verschwinden erklären: Albin war stolz. Er wollte unter keinen Umständen vor unseren Augen verlassen werden. Dazu paßt auch der Opal, den er ihr gekauft, der melodramatische Gestus, mit dem er ihn ihr überreicht

hat. Er machte sich aus dem Staub, um Livias Abschieds-
worte nicht hören zu müssen. Das ist wahrscheinlicher als
die Annahme, er sei von Edelsteinschmugglern – kaukasischer, türkischer, amerikanischer Nationalität – umgebracht
oder verschleppt worden. Nicht einmal Messut deutete ein
Verbrechen an.

20.

NAGER GIBT eine Runde Raki aus, vergißt aber beim Bezahlen, daß er Livia und mir ein Abendessen schuldet.

Sobald ausreichend Äthanol durch die Magenwände in den Kreislauf gedrungen ist, wechselt das Blut den Aggregatzustand. Die Haut flirrt, als würde sie von innen mit Bürsten massiert. Draußen ist die Kälte angenehm. Ich friere heute nicht mehr. Die schmerzhaften Bewegungen der Larve werden ein Ziehen in den Armen, der Brust. Auf Istanbuls Hauptverkehrsstraßen bilden sich Inseln der Stille.

Livia unterhält sich mit Jan. Sie will nicht wissen, was ich noch vorhabe.

»Kennst du eine Bar, wo man in Ruhe reden kann?« fragt Nager, während wir auf Corinna und Sabine warten, unschlüssig, wie der Abend weitergehen soll. »Die Kinder müssen sich ohne uns vergnügen. Von der Kunst sind sie Lichtjahre entfernt. Dieses bildungsbeflissene Gequatsche kann ich mir nicht sieben Tage am Stück anhören, das führt in eine Nervenkrise.« – »Ich bin Handwerker, kein Künstler.« – »Du bist ein Sonderfall.« Er spinnt. Sie verachten und fürchten ihn. Wir erkunden dasselbe Grenzgebiet. – »Laß uns ins Sultan *gehen, da gibt es diesen* Irish Pub, *wo Messut mich hingeschickt hat, damit ich mich an Millers Nichtexistenz gewöhne. Ich zeige dir das Hotel, vielleicht ist Messut im*

Dienst, unter Umständen kannst du ihn sprechen, dir ein eigenes Urteil bilden. Ich würde nicht ausschließen, daß er uns rausuirft. Außerdem weiß der Barkeeper Bescheid: Als ich mich nach einem dicken Amerikaner mit attraktiver Freundin erkundigt habe, schlug er Marlon Brando vor, den würden die Türken lieben, besonders als Pate. Entweder hat er zu viele Filme gesehen, oder er wollte mich warnen. Nachdem ich behauptet hatte, Brando sei heute morgen während der Dreharbeiten zu einem Film über Edelsteinschmuggler hier im Hotel erschossen worden, brach er das Gespräch ab, spülte zwei Gläser, glotzte in seinen Fernseher. Wenn du ins Sultan willst, müssen wir links abbiegen.« – »Es war ein anstrengender Tag, ihr seid müde, Albin und ich gehen woanders hin.« Niemand fragt, ob wir ihn mitnehmen. Livia mag sich nicht anschließen. Sie weiß, daß es auf ein Besäufnis hinausläuft, der Ekel entstellt ihren Mund. Scherf schaut beleidigt, tuschelt mit Hagen. Nager zieht meine Gesellschaft der seiner Studenten vor. Das Äthanol ist im Hirn angelangt, hat an die Schaltstellen für Wohlbefinden angedockt, fehlende Glücksbotenstoffe ersetzt. »Viel Spaß, schlaft gut, träumt süß.«

Vor dem Sultan blockiert ein Reisebus die Straße, alle Gäste sind ausgestiegen. Pubertierende in Uniform laden das Gepäck auf Wagen. Unter den Strahlern leuchtet der rote Teppich wie eine Blutlache. Englische Rentner bevölkern das Foyer, blättern auf den Sofas in Prospekten, warten an der Rezeption. Sobald einer zum Aufzug geht, stellt der nächste sich an. »Ist das Messut?« – »Nein. Vielleicht sitzt er im Büro. Siehst du den offenen Türspalt? Dahinter brennt Licht.« Nager läuft an der Schlange vorbei, stützt sich auf den Tresen, als wolle er Bier: »I want to speak with Messut.« Er spricht einen grauenhaften Akzent. Ich halte Abstand. Der Hilfsportier starrt ihn verblüfft an. Sein Ge-

218

sicht zeigt keinerlei Argwohn. Nicht alle werden eingeweiht sein. Durch den Spalt linst ein Auge. Es gehört nicht Messut. Jemand will wissen, wer nach ihm fragt. »Mr. Yeter doesn't work tonight, can I help you?« – »It was for private reasons.« Nager grinst: »Schade.«

Die Bar ist weder leer noch überfüllt. Wir entscheiden uns für die Polsterecke rechts vom Eingang wegen der freien Sicht auf das Thekenoval bei gleichzeitigem Blick auf die Tür. »Es ist der, der gerade den Cocktail mixt.« Außer ihm bedienen ein unscheinbares Mädchen und ein Mann Ende Zwanzig, der seine Freizeit im Body-Building-Studio verbringt. Als das Mädchen kommt, bestellen wir Guinness und Tullamore Dew. »Er hat dich wiedererkannt. Ihm ist nicht wohl dabei.« – »Was dachtest du?« Der Barkeeper sagt etwas zu der Kellnerin, die sich daraufhin zu uns umdreht. Ich nehme nicht an, daß es sich auf die Getränke bezog. »Er schenkt großzügig ein.« – »Vielleicht will er uns abfüllen.« Scheinbar ohne mich zu beachten, fährt er mit seiner Arbeit fort, rührt Longdrinks, zerstößt Eis, zapft. Nachdem eine Viertelstunde verstrichen ist, schlendert er ans hintere Ende der Theke und telephoniert. »Verdammt unauffällig«, sagt Nager. – »Mittelmäßige Schauspielkunst.« – »Weißt du inzwischen, was du tun willst?« – »Nachforschen. Heute morgen habe ich etwas Aufschlußreiches beobachtet. Die Situation war heikel. Frag mich in ein paar Tagen. Danach bin ich zwei Stunden die Straße hier auf und ab spaziert. Es gibt kein Café, von dem aus der Empfangsbereich zu überblicken ist. Ich wollte herausfinden, was für Leute das Sultan aufsuchen. Touristen und Geschäftsleute sind um diese Zeit unterwegs. Trotzdem herrschte Betrieb. Hauptsächlich türkische Männer. Teilweise sind sie zu Fuß gekommen, zum Teil aus Autos gestiegen. Alle hielten sich nur kurz drinnen auf – höchstens eine Viertelstunde –, verschwanden wieder. Also waren es keine

Hotelgäste. Und schau dich um: Siehst du einen Türken? Das beweist nichts, aber es ist ein weiteres Indiz.« Der Barkeeper wirft uns Kontrollblicke zu. Die Abstände dazwischen sind so lang, daß es keinen Grund gibt, ihm Ärger zu machen. »*Mir ist mit Seppo in Düsseldorf mal was Komisches passiert. Nachts um halb zwei nach einer Ausstellungseröffnung wollten wir in der Altstadt Bratwurst essen, schwankten durch den Hofgarten, schwere Schlagseite, da stehen hundert Meter vor uns zwei Männer und schreien sich an. Einer hat ein Messer in der Hand. Als wir näherkommen, sticht er dem anderen blitzschnell zweimal zwischen die Rippen und rennt weg. Wir sind hin, fragen, ob wir helfen können, er sagt nichts, keine Regung, preßt nur seine Hände auf die Brust. Dann brüllt er los: Verpißt euch, das ist meine Angelegenheit, wenn ihr nicht abhaut, ruf' ich die Bullen, ich sage, ihr hättet mich überfallen, ihr Wichser! – Zwei Tage später lese ich in der Zeitung, daß südlich von Meerbusch ein Erstochener am Rheinufer angespült wurde, dessen Identität unklar ist. Es wird nach Zeugen gesucht. Wir haben uns bei der Polizei gemeldet, Rechtsbelehrungen angehört, welche Strafen bei Meineid drohen, haben zugegeben, daß wir stockbesoffen waren. Danach mußten wir zur Gerichtsmedizin, wo der Doktor die Leiche in einer Schublade aus der Wand gezogen hat, wie bei* Derrick. *Wir haben ihn als den Mann aus dem Hofgarten identifiziert, das Protokoll unterschrieben, drei Tage gegen die Angst vor Hintermännern getrunken. Bis heute fehlt vom Täter jede Spur. Sie kennen nicht mal den Namen des Toten. Warum wollte er nicht, daß wir ihm helfen? Seppo hat später* Unsinn schützt vor Wahnsinn *auf ein Bild geschrieben, da ist ein gelbweißer Fuß drauf, vom großen Zeh baumelt ein Zettel mit Registriernummer, dahinter schwimmen Goldfische.«*

Einige Herren aus der englischen Reisegruppe haben sich

an den Nachbartisch gesetzt. *Einer sagt, noch bevor er sei-nen Lieblings-Whisky bestellt:* »Excuse me, Madam, Corn-wall may not be Irish, but it is one of the most beautiful re-gions in England.« *– Die anderen nicken. Nager schüttelt den Kopf, schlägt die Hände vors Gesicht, bebt vor Lachen, hält inne:* »Eine Frage...« *Ich weiß, welche Frage er stellen wird, will sie nicht hören.* »...ich kenne ein paar hundert Künstler. Du bist einer. Man sucht sich das nicht aus. Warum machst du nichts?« *Ich könnte ihm sagen:* Halt die Klappe, das geht dich einen Scheißdreck an, *er wäre nicht beleidigt:* »Ich beschäfige mich nicht mit Gründen. In der Nachbarschaft meines Onkels, der Hühnerfarmen betreibt, bei dem ich einige Jahre wohnen mußte, gab es einen Stein-bildhauer, Poensgen, dem habe ich oft zugeschaut. Ich muß fünfzehn oder sechzehn gewesen sein, trank mittags mit den Arbeitern Korn. Er war unglaublich souverän. Ohne einen Hauch Unsicherheit hat er Schrift, Muster, Profile in Flä-chen gehauen, für die Familiengruften reicher Bauern Ma-donnen, einen Christus aus dem Stein geholt. Ich stand staunend am Zaun, dachte:* Wie kann er das können? – Diese Fertigkeiten sind ausgestorben. *In der kleinen Biblio-thek meiner Mutter hatte ich ein Buch über Michelangelo gefunden und eins über Rodin. Und mir waren Gesten auf-gefallen: schöne, entsetzliche, zwischen meinen Eltern, Brü-dern, ihren Freundinnen. Ich hatte mir Gesichter einge-prägt, deren Ausdruck man nicht beschreiben, nur zeigen konnte. Es war öde in Staudt. Schlimmer als öde. An einem Dienstag im Sommer '82 habe ich Poensgen gefragt:* Jupp, kannst du mir einen Stein und Werkzeug leihen? *Er schaute skeptisch, zögerte, ging dann mit mir zu der Halde mit al-ten Grabsteinen, die er auf Friedhöfen abgebaut hatte, un-terschiedliche Formen und Größen, bemoost, an den Kan-ten beschädigt, auseinandergebrochen.* Such ihn dir, *sagte* *er. Ich verstand die Formulierung nicht, begriff, daß es um mich und einen Stein ging. Daß ein Stein keine beliebige Sache ist. Poensgen ließ mich allein, wandte sich einem Leuchter aus schwarzem Marmor zu. Ich stand ratlos vor den Blöcken, kannte weder die Gesteinsarten, noch wußte ich, daß jede anders auf das Eisen reagiert. Aber ich hatte die Vorstellung meiner Plastik: Aus einem Quader sollte ein Arm mit ausgestreckter Hand ragen, deren Fingerspitzen einen zweiten Quader berührten. Lebensgroß. Der Arm sollte wie ein Funke sein, der zwischen zwei Elektroden überspringt. Nach anderthalb Stunden fand ich einen, der für irgend etwas als Sockel gedient hatte, oben und unten Profile, keine Inschrift, die frühere Westseite war grün. Ich ging zu Poensgen, sagte:* Ich hab' ihn. *Er zog die Augenbrauen hoch, glaubte mir, schaute sich den Stein an, bockte ihn auf, gab mir Hammer und Meißel, zeigte mir den Grundschlag. In den ersten Tagen korrigierte er meinen Bewegungsablauf, sonst nichts. Ich mußte eine Menge Material wegsprengen, bevor der Arm sich abzeichnete, so daß ich den Stein kannte, als es kompliziert wurde. Die Hand war für einen Anfänger extrem schwierig, weil ich den Daumen und den kleinen Finger abspreizen wollte. Sie sind nicht weggebrochen. Aber man spürte keine Spannung. –* Du kannst gut werden, *sagte Poensgen,* besser als ich. – *Ich durfte mir einen neuen Block suchen. Nach anderthalb Jahren waren meine Noten so schlecht, daß ich sitzengeblieben wäre. Also habe ich angefangen, bei Poensgen zu lernen. Ich habe die Werkstatt gefegt, Kram von hier nach da geschleppt, Platten gesägt, Fensterbänke, Böden, Treppen verlegt. Langweilige, anstrengende Zeitverschwendung. Trotzdem habe ich gern mit Poensgen gearbeitet. Er macht alles aufmerksam. Lieber nimmt er weniger an. Weil er der Beste im Umkreis ist, kommt er über die Runden. Vor allem mit Restaurierungen und Repliken. Schon im zweiten Jahr durfte ich gotisches Gesprenge ergänzen, barocke Türstürze kopieren. Nach Feierabend habe ich meine eigenen Skulpturen gemacht. Gesten vor allem, Berührungen, Portraits, eins zu eins. Ich wollte nicht als Grabsteinmetz enden, habe bei drei Akademien Mappen eingereicht. In der mündlichen Prüfung fragte einer von deinen Kollegen, wie ich auf die abwegige Idee verfallen sei, mit Kitsch, dem jede Innovation fehle, billigem Abklatsch der Bildhauerei des 19. Jahrhunderts für ein Kunststudium zugelassen zu werden. Er riet mir, mich an einer Dombauhütte zu bewerben, da bräuchte ich keine eigene Formensprache zu entwickeln, könne nach Herzenslust nachahmen. Der Mann hatte Glück. Ich war gelähmt, sonst hätte er einen plastischen Chirurgen benötigt. Weder in Düsseldorf noch in Hamburg noch in Berlin wollten sie mich. Ich habe trotzdem weitergehauen. Am Wochenende und nachts. Ich bin nach Rom und Florenz gefahren, um Michelangelo zu sehen. Das ist der Maßstab. Rodin schlampt. Ich war eine Woche in den Steinbrüchen von Carrara, habe Blöcke ausgesucht, mir den weißesten Marmor schicken lassen. Wenn man ihn richtig poliert, wird er lebendiger als Haut. Daraus wurden Büsten von Poensgen, Claes, meiner Mutter. Die Arme frei vor dem Oberkörper; verschränkte, aufeinander ruhende Hände. Bei Mutters Portrait berührten sich die Fingerspitzen, bildeten das Gerüst einer Halbkugel vor der Brust. Obwohl die Augen keine Farbe hatten, sah man, daß die Frau erloschen war. Ihre Hände sind zerbrechlich gewesen, dabei extrem beweglich. Sie konnte ihre Zeigefinger rückwärts bis auf den Handrücken biegen, beherrschte jede anatomisch mögliche Verrenkung. Zum Teil bin ich über die Grenzen des Materials hinausgegangen, dann ist kurz vor Schluß ein Ohr weggeplatzt, ich habe den Meißel fallen lassen, einen Augenblick*

später war von dem Versuch ein Haufen Trümmer übrig.
Dein Professorenkollege hatte recht: Meine Plastiken sahen
alt aus, sie gehörten in die Vergangenheit. Nicht nur die
Plastiken, auch der Antrieb war von gestern, mein Glaube,
daß sie möglich sind, zu schwach. Wenn du nachts um eins
mit einer Flasche Wodka vor einem Portrait stehst, das nicht
besser ist als die, die schon gemacht worden sind, das aus-
sieht, als hätte es eine Zeitreise hinter sich, dann passiert,
daß du statt des feineren Meißels einen Vorschlaghammer
nimmst. Da es viele Nächte und viele Flaschen Wodka dau-
ert, bis ein neues Gebilde fertig ist, bleibt wenig übrig. Als
ich Livia kennenlernte, dachte ich: Jetzt lande ich in der
Gegenwart, jetzt könnte etwas gelingen. *Mit einer wirkli-*
chen Frau, die bei mir sein will, die nicht davonläuft, der
ich nicht davonlaufe, versuche ich es noch mal. Livia hat
auch sonderbare Hände, ist dir das aufgefallen? Andere als
meine Mutter, kräftigere. Hände, die etwas anfassen kön-
nen, aufheben, ohne es zu zerdrücken, festhalten, ohne es
fallen zu lassen. Meiner Mutter sind alle Sachen runterge-
fallen. Ihre Finger haben sich geöffnet, obwohl sie sich dar-
auf konzentrierte, ein Glas, ein Messer zu umfassen. Sie
fegte fast täglich Scherben zusammen. Das wollte ich zei-
gen: Hände, die nichts halten können, und im Gesicht den
Schrecken. Und dann Hände, die etwas halten, ohne es zu
zerquetschen. Livias Büste wäre fast geglückt. Der Ober-
körper endete knapp über dem Nabel. Sie schaute einen ge-
radeheraus an und trotzdem vorbei. Ganz gleich, von wo
aus du sie ansahst, du hattest keine Möglichkeit, von ihrem
Blick getroffen zu werden, dachtest aber, du müssest nur die
Position wechseln. Die rechte Hand strich eine Strähne hin-
ters Ohr, in der Linken, ziemlich genau auf Höhe der Brust-
warzen, hielt sie eine kleine Kamera, die auf den Betrach-
ter zielte wie eine Waffe. Statt der Augen war eine Linse auf

dich gerichtet. Ich habe ein Dreivierteljahr daran gearbei-
tet, Nacht für Nacht. Die Haare glichen Haaren. Livia fand,
daß es ihr ähnlicher sei als ein Spiegelbild. Zwischenzeit-
lich bildete ich mir ein, es würde keine alte Plastik. Dann ist
ein Prozeß in Gang gekommen, den ich bis heute nicht be-
greife: Ich wollte die Handgelenke schlanker, habe einige
Millimeter weggenommen, dadurch wirkten die Arme zu
fleischig, die Hände zu stark. Nachdem ich das korrigiert
hatte, schien sie Schultern wie ein Boxer, Riesentitten zu
haben, sie bekam einen Wasserkopf, wirkte giraffenhaft
langgestreckt. Nachdem die Arme magersüchtig, die Finger
dünne Zweige geworden waren, hielten sie eine überdimen-
sionale Kamera, das Gesicht wurde ein Pferdegesicht, die
Brüste verdorrten. Ich habe drei Monate versucht, die ver-
schiedenen Partien zueinander ins richtige Verhältnis zu
setzen, eine Flasche Schnaps pro Nacht getrunken, dann
brach – es war kurz nach elf –, während ich Nackenwirbel
polierte, die Hand samt Kamera am Gelenk ab, ohne daß
ich sie berührte, es hatte noch anderthalb Zentimeter
Durchmesser. Das Geräusch des Steinbrockens, der auf den
Boden fiel, riß mich aus dem Traum vom Bildhauer. Die
Finger sind so dünn gewesen, wie Marmor sein kann, zwei
lagen einen Meter von Hand und Kamera entfernt. Ich trat
ein paar Schritte zurück, die Augen hatten längst keinen
Blick mehr, nicht einmal einen, der am Betrachter vorbei-
sah. Es war ein klarer Moment, trotz einer halben Flasche
Obstler: Ich habe den Vorschlaghammer geholt und so
lange auf den Rumpf eingeprügelt, bis nur noch kieselstein-
große Splitter und Staub übrig waren, dann habe ich die
restlichen Büsten, Torsi, Studien aus den Regalen und
draußen vom Platz geholt – es sind nicht viele gewesen, acht
oder neun Stücke – und alles kurz und klein gehauen. Stun-
denlang. Wirklich mühsame Arbeit. Die anderen Sachen

waren nicht so fragil wie Livias Portrait. Gegen halb vier gab es von mir keine Plastik mehr. Das ist vor fünf Jahren gewesen. Seitdem restauriere ich Fassaden, ergänze Maß-werk, schlage Faltenwürfe nach. Das wird nicht schlecht bezahlt. Ich mache so wenig wie möglich. Wenn mir etwas anderes einfällt, höre ich damit auf. Alle Jubeljahre be-komme ich einen Anfall und versuche mich an einer Skulp-tur, glaube, etwas gesehen zu haben, was noch nicht gezeigt worden ist. Aber diese eine Nacht hat etwas zurückgelas-sen, das jedes Mal in denselben Automatismus mündet: An einem bestimmten Punkt kurz vor Schluß weiß ich, es wird nicht besser, und weiß, daß es nicht gut ist. Manchmal bleibt das Ding ein paar Tage stehen, ich zeige es Livia, die mir einreden will, es sei großartig, doch ich habe Augen im Kopf, spätestens nach einer Woche kommt der Vorschlag-hammer oder die Preßluftpistole. Eine Büste habe ich aus purem Vergnügen von Hand mit dem Spitzeisen zu Marmor-schrott heruntergehauen, so präzise, als würde ich ein pla-stisches Ziel verfolgen.«

»Du hättest das dokumentieren sollen. Deine Freundin ist Photographin. Sag ihr, sie soll sich eine Plattenkamera an-schaffen. Du machst eine Büste oder Geste, bis es nicht mehr weitergeht. Dann läßt du sie von Livia perfekt ausge-leuchtet ablichten. Sie soll das in Originalgröße der Plastik abziehen, so daß man jedes Detail erkennt. Dann zerstörst du das Ding. Brutal, oder nach einem strengen System, du kannst es irgendwo herunterstürzen oder Stück für Stück abtragen, am Ende bleibt Kies übrig, grober oder feiner, in dem noch eine Nase, ein Fingerglied in seiner ganzen Fein-heit zu erkennen ist. Das Zeug kehrst du zusammen und füllst es in Eimer. Wenn du so gut bist, wie ich vermute, wer-den die Leute einen Schock kriegen: Unter den Photos reak-tionärer, handwerklich perfekter Steinplastiken liegen de-

ren Trümmer. Du kannst die Aktion filmen, als Video zeigen. Der Künstler wird sein eigener Bilderstürmer, negiert sein Werk. Das wäre radikale Verweigerung. – Bist du in Ägypten gewesen? In Luxor, Karnak sind Tausende Figuren, Reliefs, denen fromme Leute die Nasen abgeschlagen haben, weil dann die Seele entweicht, oder umgekehrt, weil das Götzenbild für böse Geister unbewohnbar wird, mit einem Hieb haben sie das Gesicht gespalten, die Augen rausgehauen. Du heulst, du hast Lust, diese Arschlöcher genauso zu verstümmeln. Die Reaktionen auf die Splitter vor deinen Photos werden ähnlich sein. Wut, Schmerz. Das paßt in keinen Kopf, wie du zu diesem Irrwitz in der Lage bist. Das wollen Kunstsammler sehen: Sachen, die in keinen Kopf passen. Intelligente Menschen, die viel Geld verdienen, geilen sich an den Geburten deines kranken Geistes auf. Sie können beim Champagner darüber reden. Dafür bezahlen sie. Mach das einfach. Ich stell' dich meinem Galeristen vor.« – »Wozu?« – »Warum nicht, wenn es egal ist?« – »Ich hasse Stein.«

21.

WAS HAT ALBIN in Düşünülen Yer gemacht? – Irgend etwas muß dort passiert sein. Auf dem Rückweg wechselte er ein paar Sätze mit Nager, äußerte sich aber nicht zu seinen Erkundungen. In den folgenden Tagen gelang es uns weder herauszufinden, wo genau er gewesen ist, noch, ob er einen Informanten getroffen hat.

Die Morgenfahrt über den silbrigen Bosporus vorbei an Landhäusern, Palästen war ein Versprechen auf bessere Tage gewesen, ein Moment der Erleichterung. Erstmals seit unserer Ankunft hatte Istanbul in der Sonne gelegen, unter einem blauen Himmel, der in großer Höhe von weißen Wolkenfäden durchzogen wurde. Die Luft roch frisch, nicht nach fauligem Meer. Es waren türkische Studentinnen an Bord, aber keiner von uns sprach sie an.

Unmittelbar nach dem Verlassen des Schiffes sagte Albin zu Livia: »Bleib bei den anderen, mir kannst du nicht helfen«, so laut, daß jeder es hörte. Dann lief er in die entgegengesetzte Richtung davon. Livia nahm die Brüskierung hin, eher erleichtert als gekränkt, lächelte Jan zu.

Ich glaube nicht, daß Albin einen verabredeten Treffpunkt angesteuert hat. Dafür hätte er eine gesonderte Karte gebraucht. Auf den Stadtplänen war Düşünülen Yer nur als brauner Fleck im Norden der asiatischen Seite eingezeichnet. Albin schaute nicht nach Straßennamen, erkundigte sich bei keinem Passanten nach dem Weg. Er flüchtete vor uns, blickte mehrfach zurück, um sicherzugehen, daß niemand folgte.

Düşünülen Yer liegt am Hang, umgeben von militärischem Sperrgebiet. Man gelangt ausschließlich übers Wasser dorthin. Die Bucht wird seit vorgeschichtlicher Zeit bewohnt. Auf einer Tafel sind Grabungsschnitte mit verschütteten Siedlungsschichten eingezeichnet. Ein Fischerdorf, das zur Kleinstadt herangewachsen ist: Holzhäuser, Souvenirläden, Teppich- und Keramikhändler, Restaurants; triste Wohngebiete am Rand. Die Kutter sind wirtschaftlich bedeutungslos, laufen aus, damit wir es malerisch finden. Trotz der geringen Größe ist die Anlage des Ortes undurchschaubar. Man meint eine Moschee, einen Brunnen schon gesehen zu haben, an die Gebäude in der Nachbarschaft erinnert man sich nicht. Die Siedlung wuchert unkontrolliert, doch einige Viertel sind streng rechtwinklig angelegt. Man hat das Gefühl, sich im Kreis zu drehen. Irgendwo muß ein Zentrum sein, das den architektonischen Gesamtzusammenhang klärt, aber jedes Mal, wenn man glaubt, es gefunden zu haben, führt die Straße wieder heraus. Früher oder später landet man in einer Fischbraterei, ißt, trinkt, findet sich mit den Rätseln ab. Nager schwärmt bis heute von seiner gegrillten Dorade. Die Sardinen, Tintenfischringe schmeckten frischer als bei den Griechen in S. Die größte Sensation war eine grotesk ausgestopfte Ziege mit Kitz im Schaufenster eines Schlachters.

Während der fünf Stunden, die wir an Land verbrachten, hat keiner Albin auch nur von weitem gesehen, obwohl der Ort so klein ist, daß man sich fast zwangsläufig über den Weg läuft.

Als wir ihn vor der Rückfahrt am Kai trafen, wirkte er

noch verschlossener, selbst Nager gegenüber. Beide waren angetrunken. Albin strahlte eine dunkle Ruhe aus, ich konnte jedoch keinen Unterschied zu seinen Verfinsterungen in den Tagen zuvor entdecken. Möglich, daß er sich, während er durch Düşünülen Yer gezogen war, endgültig von Livia verabschiedet hatte. Sie photographierte vom Kai aus einen halbverwesten Hund im Wasser, der trotz seiner ausgefransten Wunden etwas Lebendiges spiegelte. Zu ihrer Enttäuschung fehlte es später auf den Photos. Albin schaute Jan und Livia ebenso gleichgültig wie aufmerksam zu. Nicht, weil er einen Beweis suchte, eher damit sie seinen Blick bemerkten und das Spiel beendeten. Die Vertrautheit ihres Umgangs fiel selbst Hagen auf. Scherf konnte sich nicht zwischen Neid und Hohn entscheiden, sagte: »Traurige Frau: guter Fick oder Gesprächstherapie.«

Er war sichtlich stolz auf die Formulierung. Jan überhörte ihn.

Hätte Nager nicht mit Händen und Füßen auf den Matrosen eingeredet, der das Einholen der Gangway verantwortete, ihm Geld zugesteckt, seine Stellung als Professor in die Waagschale geworfen, wäre das Schiff ohne Mona ausgelaufen. In letzter Sekunde kam sie die Straße heruntergerannt, außer Atem, entschuldigte sich mit Zeichnungen, die sie unbedingt habe machen müssen. Nager beschimpfte uns als *Kindergarten*. Beim Ablegemanöver wurde der Hundekadaver vom Sog der Schraube in die Tiefe gezogen.

Aus der Ferne glich Istanbul der sagenhaften orientalischen Metropole, die wir hatten besuchen wollen. Minarette, Kuppeln, Türme schimmerten wie mit Gold übergossen. Albin hing über dem gefährlich niedrigen Geländer und starrte ins Wasser. Manchmal gaben seine Knie nach.

Als ich wissen wollte, ob er die gestrige Nacht gut überstanden habe, antwortete er: »Thekengelaber. Ich erinnere mich kaum.«

Er schaute in die sinkende Sonne über dem Scherenschnitt der Bergkette, ohne etwas Bestimmtes zu fixieren. Hinter seinem Rücken brannte Livias Haar vom Abendlicht. Sie lehnte an Jans Schulter, beide rauchten. Nager saß neben Mona auf der Holzbank, redete Gelegenheiten herbei, sie anzufassen. Nachdem er einen Blick auf ihre Skizzen geworfen hatte, versuchte er ihr zu erklären, warum Kunst und Bildermalen nicht dasselbe sind: »Kunst ist Folge einer Krankheit«, sagte er. »Man macht das nicht, um Mama Weihnachtsgeschenke mitzubringen.«

»Wenn ich etwas Besonderes sehe, ist es doch nicht falsch, es zu zeichnen.«

»*Wie!* Schätzchen. – Die einzige Frage heißt: *Wie?*«

Er schwitzte, obwohl es mit der Dämmerung im Fahrtwind kalt wurde, rief: »Albin, mein Assistent, kannst du mich übersetzen?«

Aber Albin muß kurz zuvor gegangen sein, ohne daß wir es bemerkt hatten, wahrscheinlich zum Ausschank. Nager winkte ab: »Ich brauche Bier«, schwankte ebenfalls auf die Schwingtür zu. Mona rutschte fröstelnd auf ihrem Platz hin und her, rieb sich die Schenkel, sann ihm kopfschüttelnd nach: »Warum entmutigt er einen?«

»Keine Ahnung. Frag den Assistenten.«

»Der bewegt nicht mal seine Gliedmaßen koordiniert, wie soll er klar denken?«

Als Albin und Nager zurückkamen, sprachen sie über George Foreman, der vor einer Woche im Alter von fünfundvierzig Jahren Boxweltmeister geworden war. Albin starrte wieder den Horizont an. Nager fiel auf die Bank wie ein Sack. Der Himmel wurde erst orange, dann dunkeltürkis, vereinzelt leuchteten Sterne, keiner von uns wußte ihre

Namen. Corinna, Swantje, Sabine und Adel verabschiedeten sich in die Innenräume. Kurz darauf ging Mona wegen
der Kälte, obwohl sie lieber geblieben wäre. Es folgten Fritz
und Hagen, dessen Verhältnis zu Swantje ungeklärt war.
Weil er nicht zurückkam, verschwand Scherf. Nagers Kopf
kippte nach hinten über die Lehne, sein Mund öffnete sich,
die Motoren übertönten den im Rachen gurgelnden Speichel.

Ich hätte gern mit jemandem über den Bauplan von
Düşünülen Yer geredet, über die Mischung aus geordneten
und chaotischen Strukturen, in denen es mir nicht gelungen
war, mich zu orientieren. Ich überlegte, ob es möglich wäre,
ähnliche Kompositionen für Bilder zu entwickeln: Formen,
in denen sich Konstruktion und Improvisation die Waage
hielten. Und ich wollte Albin noch einmal ansprechen – unsere nächtliche Unterhaltung ließ mich nicht los –, doch er
hatte sich hinter einer unsichtbaren Wand verschanzt, in der
es keine Tür gab. Von Zeit zu Zeit drehte er sich um, nahm
zur Kenntnis, daß alle bis auf Nager und mich gegangen waren, Livia eingeschlossen. Es interessierte ihn nicht. Seine
Züge bekamen etwas Spöttisches. Er rauchte eine Zigarette
nach der anderen, keuchte, seine Finger zeichneten Figuren
in die Luft, als verständige er sich in Taubstummensprache.
Nager schnarchte laut und explosionsartig, dazwischen
dehnten sich Pausen, in denen sein Atem aussetzte. Ich sagte
Albin, daß ich zeichnen wolle, und ging ebenfalls unter Deck.

Wahrscheinlich war es ein Fehler, ihn alleine zu lassen.
Als erstes sah ich Adel, der vor Sabine kniete, ihre Hand
hielt und Sätze über Freundschaft formulierte. Ich setzte
mich zu Livia und Jan: »Er weiß es. Ihr müßt mit ihm reden.«

»Morgen.«

»Warum nicht jetzt?«

232

»Er ist betrunken und rastet aus. Nüchtern hat er nicht genug Kraft für Gewalt.«

»Wo schlaft ihr heute?«

»Zusammen.«

Hinter der Scheibe schien der Himmel violett. Drinnen wurde das Licht grün, im Halbdunkel dröhnten die Motoren lauter als bei Tag. Obwohl Albin jederzeit hätte hereinkommen können, drückte Livia sich an Jan. Ein türkischer Vater umklammerte seinen Sohn, die Mutter stierte stumpf aus dem Fenster. Ich wußte nicht, was sie bedrückte, nur, daß sie einander kein Trost waren.

»Eigentlich hätten wir uns den Ausflug sparen können«, sagte Livia, »ich mochte dieses Düşünülen Yer nicht. Es hat etwas Bedrückendes, wie alle Orte, in denen für Zuschauer gelebt wird.«

Sie sprach leise, war zeitweilig kaum zu verstehen: »Die Frauen spielen Frauen von Fischern, die Fischer spielen, wir sollen glauben, daß die Makrelen, Kalmare, die wir in den Restaurants ihrer Väter, Brüder bestellen, nicht vom Großmarkt stammen, sondern eigenhändig gefangen wurden. Männer kratzen sich die Arme auf, damit die Wunden aussehen, als hätte ein Tau sie beim Einholen der Netze, beim Setzen der Segel gerissen. Das einzig Gute ist diese Fahrt in die Nacht. Das leichte Schaukeln, verschwimmende Konturen. Ich bin gerne auf Schiffen, ich war noch nie seekrank, selbst bei Sturm nicht...«

Livia redete vor sich hin, wandte sich nicht einmal Jan zu, und es kümmerte sie nicht, daß die Falschen zuhörten: »...eine Schwester meines Vaters, Tante Gisa, hat ihre Hochzeit auf einem Moseldampfer gefeiert. Ich durfte die Kerze tragen, Blumen streuen, ich habe sie beneidet, dachte: *Jetzt wird ihr Leben schön.* Es war Sommer, das Schiff fuhr die Weinberge entlang. Sie hatten eine Pop-

Gruppe gemietet, die *Abba, Boney M.* und eigene Lieder spielte, alle haben getanzt. Am frühen Nachmittag gingen wir zwischen Ediger und Bremm vor Anker. Da, wo der steilste Wingert der Welt ist. Ein kleines Motorboot kam von der anderen Seite. Zuerst ist Robert, Gisas Mann, die Leiter heruntergeklettert, danach Gisa in ihrem riesigen weißen Kleid. Der Bootsführer reichte ihr die Hand. Alle lachten. Wenn sie ins Wasser gefallen wäre, hätten sie geschrien, ihr Leinen, Rettungsringe zugeworfen, sie wäre niemals ertrunken. Ich habe gebettelt, gejammert, weil ich mit an Land wollte: *Ich bin die Brautjungfer, ich gehöre dazu* – so lange, bis Gisa zu meiner Mutter sagte: *Von mir aus. Aber es dauert mindestens eine Stunde, sie wird sich langweilen.* Wir sind ans andere Ufer gefahren, wo die Ruinen einer Klosterkirche stehen, nur Grundmauern, heller Sandstein, ein Halbrund lichtdurchfluteter Spitzbögen, direkt in der Moselschleife, dort wartete der Photograph. Sonne und Wolken wechselten sich ab, es wehte so kräftig, daß Gisa ihren Schleier festhalten mußte, Robert flog der Zylinder in den Fluß. Sie sahen aus wie ein Hochzeitspaar auf der Flucht vor rachsüchtigen Verwandten. Ich war die Zofe, die heimlich Pferde, Herbergen bestellt hatte. Später würde ich Roberts Diener Georg heiraten, den ich seit langem liebte und der in Wirklichkeit sein Cousin war. Wir stiegen aus, ich trug Gisas Schleppe, damit sie sich nicht im Gebüsch verhedderte. Der Photograph erklärte, was er sich ausgedacht hatte, Positionen, Hintergründe, Bildformate, schwärmte, daß die Witterungsbedingungen, abgesehen vom Wind, optimal seien. Erst erzählte er Witze, damit sie locker wurden. Als wir in die Ruine kamen, wo die offiziellen Bilder gemacht werden sollten, wurde er feierlich, sprach über die *schwerwiegende Entscheidung*, die sie heute gefällt hätten, eine Entscheidung auf *Gedeih und Verderb*, Gisa und Robert erschraken, alberten dann wieder herum, *Ernster!* brüllte er, *denkt dran, ihr seid Mann und Frau, bis daß der Tod euch scheidet.* Robert legte die Stirn in Falten, Gisa setzte eine Miene auf wie fürs Vorstellungsgespräch. *Die Ruine ist der optimale Rahmen für ein repräsentatives Bild. Das könnt ihr nachher verschicken oder wegschmeißen, wie ihr wollt. Ein bißchen entspannter. Genau so. Keine Panik, gleich machen wir was Lustiges. Wunderbar. Die Blumen vor die Brust. Leg den Arm um sie. Schau sie an. Ein bißchen inniger. Nimm ihre Hand. Zärtlich. Sie ist dein Augenstern. Hallo, hier in die Kamera schauen. Nicht ganz so streng. Phantastisch. Und jetzt der vergnügliche Teil. Denkt euch, ihr wäret frei.* Obwohl der Photograph in einem fort redete, wirkte er entspannt, nicht wie der alte Sack, der in die Schule kam, in dessen Studio unsere Paßbilder gemacht wurden. Er war ein Jugendfreund von Robert, der für Reisemagazine durch die Welt flog, manchmal Fernsehstars aufnahm, er bediente zwei Kameras gleichzeitig, Farbe und Schwarz-Weiß. Mit seinem Sermon sorgte er dafür, daß Robert und Gisa von einer Stimmung in die nächste glitten, je nachdem, was für einen Ausdruck er auf ihren Gesichtern wollte. Sie vergaßen, daß es um ihre Hochzeitsbilder ging. Später, als wir an einem kleinen Sandstrand direkt am Ufer photographierten, ließ er sie kreischen, sich umeinander drehen, Robert warf Gisa in die Luft, fing sie auf, Gisa protestierte, kicherte, Robert spielte Gary Grant am Ende einer Komödie mit Grace Kelly oder Doris Day.

Je länger das Shooting dauerte, desto weniger beneidete ich Gisa. Ich beneidete den Photographen, der sie zu etwas machte, was sie nie gewesen waren, nie sein würden, aber sie würden sich später so sehen, weil es diese Bilder gab, die genauer und schöner als ihre Erinnerung waren. Von dem Zeitpunkt an wollte ich hinter der Kamera sein. Später auf dem Schiff erklärte ich meiner Mutter: *Ich werde Photographin.*«

»Ein Erweckungserlebnis«, sagte Scherf. »Sie ist als Kind zur Photographin berufen worden! Welche Gnade. Wir verneigen uns vor dir, Livia.«

Livia errötete, und Jan stand auf.

Er stellte sich vor Scherf hin und fragte: »Möchtest du dich entschuldigen?«

»Für was?«

Im selben Moment griff Jan Scherf direkt unterm Kinn an die Kehle und zog ihn von der Bank. Scherf war einen Kopf kleiner, röchelte. Corinna, Sabine und Adel sprangen auf, redeten auf beide ein, es gut sein zu lassen, keinen Quatsch zu machen. Jan ließ nicht los. Fritz trat hinzu, sagte zu Scherf, er solle sich entschuldigen, das sei für alle Beteiligten besser. Hagen wagte wegen Swantje, die mit Jan sympathisierte, nicht, sich auf Scherfs Seite zu schlagen. Dessen Gesicht war krebsrot angelaufen. Er stand auf Zehenspitzen, drückte seine Hände gegen Jans Brust, ohne daß es etwas nützte.

»Sprich mir nach: Ich bin ein Idiot, und es tut mir leid«, sagte Jan.

Endlich kam Mona: »Laß ihn los, Jan, egal, was ist. Tu mir den Gefallen.«

Jan gehorchte, doch in dem Augenblick, wo Scherf festen Boden unter den Füßen spürte, traf Jans Faust mit voller Wucht den ungeschützten Punkt über seinem Magen. Scherf krümmte sich, fiel auf die Knie, schnappte nach Luft, spuckte die Hälfte des Biers, das er eben getrunken hatte, auf die Planken. Zu dem Zeitpunkt saß Jan bereits wieder neben Livia. Er hatte ihr den Arm um die Schulter gelegt, redete mit ihr, als sei nichts geschehen. Scherf rappelte sich auf, schleppte sich mit zusammengekniffenem Mund auf seinen Platz: »Das wirst du bereuen.«

236

Hagen schämte sich, daß er seinem Freund nicht geholfen hatte, aber ihm fiel nichts ein, was er tun konnte, um es rückgängig zu machen. Mona grub ihr Gesicht in die Hände, schüttelte den Kopf. Die Reise war endgültig zur Katastrophe geworden. Sie ging an die Theke, sagte: »Somebody threw up over there.«

Die Thekenfrau schaute fragend, deutete auf die Vitrine mit Süßigkeiten, dann auf die Getränkeauswahl, zuckte mit den Achseln.

Nager erwachte während des Anlegemanövers vom Aufheulen der Motoren, vielleicht hat ihn auch der Stewart auf seinem Kontrollgang geweckt. Er fühlte sich zerschlagen, litt unter Kopfschmerzen, wie immer, wenn er geschlafen statt weitergetrunken hatte. Er stieß die Schwingtür mit dem Fuß auf und bremste einen Schritt vor der Lache aus erbrochenem Bier.

»Hat einer von euch gekotzt?«

Scherf nickte, was Nager jedoch nicht sah. Alle schwiegen. Niemand wollte die Sache aufblähen: Scherf war der Niederschlag peinlich, Jan fühlte sich im Recht, sah aber keine Veranlassung, das auszuführen, wir anderen hofften Schlimmeres zu verhindern, indem wir Normalität simulierten.

»Mann, Mann, Mann. Wenn man nicht geordnet saufen kann, soll man es lassen…«

Im selben Moment verkündete eine Frauenstimme über Lautsprecher auf türkisch und englisch, die Fahrt von Düşünülen Yer nach Istanbul sei in wenigen Minuten zu Ende, die Reederei hoffe, daß wir angenehme Stunden an Bord verbracht hätten und daß sie uns bald wieder als Gäste begrüßen dürfe, wünschte einen schönen Abend.

Alle stiegen die Treppe hinauf an Deck, sammelten sich im Pulk vor der Stelle, wo der Steg ausgeklappt werden würde.

Inzwischen war es dunkel. Scheinwerfer beleuchteten den Kai, Händler am Ufer priesen Mandeln, Walnüsse, Pistazien, die zu meterhohen Pyramiden aufgetürmt waren. Mona sah mich an, sagte: »Am liebsten würde ich morgen abreisen.«

Jan und Livia standen nebeneinander wie Bekannte. Nager saugte seine Zigarette heiß. Ohne daß wir es abgesprochen hatten, trafen sich alle vor der Kartenverkaufsstelle. Nach fünf Minuten fragte Nager: »Sind alle hier?«

»Albin fehlt«, sagte Livia.

22.

AM ENDE DES FLURS das Bild eines schwarzen Kupfer-
schmieds, der Lochmuster in einen Lampenschirm treibt.
Ihm zu Füßen biegt sein arabischer Gehilfe den Rand eines
gepunzten Tabletts in Wellenform.

Livia ist aufgekratzt und hungrig. Sie rennt fast, drückt
die Knöpfe aller drei Aufzüge.

Restoran – Dining room: zwölfter Stock. Ich werde ihr
nicht nahe kommen, schweigen, die Luft anhalten, erschrecke vor dem Pfeifton, mit dem die Tür schließt, obwohl
ich ihn zwanzigmal gehört habe. Enge. Wo soll man hinschauen, wenn man einander nicht kennt? Palisander und
rosa Granit. Musikberieselung. Ich starre auf meine Füße,
als stünde ich einer Fremden gegenüber. Wir werden ins
Freie entlassen.

Sie sieht schön aus im scharfen Herbstlicht, klar und verloren. – »Welchen Tisch?« – »Hinten links, wegen des Blicks
aufs Meer. Du kannst mit dem Rücken zur Wand sitzen.«

Die Unbekümmertheit, mit der sie ihren Teller belädt,
Schimmelkäse, Rührei, Räucherfisch in sich hineinschaufelt.
Ihre Kiefer bewegen sich wie das Mahlwerk einer Kuh. Der
Geruch dreht mir den Magen um. Gleichzeitig redet sie:
»Was möchtest du heute tun?« Lächelt verliebt. »Sollen wir
ins Museum gehen? Durch die Gegend schlendern? Willst du

am Goldenen Horn spazieren?« Sie weiß, daß ich morgens für niemanden zu sprechen bin, schaut, als könne ich Entscheidungen treffen. »Es gibt wahnsinnig viel zu besichtigen, wir kennen nichts davon, endlich sehen wir etwas gemeinsam an, wir sind überall zum ersten Mal.« Enttäuschung, weil ich nicht antworte. Sie denkt, daß ich heimlich getrunken habe. Ich trinke, damit das Zittern aufhört, damit sie sich nicht vor mir fürchtet. »Hello, another cup of coffee, please.« – »Ist dir aufgefallen, daß sämtliche Kellner Pickel haben? Wie erklärst du dir das? Schadstoffe in der Luft? Zu fettes Essen?« Ich will schreien: Halt die Klappe!

Wer trennt sich von wem? Sie sich von mir, ich mich von ihr? Ich bin nicht in der Lage, mit jemandem zu leben, der in geordneten Bahnen denkt, ernsthaft photographiert, davon ausgeht, daß man keine Geheimnisse voreinander hat, weil man liebt, geliebt wird. »Mußt du Knoblauchwurst essen?« – »Entschuldige.« Diese Stadt ist unser, mein Grab. Ich weiß nicht, weshalb sie mich hergeschleppt hat. Es war zu spät. »Ich würde gern in ein türkisches Bad gehen, das soll wunderbar sein.« Unvermittelt richtet sie sich auf, fixiert einen Punkt in der Ferne, als wollte sie etwas bannen, wirkt verwirrt. Dann reißt die Aufmerksamkeit ab. Sie läßt die Schultern hängen wie nach einem Fehlschlag, der das Spiel zu ihren Ungunsten wendet. Das Gesicht ist leer. Ich bin froh, daß sie endlich schweigt.

Ihr Blick auf mir wäre mehr gewesen, als ich erhofft hatte. Ich habe ihm nicht standgehalten: »Die Minarette stecken im Himmel wie Akupunkturnadeln. Um die Kräfte rechtzuleiten.« Sie entgegnet nichts.

Die Möwen sitzen da und warten. Außer mir hat ihnen niemand etwas gebracht in den vergangenen Tagen, trotzdem hoffen sie, daß einer mit Resten kommt: »Hier stinkt es, ich brauche frische Luft, laß es dir schmecken.« – »Du hast fast *nichts gegessen.« – »Soll ich* Mama *zu dir sagen?« – »Ich muß gleich noch duschen.«*

Fast Stille. Keine Stimmen, kein Gedudel; von tief unten das Echo des Straßenlärms. Schiffssirenen.

Ich kann die beiden Möwen voneinander unterscheiden. Die Flügel der einen sind dunkler. Sie hockt auf dem Geländer, beobachtet mit dem linken Auge das Meer, mit dem rechten den Frühstückssaal. Die hellere hat einen roten Fleck auf dem Schnabel, wandert vor der Glasfront auf und ab. Als ich auf die Terrasse trete, hüpft sie weg. Ich werfe ein Stück Sesamkringel hin, um ihren Streit zu sehen. Wer gewinnt, interessiert mich nicht. Sie sind gleich groß, sonst würde eine aufgeben. Es geht um strategische Entscheidungen, Planung der Konsequenzen jeder Bewegung. Livia schaut zu. Ißt weiter. Sie umkreisen das Brotstück, zwei Duellanten, angekettet im Zentrum des Kampfplatzes. Fauchen, führen Attacken mit gespreizten Schwingen, parieren, weichen aus, lassen ihre dünnen harten Zungen hervorschnellen wie Messer. Ich mache einen Ausfallschritt, beide fliegen auf die Brüstung. Als ich mich entferne, hüpfen sie herunter, nähern sich mit seitlichen Schritten erneut der günstigsten Position.

Ich biege um die Ecke, zünde eine Zigarette an. Niemand aus dem Saal sieht mich. Der Wodka aus der Minibar schießt in die Adern wie Heroin. Die Putzfrau wird ihn aufs Formular setzen, Livia wird den Zettel finden, fragen, wann ich das alles getrunken habe, eine ausweichende Antwort erhalten. Binnen Sekunden eisige Fingerspitzen, zugleich Wärme, die sämtliche Organe durchflutet: das Narkotikum für die Larve in meinem Innern. Ihre Bewegungen werden ruhiger, weniger schmerzhaft. Für Stunden vergessen, daß es sie gibt.

Angenehmes Licht.

Der Blick in fremde Räume verwischt vom ausgeatmeten Rauch, der sich durch die Kälte verdoppelt. Hinter den Fenstern wohnen Menschen oder sind zu Gast. Was machen die anderen? Arbeiten, essen, ficken, schlafen. Es muß möglich sein, sich damit zufriedenzugeben. Schemen ohne Farbe huschen von links nach rechts. Eine junge Türkin bringt ihrem Mann, den Kindern Tee und Gebäck. In der Etage darunter trainiert jemand im Pyjama seinen Bizeps mit Hanteln. Von Westen her bewegt sich ein Flugzeug auf das Zentrum zu, verliert an Höhe. Ich denke, es wird abstürzen. Als ich es aus den Augen verliere, Rauch, den Nachhall einer Explosion erwarte, geschieht nichts.

Verschont werden ist die Ausnahme. Es geht um Aufschub, ein paar Jahre später enden. Nicht jetzt.

Jetzt wäre besser.

Fünfzig Meter entfernt öffnet Ireen im violetten Seidennachthemd die Vorhänge ihrer Suite, als wäre sie dort zu Hause, rückt die Blumen auf der Kommode zurecht, leert den Aschenbecher, verschwindet ins Bad. Tauben jagen durch die Häuserschlucht. Eine ältere Frau schließt ihren BH. Miller als Geschäftsmann auf Dienstreise ist Frühaufsteher, vollständig angezogen, telephoniert, legt auf. Speckige Lederflicken auf den Ellbogen des senffarbenen Tweedsakkos. Erstaunlich, wie tänzerisch er seine drei Zentner bewegt. Er nimmt einen Apfel, wirft ihn hoch, beißt hinein, verzieht die Mundwinkel, schmeißt ihn weg. Ich hätte weniger Kaffee trinken sollen oder Bier bestellen. Er öffnet die Balkontür, setzt sich, schlägt eine amerikanische Zeitung auf, überblättert die ersten Seiten, zieht sein Notizbuch aus der Jacke, schreibt etwas ab: Aktienkurse, Prognosen für die Entwicklung in Regionen, aus denen er beliefert wird. Jelzin droht den Tschetschenen Krieg an. Ireen läuft nackt mit einem Handtuchturban durchs Halbdun-

kel, makellos gebaut. Bückt sich, hebt ein Hemdchen auf, das sie in der Nacht zu seiner Belustigung quer durch die Suite geschleudert hat. Er beachtet sie kaum, streicht nachlässig über ihren Hintern, sagt etwas, woraufhin sie einen Kuß auf seinen Scheitel drückt, zärtlicher als erwartet, sich umdreht, in den Nebenraum verschwindet. Sie nimmt ihm sein Desinteresse nicht übel.

Miller könnte Marlon Brando in der Verfilmung seiner Autobiographie spielen, so ähnlich sehen sie sich: resigniert und allmächtig wie Vito Corleone; Oberst Kurtz' depressive Genußsucht. Er greift sich an den Kopf, steht auf, holt einen Aktenkoffer, den er auf dem freien Stuhl neben sich deponiert, löst ein Schloß, dreht die Zahlenkombination in die richtige Reihenfolge, drückt zwei Knöpfe an den Seiten, der Deckel springt auf. Er entnimmt weiße Briefchen, schüttet deren Inhalt auf den Tisch. Er ist zu weit entfernt, als daß ich erkennen könnte, um was es sich handelt. Vermutlich Steine: ein Teil der bestellten Sendung oder Proben aus einem neuen Schürfgebiet. Er greift nach einer großen Lupe, nimmt kleine Gegenstände von der Damastdecke, dreht sie vorsichtig zwischen den Fingern. Als Ireen zurückkehrt – in kariertem Minirock und Spaghettiträgertop der Kälte draußen zum Trotz –, deutet er auf die unsichtbaren Dinge unmittelbar vor sich, legt seine fleischige Hand auf ihre Schulter, sagt: »Maybe, we'll have some difficulties, something went wrong.« Ich hatte recht mit meiner Befürchtung vorletzte Nacht, wundere mich, daß ein Satz über derartige Entfernungen zu hören ist. Der Wind verweht ihre Antwort. Er sagt das Wort »trouble«, den Zusammenhang verstehe ich nicht. Beide schauen auf. Miller steckt die Ware in die Tütchen zurück, klappt den Koffer zu. Erst nachdem der Deckel geschlossen ist, geht Ireen zur Tür. Ein Kellner mit langer Schürze fährt einen Edelstahlwagen an den

Tisch, entkorkt Champagner, gießt ein. Sie stoßen an und trinken. Er serviert einen Korb europäisches Brot, dazu Platten mit Käse, Aufschnitt, mariniertem Gemüse, stellt ihnen Teller mit silbernen Hauben hin, die er wie auf Befehl abhebt – ham and eggs, sausages, baked beans, potato wedges, frisch zubereitet, appetitlich angerichtet –, verneigt sich, verschwindet lautlos.

Miller ißt wie ein Tier, schaut lediglich auf, um nachzulegen. Ireen redet. In dem Abgrund zwischen den Hotels verwirbelt jede Böe anders, trägt den Schall oder verschluckt ihn sofort. Vielleicht hat Ireens Stimme eine ungünstige Frequenz: Keiner ihrer Sätze dringt bis zu mir. Irgend etwas muß aus dem Ruder gelaufen sein, sie sind betrogen worden, haben schlechte Qualität geliefert bekommen. Ich kann Marmor, Basalt beurteilen, aber keine Edelsteine. Vielleicht sind die Smaragde nur Vorwand für andere Geschäfte. Schließlich wird sie ruhiger, zieht ein Päckchen Tempotücher aus der Handtasche, schneuzt sich. Ich bin nicht in der Lage zu entscheiden, ob sie erkältet ist oder weint. Miller schiebt Bissen um Bissen in sich hinein. Wirft einzelne Sätze hin, Namen. Wechselt zwischen Kaffee und Champagner, schenkt sich zum dritten Mal nach, während Ireen ihr Glas nicht anrührt. Sie wischt eine Träne aus dem Augenwinkel, atmet schwer, lächelt wie ein Mädchen, das sich beim Vater entschuldigt. Er ist satt, schiebt den Teller weg, läßt sich von ihr seine Zigarillos holen, sie selbst nimmt eine Zigarette. Er reicht ihr das Feuerzeug. Ich sehe, daß er den Rauch tief in die Lunge saugt, durch die Nase ausatmet. Den nächsten Zug läßt er zwischen den Lippen hinausgleiten. Er sagt: »What we do is very risky. I don't know what will happen.« Sie nickt. Der Rauch schwebt feierlich über den Essensresten. Miller winkt ab, was immer das bedeutet: »Take care of you, baby.« Man muß Amerikaner, fett und reich sein, um seine Freundin Baby zu nennen. Sie reagiert nicht. Ich denke: Gleich wird er erschossen. *Flucht in Filmszenen, um die Welt handhabbar zu machen.* Ein knapper, trockener Ton saust vorbei. Wo hat er seinen Ursprung? Miller zuckt, sein Kopf fällt zurück, einen Augenblick später sackt das Kinn auf die Brust. Die Stirn schlägt mit Wucht auf die gläserne Tischplatte, verfehlt knapp den Teller. Ireen springt vor splitternden Gläsern, verspritzendem Champagner auf. Steht da, glaubt, daß er einen Infarkt, einen Schlaganfall hat. Dann sieht sie Blut in Höhe des Herzens aus dem Rücken strömen, vielleicht aus der Brust. Auf dem makellosen Veloursteppich bildet sich eine rote Lache, die matt aufgesaugt wird, gerinnt. Der Schütze muß rechts angesessen haben, sonst hätte er Miller unmöglich durch die geöffnete Tür unterhalb des Schulterblatts treffen können. Er kauerte hinter dem Schornstein auf einem der umliegenden Dächer oder hinter einem Vorhang. Da sind zwanzig Fenster mit geschlossenen Gardinen, ein paar gekippt, drei, vier, fünf weit geöffnet. Die Stoffbahnen schaukeln leicht vom Durchzug. Nirgends eine abrupte Bewegung, die auf Flucht schließen läßt. Der Lauf wird nur wenige Sekunden hervorgeragt haben, wenn überhaupt. Auf welche Distanz trifft ein bezahlter Mörder mit Präzisionsgewehr und Zielfernrohr? Die beiden Dächer, auf die ich hinabschaue, sind leer, nichts deutet auf Ungewöhnliches hin. Vielleicht hat er Miller gar nicht von einem der angrenzenden Häuser aus anvisiert. Er hätte durch mindestens zwei Baulücken von Stellungen in der Parallelstraße aus schießen können. Ireen schwankt, fällt oder bricht zusammen, ihr Oberkörper zittert. Sie sitzt neben Miller auf dem Boden, stößt ihn an, er neigt sich um Zentimeter zur Seite. Fiele ein zweiter Schuß, hätte sie Deckung durch ihn. Sie weiß das, vermutet, daß sie selbst in Gefahr ist, legt sich flach, rollt sich vorsichtig von ihm weg, kriecht auf die Tür zu. Jetzt müßte sie außerhalb des Schußfelds sein, nicht mehr sichtbar. Langsam schiebt sie sich rücklings den Rahmen hoch, nähert ihre Hand der Klinke, dreht den Bolzen, reißt die Tür auf, stolpert auf den Flur, schaltet Licht an, ein Fehler, so kann man von weit her auf sie anlegen. Warum ruft sie nicht um Hilfe? Der Schock lähmt die Stimme. Wenn ich jetzt loslaufe, brauche ich zehn Minuten bis ins Sultan. Vorher wird sie jemanden finden, das Zimmermädchen, Nachbarn, die vom Frühstück zu- rückkehren. Auf jeden Fall wird sie es bis zum Aufzug schaf- fen, der Aufzug kann nicht weit sein. Sie soll ins Foyer fah- ren, die Polizei holen, den Notarzt, vielleicht ist Miller nicht tot, es bleibt eine Viertelstunde, ihn vor dem Verbluten zu retten. Nirgends verschwindet jemand in einem Schacht, klettert die Feuerleiter herunter. Rechts schlägt eine Frau Kissen aus, schließt das Fenster. Ist sie Komplizin? Alle Leute, die in den nächsten Minuten aus einem Eingang in der Nähe treten, sich zügig entfernen, können es getan ha- ben. Die, die ihre Wohnung nicht verlassen, ebenso. Hinter mir regt sich nichts. Vom Frühstücksraum aus ist der Blick auf Millers Suite verstellt. Der Schalldämpfer hat den Schuß fast unhörbar gemacht. Ireen ist fort. Sie war so klug, die Tür zu schließen. Ich habe erst einmal jemanden sterben sehen. Es zwingt einen in die Verantwortung. Daß einer vor den ei- genen Augen umgebracht wird, hält man für ausgeschlos- sen. Es passiert anderen. Ich werde mit Livia sprechen. Li- via ist eine nüchtern handelnde Frau. Man denkt, daß sich etwas Schreckliches ereignet, im selben Moment geschieht es. War der Gedanke schuld? Hatte ich eine Ahnung, bin ich Opfer eines Zufalls? Morgen werde ich weniger trinken. – Verschwindet, Scheißviecher, ihr geht mir auf die Nerven! – Livia ist gegangen. Keiner hat sein Frühstück unterbrochen, weil er irgend etwas befremdlich fand. Halblaute Gespräche, Touristen planen den Tag. Die Kellner fragen: »Coffee or tea?« Der Ältere wirkt abgeklärt, als brächte ihn nichts aus der Ruhe: »Excuse me, Sir, a man has been…« Es hat keinen Zweck. Er wird mir nicht glauben, selbst dann nicht, wenn er den schwer verletzten Miller, seine Stirn auf dem Tisch neben der leeren Flasche liegen sieht. Miller hat seit Jahren Whisky in der Orient Lounge getrunken. Der Kellner wird sagen: He had too much champagne in the morning, now he's tired, needs a little sleep, und: Sorry, I have a lot of work. Livia soll hinauffahren, sobald sie fertig ist, schauen, ob jemand etwas verändert, stiehlt, während ich ins Sultan gehe. Zwei doppelte Wodka reichen nicht, um meine Hände ruhigzustellen. Im Restaurant, auf den Fluren, im Aufzug Computermelodien. Das Schlüsselloch verrutscht. Livia duscht noch. Sie wird annehmen, daß ich ihr eine Lügengeschichte auftische, um etwas zu erreichen, das sie nicht begreift. Ich habe ihr viel Unsinn erzählt all die Jahre. Sie dreht den Hahn zu. Frühmorgens vor ihr in der Dusche knien nach endlosem Sex und zwei Stunden Schlaf. Sie auslecken, bis sie Schwierigkeiten mit dem Gleichgewicht hat. Wahrscheinlich ist das Gebiet längst von der Polizei abgesperrt. Ich werde hingehen, meine Aussage machen. Livia trocknet sich gründlich ab, ehe sie aus dem Becken steigt, massiert sich Spülung ins Haar. Ein Körper, an dem es nichts zu bemängeln gibt. Wann ist mein Interesse verloren gegangen? -

Sag es einfach: »Miller ist erschossen worden.«

23.

WIR WARTETEN zwanzig Minuten am Kai. Niemand wunderte sich, daß Albin nicht kam. Während der vergangenen Tage war er ständig allein losgezogen, ohne uns zu verraten, wo er hinging. Stunden später tauchte er geheimnisschwer wieder auf und ließ die meisten Fragen unbeantwortet. »Er wird sein Detektivspiel fortsetzen«, sagte Mona. Nager mutmaßte, daß ihm in Düşünülen Yer Hinweise gegeben worden seien, die er prüfen wolle. Er wirkte enttäuscht, daß Albin ihn weder in seine Pläne eingeweiht noch vom Fortschritt der Suche erzählt hatte.

Livia sorgte sich nicht an diesem Abend. Ihr Zusammensein mit Jan wurde durch Albins Abwesenheit einfacher. Nach zwei schlaflosen Nächten war sie völlig übermüdet, zugleich aufgekratzt. Sie drehte sich mit ausgestreckten Armen auf der Straße, die Kameratasche über der Schulter, sang *There's a moon over Bourbon street tonight*. Ihre Vergangenheit hatte ein Ende.

Daß Jan Scherf niedergeschlagen hatte, nahm ihm keiner wirklich übel, aber die offene Feindschaft zwischen beiden vergiftete die Atmosphäre endgültig. Alle rechneten damit, daß Scherf sich rächen würde. Corinna wirkte verschreckt, Mona immer noch wie gelähmt. Hagen plagte sein schlechtes Gewissen. Fritz sah sich von überspannten Comic-Figuren umgeben. Niemand wußte, wie wir die Fahrt ohne weitere Eskalationen hinter uns bringen sollten.

»Kann mir einer erklären, was los ist?« fragte Nager auf dem Weg zum Hotel. »Wollt ihr schon ins Bett? Es ist halb neun, wir sind nur noch zwei Nächte hier.«

»Mir reicht es für heute«, sagte Scherf.

»Die Stadt sieht traumhaft aus, hell erleuchtet, sternenklarer Himmel. Erst jammert ihr einem die Ohren voll, daß es regnet, jetzt, wo das Wetter besser wird, fallt ihr vollends in Depression. Heute ist Samstag, Partytag. Orientalisches Nachtleben, Bauchtanz, Opiumhöhlen, Musikclubs. Was rät der Reiseführer, Mona?«

»Ich bin todmüde.«

»Wie wollt ihr Kunst machen, wenn ihr nichts seht?«

Keiner antwortete.

Jan und Livia gingen Hand in Hand. Ihnen als einzigen war der Tag nicht verdorben. Jan erläuterte ihr seine Malerei, was er sonst nie tat, schimpfte über das Ersetzen des Sichtbaren durch Gequatsche beim Großteil zeitgenössischer Kunst, über den vorsätzlichen Dilettantismus von Video- und Computerinstallationen. Livia hörte zu, lachte. Albin hatte oft ähnlich geklungen.

Sie küßten sich vor unser aller Augen.

»Auch das noch«, sagte Nager.

Am nächsten Morgen erschien Albin nicht zum Frühstück. Die Abstände, in denen Livia auf die Uhr schaute, wurden immer kürzer. Gegen zehn nahm sie ihren Mut zusammen, ließ den halbvollen Teller stehen, sagte: »Wahrscheinlich hat er verschlafen«, fuhr zu ihrem – jetzt seinem – Zimmer hinunter, entschlossen, ihm zu erklären, daß sie sich wegen Jan von ihm trennen werde, und zwar sofort. Ich weiß nicht, ob sie hoffte oder fürchtete, ihn anzutreffen. Jan hatte keine

Ruhe und folgte ihr. Er wartete neben der Tür, um notfalls einzugreifen.

Nichts deutete darauf hin, daß Albin in der Nacht dort gewesen war. Seine Sachen lagen auf dem Boden verstreut wie zwei Tage zuvor. Das Bett schien unberührt, in der Minibar fehlte keine Flasche, nirgends eine Notiz. Sie durchwühlte seinen Koffer, in der Hoffnung, daß er Namen, Adressen, Telephonnummern vermeintlicher Kontaktpersonen aufgeschrieben hatte, fand zwei leere Flachmänner Doppelkorn, die sie in den Papierkorb warf. Sie hatte ihn nicht betrogen, sondern verlassen. Eine Entscheidung, kein Ausrutscher. Seine Flucht machte alles leichter. Trotzdem fühlte sie sich schlecht. Zwar glaubte sie weder an Millers Ermordung noch an eine Verschwörung geheimer Organisationen, trotzdem hatte sie Angst um sein Leben. Albin sollte weiterhin auf der Welt sein, wenn auch nicht als der Mensch, den sie liebte. Mit schlechtem Gewissen steckte sie zwei Filme ein, die er verschossen hatte. Vielleicht hatte er etwas aufgenommen, das Anhaltspunkte lieferte. Dann packte sie ihre verbliebenen Sachen in den Koffer und verließ das Zimmer. Beinahe hätte sie Jan umgerannt, der neben der Tür an der Wand lehnte und nicht wußte, wo er seine Zigarette ausdrücken sollte. Sie entschuldigte sich auf englisch, bevor sie ihn erkannte. Jan ließ die Kippe fallen, trat sie in den Teppich und strich Livia übers Haar. Sie schluckte einen Kloß herunter, verbat sich Tränen, fiel ihm um den Hals: »Er ist nicht hier gewesen, gestern jedenfalls nicht. Ich bin sicher, daß ihm etwas zugestoßen ist. Sie haben ihn gekidnappt, weil er seine Nase unbedingt in Sachen stecken mußte, die ihn nichts angehen. Wenn er etwas beschlossen hat, läßt er nicht locker, egal, wie absurd es ist. Vermutlich ist er jemandem gefährlich geworden. Dafür muß seine Geschichte mit Miller ja nicht stimmen. Es reicht, den entsprechenden Leuten mit falschen Fragen in die Quere zu kommen. – Ich phantasiere schon wie er, wahrscheinlich hat er sich einfach abgesetzt.«

Jan hielt sie im Arm. Er wußte nicht, wie er reagieren sollte, und schwieg.

»Was soll ich tun? Wir fliegen übermorgen zurück, wenn nicht, verfallen die Tickets. Ich kann ihn unmöglich hier lassen, ohne zu wissen, was mit ihm ist. Aber Donnerstag muß ich photographieren, ein Auftrag über viertausend Mark, dem weitere folgen sollen. Wenn er abhaut, ohne etwas zu sagen... Wo willst du suchen? Find mal jemanden in dieser Riesenstadt, der dir nie verrät, was er tut. «

»Bestimmt taucht er nachher verkatert und dreckig wieder auf, weil er die Nacht besoffen in der Hundescheiße gelegen hat.«

Jan und Livia entschieden, bis zum Mittag auf Albins Zimmer zu warten. Wenn er auftauchte, stünden sie ihm gemeinsam gegenüber. Andernfalls würden sie zu Messut gehen oder zur Polizei. Jan kam noch einmal in den Frühstücksraum, teilte Nager mit, daß er die Besichtigung der Sinan-Moscheen auslassen werde. Dann setzte er sich zu mir und fragte, ob Albin vorletzte Nacht irgend etwas verraten habe, woraus sich Schlüsse auf sein weiteres Vorgehen ziehen ließen? Ich erzählte, was ich wußte: daß Albin angeblich am Dienstag im *Otelo Sultan* aufgegriffen worden sei, als er Handwerker beobachtet habe, die den Teppich in Millers Suite ausgetauscht hätten; daß ihm Mittwoch ein älterer Edelsteinhändler, der Zahnarzt in Deutschland gewesen sei, die Namen zweier russischer Schieber, Parfjon und Jewgeni Petrowitsch, genannt habe, die ihn ihrerseits an einen gewissen Nicola verwiesen hätten, der eine gigantische Brille trage. Donnerstag sei er in diesem Zigeunerviertel gewesen. Freitag habe Messut Yeter ihm dringend geraten, nach Düşünülen

Yer zu fahren. Möglicherweise sei er dort gestern mit jemandem zusammengetroffen. –

»Nicht viel«, sagte Jan, »trotzdem danke.«

Sie lagen aneinandergedrängt in Livias Hälfte des Bettes, rauchten, schauten fern. Jan trank Bier, Livia ließ sich Tee bringen. Sie hatte sich den Beginn ihrer Liebe anders vorgestellt: eine letzte Auseinandersetzung mit Albin, Jan an ihrer Seite, Geschrei, Türenschlagen, danach wäre alles leicht geworden. Sie hätte ihn vergessen, wie einen Alptraum, den man beim Erwachen nicht aufgeschrieben hat. Statt dessen beobachteten sie abwechselnd den Uhrzeiger, schreckten auf, wenn sich auf dem Flur Schritte näherten, waren gewappnet, dachten in unterschiedliche Richtungen.

Albin kam nicht.

»Was willst du machen?« fragte Jan gegen eins.

»Der Stein«, sagte Livia, »er hat diesen Feueropal doch nicht gekauft, weil er mir eine Freude machen wollte. Er brauchte einen Vorwand, um die Juweliere im Basar auszuhorchen… Wir könnten das gleiche probieren.«

»Hast du gesehen, wie viele das sind?«

»Das bin ich ihm schuldig.«

Jan hielt es für falsch, Albins Spur auf eigene Faust zu verfolgen. Zwar glaubte er ebensowenig wie Livia an ein Komplott, fürchtete jedoch, daß jeder, der hier zu viele Fragen stellte, bald in Schwierigkeiten geriet. Als zwei Fremde ohne Kenntnis der Sprache und der örtlichen Gepflogenheiten hätten sie kaum eine Chance, den Wahrheitsgehalt irgendeiner Aussage einzuschätzen, doch Livia bat ihn so eindringlich, daß er es ihr nicht abschlagen konnte, zumal er unter keinen Umständen wollte, daß sie allein ging.

Jan fragte sie nicht, ob sie Albin noch liebe oder weshalb sonst sie sich derart für ihn verantwortlich fühle, daß sie bereit sei, sich unnötig in Gefahr zu bringen.

Nachdem sie das Hotel verlassen hatten, schleppte er sie zuerst in die Bäckerei, damit sie wenigstens ein Teilchen aß. Sie nahm ein Baklawa mit auf die Straße, biß ein Stück ab, sagte »lecker« und warf es weg.

Die goldene Inschrift über dem maurischen Eingangstor der Universität spiegelte das Licht der Nachmittagssonne.

Im Basar herrschte größerer Andrang als vier Tage zuvor. Beiden erschien die Aufdringlichkeit der Händler und Schlepper jetzt unerträglich. Jan zischte in einem fort: »No!«

Livia war angespannt. Ihre Blicke jagten durch die Hallen, sie atmete wie vor einem Asthmaanfall. Jan hatte beschlossen zu verhindern, daß sie aufgrund falsch verstandenen Verantwortungsgefühls in Albins Wahnbilder hineingesaugt wurde. Als sie den Bezirk der Edelsteinhändler gefunden hatten, blieb Livia mitten im Gang stehen, bewegte die Lippen, flüsterte: »Dieser Idiot, dieser verdammte Idiot, er soll mich in Ruhe lassen, er soll aus meinem Leben verschwinden, ich will ihn nie wieder sehen.«

Jan stellte sich hinter sie, deckte ihren Rücken, legte ihr seine Hände auf den Bauch. Der Gang war schmal, sie wurden gerempelt, vorwärtsgestoßen, einige Männer drehten sich verärgert um. Jan versuchte Livia sanft an die Seite zu schieben, doch sie rührte sich nicht. Nach einer Weile zuckten ihre Arme wie unter Stromschlägen, sie bekam Schüttelfrost, sah ihn verzweifelt an: »Vielleicht braucht er meine Hilfe. Zum letzten Mal. Und ich werde ihn nie los, wenn ich ihm nicht ins Gesicht sage, daß es aus ist. – Steckst du mir eine Zigarette an?«

Sie beruhigte sich ein wenig und faßte den Plan, Albin aufzuspüren, ohne jede Vorstellung, wie er sich umsetzen ließ. Jan überlegte, was er ins Feld führen konnte, um sie zu überzeugen, daß Albin sich abgesetzt hatte. Sie standen da, starrten ratlos Goldschmuck an, Tausende von Armreifen unterschiedlicher Stärke, Gliederketten, Ringe mit und ohne Stein: »Ich würde dir was kaufen, aber ich bin pleite«, sagte Jan.

»Wir müßten in Erfahrung bringen, wer mit Opalen handelt.«

»Was willst du die Leute fragen? – *Kennen Sie einen russischen Juwelenschmuggler? Können Sie mir seine Anschrift geben?* – Es hat keinen Sinn, Livia. Laß uns zur Polizei gehen und Vermißtenanzeige erstatten, sollen die sich darum kümmern.«

»Ein einziges Geschäft, dann haben wir es wenigstens versucht. Der Alte da sieht nett aus. Er könnte Zahnarzt gewesen sein.«

»Wahrscheinlich will Albin ein neues Leben anfangen und hat einfach keine Lust, mit dir darüber zu diskutieren. Einen besseren Zeitpunkt abzuhauen gab es nicht.«

In dem Moment spürte Jan Livias Kraft entweichen. Nach einer langen Stille sagte sie: »Aber diesen Nicola schauen wir uns an. Und Messut. Ja?«

Jan nahm Livia an der Hand und zog sie Richtung Ausgang. Er war froh, als sie klaren Himmel über sich hatten. In der Sonne wurde es so warm, daß sie sich auf ein Stück Wiese setzten, den Passanten zuschauten, hauptsächlich Studenten. Livia ließ sich rücklings ins Gras fallen, schloß die Augen, damit die Gedanken ungestört vorüberziehen konnten. Plötzlich raste eine Horde zerlumpter Zigeunerkinder um sie herum, die jüngsten höchstens sechs, die älteren vielleicht zwölf Jahre alt. Sie stießen vibrierende Kehllaute aus, riefen: »Money, money«, schnitten Grimassen, skandierten einen Abzählreim, stießen Jan gegen die Schulter. Er sah, daß die Situation Livia überforderte, sagte nur: »Komm, wir gehen.«

Die Kinder folgten ein kurzes Stück, stürzten sich dann auf eine skandinavische Reisegruppe, die soeben mit prallgefüllten Tüten aus dem Basar gekommen war.

Jan fragte mehrere Passanten nach der nächsten Polizeistation. Ausnahmsweise sprachen sie weder Deutsch noch Englisch und zuckten mit den Achseln, obwohl das türkische Wort *polis* sich kaum von *police* unterschied. Nach zwanzig Minuten stießen sie auf ein Revier.

Der Raum war weit, aber niedrig, die Luft zum Schneiden. Ein Säugling plärrte. Seine Mutter redete noch schneller, als ihre Fäuste auf den Tresen hämmerten. Mehrere Telephone läuteten gleichzeitig. Die Schreibmaschinen stammten aus den sechziger Jahren und klangen nach Sperrfeuer. Über Lautsprecher wurden Namen von Zeugen, Verdächtigen ausgerufen, die hinter einer Glastür in Büros verschwanden.

Jan und Livia reihten sich in die dritte von sechs Schlangen, weil der Beamte, auf den sie zuliefen, ihnen sympathisch schien. Die Tische bogen sich unter Stapeln unerledigter Akten, die ständig durch neue ergänzt wurden. Livia wirkte apathisch, kniff die Lider zusammen, um sich wenigstens die optischen Eindrücke vom Leib zu halten. Sie benötigten eine Dreiviertelstunde, um an den Schalter zu gelangen.

»Can I help you?« fragte der Polizist.

»We have a problem«, sagte Jan, »does anyone here speak German?«

Ohne zu antworten, drehte der Mann sich um, schlurfte ans andere Ende des Raums, beugte sich zu einem kahlköpfigen Kollegen mit buschigem Schnäuzer, deutete mehrfach in ihre Richtung. Der Kollege hatte keine Lust, den Fall zu übernehmen, runzelte die Stirn, kam schließlich doch, rief aber schon von weitem: »Was immer man Ihnen gestohlen hat, vergessen Sie's einfach, haken Sie's ab.«

»Wieso gestohlen?«

»Sie wurden übers Ohr gehauen, haben Hunderte von Dollars für Ramsch hingeblättert? Oder waren es Zigeuner? Man hat Sie auf offener Straße genötigt, Unsummen für ein paar Photos zu zahlen? Alles dasselbe, passiert jede Minute, Sie werden keine einzige Lira wiedersehen.«

»Wir vermissen jemanden, er ist seit anderthalb Tagen verschwunden...«

Während Jan redete, verschwand der Kommissar hinter dem Tresen, man hörte, wie er eine Reihe von Türen und Schubladen öffnete, sich den Kopf stieß, fluchte. Schließlich tauchte er mit einem zerknickten Formular wieder auf: »Name des Vermißten?«

»Albin Kranz.«

»Staatsangehörigkeit?«

»Deutsch.«

»Geboren am?«

»...eine Sekunde, ich würde Ihnen gern etwas über die näheren Umstände erzählen. Albin behauptet nämlich, daß er letzten Montag den Mord an einem amerikanischen Geschäftsmann, Jonathan Miller, beobachtet hat, im *Otelo Sultan*...«

Jan versichert, daß der Blick des Kommissars in diesem Moment einen Wimpernschlag lang finster geworden sei. Unmittelbar darauf habe er sein Gesicht in beide Hände gegraben und geseufzt: »Ist er bei der Polizei gewesen?«

»Der Portier des *Sultan* hat ihm erklärt, daß kein Miller bei ihnen im Haus wohnt. Deshalb hat Albin versucht, selbst Klarheit in die Sache zu bringen, angeblich hatte er schon Informanten...«

In den Augen des Kommissars blitzte es bedrohlich: »Er war nicht bei der Polizei? Ist Ihnen klar, daß er sich damit strafbar gemacht hat?«

Er verschwand abermals in den Unterschränken, fand auf

Anhieb ein zweites Formular, und übertrug die bisher erhobenen Daten, ehe er seine Befragung fortsetzte: »Wann und
wo geboren?«

»Am 21. 6. 1966 in Staudt«, sagte Livia.

»Albin glaubte, daß Miller von russischen Edelsteinschmugglern liquidiert...«

»Einen Mord zu beobachten und nicht zur Polizei zu gehen ist ein schweres Vergehen, genaugenommen mehrere
Vergehen in Tateinheit: Strafvereitelung, unterlassene Hilfe-
leistung, Tötung durch Unterlassung, Behinderung polizei-
licher Ermittlungen... Wenn er ein Fernglas benutzt hat,
eventuell sogar ein Verstoß gegen das Sittengesetz. Es wäre
besser für Ihren Freund, wenn er gar nicht wieder auf-
kreuzte, sonst hat er eine Menge Ärger am Hals.«

»Wir haben Sorge, daß ihm etwas zugestoßen ist.«

»Was meinen Sie, wie viele Männer für ein paar Tage in
Sulukule oder im Russenviertel abtauchen, um sich zu
amüsieren? Wenn ich die alle suchen lassen würde, müßte
halb Istanbul bei der Polizei arbeiten.«

Livia hätte gerne beteuert, daß Albin dafür nicht der Typ
sei, fast so gerne hätte sie geglaubt, daß der Kommissar
recht hatte.

»*Personenbeschreibung.* – Wie sieht Herr Kranz aus?«

»Groß, über einsneunzig, blaue Augen, mittellange blonde Haare, schlank...«

»Besondere Merkmale?«

»Vernarbte Hände.«

»Ist er Ihr Bruder, Ehemann, Schwager?«

Livia errötete: »Mein Verlobter, beziehungsweise mein
ehemaliger Verlobter, aber...«

»Sie sind weder verwandt noch verheiratet? Unter diesen
Umständen darf ich Ihnen in der Sache keine weitere Aus-
kunft geben. Wenn wir ihn gefunden haben – ihn oder seine

Leiche –, benachrichtigen wir die Botschaft, die wird sich mit seiner Familie in Verbindung setzen.«

Jan begriff, daß jedes weitere Wort überflüssig, wenn nicht gefährlich war: »Vergessen Sie's«, sagte er.

»Wenn das so einfach wäre: Das Gesetz verpflichtet uns, den von Ihnen gegen Herrn Kranz erhobenen Vorwürfen nachzugehen«, erklärte der Kommissar und zerriß die Vermißtenanzeige. »Die Angelegenheit liegt nicht mehr in Ihrer Hand, sondern bei der türkischen Justiz. Betrachten Sie den Staatsanwalt als eingeschaltet. Ich habe Ihre Aussage zu Protokoll genommen, prüfen Sie, ob alles seine Richtigkeit hat, dann unterschreiben Sie links unten. Außerdem brauche ich Ihre Adressen in Istanbul und Deutschland.«

»Sonst noch was?« fragte Jan.

»Einen angenehmen Aufenthalt weiterhin.«

Auf dem Weg zum Ausgang flüsterte Livia: »Ich fange an, Albin zu begreifen. Die Leute hier benehmen sich merkwürdig. Da stimmt was nicht.«

Jan drehte sich noch einmal um und sah, daß der Kommissar aufgeregt mit Kollegen diskutierte, von denen zwei ihnen nachschauten.

24.

*DAS TIEF liegt schwer auf der Stadt. Die Schlaglöcher ste-
hen zwei Fingerbreit unter Wasser. Müll treibt im Rinnstein.
Ich friere, mir platzt der Schädel. Gegen die Folgen von
amerikanischem Whisky hilft auch amerikanischer Whisky
nicht. Miller muß gut im Geschäft sein, wenn er sich zur
Dekoration eine Geliebte wie Ireen leisten kann. Sie ist die
Frau an seiner Seite. Im Gegenzug erfüllt er ihr jeden be-
zahlbaren Wunsch: eine Übereinkunft zu wechselseitigem
Nutzen.*

*Trotz des erbarmungslos grauen Himmels nimmt Livia
alles auf, was ihr vor die Linse gerät: Eselskarren, Wartende
an Haltestellen, eine räudige Hündin mit Welpen, die*
Hagia Sophia. *Sie versucht, Entgegenkommenden für eine
sechzigstel Sekunde ihren Ausdruck zu stehlen, ohne daß sie
es merken. Wie viele Millionen identischer Negative gibt es
zwischen Tokio und New York?* – »*Natürlich werden das
keine guten Bilder. Ich jage ein paar Filme durch, gewöhne
mich an das andere Licht, die ungewohnten Proportionen,
baue meine Scheu ab. Manche Orte haben einen unsichtbaren Schutzschild gegen die Vereinnahmung durch Photos.*«

*Als sie vor drei Monaten anfing, von dieser Reise zu spre-
chen, habe ich das* Nein! *hinuntergeschluckt, mich für eine*

halbe Stunde von ihrer Hoffnung anstecken lassen, daß wir es schaffen.

Die Frau, mit der ich in der Lage wäre, anderthalb Wochen ein Zimmer zu teilen, gibt es nicht. Zu Hause halten wir Sicherheitsabstand, schlafen getrennt, sobald es eng wird, schweigen, ohne daß es zu Kränkungen führt. – »Langweilst du dich? Ich muß nicht die ganze Zeit photographieren.« – »Es wird regnen.« – »Das verringert die Kitschgefahr.« – *Im Zentrum der Altstadt von Istanbul ein originelles Photo zu machen ist so wahrscheinlich, wie im Louvre ein Gemälde zu entdecken, das nie ein Mensch gesehen hat. –* »Hast du Hunger? Willst du was trinken?« – »Ja.« *– Drei verschleierte Frauen schimpfen und drehen sich weg, als Livia ihre Kamera auf sie richtet. –* »Die Leute bewegen sich anders als in Deutschland, ist dir das aufgefallen?« –

Wir werden uns zehn Tage lang anöden, über Lappalien streiten. Irgendwann wird sie einen Heulkrampf kriegen, im Restaurant, auf offener Straße, dann werde ich aufstehen und sie für den Rest des Tages, der Nacht allein lassen. Wenn ich zurückkehre, hat sie mir verziehen. – »Knips doch einen Reiseführer: Istanbul für Selbstmörder.« *– Sie lacht, man sieht ihre Goldkronen. –* »At Meydanı. Hier stand die Arena, wo die Wagenrennen gefahren wurden. Hunderttausend Plätze. Und das ist der ägyptische Obelisk. Den anderen haben die Byzantiner selbst aufgemauert. Dazwischen die berühmte Schlangensäule. Gefällt es dir?« – »Laß mich mit Stein zufrieden.« *– Beflissen ist das richtige Wort.*

Ihr Gesicht stößt mich ab. Es ist ein schönes Gesicht. Die Männer starren es an, als hätten sie eine Erscheinung. »Können wir einen Drink nehmen, oder willst du erst das Buch fertig machen?« – »Dieses Café Gautier sah doch nett aus.«

Sie steuert eine Touristenkneipe an, gallo-orientalische Ein-
richtung, Bistrostühle, gußeiserne Tische mit weißen Plat-
ten. Die apricotfarbenen Lampenschirme enden in Schleiern
aus Glasperlenschnüren. An den Wänden braunstichige
Orientphotos aus dem neunzehnten Jahrhundert. Wüsten-
nomaden bei einer Oase, die Pyramiden, ein abgerissener
Wanderderwisch. Mir ist schlecht. Ich bin froh, als ich sitze.
Die Getränkekarte liest sich europäisch: Marc de champa-
gne, Jenever: »For me Fernet branca and a large Amstel
beer.« – »Tea, please.« *Sie schaut aus dem Fenster, legt zwei*
Finger an die Lippen, als dächte sie nach. Worüber? Ihre
Haut schimmert durchsichtig. Unter dem rechten Auge flat-
tert ein Nerv. Geistesabwesend rührt sie einen Löffel Zucker
in die Tasse. Ihre Züge entspannen sich. Nur unbestimmte
Trauer erinnert an ihre Geschichte mit mir. Livia wird wehr-
los, als wäre sie versetzt worden. Es gelingt mir, das
Schnapsglas an den Mund zu führen, ohne einen Tropfen zu
verschütten. Scharfer Schmerz im Magen, der sich sofort be-
ruhigt. Im Zeitungsständer stecken neben türkischen auch
europäische Blätter. Ist etwas Wichtiges passiert? Sintflutar-
tige Regenfälle und Überschwemmungen in Oberägypten
fordern über 500 Menschenleben. »Sollen wir ein Museum
anschauen?« – »Entscheide du, es ist deine Reise.« – »Ich
dachte, wir…« – »May I have another Fernet, a double one,
please.« *Enttäuschung steht ihr gut. Livia sucht die Schuld*
bei sich. Der Zigarettenrauch duftet wie geröstete Nüsse.
Draußen hellt es auf, die Bewölkung wird durchlässig. Ge-
heimnisse der Hirnchemie: Niemand kann vorhersagen, wie
verschiedene Stoffe miteinander reagieren, ob sie Synthesen
bilden, für sich bleiben, ob es zur Explosion kommt. – Hab
keine Angst, Livia, der Tiefpunkt ist überwunden, nach dem
doppelten Bitter wird meine Stimmung vollends gehoben
sein, der Tag kann glücken, selbst wenn die Wolken brechen,

wir klatschnaß werden, zwischen hier und dort, auf dem Weg zum Hotel: »Wir könnten in die Blaue Moschee gehen. Ich war nie in einer Moschee. Du?« *Sie zögert:* »Mit zwölf oder dreizehn bin ich in der Alhambra gewesen.«

»Shoes off«, *brummt ein bärtiger Alter mit weißer Spitzenkappe, schickt uns rechts in einen Vorraum. Was, wenn jemand die Schuhe stiehlt, in der Hauptstadt der Diebe? Die Regale sind fast leer, kaum Besucher. Livia holt einen dunkelblauen Seidenschal aus der Tasche, schlägt ihn um den Kopf, weil sie gelesen hat, daß man so Ärger mit frommen Moslems vermeidet. Das Gefühl der Peinlichkeit, öffentlich auf Socken herumzulaufen, selbst wenn sie nicht löchrig sind. Livia streicht letzte Haarsträhnen unter das Tuch, lächelt dem Türsteher zu. Er würdigt sie keines Blickes, seine Miene bleibt finster. Wir sind Eindringlinge. Ihm gefällt nicht, daß er uns Zutritt gewähren muß.*

Ein Giaur, ein Giaur, *schrien die Beduinenkrieger in* Mekka, *nachdem sie* Kara Ben Nemsi *als Ungläubigen enttarnt hatten, und sie hätten ihn getötet, wäre ihm nicht das Kamel des Räubers Abu Seif in die Hände gefallen, das durch die Wüste raste, als könnte es fliegen.*

Ich verliere die Lust hineinzugehen, kann mich ebensowenig entschließen umzukehren. Livia öffnet die Tür, überschreitet die Schwelle auf Zehenspitzen. Ich folge. Mehrere Schichten Teppiche bedecken den Boden. Der Raum, den wir betreten, ist der größte, in dem ich je war. Das kann nicht sein. Die Hauptkuppel ruht auf vier Pfeilern. Sie hätten die Kraft, das Weltall zu tragen. Im Zentrum ein Punkt aus Gold, der sich selbst spiegelt und alles enthält. Um den Punkt dreht sich der erste arabische Satz. Aus dem Satz wachsen vibrierende Strahlen, die in ein Schriftband münden. Beim Eintritt in die Buchstabensphäre verdreifacht

sich ihre Zahl. An den Enden wachsen Nebenkuppeln mit
Nebenzentren, die sich in alle Himmelsrichtungen verbrei-
ten. Planeten, Trabanten aus Kalligraphie ziehen ruhige
Bahnen. Ein gemauertes Buch, das weder Anfang noch
Ende kennt. Aus den Worten gehen Formen in verwirrender
Vielfalt hervor, die sich in Lilien, Tulpen, Rosen, in Zypressen und Weinlaub verwandeln. Leuchtendes Blau, überlagert von weißen Schleiern, Braun- und Grüntöne: die Farben der Erde vom Mond aus betrachtet. Das Gewicht des
Raums zwingt einen zu Boden. Livia hat sich hingesetzt,
lehnt mit offenem Mund an einem Pfeiler, den Kopf im
Nacken, versucht zu begreifen, was sie sieht. Der Gott, dem
dieses Haus gehört, muß ein mächtiger Gott sein. Es sind
Steine, Fliesen, Putz, Farbe, Glas, spreche ich mir vor. Abseits knien vier Männer, drei nebeneinander, der älteste unmittelbar vor ihnen. Sie werfen sich nieder, drücken ihre
Stirn in den Teppich, verharren, erheben sich. Ihre Verrich-
tung geht mich nichts an. Ich bin Tourist, ich will mir die
Kapitelle in diesem Teil der Moschee anschauen. Damit
müssen sie rechnen. Der Vorbeter rezitiert eine Art Gedicht.
Seine Stimme bewegt sich zwischen Gesang und Rede. Die
Laute schlingen sich ineinander wie die geschwungenen Linien der Buchstaben:

"... أَلَمْ نَشْرَحْ لَكَ صَدْرَكَ

وَوَضَعْنَا عَنكَ وِزْرَكَ

ٱلَّذِيٓ أَنقَضَ ظَهْرَكَ

وَرَفَعْنَا لَكَ ذِكْرَكَ ..."

Der absurde Gedanke, daß sich etwas ändern würde, wenn ich wüßte, was die Verse bedeuten.

Die Männer beachten mich nicht. Möglich, daß sie in dieser Weltgegend Dolche im Gürtel tragen. Ich entferne mich rückwärts, um notfalls einen Angriff zu parieren.

»Ich kann nicht länger bleiben.« Livia nickt, sie ist blaß, schleicht hinter mir her, als hätte sie etwas Gestohlenes in der Jacke.

Draußen werde ich mich nicht nach ihrem Eindruck erkundigen, werde ich ihre Fragen nicht beantworten. – »Unglaublich«, sagt sie und ist dann lange Zeit still.

Der Sternenhimmel kippt nach links. Die Glutkörner der letzten Zigarette erlöschen auf den Holzbohlen in einer zitternden Linie aus Rauch, verschmortem Bootslack, hinterlassen Asche und Brandflecken.

In meinem Rücken wälzt sich Nager unruhig auf der Bank. Aus wirren Bildern schält sich ein Traum: Seine ältere Tochter spielt mit abgerissenen Krebsscheren, die aber zuschnappen können und messerscharf sind. Zu spät erkennt er die Gefahr. Die Mutter hebt den abgeschnittenen Finger auf und schreit.

Vor mir öffnet sich die Orient Lounge, *das war vor acht Tagen, höre ich meine Stimme:*

»Marlon Brando ist auch hier. Samt Tochter.« – »Wo?« – »Hinten in der Ecke. Der Fettsack mit Whiskyflasche.« – Sie zeigt mir einen Vogel: »Dein wievielter Wodka?« Ich trinke den Rest: »Wir machen Urlaub«, winke der Kellnerin mit dem Glas. Livia kneift die Lippen zusammen, blättert die Postkarten mit byzantinischen Mosaiken durch. Ihren Wein hat sie seit einer Stunde nicht angerührt, aber schon das dritte Wasser bestellt. Wir sind in Istanbul, auf ihren

Wunsch. Wir haben gut gegessen, sitzen in einer ge-
schmackssicher eingerichteten Hotelbar, die weder über-
füllt noch leer ist, rauchen zollfreie Zigaretten, es gibt alle
Getränke, die man sich vorstellen kann.

Livia gähnt, obwohl wir vergangene Nacht zehn Stunden
geschlafen haben. »I don't want that, John!« überschlägt
sich eine Stimme, »I can't live like that any longer«, sie ge-
hört der Frau neben Brando. Alle anderen Gäste starren in
ihre Richtung. John umfaßt ihr Handgelenk, hält ihr den
Mund zu. Sie schüttelt wütend den Kopf, reißt sich los, zischt:
»No, no, no, Mr. Miller! That's enough!« Sein Gesicht zeigt
keine Regung. Er leert sein Whiskyglas, schenkt sich nach.
»Listen, darling«, sagt er, besinnt sich dann eines Besseren,
winkt ab. Die Frau springt auf, wirft Jacke und Tasche über
ihre Schulter: »Have a good night!« Sie rennt zur Tür, trotz-
dem bewegt sich ihr Hintern, als führe sie Mode vor. – »Film-
reif.« Livia zuckt desinteressiert mit den Achseln: »Wie spät
ist es?« – »Kurz vor eins.« – »Ich gehe auch schlafen, kommst
du mit?« – »Ich trinke noch einen Absacker.« – »Kannst du
nicht einmal aufhören, bevor du torkelst?« – »Wozu?« Ich
sehe, daß Miller jetzt uns beobachtet, er grinst, während er
sich einen Zigarillo ansteckt, lacht leise. Als er den Rauch in
die Lampe bläst, wird das Lachen schepperndem Husten,
den er mit einem großen Schluck hinunterspült. »Wie du
willst«, sagt Livia und geht. Miller hebt zum Gruß die Hand.
Wir sind Verbündete, ohne daß daraus etwas folgen würde.
Allmählich leert sich die Bar. An der Theke sitzen zwei fran-
zösische Handelsvertreter beim Cognac. Anderthalb Meter
entfernt lehnen drei Russen. Sie tragen Rolex und massive
Goldarmbänder, ihre Pelzmäntel liegen auf den Hockern.
Neben der Tür vergißt ein skandinavisches Pärchen vor lau-
ter Liebe seine Cocktails. Miller arbeitet noch. Er liest ver-
schiedene Dossiers, unterstreicht, macht Notizen in seinem

Kalender. Ich bestelle einen weiteren Wodka, mit Eis und Zitrone, proste ihm zu. Eine angetrunkene Engländerin Mitte Vierzig setzt sich zu den Franzosen und fängt ein Gespräch an. Weit nach Mitternacht stellt sich ein Schwebezustand ein, auf den der ganze Tag zuläuft, warum hält er nicht ewig? Die Bedienung bringt eine neue Flasche Whisky an Millers Tisch. Er schaut zu mir herüber, deutet auf seinen Bourbon, winkt mich heran. Ich nehme den Sessel neben ihm, statt gegenüber, um den Raum überblicken zu können. »What's your name?« – »Albin.« – »What?« – »Al.« – »O.k., Al. I'm Jonathan, but you can call me John.« *Er läßt ein zweites Glas bringen.* »Your girl is angry and so is mine, cheers.« Maker's Mark *schmeckt erstaunlich gut.* »Do you like Istanbul?« – »My girlfriend wanted to come here.« – »I hate it.« *Viertel vor zwei: Die Schweden haben es plötzlich eilig. Beim Hinausgehen schiebt er seine Hand in ihre Hose.* »Are you here for business?« – »Yes.« – »What kind?« – »Precious stones from Russia.« – »I did not know that Russia exports precious stones.« – »Smaragds and diamonds from Jakutsia.« *Offensichtlich hat er keine Lust, mit mir über seine Geschäfte zu reden. Miller hat überhaupt kein Bedürfnis, sich zu unterhalten, er will nur nicht alleine trinken. Sein Blick folgt dem Mädchen, das hinter der Theke Gläser spült, der Barkeeper wischt Flaschen ab. Sie dürfen nicht schließen, ehe der letzte Gast gegangen ist. Der linke Franzose streichelt die Schenkel der besoffenen Engländerin. Er wird sie mit aufs Zimmer nehmen.* »Shitty weather.« – »Bad day.« *Ein reicher Säufer, der einen Fremden einlädt, ohne ihn als Zuhörer seiner Haßtiraden, Heldentaten zu mißbrauchen.* »Cigar?« – »Yes, thank you.« – »The first thing I buy, when I leave the United States, is a box of Havanna cigars.« *Er hält mir einen brennenden Holzspan hin. Die langen Gesprächspausen sind weder mir noch ihm unangenehm.* »You have a

266

beautiful girlfriend.« – »Ireen. Yes. She's nice. But she's not good under pressure.« Wenn ich es nicht selbst gesehen hätte, würde ich nicht glauben, daß er im Laufe des Abends mindestens eine ganze Flasche Whisky getrunken hat, lediglich die Schweißperlen auf seiner Stirn deuten darauf hin. Die Zigarre hält mich wach. »Do you see the Russian guys over there, Al?« – »Of course.« – »I wouldn't trust them.« – »Why?« – »Instinct. And experience.« Warum kommt ein amerikanischer Edelsteinhändler nach Istanbul, um Geschäfte mit Russen zu machen? Der Kalte Krieg ist zu Ende, es gibt Bürgschaften für Investitionen im Ostblock, staatliche Zuschüsse. Er wird wissen, was er tut. Wenn ich jetzt aufstünde, würde ich schwanken. Nirgends sind die Polster weicher als hier. Man könnte im Sitzen schlafen, traumlos, alle Stunde einen Schluck trinken, zehn Tage hintereinander, während Livia ihr Besichtigungsprogramm abarbeitet. »It is very dangerous to deal with them, but I don't care.« Aus irgendwelchen Gründen hat er Vertrauen zu mir. Die Engländerin zerrt ihren Franzosen fort. »I'm sure, everything will be fine.« Er schenkt zum letzten Mal nach. »Cheers!« – Es ist lange nicht vorgekommen, daß mich jemand an den Rand der Kapitulation gesoffen hat. Ich werde mir Streichhölzer zwischen die Lider stecken und die Mafia-Slawen im Blick behalten. Miller zahlt mit einer goldenen Kreditkarte: »It was a pleasure to meet you.« – »Thank you, John.« Er nimmt ein Paar Handschellen aus dem Lederkoffer, kettet ihn damit ans Gelenk, als wäre das die normalste Sache der Welt, stemmt sich hoch, geht festen Schrittes zur Tür. Die Russen zahlen jetzt auch. Es wird vier. Die Kellnerin nimmt mich nicht mit zu sich. Seit wann verheimliche ich Livia mehr, als ich ihr mitteile?

Die Richtung der Zeit ist umkehrbar. Fest steht, daß unser

Schiff nicht rückwärts fährt. Es hat beschleunigt. Trotzdem:
Bei der Geschwindigkeit werden wir die Anlegestelle kaum
vor Tagesanbruch erreichen.

Unter Deck erzählt Livia, wie sie Photographin wurde.
Ich kenne die Geschichte. Scherf stellt sich ihre Brüste vor.

25.

EINE ZEITLANG irrten Jan und Livia schweigend durch Cağaloğlu. Jeder rekonstruierte für sich den Verlauf des Gesprächs auf der Polizeistation. Ausgangspunkt war gewesen, daß sie Albin als vermißt hatten melden wollen. Im Wechselspiel von Fragen und Antworten entdeckte der Kommissar Spuren, die eine schrittweise Umdeutung der Sachlage nach sich zogen; ein zweites Formular verurteilte das erste zur Bedeutungslosigkeit; zum Schluß verdächtigte er Albin mehrerer Straftaten. Sein Name stand jetzt auf einer nachrangigen Fahndungsliste, und niemand würde ihn suchen.

»Angenommen, Miller wurde tatsächlich erschossen«, brach Livia das Schweigen: »Wir sind eine Woche später die ersten, die deswegen zur Polizei gehen, aber kein Mensch erkundigt sich, wann und wo es passiert ist? Mit welcher Waffe? Ob wir den Toten kannten? Außerdem ist ein deutscher Tourist, der einzige Zeuge, verschwunden. Auch das interessiert nicht, statt dessen wird eine Farce...«

»Vermutlich hat er ständig solche Fälle.«

»Jemand, der einen Mord verheimlicht, kann sich doch nur dann der *Tötung durch Unterlassung* schuldig machen, wenn der Mord wirklich begangen worden ist.«

»Du klingst fast wie Albin.«

»Hätte er seine Beobachtungen zu Protokoll gegeben, wäre er wegen *Verstoßes gegen das Sittengesetz* angeklagt worden, bloß weil er von der Dachterrasse seines Hotels in ein fremdes Zimmer geschaut hat.«

»Albin wollte weitere Peinlichkeiten wegen eurer Trennung vermeiden. Außerdem konnte er nicht ertragen, daß du jetzt mit mir zusammenbist. Also hat er sich ein neues Ticket gekauft und das nächste Flugzeug genommen.«

»Weshalb hätte er seine Sachen hierlassen sollen?«

»Aus Bösartigkeit. Er wußte, daß wir vor lauter schlechtem Gewissen panisch reagieren und uns in alle möglichen Schwierigkeiten reiten würden. Exakt das, was jetzt eintritt.«

»Aber der Kommissar...«

»Du hast selbst erzählt, daß Albin zum Spaß falsche Fährten legt, Indizien fälscht...«

»Und warum, bitteschön, hat der Kommissar die Vermißtenmeldung zerrissen?«

»Wenn man sich erst auf eine Verschwörungstheorie eingelassen hat, verwandeln sich plötzlich die harmlosesten Zufälle in Beweise. Die Paranoia dringt in dein Hirn, schaltet den kritischen Verstand aus, schleust den allumfassenden Verdacht in deine Denkstrukturen, wo er sich unkontrolliert vermehrt... So lange, bis du Männer in weißen Kitteln auf dich zukommen siehst und weißt, daß all deine Befürchtungen berechtigt waren.«

Jan fand es unverzeihlich, die Frau, die man liebte, zu täuschen, und tat es trotzdem bereits am vierten gemeinsamen Tag. Während er versuchte, Livia zu überzeugen, daß alles harmlos war, hatte er die Verfinsterung des Kommissars bei der Erwähnung Millers vor Augen, die rhetorische Präzision, mit der er den verschwundenen Zeugen in einen flüchtigen Angeklagten verwandelte.

Jan selbst hielt es für unerheblich, welche Teile von Albins Geschichte passiert, welche seiner Erfindungsgabe oder echten Wahnvorstellungen entstammten. Wenn einer seine Halluzinationen für wahr nahm, konnten sie ihn zu Handlungen treiben, in deren Folge die Chimären wie wirkliche Ursachen erschienen. Jan wußte nicht, welchen Grund die Manöver des Kommissars gehabt hatten, aber zweifellos stellten sie eine Aufforderung dar, sich aus der Sache herauszuhalten.

»Ich möchte auf den Russenmarkt«, sagte Livia.

Jan schwieg. Jeder weitere Versuch, sie davon abzubringen, hätte ihr Mißtrauen verstärkt. Er fühlte sich schuldig, hielt ihr seine Zigaretten hin, das Feuerzeug, wich ihrem Blick aus.

»Du glaubst ebensowenig wie ich, was du erzählst.«

Er widersprach nicht.

Inzwischen war es Viertel vor vier. Die Schatten der Häuser endeten jenseits des Horizonts. Es kühlte ab. Jemand schrie. Die Schreie kamen aus einer Seitenstraße und näherten sich im Laufschritt. Kurz darauf schoß ein Mann um die Ecke, der mit einem Stock die Luft prügelte und unmittelbar vor ihnen stehenblieb. Er konnte ebensogut dreißig wie sechzig Jahre alt sein, trug Jacke, Parka und Mantel übereinander, außerdem mehrere Pullover und zwei Hosen. Seine rechte Pupille war in die Höhle gedreht, mit dem anderen Auge glotzte er wie ein Berserker, der jeden Moment über sie herfallen würde. In seinen Mundwinkeln sammelte sich Schaum. Während er sich die Lippen am Ärmel abwischte, drehte sich sein gesunder Augapfel wild im Kreis: »Halt!« schrie er, »keinen Schritt weiter! Ungläubige! Ausgeburten von Teufeln und Hündinnen! Ihr blutsaufenden Schweinefleischfresser! Ich kenne euer Land, da verkaufen Mütter ihre Söhne, Väter schänden ihre Töchter! Ver-

schwindet! Lauft um euer Leben! Verbergt euch in Fels-
spalten und Erdlöchern, ehe ihr hinweggefegt werdet! Es
naht die Abrechnung! Die Stürme über den Wüsten haben
ihre Versammlung beendet und euer Urteil gesprochen!
Lauft, bevor sie die Meere zu Bergen auftürmen. Flieht, ehe
euch Wasserfluten hinwegspülen, herabstürzende Felsen
euch zermalmen...« Er sprach akzentfrei. Sabber lief das
Kinn hinunter. Der Stock sauste gefährlich nah an ihren
Gesichtern vorbei. Obwohl er verrückt war, hatte sein ein-
äugiger Blick die Macht, Jan und Livia in Schach zu halten.
»...fort von hier! Geschmeiß soll eure stinkenden Kadaver
fressen!« Er schickte einen letzten Schrei zum Himmel und
raste ebenso blitzartig davon, wie er erschienen war.

Livia zitterte. Jan zweifelte an der Echtheit des Irren, war
aber geistesgegenwärtig genug, ihren Schock zu nutzen:
»Laß uns ins Hotel gehen«, sagte er, »der Markt wird gleich
abgebaut, wir können es morgen früh versuchen.«

»Vielleicht werde ich meinen Rückflug verschieben.«

Als sie das Foyer des *Duke's Palace* betraten, hoffte Livia
vergeblich, daß Albins Schlüssel nicht an der Rezeption lag.
Trotzdem fuhren sie hinauf, um nachzusehen, ob er zwischenzeitlich im Zimmer gewesen war. Nichts wies darauf
hin.

»Gute Malerei«, sagte Jan und zeigte auf den Janitscha-
renkrieger mit der geschulterten Muskete an der Wand.
Livia nahm das Telephon ab, hörte einige Sekunden dem
Freizeichen zu, legte auf: »Wen könnte man anrufen?«

»Wenn die anderen schon zurück sind, sitzen sie in der
Lounge. Nager soll versuchen, sich zu erinnern, ob Albin im
Suff nicht doch irgendeine Andeutung gemacht hat.«

Nach dem Besuch der *Süleymaniye* hatte die Klasse sich geteilt. Die meisten interessierten sich nicht für Sinans Architektur. Fritz setzte sich sofort ab. Hagen wollte lieber mit Swantje allein gehen und bootete Scherf aus. Adel fühlte sich verpflichtet, Sabine zu trösten. Corinna schloß sich ihnen an. Mona und ich blieben mit Nager zurück. Nager schimpfte, reisende Kunststudenten hätten heute dieselben Vorlieben wie reisende Rentner – Souvenirläden, Kaffee und Kuchen, ausreichend Schlaf! –, fragte dann aber: »Liegt es an mir, daß die Stimmung so schlecht ist?«

»Auch«, sagte Mona.

»Wir hatten gehofft, sie würde hier besser.«

»Wahrscheinlich hätte ich vorher klarstellen sollen, daß Gruppendynamik nicht mein Fach ist.«

Zusammen schauten wir uns die *Sokollu-Mehmet-Paşa-Camii* hinter dem Hippodrom an, danach die *Rüstem-Paşa-Camii* am Fährhafen, unweit der Stelle, wo wir Albin verloren hatten. Das wuchernde Dickicht aus blauen Fayencen führte dazu, daß Nager sein Ornament-Projekt aufgab, bevor er es überhaupt in Angriff genommen hatte. Mona und ich staunten über die Genauigkeit seiner Wahrnehmung. Zeitweilig kamen wir uns vor wie Kurzsichtige ohne Brille. Da er nicht trank, blieb Mona weitgehend unbelästigt. Nur einmal sagte er, sie habe einen geilen Arsch, er würde sie von hinten nehmen.

Wo die anderen gewesen sind, weiß ich nicht. Swantje und Hagen scheinen sich im Laufe des Nachmittags einig geworden zu sein, jedenfalls versuchten sie später, einen Bettentausch zu organisieren, mit dem Erfolg, daß Scherf neben mir schlief.

Wenige Minuten vor Jan und Livia waren Nager, Mona und ich in der *Orient Lounge* eingetroffen. Auch Nager machte sich inzwischen Sorgen wegen Albins Verschwinden und überlegte, zur Polizei zu gehen. Als Jan und Livia eintraten, brüllte er quer durch den Raum, ob es Neuigkeiten gebe? Während sie abwechselnd erzählten, verdunkelte sich sein Gesichtsausdruck, er rauchte noch gieriger, kippte das zweite Bier in einem Zug hinunter: »Glaubt einer von euch an die Unbestechlichkeit türkischer Polizisten? Bis vor kurzem herrschte hier Militärdiktatur, da saßen diese Jungs auf denselben Posten«, sagte er und bestellte fünf doppelte Moskowskaja: »Zur Stärkung. Wir müssen Messut auf den Zahn fühlen.«

»*James Bond* schau' ich mir im Kino an, da hab' ich das Original«, sagte Mona.

Livia war für die Unterstützung dankbar: »Ich denke darüber nach, meine Abreise zu verschieben. Zumindest bis ich sicher bin, daß Weitersuchen zwecklos ist.«

»Ich würde dann auch später fliegen«, sagte Jan.

Als wir das Hotel verließen, war es dunkel. Nager stürmte vorneweg. Er blickte stur geradeaus, hatte beide Hände in die Manteltaschen gegraben, seine Schultern hochgezogen. Livia spielte verschiedene Verläufe der Begegnung mit Messut durch, sprach sich Mut zu, übte einen entschlossenen Tonfall.

»Hat übrigens keine schlechte Bar«, konstatierte Nager, als er über den roten Teppich des *Otelo Sultan* ging und die Pagen den Hut vor ihm zogen. Im Foyer zögerte er, als müßte er letzte Zweifel vertreiben, daß Albins Geschichte die Risiken rechtfertigte, denen er sich und uns aussetzte, sobald wir von Betrachtern zu Beteiligten wurden. Er drehte sich um wie ein Feldherr, der seine Truppen auf die Schlacht einstimmen wollte, aber ihm fiel kein flammender Satz ein, weshalb er lediglich mit ausgestrecktem Arm auf die hinter den Pfeilern versteckte Rezeption wies.

Obwohl Albin sein Äußeres nicht detailliert beschrieben hatte, wußten alle, daß es sich bei dem Mann, der dort Papiere abheftete, um Messut Yeter handelte. Er flößte Respekt ein. *Messut* stand auch auf dem Schildchen an seiner Brusttasche. Trotzdem sagte Nager: »Guten Abend. Verzeihung. Wir suchen Messut Yeter.«

»Sie haben ihn gefunden.«

»Gut.«

Es folgte eine Pause. Messut musterte uns, einen nach dem anderen. Er schaute wohlwollend, sah jedoch keinen Grund, das Gespräch fortzuführen. Nager kratzte sich am Hinterkopf, dann an der Nase: »Darf man rauchen?«

»Bitte«, sagte Messut und stellte ihm einen Aschenbecher hin.

»Es geht um folgendes. Wie Sie vielleicht wissen. Ein Freund von uns. Ich bin Professor an der Kunstakademie in S. Das sind meine Studenten. Jan und Olaf. Bis auf Livia. Wir machen eine Klassenfahrt, morgen fliegen wir zurück nach Deutschland. Dieser Freund, Livias Freund oder Ex-Freund, heißt beziehungsweise hieß Albin. Wir wissen es nicht. Er erwähnte Sie.«

»Albin Kranz. Ich habe versucht, ihm zu helfen. Er wohnt im *Duke's Palace.*«

»Albin ist verschollen. Seit gestern nachmittag…«

»Warum haben Sie ihn aufgefordert, nach Düşünülen Yer zu fahren?« unterbrach Livia: »Was haben Sie ihm gesagt? Weshalb hat er auf Sie gehört?«

»Eins nach dem anderen«, sagte Nager: »Das ist kein Verhör. Wir bitten Herrn Messut um Unterstützung. – Albin war einer Sache auf der Spur. Eine heikle Angelegenheit, sehr verwirrend. Er sprach von einem Amerikaner namens Miller. Ihnen gegenüber wird er das auch erwähnt haben. Letzten Montag vormittag, wir waren noch in Frankfurt.«

»Da ist Albin zum ersten Mal bei mir gewesen.«

»Es bestünde ja die Möglichkeit, daß Miller einen falschen Namen benutzt hat«, sagte Jan: »Es läßt sich doch herausfinden, welche Person die entsprechende Suite in der Nacht von Sonntag auf Montag gebucht hatte…«

Livia war zu aufgeregt, um zuzuhören: »Wir können jetzt eine Stunde um den heißen Brei herumreden, mir läuft die Zeit davon, deshalb bin ich für klare Fragen und Antworten: Was wissen Sie über diesen Miller?«

»Nicht mehr als das, was ich Albin gesagt habe: In diesem Hotel hat kein Jonathan Miller gewohnt.«

Ich stand links neben Nager und sah, daß sein Gehirn konzentriert daran arbeitete, die verschiedenen Gesprächsfäden zu trennen, Interessen, Gefühlslagen auseinanderzudividieren, gleichzeitig Messuts Gesten, sein Mienenspiel zu deuten, in der Hoffnung, einen Punkt zu finden, an dem sich ein Hebel ansetzen ließ.

Livia war entschlossen, sich nicht ein zweites Mal abspeisen zu lassen: »Das ist keine Antwort auf meine Frage.«

»Schließen Sie aus, daß jemand, egal ob er Miller hieß oder nicht, in Ihrem Hotel erschossen wurde?« fragte Nager.

»Dafür hätte ich gleichzeitig in allen Räumen sein müssen, selbst das würde für letzte Gewißheit nicht reichen.«

»Albin könnte also *objektiv* einen Mord beobachtet haben?«

Messut lachte: »Nein. Das ist eine *unmögliche Möglichkeit*. – Ich will Ihnen ein Beispiel geben: Sie können die Drehbewegung von links nach rechts als *Uhrzeigersinn* bezeichnen. Betrachten Sie die Bewegung aber von seiten der Uhr aus, drehen sich die Zeiger in die entgegengesetzte Richtung. Eigentlich müßte man demzufolge sagen: Die Bewegung der Uhrzeiger, wenn man sie aus einer seitenverkehrten Position, das heißt mit Blick *auf* das Zifferblatt betrachtet, nennt man *Uhrzeigersinn...*«

»Erörtern Sie das Problem von mir aus später mit Professor Nager!« sagte Livia. »Ich will wissen, weshalb Sie Albin aufgefordert haben, nach Düşünülen Yer zu fahren.«

Jan legte ihr seine Hand auf den Unterarm.

»Wegen der Schönheit des Orts und der klaren Gedanken in frischer Seeluft; weil Albin sich im Kreis gedreht und über die Richtung spekuliert hat, ohne seinen Standort zu kennen; dort wie überall hätte er jemanden treffen können, der in der Lage gewesen wäre, ihm bei der Bestimmung zu helfen.«

»Wenn Sie mich veralbern wollen, gehe ich zur Polizei.«

»Wie Sie bereits wissen, ist die Polizei hoffnungslos überlastet.«

Livia zuckte zusammen. Aus Messuts Entgegnung schloß sie, daß er über ihre Schritte informiert war. Neben Entsetzen spürte sie unverständlicherweise Erleichterung. Trotzdem versuchte sie es mit einer letzten Drohung: »Ich bin Journalistin«, sagte sie. »Ich kann Ihnen Ärger machen. Ich bringe den Fall in die Schlagzeilen. Alles, einschließlich Ihres Namens und den des Hotels. Dann werden sich die Ermittlungsbehörden dafür interessieren...«

Ihr brach die Stimme weg. Messuts Gesicht sah traurig aus. Er beugte sich vor und sprach so leise, daß nur Livia ihn verstand: »Beherzigen Sie den Rat dieser Geschichte: *Ein gewaltiger Fisch ging ins Netz eines unerfahrenen Fischers. Weil der Fischer fürchtete, seine Hände allein könnten das Netz nicht halten, schlang er es sich fest um die Hüfte. Mit dem nächsten Flossenschlag brachte der Fisch das Boot zum Kentern und riß den Jungen mit sich in die Tiefe.*«

Livia nickte. Ihr standen Tränen in den Augen.

Wir haben uns später oft gefragt, welcher Art Messuts Macht war, wie er uns dazu gebracht hat, das zu tun, was er für richtig hielt, obwohl er keine unserer Fragen beantwortet hatte. Selbst Nager ordnete sich ihm unter: »Sie haben recht mit dem Uhrzeigersinn, Herr Messut. Wir gehen jetzt.«

Niemand widersprach.

Livia sagt, irgend etwas in seinem Blick – sie könne es nicht festmachen –, habe bewirkt, daß sie zunächst unfähig gewesen sei, den Sinn der Geschichte zu begreifen. Auf dem Weg zum Hotel habe sie sich die Worte unablässig wiederholt, um kein einziges zu vergessen, aber obwohl keine Stunde vergangen sei, bis sie den Text aufgeschrieben habe, müsse ihr unterwegs ein entscheidendes Detail entfallen sein, eine Nuance, deretwegen ihr die Abreise als zwingend notwendig erschienen sei und die sie bis heute glasklar in ihrer Erinnerung finde, jedoch nicht auf dem Papier. – Wegen dieser Binsenweisheitsgeschichte sei sie ohne oder vor Albin davongelaufen.

26.

EINE STERNSCHNUPPE stürzt hinter die Bergkämme. Scherf wünscht sich mit Livia auf dem Schiff allein, das Schiff wird zum Moseldampfer, ein Beiboot bringt sie ans Ufer, sie liegen im Sand, er greift ihr zwischen die Beine, dort ist es naß, als er Jans Blick auf sich fühlt: Was glotzt der mich an?

Die Motorengeräusche sind in weite Ferne gerückt. Während ich spüre und nicht spüre, wie meine Hüfte gegen den Handlauf der Reling schlägt, so fest, daß es schmerzen müßte, bläht sich oberhalb des Wasserspiegels das sonderbar lebendige Schwebkissen zur Größe der Schwingtüren auf. Obwohl seine Ränder scharf umrissen sind, erscheint es durchlässig und in ständigem Austausch mit der Umgebung. Sein Glimmen beleuchtet den Schiffsrumpf. Trotz der Nacht erkenne ich Farben: Rostrot, ein Streifen Weiß.

Bildnis der schlafenden Livia *als Reliefbüste. Ihr Kopf in zerwühlten Kissen. Unterschiedliche Oberflächenstrukturen: Baumwollstoff. Haut. Langes Haar in Wellen über Faltenwürfen, auf der Schläfe, dem Nacken. Plattgedrückt, verfilzt. Hinter der Stirn Szenen, die weder Teil ihrer Erinnerung werden noch in Vergessenheit geraten.*

Die Vögel hier sind so laut, daß ich zwischen April und Oktober keinen Wecker bräuchte. Livia hat ihre Knie an den

Bauch gezogen. Die Frühlingssonne wirft den Schatten des Fensterkreuzes aufs Parkett. Vor einer halben Stunde streifte er ihre Hand, die über die Bettkante hing. Jetzt entfernt er sich langsam. Das Laken ist von ihrer Schulter gerutscht, aber sie friert nicht. Um die Mundwinkel ein Lächeln. Kein böser Feind verfolgt sie durch die letzten Minuten des Traums. Die japanische Kirsche blüht. Zum ersten Mal in diesem Jahr ist die Luft nicht mehr winterlich. Es wird warm werden. Eine Taube gurrt. Sonntage habe ich immer gehaßt. Entweder wir langweilten uns, oder sie endeten katastrophal. Livia darf entscheiden, was wir heute tun. Morgen beginnt ihr letztes Semester. Ich fahre in der Frühe nach Hamburg, werde drei Wochen lang Maßwerk polieren, erst danach sehen wir uns wieder. Der Tag wird ausgelassen und wehmütig sein. Wir trösten uns gegenseitig mit dem Versprechen der Vorfreude. Livia dreht sich auf den Rücken, der Ansatz ihrer Brüste liegt frei, die linke Hand auf dem Oberschenkel. Ein leiser Seufzer. Ich setze mich auf, betrachte abwechselnd ihre Reglosigkeit und die Bewegungen der Äste im Wind. Das dunkelblaue Satin läßt ihr Haar orange schimmern. Ich streiche mit dem Handrücken über eine dicke Strähne. Wir könnten ins Wunderbar frühstücken gehen, über die Themen für ihre Diplomarbeit sprechen. Wenn du mich fragst, mach die Reportage über das Delphinarium in Duisburg: überholte Schwimmbadarchitektur; kreischende Kinder; Delphine, die kichern, selbst wenn sie todkrank sind; ein verteidigungsbereiter Meeresbiologe.

Livias Wimpern flattern wie unmittelbar vor dem Erwachen. Sie entscheidet sich fürs Weiterschlafen. Solange sie es nicht merkt, könnte ich sie zeichnen. Die Spannung des Halsmuskels, der Schwung ihrer Brauen. Hinter den Lidern muß ein nach innen gewandter Blick sein. Wenn es gelingt, ihn in Stein zu fassen, ist es Kitsch. Über uns steht Thea

oder Ralph auf, kommt die Treppe herunter, betritt die Kü-
che, öffnet Schränke, den Wasserhahn, hantiert mit ver-
schiedenen Gegenständen, geht wieder. Livia wälzt sich auf
den Bauch, ehe meine Zeichnung fertig ist. Ich nehme das
nächste Blatt.

Mit Papier und Bleistift neben ihr im Bett sitzen, ihren
Schlaf bewachen, schweigend den Linien ihrer Wangen, des
Oberkörpers folgen an einem freien Tag nach dem Ende des
Winters: Dahinter finge das Glück an, eine offene Land-
schaft, wir säßen unter einem jahrhundertealten Baum, ihr
Kopf in meinem Schoß, schauten den friedfertigen Tieren
zu, äßen Früchte, tränken das Wasser des nahen Bachs, die
Zeit würde mit gleichbleibender Geschwindigkeit vergehen,
unbehelligt von Ereignissen.

Livia öffnet die Augen, starrt auf die Wand. Zahllose Bil-
der sind an die Tapete geheftet, eigene Abzüge, Reproduk-
tionen berühmter Photos. Allmählich kommt sie zu sich,
ordnet den Tag in die Reihe der Tage, die vergangen sind,
seit sie ein Gedächtnis hat. In den letzten zweieinhalb Jah-
ren trifft sie dort auf mich. Für einen Moment wirkt sie über-
rascht, dann weiß sie es wieder.

Ich würde dir jetzt gerne etwas sagen, das die Enttäu-
schungen wegwischt, eine einfache Lösung böte für Schwie-
rigkeiten, die nie existiert hätten, ich würde es mit der
festen Stimme eines Menschen sagen, dem die Lüge unbe-
kannt ist, deshalb könnte sich nicht ein Hauch Falschheit
hinter den Wörtern verstecken, aber der Mensch bin ich
nicht, und die Wörter sind zu oft benutzt worden. Sie schaut
mich an, als würde sie einer Seite in mir vertrauen, von der
ich nichts weiß: »Wie geht's?« – »Gut.« Die Glocken der Alt-
städter Nicolaikirche läuten. Der Schatten des Fensterkreu-
zes verschränkt sich mit dem Schatten des Stuhls, auf dem
ihre Kleider hängen. »Du hast mich gezeichnet.« Ich nicke.

»Im Schlaf. Das ist verboten.« – »Vielleicht versuche ich ein Relief.« – »Dann darfst du.« Sie richtet sich auf, wickelt die Decke um ihre Brüste, nimmt meine Hand: *»Schön war es gestern.«* Ich ziehe eine Zigarette aus der Packung, strecke mich nach dem Feuerzeug. Über dem Schreibtisch formen Rauch und Sonnenstrahlen schwebende Blöcke. *»Ich habe Durst.«* – *»Was möchtest du?«* – *»Orangensaft.«* – *»Hol' ich dir.«* – *»Bleib noch einen Moment.«* Sie schaut jemand anderen an, er sieht mir zum Verwechseln ähnlich. Hoffentlich sagt sie ihm nicht das Falsche.

Wir säßen unter dem Baum im Garten des Glücks, keine Geräusche außer dem Rascheln der Gräser, dem Summen der Insekten, manchmal stiege eine Lerche auf. Doch am frühen Nachmittag würde die Sonne unbarmherzig glühen, das Licht in den Augen brennen, mein Rücken schmerzen. Wir wären klebrig vom Schweiß, die Langeweile würde unerträglich werden, aber keiner von uns wüßte, womit man sie vertreiben könnte. Es ist ein irrer Reflex, schnell wie eine Gewehrkugel schießt er durch den Kopf, unmöglich auszuweichen, und ich grabe Livia meine Zähne in den Nacken, bis Blut fließt.

Ein paar Minuten allein sein: »Heute brauchst du dich um nichts zu kümmern.« – »Bleib doch noch.« In der Küche riecht es nach Kaffee, getoastetem Brot. Eine Viertelstunde, ohne daß sie mich anschaut. Ich werde ihr das Frühstück ans Bett bringen, zum ersten Mal, seit wir uns kennen, schalte das Radio ein: Seien wir uns in diesen Tagen bewußt, daß unser Fasten keine Übung des Leibes ist… *Eine halbe Umdrehung weiter Sonntagspop.* »Was machst du?« – »Überraschung.« *Noch stehen alle Möglichkeiten offen. Wir werden uns treiben lassen. Erstmals seit sechs Monaten kann man draußen sitzen. Später werden wir ins Kino gehen oder in den Wald fahren, danach im Bett landen. Sex.*

Fernsehen. Pizza bestellen. Nach vierjähriger Bauzeit wird heute in Marne-la-Vallée östlich von Paris der umgerechnet neun Milliarden Mark teure Vergnügungspark Euro-Disneyland eröffnet. *Der Kühlschrank ist voll. Salz in das Wasser fürs Ei, sonst platzt es. Brötchen aufbacken. Eine Hälfte mag sie mit Marmelade, die andere mit Käse; auf dem Schwarzbrot Salami. Ich schlucke die Übelkeit hinunter. Außerdem ein Apfel, Joghurt, ihre Vitamintablette. Wie wird sie reagieren, wenn ich mit dem gedeckten Tablett in der Tür stehe? Der Nachrichtensprecher ist so laut, daß sie nicht hört, wie ich das Eisfach öffne, die Wodkaflasche heraushole, einen, zwei, drei Schlucke trinke, die das Herz weiten, mich zum Lachen bringen in Erwartung des gelungenen Tages mit Livia, die behauptet, daß sie mich liebt, obwohl –* ohne obwohl *liebt.*

Der Kaffee ist zu stark für sie. Mit mehr Milch geht es. Noch ein Schluck Wodka. »Läßt du die Orangen direkt aus Marokko einfliegen?« – »Wart's ab.« *Die richtige Kassette stammt von John Coltrane:* »Guten Morgen, Madame, room-service.« *Damit hat sie nicht gerechnet. Sie runzelt die Stirn, sucht den Haken an der Sache. Es gibt keinen Haken.* »Hatten wir nicht gesagt, wir wollten ins Wunderbar frühstücken gehen?«

Sie reißt sich los, stößt mich gegen den Baum. Blut rinnt ihren Hals herunter. Es sammelt sich in der Mulde über dem Schlüsselbein. Sein Geruch zieht Wespen an. Alles stehen- und liegenlassen.

»Ich dachte, du würdest dich freuen.« – »Natürlich freue ich mich.«

Scherf denkt: Sentimentales Gequatsche. *Und:* Eine Frau, egal welche. *Jan verabscheut ihn, sein Abscheu überlagert Livias Geschichte, er verliert den Faden.*

Statt der Motorengeräusche nur noch Stimmgänge, die dicht nebeneinander verlaufen, ohne sich zu mischen. Sätze, Vorstadien von Sätzen; die Farben der Hirnströme. Unter mir wölbt sich das Schwebkissen konkav. Obwohl die Spaltöffnungen mitgewachsen sind, geben sie die Sicht auf den Innenraum nicht frei.

Offene Ateliers in Bielefeld, zweiundsiebzig Adressen über die Stadt verteilt. Daß Künstler hier leben können. Am Telephon hat Maria gesagt: Es wird die beste Party, auf der du je warst. *Aus der Gegensprechanlage brüllt jemand: »Dritter Stock.« Ich bin nicht der erste. Sie stellt gemeinsam mit Vincent in dessen Wohnung aus. Vincent studiert im selben Semester. Einige Wochen lang waren sie zusammen. Schon im Treppenhaus Bilder, briefmarkengroß in überdimensionierten Doppelglasrahmen: Hotelzimmer, Palmen im Regen, ein angetrocknetes Sandwich; schwarze Mädchen, die sich verkaufen; schwarze Männer, die nichts zu tun haben, die Motive an den Bildrand gerückt, mit Absicht unscharf.* Und läster nicht gleich, *sagte Maria,* wir setzen gerade die Dogmen der traditionellen Photographie außer Kraft. *Die Wohnungstür ist offen. Ein Student mit Pferdeschwanz hackt Zwiebeln:* »Ich bin Vincent.« – »Albin.« – »Du warst mit Maria auf der Schule.« *Die Frau, die den Salat liest, geht auf die Vierzig zu. Es riecht nach Gras, Bratfett, Körperausdünstungen. Ich nehme ein Bier aus dem Kasten. Der Hauptraum wird mit Kerzen und Lichterketten beleuchtet. In der Mitte ist eine lange Tafel gedeckt: weiße Tischtücher, Silberbesteck. Maria hat die Schubladen ihrer Mutter geplündert. An der Hauptwand sind Großphotos präsentiert, auf denen körnige Grauflächen gegeneinander stoßen. Bei genauerem Hinsehen werden sie zu Ausschnitten gotischer Bögen. House-Musik. Eine Sechzehnjährige* mit roten Rastazöpfen baut ihrer besten Freundin einen Joint. Die Freundin hat das Gesicht eines Indiomädchens. Den Matratzen und Reisetaschen zufolge schlafen hier seit Tagen viele Menschen. Maria unterhält sich mit einem blasierten Anzugträger, als bestünde die Hoffnung, daß er sie in seiner Galerie ausstellt. Insgesamt sind etwa zwanzig Leute da, aber es ist erst Viertel nach neun, um zehn soll das Essen fertig sein. Frauenüberschuß. Außer Maria kenne ich niemanden. Ein Tänzer in hautengen orangefarbenen Kleidern zeigt einer schüchternen Südländerin Handbewegungen aus dem Repertoire des indischen Tempeltanzes. Sein Liebhaber schaut eifersüchtig, holt sich ein Glas Sekt aus der Küche. Er hinkt. Maria hat mir von Ben erzählt, der mit siebzehn das linke Bein verloren hat und Mode studiert. Seine Prothese ist mit Leopardenfellimitat überzogen. Ich setze mich auf einen alten Überseekoffer. Maria hat mich entdeckt, ruft: »Komme gleich. Sekunde.« Zuletzt haben wir uns vor anderthalb Jahren getroffen. Von den Frauen, mit denen ich zusammen war, ist sie die einzige, die mich nicht haßt: »Was machst du, außer Saufen?« – »Auf Steine einschlagen.« – »Erfolgreich?« – »Nicht sehr.« – »Und privat?« – »Wechselnde Sexualpartner. Und du?« – »Wir stecken in der Sinnkrise. Die Bildjournalisten haben begriffen, daß die Wahrheit sich mit der Kamera nicht einfangen läßt, und die Kunstphotographen kämpfen mit der Entscheidung: Geld oder Kompromisse.« – »Und was bist du?« – »So genau…«

Eine schmale Silhouette in der Tür. Der Umriß einer Frau. Sie hat ihr Haar auf dem Hinterkopf zusammengesteckt. Sie wartet. Wartet, bis ihre Augen sich an das schwache Licht gewöhnt haben. Dann tritt sie ein, unterscheidet Freunde, Bekannte, Fremde, küßt Ben und den Tänzer auf die Wangen, umarmt ein magersüchtiges Mädchen. Maria winkt ihr, fragt: »Waren viele bei euch?« – »Mehr, als wir erwartet hat-

ten.« Sie läuft nicht zum ersten Mal durch diese Wohnung, registriert Veränderungen, entdeckt sich im Spiegel der Anrichte, prüft, ob die Frisur den Wind überstanden hat, wendet sich den grauen Flächen zu, schüttelt den Kopf, schaltet die Neonröhre ein. Alle Gespräche verstummen, beginnen von vorn: »Was ich sagen wollte.« – Sie schaut aufmerksam, spielt mit einer Locke, die aus der Spange gerutscht ist. Besondere Hände. Vincent erläutert ihr sein Konzept. Er redet schnell und leise. Ich verstehe: »...äußerste Reduktion ...Endpunkt ... eigentlich müßte man aufhören, die Postmoderne...« Jemand dreht die Musik lauter. Sie sind sicher kein Paar. Er mag sie, doch sie zieht ihn nicht an. Die ältere Frau legt ihm von hinten die Arme um den Bauch. Ich hatte sie für eine Dozentin gehalten. – »...Du hörst mir nicht zu, Albin«, sagt Maria und lacht. »Wer ist das Mädel, das sich von Vincent die Bilder erklären läßt?« – »Livia. Auch unser Jahrgang. Nett.« – »Sie hat ein perfektes Verhältnis Taille/Hüfte.« – »Das wird sie freuen.« Inzwischen sind an die dreißig Leute hier. Die Tafel reicht höchstens für halb so viele. Vincent holt eine Tischlerplatte, Böcke, Klappstühle aus dem Nebenraum. »Ich muß helfen. Soll ich dich Livia vorstellen?« – »Später vielleicht.« Livia dreht sich um. Sie ist schön. Unsere Blicke treffen sich. Die Indianerin schaltet das Neonlicht aus. Vincent schlägt mit einem Löffel auf ein Weinglas, bis alle still sind: »Wir haben nicht genug Sitzplätze, tut mir leid, aber das Essen reicht. Nehmt euch.« Ich habe keine Lust zu essen. Eine Französin setzt sich neben mich, sagt mit starkem Akzent: »Ich heiße Héloïse. Ich studiere Graphikdesign. Und du?« – »Ich bin Klempner.« – »Comment?« – »Wasserrohre. Toiletteninstallationen, so was.« Sie überlegt einen Moment, worüber sich eine französische Graphikerin mit einem deutschen Installateur unterhalten soll, starrt hilfesuchend in die Gegend, bis sie einen

Bekannten entdeckt hat: »Oh, dort kommt jemand, den ich hoffte zu treffen.«

Livia verläßt die Küche mit randvollem Teller. Alle Stühle sind besetzt. Ist es Zufall, oder hat sie sich gemerkt, daß man auf dem Koffer zu zweit sitzen kann? Jedenfalls ist ihr aufgefallen, daß ich sie nicht aus den Augen lasse. Es verunsichert sie kein bißchen. Sie steuert direkt auf mich zu: »Frei?« – »Ja.« – »Glück gehabt.« – »Guten Appetit.« – »Ißt du nichts? – »Nein.« – »Schmeckt lecker.« – »Keinen Hunger.« – »Wie heißt du?« – »Albin.« – »Ich bin Livia.« – »Du sollst nett sein.« – »Maria würde ich nicht glauben.« – »Warum nicht?« – »Nur so.« – »Meistens hat sie aber recht.« *Sie stellt den Teller auf die Fensterbank, kramt ein Päckchen Camel aus der Handtasche:* »Zigarette?« – »Hätte ich auch als nächstes gefragt.« – »Zu spät.« – »Feuer?« – »Danke.« – »Bitte.« *Nach einem Zug bis auf den Grund der Lunge bläst sie den Rauch als dünnen Strahl langsam durch die Lippen:* »Worüber reden wir jetzt?« – »Ich verstehe dich ziemlich schlecht.« – »Willst du lieber schweigen?« – »So war das nicht gemeint.« – »Dann laß uns woanders hingehen.« – »Hast du eine Idee?« – »Ich wohne um die Ecke.« – »Das ist normalerweise das Ende der Party.« – »Wenn du willst.« – »Machst du das immer so?« – »Nie.«

Keiner wundert sich, als wir uns die Jacken über den Arm werfen und zur Tür gehen. Wir verabschieden uns von niemandem. Maria wird annehmen, daß ich einen besseren Schlafplatz als ihre Couch gefunden habe. Dem Paar zuliebe, das uns im Treppenhaus begegnet, schauen wir zwei der ausgestellten Photos genau an: eine englische Coffee-Shop-Vitrine, The Sun *auf hellblauem Resopal. Draußen in der Dunkelheit schüttelt Livia sich vor Lachen. Eisige Böen wehen uns ins Gesicht. Der Himmel ist sternenklar, kein Mond. –* »Ich werde Photographin.« – *Aus einer Laune her-*

aus hat sie einen Anfang gesetzt und weiß jetzt nicht, wie sie ihn aus der Welt schaffen kann, dabei ist es kinderleicht: Wir bräuchten nur umzukehren. Niemand hat unser Verschwinden bemerkt. Mit ein wenig Mühe könnten wir uns den Rest der Nacht aus dem Weg gehen. Als hätte sie meine Gedanken gelesen, hört sie auf zu lachen, bleibt stehen, greift mich am Arm: »Ich weiß nichts von dir, aber ich habe dich gesehen. Das ist ernst gemeint.« – »Ein Erweckungserlebnis«, *höhnt Scherf. – Ich glaube ihr und überlege, was sie meint. Trotz der Kälte friere ich nicht. Sie fragt:* »Kannst du Tierkreiszeichen unterscheiden?« – »Nur den Großen Wagen.« – »Sonst kenne ich auch keins.« – »Welche Gnade. Wir verneigen uns vor dir, Livia.« – *Eine andere Frau, die dir zum Verwechseln ähnlich sieht, verstummt, ärgert sich, daß sie errötet. Damals wäre dir eine passende Antwort eingefallen, bevor Scherf den Satz beendet hätte, und vielleicht hättest du auf seine Schuhe gespuckt.*

Ich bin zu weit entfernt, um dich zu verteidigen. Woher sollte ich die Kraft nehmen, es steigt nicht einmal mehr Wut auf? Im Lendenbereich geben die Muskeln nach. Parallel zur Wasseroberfläche werfe ich Blicke nach Norden, Süden, Osten, Westen, losgelöst von den Bewegungen der Augen. Der Bosporus funkelt.

27.

»IHR SEID JETZT still und hört mir zu«, sagte Nager, nachdem wir das *Otelo Sultan* verlassen hatten: »Ich als Professor trage die Verantwortung. Auch für dich, Livia. Du bist zur Zeit indisponiert. Albin wird sich melden oder verschollen bleiben. Was immer er tut, wir werden darauf keinen Einfluß haben. Welche Rolle Messut Yeter in der ganzen Angelegenheit spielt, weiß ich nicht. Jedenfalls ist er kein gewöhnlicher Portier. Daß er einer kriminellen Organisation angehört, halte ich für ausgeschlossen. Er kennt Bereiche, von denen wir keine Ahnung haben. Es wird Gründe geben, warum er seine Geheimnisse für sich behält. In einem Punkt bin ich mir allerdings sicher: Er wollte Albin helfen oder ihn schützen. Vermutlich ist es ihm nicht gelungen. Mehr werden wir nicht erfahren, weil wir morgen abreisen, und zwar alle.«

Eigentlich wäre Nagers Ansprache überflüssig gewesen – Messut hatte Livias Widerstand gebrochen, Jan lehnte weitere Privatermittlungen ab, ich war neutral –, doch in dem Moment erleichterte es uns, daß er einen Schlußstrich zog, ohne Widerspruch zu dulden.

Den Rest des Weges zum *Duke's Palace* sagte niemand ein Wort. Eine Wolke aus Beklemmung senkte sich zwischen die Häuser und hüllte uns ein. Sie schien von Messut auszugehen. Er wollte uns aus der Stadt jagen. Ich erschrak vor Schatten in Hauseingängen, sah mich um, doch niemand folgte uns. Die Dunkelheit verwandelte Hirngespinste in Möglichkeiten, die Möglichkeiten wurden wahrscheinlich, das Wahrscheinliche bildete eine unmittelbare Bedrohung.

Livia und Jan verabschiedeten sich im Foyer und gingen aufs Zimmer. Während der Nacht versuchten sie, die Ereignisse der vergangenen Woche Schritt für Schritt zu rekonstruieren, doch für ein schlüssiges Bild blieben zu viele Lücken. Zwischenzeitlich nahm Livia an, daß Albin sich abgesetzt hatte, bevor sie ihn verlassen würde, wie sein Vater die Firma in Brand gesteckt hatte, bevor man sie ihm wegnahm, und verschwunden war. Sie dankte es Jan, daß er ihr die Schwierigkeiten beim Abschied von Albin nicht verübelte. Als sie sich nach seiner Einschätzung Messuts erkundigte, wich er aus: »Ich bin lange in Afrika gewesen«, sagte er, »ich habe Voodoozauber gesehen und Sufi-Zeremonien, da verliert man den Glauben, daß sich alles vernünftig erklären läßt.«

Nager und ich standen in der Eingangshalle. Nach einer Weile fragte er, ob ich mit ihm zu Abend essen wolle, wir könnten Mona anrufen, er lade uns ein, es sei trostlos, den letzten Abend in Istanbul alleine vor dem Fernseher zu hocken und die Minibar zu leeren. Mona kam sofort, sie platzte vor Neugier, riß sich jedoch zusammen. Nager schlug vor, ins hoteleigene Restaurant zu gehen, nach dem Durcheinander hätten wir uns ein bißchen Luxus verdient. Noch bevor Mona etwas fragen konnte, sagte er, wenn sie wissen wolle, wie das Gespräch mit Messut verlaufen sei, solle sie über den *Uhrzeigersinn* nachdenken: Sobald sie begriffen habe, weshalb das Wort Uhrzeigersinn strenggenommen die entgegengesetzte Drehrichtung bezeichne, wisse sie die Hauptsache. Der Rest lasse sich mittels Deduktion ableiten. Ansonsten solle sie die Geschichte aus ihrem Gedächtnis streichen und sich der Entscheidung *Seezunge oder Lammrücken* zuwenden.

Sie sah mich verständnislos an.

»Er meint, daß wir keinen Schritt weiter sind, aber erkannt haben, daß wir uns damit abfinden müssen.«

»So ähnlich.«

»Klingt, als hätte ich nichts verpaßt.«

Nach dem Essen trafen wir Swantje, Hagen, Scherf und Fritz in der Lounge. Wir saßen zusammen in den mächtigen Ledersesseln, tranken Raki mit Wasser, schauten Bilder an, die sich europäische Maler des neunzehnten Jahrhunderts vom Orient gemacht hatten. Scherfs Blick klebte am Hintern der Kellnerin. Ein Außenstehender hätte uns für eine gewöhnliche Touristengruppe am Vorabend der Abreise gehalten, erschöpft vom Besichtigungsmarathon, erfüllt von neuen Eindrücken. Nager redete über Galeristen, Sammler, Künstlerfreunde, weil er gewohnt war zu reden. Niemand hörte ihm zu. In Abständen nahm Mona seine Finger von ihrem Arm und legte sie auf die Sessellehne zurück. Hagen und Swantje spielten, wer als erster das Handgelenk des anderen zu fassen kriegte. Hagen gewann und zog sie auf seinen Schoß. Als Mona sich verabschiedete, setzte er sich neben mich: Soweit er das beurteilen könne, sei Jans Bett frei, sagte er, ob ich etwas dagegen hätte, wenn Scherf heute nacht dort schlafe? Ich konnte es ihm schlecht abschlagen. Zehn Minuten später ging ich auf mein Zimmer, Scherf im Schlepptau. Damit die Stille nicht unerträglich wurde, und bevor der Name *Jan* fiel, fragte er, ob dieser Albin inzwischen wieder aufgetaucht sei. Ich hatte keine Lust, mich mit ihm zu unterhalten, antwortete nur: »Nein.«

Dann löschten wir das Licht.

Während der Nacht zog neuer Regen auf. Am Morgen war die Luft so grau, daß man das Meer vom Frühstücksraum aus nicht sehen konnte. Der Himmel hüllte die Minarette ein.

Da Nager zum Kampftrinken der Gegner fehlte, saß er ausgeschlafen am Tisch. Fritz kündigte an, daß Adel, der mit ihm das Zimmer teilte, sich offenbar Salmonellen oder eine Lebensmittelvergiftung geholt habe: Adel, Corinna und Sabine hatten zum Abschluß ein Restaurant ausprobiert, das in Sabines Reiseführer ausdrücklich empfohlen wurde, dort verdorbenes Fleisch gegessen und die ganze Nacht gekotzt. Corinna konnte sich kaum auf den Beinen halten. Sabine umklammerte eine Plastiktüte, aus Angst, es wegen ihres Knöchels nicht rechtzeitig zur Toilette zu schaffen. Scherf fauchte Hagen an, weil ihm eine halbe Packung Erdnüsse fehlte.

Jan und Livia schütteten ein paar Tassen Kaffee in sich hinein. Sie mußten Verschiedenes regeln. Nach mehreren Anläufen gelang es ihnen mit Hilfe einer freundlichen Hotelangestellten, Livia einen Platz in unserer Maschine zu buchen. Livia wollte nicht alleine sein. Danach versuchte sie vergeblich, ihre Freundin Thea zu erreichen, erzählte statt dessen dem Anrufbeantworter das Wichtigste. Anschließend packte sie. Sie entschied, Albins Taschen nach Deutschland zu überführen, schrieb einen kurzen Brief und hinterlegte ihn an der Rezeption:

»Lieber Albin,
da du mir keine andere Nachricht gibst, deute ich dein Verschwinden als endgültigen Bruch zwischen uns. Damit bist du meinem Entschluß, mich von dir zu trennen, einen halben Tag zuvorgekommen. – Das Hotel war nicht bereit, dein Gepäck kostenlos einzulagern, deshalb habe ich es mitge-

nommen und werde es so bald wie möglich in deine Wohnung bringen, zusammen mit deinen Sachen, die bei mir
sind.

Leb wohl.

Livia.«

Es blieben vier Stunden, ehe der Bus zum Flughafen fuhr.
Jan, Livia, Mona und ich setzten uns ins Foyer. Wir waren
zu müde für Langeweile, wir hatten genug von der Stadt,
es regnete es in Strömen, man hätte keinen Hund vor die
Tür gejagt. Nager ging noch einmal in den Basar. Über der
Aufregung hatte er das Geschenk für seine Frau vergessen.
Weil ihm nichts Besseres einfiel, nahm er sich türkische
Ehemänner zum Vorbild und kaufte einen goldenen Arm-
reif. Für seine ältere Tochter fand er ein arabisches Intar-
sienkästchen mit eingebauter Spieluhr aus Taiwan. Wenn
man es öffnete, drehte sich ein zwitschernder Vogel im
Kreis.

Um kurz vor drei trafen wir am Flughafen ein. Sabine und
Corinna fühlten sich so schwach, daß wir sie auf Gepäck-
wagen setzten und durch die Halle schoben. Corinna stand
Schweiß auf der Stirn, Sabine würgte, übergab sich in ihre
Tüte. Adel fühlte sich besser. Zum Glück waren wir beim
Check-in die einzigen. Die Zollbeamten kontrollierten lediglich Pässe, winkten uns durch, bis Nager an die Reihe
kam. Vielleicht hatte sie geärgert, daß er demonstrativ
keine Notiz von ihnen nahm und sich Jan zuwandte, während sie sein Gesicht mit dem Photo vergleichen wollten. Sie
winkten ihn zur Seite, ließen ihn den Koffer öffnen. Er
mußte alle Kleidungsstücke aufschütteln, um zu beweisen,
daß kein Schmuggelgut versteckt war. Sie durchwühlten
sein Necessaire, rochen an der Zahncreme. Als all seine Sa-

chen auf dem Tisch ausgebreitet waren, deuteten sie auf das fest verschnürte Paket zu seinen Füßen: »What's this?«

»Carpet.«

»Open.«

Während Nager fluchte, zerschnitt einer der Zöllner die Kordel, riß das Papier auf, rieb den Teppich zwischen den Fingern, befahl: »Unpack! Completely!«

Nager lief rot an, gehorchte aber.

»Very old carpet. Show us documents.«

»I have no documents.«

»So you are smuggler!«

»Ich wußte, daß das Scheißding Ärger machen würde, ich wußte es«, flüsterte Mona.

Wir fürchteten, daß er in der nächsten Sekunde einen Tobsuchtsanfall bekam, doch wundersamerweise fand er die Situation komisch: »*Selbstjustiz durch Fehleinkäufe*, um mit meinem Freund Seppo zu sprechen«, sagte er. »Aber in dem Fall hätte er unrecht!«

Die Beamten forderten über Funk Verstärkung an. Nager lief vor dem Tisch auf und ab. Nach zwanzig Minuten erschien der zuständige Experte, ein schmallippiger Offizier um die Vierzig, der ausgezeichnet Deutsch sprach: »Ich sehe schon, *Tekke*«, sagte er: »Um 1870. Schönes Stück. Ein interessanter Bruch in der Färbung. Und Sie haben keine Ausfuhrgenehmigung? Schlecht. Sehr schlecht. Vermutlich wissen Sie auch nicht, daß für den Export sämtlicher Antiquitäten eine Bescheinigung der Altertumsbehörde vorgeschrieben ist. Ich nehme an, Sie hören das zum ersten Mal, und – lassen Sie mich raten – Sie erinnern sich nicht an den Namen des Händlers, der Ihnen den Teppich verkauft hat?«

Nager schwieg.

Inzwischen hatten sich zwei schwerbewaffnete Grenzpolizisten hinter uns aufgebaut. Der Teppichspezialist blätterte in Nagers Paß:

»Wollen Sie sich nicht äußern, Herr *Schaub-Scheffelbock?*«

»Es ist genau, wie Sie sagen.«

»Jahr für Jahr verschwinden Tausende von Kunstgegenständen in europäischen und amerikanischen Privatsammlungen. Unser kulturelles Erbe wird verschleppt wie Kriegsbeute. Wir bekommen nur einen Bruchteil der Täter zu fassen: zwischen zwei und vier Prozent. Höchstens. Von diesen zwei bis vier Prozent sind hundert Prozent absolut ahnungslos!«

»Ich möchte den Teppich behalten. Gibt es eine Möglichkeit ihn auszulösen, oder wird er beschlagnahmt?«

»Ein internationaler Rechtsgrundsatz lautet: *Unwissenheit schützt nicht vor Strafe.*«

Nager rieb Daumen und Zeigefinger gegeneinander, um zu signalisieren, daß er bereit war zu zahlen.

»Natürlich sind nicht alle antiken Teppiche von der Ausfuhr ausgeschlossen, es hängt von der Qualität des einzelnen Stücks ab, davon, ob es ein besonders signifikantes Beispiel für eine bestimmte Gruppe oder Epoche darstellt – deshalb benötigen Sie diese Papiere. Sie nachträglich zu besorgen ist kompliziert. Und teuer. Eine Fülle von Formalitäten muß erledigt werden. Ihr Exemplar stammt allerdings ursprünglich aus Turkmenistan, was den Vorgang erheblich vereinfacht. Ich müßte versuchen, den zuständigen Kollegen in der Altertumsbehörde zu erreichen. Rechnen Sie mindestens mit einer Dreiviertelstunde. Ein Bußgeld wird trotzdem erhoben. Außerdem fallen Bearbeitungsgebühren an. Eine erkleckliche Summe. Haben Sie Bares?«

Nager nickte und folgte ihm.

»Ich werde mich nicht aufregen«, sagte Mona, »es interessiert mich nicht, ob er das Flugzeug kriegt, von mir aus kann er in einem Istanbuler Knast verrecken.«

»Was soll ihm passieren? Er hat drei verschiedene Kreditkarten.«

»Vorhin wurden ein *Mister Miller* und eine Frau namens *Irina Koklowa* aufgefordert, sich am Gate für die Washington-Maschine einzufinden«, sagte Livia.

»Die Ansagen hier sind ziemlich unverständlich, findest du nicht?« entgegnete Jan. »Und Millionen Leute heißen Miller. Es ist vorbei. Wir befinden uns bereits außerhalb des türkischen Staatsgebiets. Ich gehe jetzt in den Duty-Free-Shop, Zigaretten kaufen. Und eine Flasche Bourbon. Komm mit!«

Nager kehrte rechtzeitig und gut gelaunt zurück, obwohl der Zöllner ihm fünfhundert Dollar abgeknöpft hatte. »Ich hätte auch das Doppelte bezahlt«, sagte er. »Das ist nicht irgendein Teppich, sondern meiner. Eigens für mich geknüpft.«

Über dem Mittelmeer herrschten so heftige Turbulenzen, daß Corinna vor Übelkeit in Tränen ausbrach. Die Sonne ging unter. Jan beschloß, mit Livia nach Berlin zu fahren. Das Hähnchenfleisch war kalt und schmeckte nach Fisch. Erst unmittelbar vor der Landung sah man erleuchtete Häuser, Straßenzüge, Stadtviertel. Die Maschine setzte fast unmerklich auf. Der Pilot bedankte sich und gab das Wetter in Frankfurt bekannt: Regen, böiger Wind, fünf Grad Celsius. Wir parkten auf dem Vorfeld. Ein Bus brachte uns zum Terminal. Keiner vermißte Gepäck. Nager rannte los, um den Zug nach Köln zu erwischen. Jan und Livia gingen zum Bahnschalter. Wir anderen mußten eine halbe Stunde auf den Intercity *Wilhelm Conrad Röntgen* nach S. warten. Mona und ich suchten uns eine Bank am Ende des Bahnsteigs.

»Wer hatte eigentlich die bescheuerte Idee, nach Istanbul zu fliegen?« fragte sie.

»Keine Ahnung.«

»Wahrscheinlich war es eine heimliche Einflüsterung Messut Yeters.«

»Er ist dem Nager des Nachts im Traum erschienen.«

»Auf einem fliegenden Teppich.«

28.

*WARUM SCHALTEN sie nach mehr als der Hälfte der Fahrt
Lichterketten ein? Außer Nager und mir ist kein Mensch auf
dem Vorderdeck. Livia hat Angst, daß Jan Scherf grün und
blau schlägt – nicht aus Sorge um Scherf. Sie denkt: »Hoffentlich reagiert Jan anders als Albin.« Die leuchtenden
Punkte bilden ein Paralleluniversum, es vermischt sich mit
dem nördlichen Sternenhimmel. Aus den veränderten Kon-
stellationen lassen sich keine Schlüsse auf Charaktereigen-
schaften oder künftige Ereignisse ziehen. – Sprich mir nach:
Ich bin ein Idiot, und es tut mir leid. – Jan duldet nicht, daß
jemand die Frau, die er liebt, lächerlich macht. Es ist eine
ruhige Entscheidung, kein unkontrollierter Ausbruch. Ich
hätte meinen statt Livias Stolz verteidigt. Sie will bei ihm
bleiben.*

*Alle Tage sind gleich. Es stinkt. Nach Hühnerscheiße, Hüh-
nerfedern, Hühnerblut. Wenn man das Gelände nicht verläßt, stellt die Nase sich darauf ein. Ich verlasse das Gelände täglich, säge Steinplatten für die Küchen, Bäder,
Treppen reich gewordener Schweinemäster, Geflügelba-
rone, ihrer Anwälte und Steuerberater, schlage die Namen
der Toten in schwarzen Basalt. Die Luft ist Hühneratem, sie
vibriert vor Hitze, verwischt Futtersilos, Käfighallen. Onkel*

Gerald streift die Gummistiefel ab, lockert den Krawattenknoten, brüllt durchs Haus: »Gertrude!« Wirft das Sakko über den Stuhl, holt Obstler aus dem Kühlschrank, Gläser, schenkt ein: »Prost, Heinz, Rudi, Franz.« Seine Arbeiter bekommen alle zwei Stunden Schnaps, sonst würden sie es hier nicht aushalten. »Prost, Albin.« Gertrude kehrt mit schweren Taschen vom Einkaufen zurück. »Warum ist kein Kaffee gekocht?« Sie entschuldigt sich: »Der Supermarkt war so voll.« Im Chanel-Kleid stellt sie Teller mit Bienenstich hin: die Frau als Magd mit grenzenlosem Budget. »Selbstgebackener Kuchen schmeckt besser.« Ihr Mann hat kaum Haare, Schweißflecken unter den Achseln, der Bauch hängt über dem Hosenbund. Er besitzt eine Villa mit eigenem Schwimmbad, einen 400er Mercedes, dazu das passende Sportcoupé; wertvolle Springpferde.

»Wie alt bist du inzwischen?« Zum dritten Mal in diesem Monat fragt er das: »Morgen werde ich einundzwanzig.« – »Volljährig.« – »Volljährig ist man mit achtzehn.« – »Unsinn. Komm mit ins Büro.« – »Ich will kein Geschenk.« Sein fleischiger Nacken quillt dicht behaart aus dem Hemdkragen. »Er war ein harter Knochen, dein Vater, mein Bruder.« Ich erwidere nichts. Er holt Cognac aus dem Schreibtisch, Remy Martin, wie es sich für einen aufgeblasenen Bauern gehört: »Auf deinen Geburtstag.« – »Der ist morgen.« – »Jetzt bist du gespannt, ich seh' es dir an, setz dich hin, mach dich auf eine Überraschung gefaßt.« Der Blick wechselt zwischen Verschlagenheit, Pathos, kindischer Vorfreude. Gerald drückt das Kreuz durch, nimmt Haltung an: »Wie du weißt, wurden die sterblichen Überreste deines Vaters, nachdem er so früh und auf tragische Weise von uns gegangen war, in der Neuen Welt bestattet. In Argentinien. Er ist ein Pionier gewesen, ein Kämpfer. Oft gefallen, immer

wieder aufgestanden...« Ihm versagt die Stimme vor Rüh-
rung über die eigene Feierlichkeit, seine Augen werden
feucht. Er geht zu dem Schrank, hinter dessen Rückwand
der Safe eingemauert ist, schließt mit großer Geste auf, holt
ein gerahmtes Photo heraus: »Was siehst du?« – »Ein Grab.«
– »Die letzte Ruhestätte deines Vaters. Auf dem Friedhof von
Bahia Blanca. *Ein würdiger Platz.« Das Grab ist ein Mau-*
soleum aus rosa Granit samt Vorbau, getragen von Säulen,
zwischen denen zwei Engel mit jemandem beten, der Vater
darstellt, gräßlich gearbeitet. Wer hat es bezahlt? Er besaß
nichts, haben sie uns versichert. Aber keiner kannte die
Ziele von Geralds Geschäftsreisen, regelmäßig verschwand
er für mehrere Tage. Wenn einer von uns fragte: »Wohin?«,
gab er ausweichende Antworten, Gertrude schwieg. »Mor-
gen fliegst du mit mir nach Zürich. Hier sind die Tickets.
Du mußt nicht bei Null anfangen wie Walter und ich. Er hat
vorgesorgt.« Er ist spurlos verschwunden, hat ab und zu al-
berne Bilder geschickt, Buenos Aires, Urwald, Steinwüste.
Er posierte in einem beigefarbenen Kolonialanzug, mit
breitkrempigem Hut auf der Glatze. Manchmal stand eine
junge Mulattin an seiner Seite, die ihn ehrfurchtsvoll ansah
und angeblich seinen Haushalt führte. Dazu schrieb er fa-
denscheinige Erklärungen, weshalb er uns nicht einweihen
könne. Nichts paßte zusammen, wir haben uns gewundert
und waren froh, daß er fort war: »Du wußtest es die ganze
Zeit? Gertrude wußte es, Mutter, Claes, Xaver...« – »Sie ha-
ben *ihren Anteil an* ihrem *einundzwanzigsten Geburtstag*
erhalten. Das war sein letzter Wille, den mußte ich respek-
tieren.« – »Woher stammt das Geld?« – »Es liegt auf meinem
Konto, der Rest ist unwichtig.« – »Ich will wissen, womit er
es verdient hat.« Gerald schüttelt den Kopf. »Wieviel?« –
»Vierhunderttausend. Circa.« – »Ihr habt mich fünf Jahre
lang belogen. Du, meine beschissenen Brüder, meine...« –

»Paß auf, was du sagst, Walter und Ina sind tot, störe ihren Seelenfrieden nicht.« Er steht auf, tritt neben mich, schlägt mir auf die Schulter: »Du kannst dich selbständig machen, etwas richtig Großes aufziehen: Natursteinwerke Kranz, Staudt, zum Beispiel. Mach deinen Meister.« Der Cognac kratzt im Hals, meine Hände zittern. »Ich muß nachdenken.« Die wenigen Schritte über den Flur ziehen sich endlos hin. »Das Flugzeug geht um zwanzig nach elf«, ruft er mir nach. Endlich draußen, brennt die Sonne. Kein Luftzug. Der Köter döst im Schatten des Traktors. Ich bin reich. Am Wegrand verdorrt Unkraut. Die Fries führt wenig Wasser. Reich, dank dieses Vaters, dem ich die Hölle gewünscht habe. Ein Mückenschwarm tanzt über dem Schilf. Ich könnte mir ein Haus kaufen und den teuersten Whisky. Es ist schmutziges Geld, in Lügengespinste gewickelt. Gerald wird nichts verraten, und wenn er etwas verrät, kann es genausogut erfunden sein. Er hat sich als unser Wohltäter aufgespielt, die Leute verbeugen sich vor der Selbstlosigkeit, mit der er die Witwe, die Söhne seines Bruders unterstützt. Ich könnte Blöcke aus Carrara kommen lassen. Der saubere Bruder, mein Vater, wollte, daß wir uns noch nach seinem Tod wechselseitig täuschen. Wir sollten das Mißtrauen bewahren. Wenn wir angefangen hätten, uns zu erzählen, wie es war, solange er gelebt hat, wäre seine Herrschaft über unsere Erinnerungen zerbrochen, sie bestehen aus Verrat und Ohnmacht. Die Rechnung geht auf. Ich werde das Geld annehmen. Ich werde es Claes und Xaver gegenüber nicht erwähnen. Alles ist ausgezahlt, jeder weiß Bescheid. Es gibt keine Dokumente, die irgend etwas beglaubigen, keine nachvollziehbaren Transaktionen. Am anderen Ufer lauert ein Reiher. Ich halte den Mund, erspare uns die Scham, die Ausflüchte. Ich könnte mit einem Dampfer den Atlantik überqueren. Das verblichene Arschloch, *mein Vater, trägt die Reisekosten. Ich würde auf sein Grab spucken, das scheußlichste Grab der Welt. Es wäre ein passender Abschied. Er ist den Aufwand nicht wert. – In Carrara durch die Brüche klettern, die weißesten Blöcke wählen, für jede Plastik den Stein finden, der sie enthält, wie Michelangelo… Eine LKW-Ladung Marmor nach Deutschland transportieren, Gesten zwischen Menschen freilegen, Berührungen, die keine Schläge sind. Mit Schmerzensgeld die Rechnung begleichen. – Geralds Geschäfte laufen gut, sagt Claes, der Betrieb wächst jährlich um vier Prozent, er züchtet jetzt zusätzlich Truthähne, die in riesigen Treibhäusern durch die eigene Scheiße waten. Die Fries riecht modrig.*

Nicht die kleinste Einzelheit ist verloren gegangen.

Jenseits der Lichtgeschwindigkeit wechselt die Zeit ihre Richtung. Dort befinden sich Räume ohne Höhe, Breite, Tiefe, in denen das Archiv der Ereignisse lagert. Alles geschieht in diesem Augenblick: Scherf ist auf einen Schmerzpunkt oberhalb der Magengrube zusammengeschrumpft. Jan bedauert, daß der Schlag notwendig war. Gerald und ich steigen vor der Zentrale der Schweizerischen Creditanstalt *aus dem Taxi, wir sitzen im Büro des Kundenbetreuers, ich eröffne ein eigenes Konto, brauche mehrere Anläufe für die Unterschrift.* »Claes und Xaver haben auch gezittert.« *Nagers Traum kippt um, seine Tochter ist so blaß, daß sie mit dem Hintergrund verschmilzt. Mona verzweifelt, aber nicht endgültig.*

Ihre Stimmen entfernen sich, ein Flüstern, kaum zu verstehen. Es wird von fremdartigen Geräuschen aus dem Innern übertönt, Rascheln, als zerknittere jemand dicke Seide: Die Larve ist ein Insekt geworden, es bewegt sich, die Panzersegmente sind noch nicht ausgehärtet. Es bricht mich auf.

Nacht für Nacht jagt dieselbe Unruhe den Schlaf fort, erschrecke ich vor verformten Gesichtern, aufgerissenen Mündern, sie wispern oder schreien, ihre Sprache ist keine Menschensprache, wenn ich die Augen öffne, die Lampe einschalte, ziehen sie sich zurück. Ich schleiche an Claes', an Xavers Zimmer vorbei, steige im Dunkeln die Treppe hinunter. Die Uhr in der Küche sagt halb zwei. Nebenan läuft der Fernseher. Ich habe keine Sorge, daß sie mich erwischt. Amerikanische Polizisten schießen einen Geiselgangster nieder. Sie ist im Sessel eingenickt, die Fernbedienung auf dem Schoß. Ich stehle ein Glas von ihrem Wein. Wenn sie mich doch bemerkt, reagiert sie nicht. Sie hat aufgegeben, sich und uns. Die Einnahme der Medikamente gibt ihren Tagen Ordnung. Ihre Haare sind fettig, sie trägt keine Perlen mehr. Früher waren wir stolz, wenn wir mit ihr durch die Stadt gegangen sind. Wir hatten die schönste Mutter von allen. Gertrude zwingt sie zu essen, sonst wäre sie längst verhungert. Sie lieferte uns ihm aus, um sich zu retten. Der Versuch ist mißlungen. Wann hat sie sich das letzte Mal geschminkt, weil sie jemandem gefallen wollte, wenigstens sich selbst? »Geh ins Bett. Du verziehst dir den Rücken.« Ich weiß nicht, wie viele Tabletten von welcher Sorte sie abends bekommt, sie darf ein Glas Wein täglich trinken, nichts Hochprozentiges. »Es ist gleich zwei, du wirst dich erkälten.« Wenn sie sich nicht an die Vorgaben gehalten hat, muß ich sie hinauftragen, ein Kinderspiel, sie wiegt keine fünfzig Kilo. Die Kombination aus Alkohol und Beruhigungsmitteln löscht das Bewußtsein aus: »Mama, steh auf!« Sie reagiert nicht auf Schütteln, merkt nicht, daß ich ihr über die Stirn streiche. Die Stirn ist kühl. Meine Ohrfeigen tun ihr nicht weh. Ihre Hand ist kälter als die Hand von jemandem, der im Schlaf friert, nicht so kalt wie die Hand einer Toten. Ihre Brust bewegt sich nicht, kein Atemge-

räusch. Ich sehe mich das Licht einschalten, die Schnaps-
flasche forträumen, den Hörer abheben: »Albin Kranz in
Staudt, wir brauchen einen Notarzt, sofort, meiner Mutter
geht es schlecht!« Ich renne die Treppe hoch, reiße Claes',
Xavers Tür auf, höre mich schreien: »Sie stirbt.« – »Sie sieht
seit Wochen aus, als ob sie stirbt.« – »Sie stirbt wirklich.«
Wir stehen um sie herum, wir reden auf sie ein, wirres Zeug,
wagen nicht, sie anzufassen, wie wir sie immer angefaßt
haben, wenn sie zu tief weggedämmert war, sich nicht
mehr regte, aber da hob und senkte sich der Brustkorb,
manchmal röchelte sie, ehe sie die Augen aufschlug. Es ver-
gingen Minuten, bevor sie uns erkannte. In der Ferne das
Martinshorn. Es nähert sich. Sie sollen schneller fahren.
Xaver ruft Gerald an. Claes weint. Gerald und Gertrude klin-
geln. Der Notarzt klingelt: »Wo ist sie?« Er wirkt geschäfts-
mäßig, für ihn ist sie irgend jemand. Sie legen sie flach
auf den Boden. Er fühlt ihren Puls, schiebt die Lider aus-
einander, leuchtet in ihre Pupillen, knöpft die Bluse auf,
entfernt den BH. Sie hat häßliche, verdorrte Brüste. Ich
will sie zudecken, er soll das nicht sehen, wir sollen das
nicht sehen. Ein Rettungssanitäter zieht ihr eine Gummi-
maske übers Gesicht, pumpt die Lunge auf. Der Arzt
legt beide Hände auf ihren Brustkorb, drückt mit aller
Kraft. Sie zuckt mechanisch, Rippen brechen. Gertrude
schaltet den Fernseher aus und schluchzt. Er drückt und
drückt, glaubt aber nicht an den Erfolg: »Es hat keinen
Zweck.« –

Wir stehen da, regungslos, keiner kennt eine angemes-
sene Geste, den passenden Satz, alle schauen aneinander
vorbei, an ihr vorbei, eine sonderbare Verlangsamung der
Bewegungen, Gedanken. Wir spiegeln uns in der Fenster-
scheibe. Wenn es draußen hell wäre, hätten die Blicke einen
Ausweg, so sind sie ins Zimmer eingepfercht, wohin immer

wir sie richten. Ich möchte Mutter noch einmal berühren, spüre eine Art Ekel vor der Fremdartigkeit des toten Fleischs. Das ist sie nicht mehr. Was übrig bleibt, hat keinerlei Ähnlichkeit mit einem Menschen. Der Arzt setzt sich an den Tisch, stellt endgültig den Tod fest: »Herzversagen. Mein Beileid«, zückt einen Stift, beginnt den Schein auszufüllen. Die Mine schabt so laut über das Papier, daß ich mich frage, weshalb es nicht zerreißt. Die Sanitäter schnüren sie auf die Bahre, bedecken sie mit dem weißen Tuch und tragen sie hinaus. Getrude betet ein Ave Maria, *in das niemand einstimmt. Gerald geht zum Kühlschrank, setzt die Schnapsflasche an den Hals, hält sie mir hin: »Trink auch einen Schluck.« Er trägt schmutzige Tennissocken in Plastiksandalen. Wir sitzen zusammen, obwohl wir uns nicht mögen, und leeren die Flasche, eine zweite, bis die Sonne aufgeht.*

Ein Schmerz, der nicht schmerzt, kriecht den Rücken hinunter. Entlang der Wirbelsäule quillt die Haut auf, reißt entzwei, Schichten lösen sich ab, wölben sich seitlich vor, ein Ziehen auf der Innenseite der Schenkel, als würde die Muskulatur mit Haken von den Knochen gezerrt. Es ist nicht meine Muskulatur, es sind nicht meine Knochen. Unter mir Wasser und über mir Sternenhimmel, beides gleichzeitig im Blick, dazwischen die schwebende Fläche, die sich meinem Gesicht nähert, in der mittleren Öffnung steht Mutter vor der Tür unseres Hauses, das den Banken gehört, hält einen hellblauen Luftpostbrief in der Hand, ohne Absender, gestempelt in Buenos Aires fünf Tage zuvor. Sie kennt die Schrift, sagt: »Das kann nicht sein.« Reißt den Umschlag auf: »O Gott, er lebt.« Ist leichenblaß, zerbeißt sich die Fingernägel: »Es geht ihm gut. Zur Zeit ist es unmöglich, daß er zurückkehrt. Wir brauchen uns nicht zu sorgen, schreibt er.« – »Zeig her.« – »Nein.« Ich reiße ihr den Brief aus der

Hand, werfe ihn ungelesen auf den Boden. Sie ohrfeigt mich, obwohl sie einen Kopf kleiner ist, eine lächerliche Geste. Sie wagt nicht, mir in die Augen zu schauen. Ich verachte sie: nicht für die Ohrfeige, sondern weil sie immer noch ihm die Treue hält statt uns.

29.

DIE AKADEMIE IN S. liegt am Rand des Stadtzentrums,
nicht weit vom Schloßpark entfernt. Es ist ein altes Gebäude, in dem sich zu Beginn des letzten Jahrhunderts
Künstler mit Unterstützung des Großherzogs zusammen-
gefunden haben, um die Struktur mittelalterlicher Zünfte
für Malerei und Plastik wiederzubeleben. Die Geheimnisse
des Kreidegrunds, der Farbmischung und Steinbearbeitung
sollten von einer Generation an die nächste weitergegeben
werden, indem die Schüler den Meistern zunächst als Gehilfen dienten, an Aufträgen mitwirkten, durch die Erfahrung
allmählich Selbständigkeit entwickelten, um ihren eigenen
Ausdruck zu finden. Während der sechziger Jahre löste sich
die Vorstellung auf, künstlerische Arbeitsweisen ließen sich
über eine handwerkliche Lehre vermitteln. Heute sind dort
acht Klassen untergebracht – die Bildhauer wurden in eine
umgebaute Industriellenvilla hinter dem Bahnhof ausgela-
gert –, sie werden von bekannten Künstlern geleitet, die
aufgrund unterschiedlicher ästhetischer Positionen zum
Teil verfeindet sind und diese Feindschaft unter die Studenten tragen. Manche von ihnen nehmen die Lehrtätigkeit
ernst, andere nicht. Im Innenhof ist ein kleiner Park mit
künstlichem See angelegt, in dem während des Sommerse-
mesters Studenten und Professoren geteilt in Lager an Bier-

tischen sitzen. Rundherum stehen herrschaftliche Häuser, die der Krieg kaum beschädigt hat, mit Restaurants, kleinen Boutiquen, einem Künstlerbedarfsladen.

Seit der Reise hat sich Nagers Klasse halbiert.

Jan und Livia fuhren zusammen nach Berlin. Sie ließen die Photos entwickeln, die Albin in Istanbul gemacht hatte, erhielten Bilder verschiedener Gesteinsarten und hastig aufgenommene Café-Szenen mit Leuten, die aus dem Fenster starrten, ein Glas in der Hand hielten oder Zeitung lasen. Nichts deutete darauf hin, daß er sie im Zusammenhang mit dem angeblichen Mord an Miller aufgenommen hatte. Nachdem Albin sich zwei weitere Wochen lang nicht gemeldet hatte, rief Livia Claes an, der als Tierarzt in der Nähe von Hamburg arbeitet, weil sie nicht wußte, was sie tun sollte. Claes sorgte sich zunächst nicht um den Bruder. Er hielt Albin für einen Spinner, dem zuzutrauen war, daß er spurlos verschwand und ebenso plötzlich wieder auftauchte: »Wahrscheinlich ist er in Usbekistan, Tasmanien oder Uruguay und sucht Schätze oder eine Frau, genau wie sein Vater.«

Als drei Monate lang keine Miete für die Wohnung überwiesen, keine Rechnungen bezahlt wurden und der Briefkasten überquoll, flog er trotzdem nach Istanbul, um sich später nichts vorwerfen zu müssen, fand jedoch keinerlei Hinweise auf Albins Verbleib. Messut habe Ferien und besuche ein Derwischfest in Konya, auf den Dörfern der Umgebung, wo er geboren sei und Verwandte habe, gebe es größtenteils kein Telephon, wurde ihm im *Otelo Sultan* gesagt. Claes hatte nicht das Gefühl, ihm werde etwas verheimlicht. Der Russenmarkt war in einen Stadtteil nördlich des Goldenen Horns abgewandert, Parfjon oder Nicola kannte dort niemand. Das Zigeunerviertel Sulukule hat er wegen drastischer Warnungen im Reiseführer, die ihm das

Tourismusbüro des *Hilton* bestätigte, nicht besucht. Xaver arbeitet als Fernsehjournalist und fühlte sich von vorneherein nicht zuständig. Wahrscheinlich hätte man mit Hilfe der deutschen Botschaft oder des Auswärtigen Amts die türkischen Behörden dazu gebracht, eine Fahndung einzuleiten, doch sowohl Claes als auch Xaver hatten in den vergangenen Jahren kaum Kontakt zu Albin gehabt und nahmen sein Verschwinden hin, es paßte ins Bild. Mittlerweile ist die Wohnung gekündigt und ausgeräumt, wobei Jan und Livia halfen. Im Kleiderschrank fanden sie eine handtellergroße Studie ihres Gesichts in gelblichem Wachs, offenbar das einzige Stück, das er nicht zerstört hat.

Jan hat sein Studium unmittelbar nach der Fahrt abgebrochen. Ihm war klar geworden, daß er von Nager nichts lernen konnte, die anderen Professoren interessierten ihn ebensowenig. Vor allem fand er das Leben in der Provinzstadt S. seit seinem Afrika-Aufenthalt zusehends unerträglich. Er wohnt mit Livia zusammen, verdient sein Geld auf dem Bau, beschäftigt sich weiterhin mit Portraits. Wir telephonieren regelmäßig, haben uns seit seinem Auszug verschiedentlich getroffen. Livia scheint froh, daß die Zeit mit Albin vorbei ist. Sie photographiert für die wichtigen Magazine, außerdem Werbekampagnen für Autos, Hotelketten, Versicherungen. Trotzdem hat sie Schwierigkeiten, Albins spurloses Verschwinden hinzunehmen. Immerhin sind sie fünf Jahre ein Paar gewesen, in denen sie anfangs geglaubt hatte, er sei der Mann ihres Lebens, später reichte ihre Kraft nicht, sich von ihm zu trennen. Manchmal bricht sie mitten im Satz ab und wird stumm. Sie sagt dann, ihr fehle dieses abschließende Gespräch mit Albin und sie verüble sich die Feigheit oder Schwäche, deretwegen sie seine Spur in Istanbul einfach aufgegeben habe. Es fällt ihr schwer zu ertragen, wenn Jan sich betrinkt.

Scherf arbeitet zur Zeit hauptsächlich in der Maltechnik-beziehungsweise Lithographiewerkstatt, um Vergoldungs-verfahren und photomechanische Reproduktionsweisen für seine Bilderstreit-Installation zu testen. Angeblich hat er einen Galeristen gefunden, der ihn bei der Finanzierung un-terstützt. Sein Verhältnis zu Hagen hat sich nicht wieder eingerenkt.

Hagen kellnert mehr, als er malt, aber wenn er malt, hält er sich für genial und tritt auf wie der selbsternannte Ma-lerfürst Marcus Lümmels, der, bevor er zum Rektor der Frankfurter Städelschule berufen wurde, in S. unterrichtet hat und sich von seinen Studenten die Schuhe polieren ließ, damit sie den richtigen Umgang mit einem Lappen lernten. Er ist nicht mit Swantje zusammengeblieben.

Corinna hat noch vor Weihnachten gemerkt, daß es bes-ser für sie ist, sich neben der Germanistik für Geschichte als Zweitfach statt für Kunst zu immatrikulieren.

Fritz zeichnet wie immer, kommt aber nur noch selten in die Akademie. Seine Ausstellung mit den Istanbul-Postkar-ten war erfolgreich. Unter anderem ist der Art-Direktor des Stadtmagazins auf ihn aufmerksam geworden, so daß er dort jetzt regelmäßig Cartoon-Serien veröffentlicht.

Sabine und Swantje haben zum Ende des Semesters die Klasse gewechselt. Adels Stipendium lief aus, so daß er Mitte Februar nach Beirut zurückkehren mußte.

Mona hat eine Zeitlang ebenfalls überlegt wegzugehen, sich inzwischen jedoch an Nager gewöhnt, so daß sie sein Gerede eher amüsiert als stört.

Da Nager sowohl seine Wohnung als auch das Atelier in Köln belassen hat und nur alle drei Wochen für zwei Tage nach S. kommt, ist es meist leer in den Klassenräumen. Erst zum nächsten Winter werden neue Bewerber aufgenom-men. Er hat beschlossen, mich zum Meisterschüler zu er-

310

nennen, damit ich ein weiteres Jahr an der Akademie bleiben kann und er es nicht ausschließlich mit Anfängern zu
tun hat. Trotzdem ist er froh, wenn im Herbst neue Studenten kommen, die von seinem unglücklichen Start als Professor nichts wissen. Mona und ich versuchen Gespräche
über die Fahrt zu vermeiden, doch er hat häufig das Bedürfnis, darüber zu reden. Nach wie vor glaubt er, daß Albin
einem dunklen Geheimnis auf der Spur war, und erkundigt
sich, ob ich über Jan und Livia etwas von ihm gehört habe.
Er spricht immer mit großem Respekt von Albin, und nach
dem dritten Bier klingt er manchmal traurig, als hätte er
mit ihm einen Freund verloren. Den Teppich hat er von
einem Fachmann bei *Sotheby's* schätzen lassen. Offenbar
entspricht sein Wert ziemlich genau dem Preis, den er bezahlt hat, die Straf- und Bestechungsgelder für die türkischen Zollbeamten nicht mitgerechnet.

30.

IM FAHLGRÜNEN SCHIMMER, eingerahmt von Wellen, Nacht, dem rötlichen Schiffsrumpf, lodern Flammen, zwanzig Meter hoch. Auf den Knall explodierender Öltanks folgen Feuerbälle. Karton, Holz, Plastik fliegt durch die Luft. Unter Getöse stürzt das Dach der Haupthalle ein. Heißer Staub wirbelt auf. »Zurück! Weg hier! Das ist nichts für dich!« Eine Seitenwand begräbt den Bürotrakt. Stahlträger, Baggerarme, Kranteile ragen aus glühenden Blechplatten. Überall Blaulicht, schreiende Männer mit Helmen, Schläuchen, nutzlose Äxte in der Hand. Eine Funkenfontäne sprüht aus der Montagegrube. Auf Königs Zwinger regnen Glutbrocken. Der Hund verbrennt bei lebendigem Leib, dreht sich irre im Kreis. Ich sehe ihn kläffen, winseln, höre sein Gebell aber nicht. Der Himmel leuchtet orange. Immer neue Löschzüge treffen ein. Mutter tritt hinter mich, legt mir eine Jacke über die Schultern, vielleicht sagt sie etwas. Am Horizont über Staudt beginnt die Morgendämmerung. Die Reifen der Lastwagen auf dem Vorplatz schmelzen, auf den Führerhäusern, den gelben Caterpillars wirft der Lack Blasen. Donnerschläge, als hinge ein Gewitter über unseren Köpfen, das Prasseln des Feuers wie dicke Tropfen bei einem Wolkenbruch. Lodernde Planen steigen auf, werden davongeweht, stürzen aufs Feld, in die Fries.

Auf der Wiese geraten Kühe in Panik und brechen durch den Zaun. Mutter zieht mich fort. Claes und Xaver sitzen auf der Gartenmauer, sie pressen sich Taschentücher vors Gesicht gegen die beißenden Dämpfe: »Wir müssen jetzt stark sein«, sagt sie, »fest zusammenhalten.« Ich nicke. Ich weiß, daß die Firma Konkurs angemeldet hat. »Wo ist Papa?« fragt Claes. – »Als ich aufgewacht bin, war er fort.« Der Sonnenball steigt über den Häusern der Stadt auf. »Wir müssen mit dem Schlimmsten rechnen.« Nebelbänke liegen auf der Fries. Er hat es eigenhändig angesteckt, um nicht mit ansehen zu müssen, wie sie es ihm wegnehmen. »Lieber zünd' ich den ganzen Kram an«, hat er gesagt. Letzte Woche war der Tankwagen hier. Kein Gabelstapler wurde seitdem bewegt. Ich friere, gehe ins Haus, aus dem wir bald ausziehen werden in die ehemalige Melkerkate auf Geralds Hof, wo die frisch gestärkte Bettwäsche nach Hühnermist riecht. »Du brauchst keine Angst zu haben«, sagt Gertrude und gibt mir ein Glas Wasser. Es schmeckt vergiftet. Auf dem Flur höre ich Mutter schreien. Jemand versucht sie zu beruhigen. Spitze kurze und endlos gedehnte Schreie im Wechsel. Dann brechen sie ab. Sie tritt in die Küche, lächelt, wie sie gelächelt hat, wenn er sie in aller Öffentlichkeit als »hirnlose Nutte« beschimpfte. Vielleicht ist er verbrannt.

Über und unter mir Dunkelheit. Obwohl das Schiff sich nach wie vor langsamer als im Zeitlupentempo bewegt, ist das Insekt jetzt meterweit von mir entfernt. Es gleicht mir bis aufs Haar, es trägt dieselbe Hose, dieselbe Jacke, dieselben Schuhe. Eine menschenähnliche Figur kippt über die Reling, leicht zur Seite geneigt, in sich verkrümmt. Ich befinde mich unmittelbar vor der schwebenden Fläche, die sich aufrichtet und gleichzeitig zu einem endlosen Raum auffaltet, in den ich hineingleite. Seine Wände werden von der Rückseite her beleuchtet. Sie schimmern makellos grau, als bestünden sie aus straff gespannter Gaze oder mattem Glas.

Immer schnellere Bildfolgen flackern rundherum auf: Ich rase auf Xavers Mofa über Waldwege. Er weiß davon nichts. Er wird mich verprügeln. Ruths Hände umklammern von hinten meine Hüfte. Sie kreischt. Ihre Unterschenkel sind von Brombeerranken zerkratzt. Wir werfen das Mofa ins Gebüsch, setzen uns auf eine Lichtung, teilen eine Dose Cola, geklaute Zigaretten. Unsere nackten Oberarme berühren sich. Sie rennt weg, als ich versuche, sie zu küssen. – Wenn ich Gerald ein Pferd stehle, jeden Tag vierzig Kilometer nach Süden reite, erreiche ich Italien vor dem Winter. Dort schließe ich mich umherziehenden Schaustellern an, helfe ihnen, ihr Zelt aufzubauen, die Tiere zu versorgen, führe ein freies Leben: Nächstes Frühjahr werde ich es tun. – Das Fenster des Eßzimmers ist geöffnet. Krähen bauen ein Nest im Ahorn gegenüber. Vater gibt mir sein Luftgewehr. Ich soll mein Glück versuchen, wenn ich es mir zutraue. In der Mitte des Kreises über der Mündung rücken Kimme und Korn zusammen. Der Kreis füllt sich mit einem unscharfen, schwarzen Umriß, verrutscht leicht, weil der Abzug hakt. Findet das Ziel erneut. Ein leichter Schmerz in der Schulter, gleichzeitig wirbeln Federn durch die Luft, stürzt der Vogel in einem flatternden Bogen ab. Ich renne hinaus und kann ihn unter dem Baum nirgends finden. – Jede Nacht Angst vor dem Einschlafen, daß wir die nächsten Opfer der Baader-Meinhof-Bande sind. – Ich habe ein gutes Zeugnis und bekomme fünfzehn Mark, für die ich heimlich einen Lottoschein ausfülle, um Vater von dem Gewinn einen Kredit zu geben. – Jemand hat die Wohnzimmerscheibe eingeworfen, Vasen, Bilder, alle Elektrogeräte gestohlen, Regale umgestoßen, Schränke verwüstet, aber den Tresor nicht gefunden.

314

Vater will den Kerl erwürgen, falls er ihn zu fassen kriegt. – Großmutters ausgestopftes Gesicht auf dem Kissen in der Friedhofskapelle nach dem Totengebet, unablässig Blitze, weil Onkel Gerald sie photographiert. – Ich falle vom Karussell, schlage mir das Kinn auf, eine freundliche junge Ärztin näht es mit drei Stichen. – Deutschland wird Fußballweltmeister, die Sonne scheint. – Wir lassen Drachen steigen. Keiner hat einen prächtigeren. Er steht so hoch, daß er nur noch ein Punkt ist und die Schnur reißt. Er fliegt in Richtung des Walds davon. – Ich fahre Bagger auf Vaters Schoß. Ich fahre Porsche auf Vaters Schoß. – Er zieht einen Hecht aus der Fries, der fast so groß ist wie ich. Mutter weigert sich, ihn zuzubereiten. Der Fisch liegt auf dem Küchenboden, verschwindet mit einem Tritt unter der Bank. – Muhammed Ali besiegt Joe Frazier mitten in der Nacht, verschwommen schwarz-weiß. – Der reetgedeckte Giebel unseres Hauses ragt über die Deichkrone. Eine Herde Schafe. Ich schaufele Vater Sand auf den Bauch. Er brummt freundlich, bis ich sein Gesicht bewerfe. Er packt meinen Arm so fest, daß es schmerzt, hebt mich auf seine Schultern, läuft zum Strand. Die Flut hat ihren Höhepunkt erreicht. Er schmeißt mich ins Meer. Ich weine. Er lacht. – Eine Frau ist gestorben. Gestorben sein heißt, daß jemand in den Himmel kommt, wenn er ein guter Mensch war, dort ist es bis in Ewigkeit schön. Die Frau war ein guter Mensch. Warum weinen alle? – Mutter setzt mich auf ein Pony, das mit gesenktem Kopf und Scheuklappen seine Runden durch Sägemehl dreht. Es riecht gut. Sie geht nebenher, hält mich fest. – Lieder, die freundlich klingen, und bedrohliche. – Jemand beugt sich herunter, hält mir etwas Buntes hin, das sich weich anfühlt und neue Geräusche macht. – Zwei blaue Augen. – Ein dunkler Raum, süßlicher Geruch, die vertrauten Stimmen sind fremd, Kälteschauer. – Plötzliche Helligkeit.

– Bedrängnis. – Das Dröhnen des Herzschlags in Wolken aus Rot. – Eine erste Empfindung. –

Die Wände des Raums sind wieder grau. Hinter mir stürzt ein umgewandelter Körper, der ganz aus mir besteht, am Schiffsrumpf vorbei, dreht sich um die eigene Achse, ein halbgestreckter Salto mit einfacher Schraube, schlägt mit dem Bauch auf die Wasseroberfläche, es spritzt nach allen Seiten. Er taucht kurz ein. Unter der Lederjacke hat sich Luft gesammelt, weshalb er nicht sofort versinkt, sondern in geringem Abstand zum Schiff forttreibt. Als es ihn hinter sich läßt, gerät er ins Fahrwasser, wird hin und her geworfen, verschwindet.

Das Grau umschließt mich jetzt vollständig. Es gibt keine Möglichkeit zurückzublicken. Ich habe auch kein Bedürfnis zurückzublicken, schaue ruhig nach vorne, in den weiten Raum, der weder bedrohlich noch verlockend ist. Ich bin trocken und warm. Ich schwitze nicht. Ein Gefühl, als stünden mir die Haare zu Berge, aber die Haare sind nicht mit mir verbunden. Meine Haut stellt keine Begrenzung dar. Ich müßte ein letztes Mal Angst haben. Ich habe keine Angst. Meine Füße, Knie, Becken, Schultern, Hals, Kopf sind aus dem Zusammenhang der Anatomie gelöst. Ineinander verschränkt bilden sie eine transparente Blase, darin das Skelett, die inneren Organe. Ein Zusammenziehen, Sichausdehnen wie Atmung. Weder stehe noch sitze, noch liege ich. Die Blase schiebt sich gleichmäßig und unaufhaltsam mit kaum merklicher Beschleunigung vorwärts, berührt an ihren Rändern die Wandflächen, ohne eingezwängt oder verformt zu werden. Sanfter Sog, allmähliche Engführung der Fluchtlinien. Weiter vorn knicken sie um wenige Grad nach links. Dahinter öffnet sich ein zweiter Raum, deutlich abgesetzt, obwohl es ein offener Durchgang ist. Er ist kleiner als der, in dem ich schwebe, eher eine sehr hohe Kammer. Ich kann sie nicht vollständig einsehen, weiß aber, daß der Tunnel dort vor einer schmalen Wand endet, und wundere mich. Unmittelbar bevor ich in die Kammer gleite, steht die Bewegung für einen Moment still. Im Boden, der etwas heller leuchtet, tut sich ein Haarriß auf. Es gibt keine Macht, mit der ich mich der Anziehungskraft widersetzen könnte. Ich habe auch kein Verlangen danach. Die Blase wird in die Länge gezogen, wird eine gestreckte Hohlform. Während sie sich unaufhaltsam neigt, verästelt sich der Riß in alle Richtungen, öffnet sich zu einem schlanken, scharfkantigen Spalt. Das Schwarz dahinter ist schön. Sonst nichts.

T	G	A	J
7000	11600	11100	9100
9400	—	—	10200
0500	12800	11500	—
1300	13700	—	10550
1700	—	—	10950
12050	14200	11950	
12550	14550	12750	—
—	16000	14250	11350
3000	16350	14600	—
3700	17100	15700	11900
—	17600	16100	—
—	18200	16850	
3200	—	17250	12250
—	18600	17850	—
—	19350	18200	
3900	19800	18650	11750
—	20000	—	

PETER STAMM

72750 / € 7,00 [D]

Peter Stamm legt einen brillanten Erzählband vor: coole Liebesgeschichten und spannende kriminalistische Episoden, in denen sich sein unterkühlt-karger Stil zu scharfen Momentaufnahmen verdichtet.

www.btb-verlag.de

72550 / € 7,00 [D]

72995 / € 8,00 [D]

© Mirjam Wirz, Zürich

T	G	A	J
1150	—	—	400
1500	1250	1350	—
—	1850	2050	—
1850	2350	2700	900
—	7850	—	1300
2300	—	3700	2500
—	3300	4050	—
3000	4050	5050	—
3600	4750	5850	2000
3950	5100	6600	2900
—	—	7000	3950
—	—	—	4300
5100	5500	—	—
—	6200	6500	—
—	—	—	—
4600	6650	6850	4650
5100	7100	7200	—
5500	—	7600	5000
5950	—	—	5350
6400	6600	—	—
6850	—	7950	5900
7250	7650	9000	—
—	8300	9750	6350
—	8950	—	6750
6750	9400	10750	8200
8400	11050	—	8700